달
www.b-books.co.kr

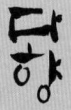

www.b-books.co.kr

# 사랑 벗.

*mon amie,*
*mon amie*

# 사랑 벗.

*mon ami,*
*mon amie*

**미요나**
장편 소설

DAHYANG ROMANCE STORY

# contents

Départ. 출발 007

1장. 김해공항, 진우를 만나다 015

2장. 착각 039

3장. 천사 같은, 참 진, 벗 우 061

4장. 걱정으로 진 빠졌어요? 095

5장. 감천마을 123

6장. 남의 것 욕심내는 건 나쁜 거죠? 153

7장. 료안지 정원보다는 193

8장. 나랑 데이트할래요? 241

9장. 한여름 밤의 꿈처럼 257

10장. 여우처럼 길들여지는 279

11장. 안아 줘요 305

12장. 동생 성우 331

13장. 마지막 날의 데이트 351

14장. 천천히 걷는 쇠오<小>, 마음 심心, 사랑 애愛 379

15장. 서툴고 무뚝뚝한 남자의 프러포즈 401

Arrivée. 425

느린 우체통에서 쉬엄쉬엄 날아온 엽서 437

작가 후기 445

Départ, 출발

· 일러두기

1. 외국 인명, 지명, 작품명 및 독음은 '외래어 표기법'을 따르되 관용적인 표기와 동떨어진 경우 절충하여 실용적 표기에 따랐습니다.
2. 본문 중에 한국어 대화는 " "로 불어 대화는 「 」로 영어 대화는 『 』로 표기했습니다.
3. 소설 속 내용은 허구이며 실제 지명, 장소, 인물 등과 아무런 연관이 없음을 미리 밝힙니다.

안젤리크는 〈Corée한국〉과 〈Japon일본〉, 두 권의 가이드북을 들고서 캐리어 앞에 앉았다. 이미 신칸센 기차표와 숙소를 예약한 일본과는 달리 한국은 서울과 경주, 그리고 부산이라는 여행 루트만 짜 놓은 상태였다.

    부산에서의 상황에 따라 서울과 경주의 여행 일정을 변경할 수도 있다는 그녀에게 무슈 이Lee는 굳이 예약을 하지 않아도 교통편과 숙소 이용에 별다른 어려움이 없을 거라고 조언했다. 그럼에도 숙소조차 예약하지 않고 떠나는 여행은 처음이라 조금 걱정이 된다는 그녀에게 그는 한국은 외국인이 여행하기에 편리하고 안전한 나라라는 말을 덧붙이며 안심시켜 주었다.

    [여행하기 편리하고 안전하다.]

가이드북에 적혀 있는 한국과 일본 두 나라의 공통점이었다. 게다가 한국은 일본에 비해 영어 안내판이 잘 구비되어 있는 데다 영어가 유창한 젊은 층을 쉽게 만날 수 있다는 장점이 있었다.

그것 말고도 두 나라는 또 하나의 공통점이 있었다.

[집 안에 들어갈 때에는 신을 벗기 때문에 신고 벗기 편한 신발 챙기기.]

한국과 일본 가이드북에 공통으로 들어 있는 팁Tip이었다.

「남의 집에 갈 일이 있을까? 그럴 기회가 생긴다면 좋을 텐데.」

팁과 에티켓이 적혀 있는 페이지를 휘리릭 넘기며 안젤리크가 중얼거렸다.

평소 궁금하게 여기던 한국과 일본을 직접 눈으로 보고 싶어서 이번 여름휴가를 여행 일정에 모두 쏟아 넣었다. 한국과 일본의 현지인들은 어떻게 사는지 알 수 있는 재미있는 경험이겠지만 한국과 달리 일본에는 아는 사람이 없어 체류 기간 동안 전통 료칸과 호텔에서 머물 예정이었다.

일본의 전통문화를 제대로 만끽할 수 있다는 교토에서는 다다미와 미닫이문이 예쁜 료칸을, 오사카와 도쿄에서는 관광지에서 가까운 비즈니스호텔을 예약했다. 그리고 한국의 서울과 경주를 여행하는 동안에도 호텔에서 지낼 계획이있다. 다만, 부산에서는 직장 상사인 미술관 관장님의 소개로 알게 된 무슈 이의 집에서 지낼 예정이었고.

가이드북에 적힌 대로 끈이 없어 신고 벗기 편한 단화 한 켤레를 더 챙기는 것으로 짐 꾸리기를 마친 안젤리크는 침대에 풀썩 드러누웠다.

「아, 피곤해.」

3주에 가까운 여름 바캉스를 준비한다고 요 며칠 빡빡한 일정을 보낸 탓에 수면 부족이었다. 이제는 떠날 일만 남았다 싶어 한동안 물끄러미 천장을 바라보다 가이드북을 다시 집었다. 피곤하다는 말과는 달리 파우더핑크색 벚꽃이 활짝 핀 가이드북을 펼쳐 드는 표정이 들떠 있었다.

포스트잇 플래그가 잔뜩 붙어 있는 가이드북을 한동안 뒤적이다 내려놓고는 또 다른 가이드북을 집었다.

'꼬레(Corée, 한국).'

한국의 전통 의상인 연두색 윗도리와 주황색 치마를 차려입은 여자가 표지를 장식하고 있는 론리플래닛 개정판은 '한국'이라는 타이틀로 남한과 북한을 통합해 소개하고 있었다. 채 50페이지를 넘지 않는 북한에 관한 설명은 그다지 흥미를 주지 않아 휘리릭 빠르게 넘기고 표시해 놓은 페이지들 중 한 곳을 들췄다.

Busan. 한국에 도착하면 가장 먼저 방문할 도시였다.

「Youtube에서 본 거랑은 많이 다르네. 언제 적 사진을 쓴 거지?」

대부분의 가이드북이 그러하듯, 사진 속 부산은 마치 10년 전쯤의 풍경을 찍은 건가 싶게 낡고 특색 없어 보였다. 그래서 실제로는 어떨지 더 궁금했다.

그녀는 페이지를 넘겨 여행하는 동안 방문할 또 다른 도시인 서울과 경주를 훑어보다 가이드북을 덮었다.

꼬헤 뒤 쉬드(Corée du Sud, 사우스 코리아).

한국은 막연히 한 번쯤은 가 보고 싶다고 생각하던 곳이었다. 부산. 한국의 수도인 서울에 이어 두 번째로 인구가 많다는 도시. 바다를 마주한 항구 도시. 그리고 그녀의 생모가 살고 있는 곳. 부모님이 들려준 얘기로는 안젤리크 그녀는 부산에서 태어났고 한국 나이로 다섯 살이 되던 해까지 살았다고 했다. 물론 어릴 때라 기억에는 없었다.

그녀는 내일 아무런 기억도 남아 있지 않은 그곳으로 간다.

「만나 주려나?」

입양 당시의 서류를 모두 간직하고 있던 부모님 덕분에 친부모를 찾아 헤매는 일은 없었다. 서류에 적혀 있는 곳과 동일한 주소지에서 여전히 거주하고 있다는 사실도 어렵지 않게 알아낼 수 있었다.

입양을 추진했던 부산의 아동 복지관에 생모를 만나고 싶다는 의사를 전달했다. 기관을 통하는 것이 생모에게 부담이 덜할 거라고 생각했기 때문이었다.

돌아온 대답은 부정적이었다. 조금 실망은 했지만 상처를 받지는 않았다. 상처를 받을 만큼의 관계도 아니었고, 상처가 될 정도로 마음에 원망이나 미움을 가지고 있지도 않았다. 그리고 죄책감 때문에 억지로 만나 주는 건 그녀도 원치 않았다.

부산에 도착했다는 소식을 들으면 생각이 바뀌려나. 내심 그걸 기대하고 여행 일정을 정한 김도 어느 정도 있었다.

「그래도 싫다면 뭐 어쩔 수 없는 거지.」

혼잣말을 중얼거리다 하품을 쏟아 냈다. 몸이 나른한데 머릿속은 선명했다.

목적지에 상관없이 여행 전날은 소풍을 앞둔 아이처럼 들뜨곤 했다. 하지만 한국으로의 출발을 앞둔 지금 기분은 다른 때와는 조금 달랐다. 이유는 여러 가지였다. 아시아는 처음이었고 가족이나 친구들과 함께가 아닌 혼자 이렇게 긴 여행을 떠나는 것 또한 처음이었다. 거기다 평소 호기심과 궁금증을 품게 하던 일본.

그중 가장 남다른 기분이 들게 하는 건 언젠가 한 번쯤은 가 보고 싶던 한국. 그리고 어쩌면 만나게 될지도 모르는 생물학적 엄마.

안젤리크는 가슴에 가이드북을 올려놓고서 눈을 감았다. 어쩐지 쉽게 잠이 오지 않을 것 같은 밤이었다.

# 1장

김해공항,
진우를 만나다

― 6시에 김해공항 도착 예정이라는데.

작은아버지의 대답에 진우는 손목시계를 확인했다. 늦어도 한 시간 안에는 출발해야 늦지 않게 도착할 수 있을 거다.

"며칠이나 머무는데요?"

― 파리에는 8월 25일에 돌아온다니까, 여행 기간이 총 3주 정도 되는 거지. 교토랑 도쿄를 8일 넘게 여행할 계획이고, 한국에서도 서울이랑 경주가 일정에 포함되어 있다고 그랬으니까, 그럼 부산에서 지내는 기간은 한 일주일쯤 될 거야. 길어도 열흘 정도? 그러니 있는 동안에 네가 잘 좀 돌봐 줘.

"방금 전에는 마중만 나가 달라고 하셨잖아요?"

― 먼 거리도 아닌데 겨우 픽업 좀 하는 걸 가지고 생색낼 거냐? 그리고 한집에서 머물게 된 사람 좀 돌봐 주라는데 정색이나 하고, 너 언제부터 이렇게 인정머리가 없어진 거야?

"툭하면 잔정 없는 녀석이라고 말씀하셨던 분은 작은아버지이신 것 같은데요."

— 그러니 있는 정 없는 정 다 끌어모아서 신경 좀 쓰라는 말이다. 안젤리크는 마중 나올 필요 없다면서 사양하는데, 그래도 잘 아는 사람 소개로 알게 된 데다가 내가 여러모로 마음이 쓰여서 그래. 부탁한다.

장난스러운 협박이나 강요가 일상인 작은아버지의 입에서 나온 부탁이라는 낯선 단어에 진우는 의외라는 생각이 들었다.

"엇갈리지 않게 사진 한 장 보내 주세요."

— 그냥 종이에 이름이나 적어 가면 되지. 사진은 번거롭게 뭐 하러. 같은 비행기 타고 오는 여행객 중에 안젤리크라는 이름 가진 프랑스 사람이 얼마나 된다고. 안젤리크한테도 그렇게 전해 놨으니까 잘 보이도록 큼지막하니 써서 가.

얼핏 작은아버지의 목소리에 웃음기가 실린 것 같은 느낌이 들어 잠깐 의아한 눈빛을 하던 진우가 작업대로 걸어가 A4용지 한 장을 꺼낸 뒤 'Angelique'라고 적었다.

"다음에는 시간 촉박하지 않게 미리 연락 주세요."

— 다음에 또 부탁해도 되나 보다?

작은아버지의 놀림에 피식 입바람을 흘린 진우는 짧은 안부 인사를 끝으로 통화를 마쳤다.

전화를 받기 전까지 개인 작업실에서 나무 표면을 고르는 샌딩 작업 중이었던 진우는 에어브러시로 청바지와 신발에 묻은 나무 가루를 턴 뒤 집으로 가 간단히 샤워를 하고 차 키를 챙겼다. 서두른 덕분에 작업실에서 나온 지 채 30분이 지나지 않아 출발할 수 있었다.

 차를 몰고 나서자마자 바다를 쓸고 온 축축하고 비릿한 바람이 방금 씻고 나온 살갗에 진득하게 달라붙었다. 건조하던 피부가 한순간에 끈적거리는 기분이었다.

 달맞이 언덕에서 김해공항까지는 꽤 복잡할 터였다. 바다와 길게 맞닿은 매력적인 도시지만 한번 막히면 길에서 하염없이 시간을 허비하게 만드는 교통 사정을 가진 곳이기도 했다.

 휴가철이라 김해공항으로 진입하는 도로는 평소보다 한층 소란스러웠다. 이용객에 비해 턱없이 작은 규모인 데다 예고 없이 퍼붓기 시작한 소나기가 도로 상황을 악화시켰다. 서둘러 준비를 마치고 집을 나서지 않았다면 영락없이 상대방을 기다리게 만들 뻔했다.

 겨우 제시간에 맞춰 주차를 한 진우는 전광판을 훑었다. 인천발 김해행 비행기가 지금 막 착륙했다는 안내가 떴다. 이름이 적힌 종이를 말아 쥐고서 열린 유리문을 빠져나오는 관광객들을 살피던 진우가 피곤한 표정으로 뒷목을 주물렀다. 가구 회사에 보낼 디자인을 마무리하느라 요 며칠 무리를 한 탓인지 목 뒤부터 견갑골까지 뻐근했다.

 얼마쯤 기다려야 하려나. 국내선이니 짐 찾는 데 시간이 오래 걸리지는 않을 텐데, 라는 생각을 하며 진우는 어깨를 맞댄 채 빡빡하게 몰려 있는 환영객들에게서 두어 발짝 떨어진 곳에 섰다.

 입국장 문이 열리고 콧잔등에 주근깨가 잔뜩 뿌려진 파란 눈의 여자가 카트를 밀고 나오자 진우는 한 손에 말아 쥐고 있던 얇은 종이를 펼쳐 들었다.

[Angelique]

간결하게 적힌 이름에 여자가 눈길 한 번 주지 않고 지나쳤다. 진우는 종이를 말아 쥔 채 팔짱을 끼고 다시금 입국장을 주시했다. 20대처럼 보이는 외국인이 보일 때마다 이름이 적힌 종이를 펼쳐 들었지만, 자신이 안젤리크라며 말을 건네 오는 사람은 아직 없었다.

바리케이드처럼 쳐 놓은 철제물 위에 팔꿈치를 기대고 서서 손목시계를 확인하던 진우는 입국장의 자동문이 열리는 소리에 고개를 들었다. 한국인이었다. 진우의 시선이 무심하니 그녀를 스쳐 지나갔다.

그 뒤로 몇몇 사람들이 더 빠져나오고 마지막으로 단체 관광을 온 듯한 일본인들이 우르르 쏟아지더니 한동안 입국장의 문이 열리지 않았다. 진우는 조금 전 들여다봤던 손목시계를 다시 한번 확인했다. 아무리 짐이 많아도 지금쯤이면 세관을 통과하고도 남을 텐데. 문제가 생겼나.

폈다 접었다를 반복한 종이는 이제 주름이 잔뜩 접혀 있었다. 진우는 휴대폰을 꺼내 작은아버지의 번호를 눌렀다.

휴대폰을 귀에 댄 채 성마른 손길로 머리를 쓸어 올리던 진우의 시선이 그에게서 네 걸음쯤 떨어진 의자에 앉아 있는 여자에게로 가닿았다. 분명 아까 입국장을 빠져나오는 것을 봤는데 여전히 자리를 뜨지 않고 있었다.

그녀도 자신처럼 마중 나온 사람과 길이 엇갈린 걸까. 여자는 누군가를 찾듯 손끝으로 입술을 톡톡 두드리면서 사람들을 둘러보다 틈틈이 전광판을 보며 시간을 확인하는 듯했다.

긴 신호음 뒤로 익숙한 음성이 들려오자 진우는 여자에게서 눈길을 거두었다. 일곱 시간의 시차를 가진 나라에서 날아오는 목소리는 한 호흡의 공백을 두고 있었다.

— 어디냐?

뻔히 알면서도 물어 오는 작은아버지의 능청스러움에 진우의 대답이 퉁명스러웠다.

"공항이요."

— 안젤리크와는 잘 만났어?

"못 만났습니다."

— 아니, 왜?

"아직도 안 나오는 걸 보면 아마 이번 편을 놓친 것 같기도 하고. 안젤리크라는 사람 휴대폰 번호 좀 알려 주세요."

작은아버지에게서 그녀의 휴대폰 번호를 알아낸 뒤 전화를 끊은 진우는 곧바로 버튼을 눌렀다. 001 33 7 \*\*\*\*\*\*\*\*. 국내 번호가 아니라서 신호음이 울릴 때까지는 시간이 좀 걸리지만 그런 것치고도 휴대폰 너머에선 아무런 소리도 들리지 않았다.

누군가를 막연히 기다린다는 건 사람을 조바심 나게 만든다. 더구나 얼굴조차 모르는 사람을 무작정 기다려야 하는 일은 옅은 짜증마저 동반했다. 특히나 지금처럼 피로가 축적된 상태에서는 더더욱.

쥐고 있던 종이를 청바지 뒷주머니에 찔러 넣고서 기분이 고스란히 묻어나는 손짓으로 머리를 거칠게 긁어 올리던 진우는 여린

사랑 벗

신음을 흘렸다. 뭉친 어깨 근육이 시큰거리며 통증을 호소해 왔다.

먹통인 액정을 한 번 쳐다본 진우가 전화를 끊은 뒤 다시금 통화를 시도했다. 휴대폰에서 흘러나올 소리에 귀를 기울이며 어깨를 주무르는 그의 손등을 뒤에서 누군가 톡톡 건드려 왔다. 유리창을 두드리는 빗방울처럼 경쾌한 손길에 무심히 뒤를 돌아보던 그의 눈에 의아한 기색이 어렸다.

깨끗한 흰자위 때문에 유독 맑아 보이는 눈동자로 눈웃음을 짓고 있는 사람은 조금 전 의자에 앉아 있던 그 여행객이었다.

그가 무슨 일이냐는 듯 한쪽 눈썹을 밀어 올리자 그녀가 입을 열었다.

"안젤리크예요."

"네?"

"나, 안젤리크라고요."

"……."

진우는 미소를 머금은 여자를 마주한 채 말을 잃었다. '안젤리크라는 이름을 가진 프랑스인'이라는 작은아버지의 설명에 당연히 외국인일 거라고 생각했다. 교포가 아니라. 사진 같은 거 확인할 필요 없다고 하던 작은아버지의 짓궂은 목소리가 새삼 들리는 것 같았다.

그의 반응이 재미나는지 여자의 웃음이 더욱 짙어졌다. 그녀가 손을 들어 진우의 눈앞에서 작게 흔들었다.

「꾸꾸(Coucou, 여기요).」

장난스러운 그녀의 행동이 어쩐지 멋쩍어 미간을 살며시 찌푸린 진우가 살짝 머리를 숙였다.

"처음 뵙겠……."

그의 얼굴이 가까워 오자 안젤리크는 자연스레 고개를 들었다. 그녀에게 익숙한 서로의 볼에 볼을 맞대는 프랑스식 인사법인 비즈를 하려고.

보드라운 볼이 와 닿자 당황한 그가 휙 고개를 드는 바람에 덩달아 움찔한 그녀의 입술이 그의 볼을 문지르듯 스쳤다.

굳어 버린 그를 보며 눈을 깜빡이던 그녀가 얼른 사과를 했다.

"어…… 미안해요."

당황한 표정을 수습하려던 그의 눈이 다시금 커졌다. 따뜻한 손이 그의 볼을 만져 왔다. 정확하게는 손가락이 볼을 문질렀다. 조금 전 그녀의 입술이 스쳤던 곳이었다.

"이거 조금 묻었어요. 이제 깨끗해요."

이거, 라며 그녀는 립스틱이 칠해진 자신의 입술을 가리켰다.

"한국 사람들은 머리를 숙여서 인사한다는 거 알아요. 그런데 그쪽 얼굴이 다가와서 나도 모르게 잠깐 혼란했어요."

딱히 대답할 말을 찾지 못한 그가 잠깐의 침묵 후 캐리어를 가리켰다.

"내가, 끌까요?"

"괜찮아요. 안 무거워요. 그런데 나 모바일폰 렌트해야 돼요."

진우의 시선이 그녀의 손에 들린 스마트폰을 향했다.

"한국에서 하는 전화 받을 때 쓰려고요."

진우는 주차장으로 향하기 전 휴대폰을 렌트하는 곳부터 찾았다.

국내 통화만 할 거라는 설명에 통신사 직원은 스마트폰에 비해 훨씬 저렴한 2G폰을 권유했다. 그녀가 렌트에 필요한 서류를 작성하는 동안 진우는 작은아버지에게 그녀와 만났다는 소식을 전했다.

안젤리크는 서류를 작성하는 틈틈이 비를 감상했다. 인천에서는 흰 구름이 떠 있었는데 부산의 구름은 비를 쏟아 내고 있었다. 스콜을 연상케 할 만큼 멋들어진 폭우였다.

"가죠."

안젤리크는 넓은 보폭으로 공항 출구를 향해 걸어가는 그와 속도를 맞추며 힐끗 그를 곁눈질했다. 한국에 도착해서 처음 인사를 나눈 한국인인 데다 여행 기간 동안 같은 집에 머물 사이였다.

그런데 그의 작은아버지와는 달리 그는 그다지 사교성이 없어 보이는 사람이라 친해지기는 힘들 것 같다는 인상을 주었다. 어쩐지 아쉬운 마음이 들어 그를 잠시 바라보다 어깨를 으쓱였다. 뭐 어쩔 수 없지.

공항 주차장을 채 벗어나기도 전에 차창을 뚫을 것처럼 퍼붓던 빗줄기가 톡톡거리는 빗방울로 바뀌었다. 그러다 얼마 지나지 않아 완전히 그쳤다. 예측 불가능한 소나기다웠다.

안정감 있게 운전하는 그의 옆에 앉아 그녀는 비가 갠 풍경을 감상했다. 비가 씻어 준 덕분인지, 워낙에 그런 건지 부산의 공기는 맑아 보였다. 특별히 눈에 들어오는 건축물은 아직 없었지만, 고개를 돌리는 곳마다 초록의 산들이 보이는 것이 마음에 들었다. 국토의 70%가 산으로 이루어진 곳이라던 설명이 실감 났다.

"여기 강 이름이 뭐더라?"

혼잣말을 하며 가이드북을 꺼내 뒤적이는데 옆에서 대답이 나왔다.

"낙동강."

"아, 낙동강."

가이드북에서 눈을 떼고 그에게로 고개를 돌렸다. 차가 출발한 뒤로 마치 그녀의 존재를 잊어버린 듯 운전에만 집중하는 것처럼 느껴졌는데 그는 흘러가는 혼잣말을 놓치지 않았다.

한국에 오기 전 미술관 관장님의 소개로 처음 만나게 된 그의 작은아버지는 그가 나무를 닮은, 가장 아끼는 조카 녀석이라며 부산에 있는 동안 잘 챙겨 줄 거라고 말했었다. 나무 같은 사람이 무슨 뜻이냐고 물었을 때, 나무처럼 한결같은 사람이라는 대답을 들었다.

지금까지 지켜본 바로는 나무처럼 한결같은지는 모르겠지만, 표정이 없는 만큼 말수도 없다는 건 알겠다. 작은아버지와는 외모만큼이나 성격 역시 닮은 점이 없다는 것도.

안젤리크는 또다시 침묵을 지키는 그에게서 시선을 떼어 창밖 풍경으로 눈을 돌렸다.

신호를 받아 차가 잠시 정차한 사이 진우는 스마트폰으로 창밖 풍경에 초점을 맞추고 있는 그녀를 쳐다봤다. 그는 침묵을 불편해하는 성격이 아니었다. 하지만 첫 마주침이 다소 우스꽝스러웠던 탓인지 조금 신경이 쓰였다. 게다가 한국은 첫 방문인 데다 예외적으로 작은아버지의 부탁을 받은 사람이라 더욱.

"정식으로 다시 인사할까요? 아까는 좀 당황했었던 터라."

창문에서 시선을 뗀 그녀의 눈동자에 얼핏 장난기가 스치고 지났다.

"그랬어요? 표정이 없어서 하나도 몰랐어요. 얼마만큼 당황했어요?"

"······."

사랑 벗

그의 미간에 주름이 잡혔다. 이런 반응을 보일 줄은 몰랐다.

말을 잃은 그를 그녀가 호기심 어린 표정으로 바라보았다. 딱딱한 말투가 아니더라도 그는 좀 쌀쌀맞아 보이는 인상을 가진 사람이었다. 그런데 그런 인상과는 달리 별것 아닌 말에 난처해하는 모습이 은근 귀엽게 느껴졌다. 볼에 입술이랑 손 좀 닿았다고 눈이 커다래졌을 때처럼.

그의 미간에 잡힌 주름이 한층 깊어지자 그녀는 풋 웃어 버렸다. 어쩌면 첫 느낌과는 다르게 친해질 수 있을지도 모르겠다.

"좋아요. 인사해요, 진짜로. 나는 에코 안젤리크예요. 반가워요."

진우의 눈앞에 조그마한 손이 내밀어졌다. 얼른 잡으라는 듯 팔랑거리던 손가락이 진우의 손에 감싸였다.

"이진우입니다."

"어?"

그녀가 고개를 갸우뚱거렸다.

잘못 들은 걸까. 별로 어렵거나 헷갈릴 만한 이름이 아닌데. 다시 한번 '이진우'를 발음하려던 진우가 의아한 눈으로 그녀의 행동을 지켜보았다. 그녀는 악수를 하느라 맞잡은 그의 손을 뒤집더니 눈앞에 바짝 끌어당기고는 꼼꼼하게 살피고 있었다. 마치 손금이라도 읽는 것처럼.

시선으로 그의 손바닥을 쓰다듬던 그녀가 고개를 들었다. 눈동자 가득 호기심을 담은 채였다.

"뭐 하는 사람이에요?"

잡힌 손을 빼내 다시 운전대를 잡은 진우가 신호를 받아 출발하며 물었다.

"무슨 말입니까?"

"손바닥 여기저기가 아주 딱딱하잖아요. 손가락 살도."

콘트라베이스나 피아노를 만지면 어울리겠다는 생각이 들 만큼 매끄럽게 잘생긴 손인데 손바닥은 마치 운동선수나 육체노동에 익숙한 사람처럼 굳은살이 박여 있었다.

"지누의 직업은 뭐예요?"

마치 외국인을 위한 한국어 기초 교본에 쓰여 있을 법한 표현에 진우의 입술에 엷은 웃음이 어렸다. 그녀는 꽤 자연스러운 문장을 구사하는가 하면 또 지금처럼 한국어를 모국어로 쓰는 사람이 아니라는 걸 금방 알 수 있을 만큼 어색한 표현을 쓰기도 했다. 묘한 억양과 말투만으로도 그녀가 한국어에 익숙하지 않다는 사실을 짐작할 수는 있었지만.

"작은아버지한테서 못 들었습니까?"

"음, 필요한 거 있으면 조카한테 얘기하라고 해서 어떤 사람이냐고 물었더니, 나무 같은 녀석이라고만 했어요. 나무랑 닮았다고. 그런데 그거 좋다는 거예요, 나쁘다는 거예요?"

진우는 장난을 걸듯 물어 오는 그녀에게 글쎄요, 라고 중얼거리고서 표지판에 집중했다. 아마도 막힐 확률이 크겠지만 그래도 부산에 처음 온 그녀를 위해서 광안대교 정경을 볼 수 있는 길로 가는 편이 낫겠다 싶어 차선을 바꿨다.

"나무 다룹니다. 가구 디자인도 하고, 대학에서 강의도 하고, 그리고 후배와 함께 공방도 운영하고요."

"공방?"

"아틀리에."

사랑 벗

"오—"

미술관에서 근무하는 그녀라 아름다움을 추구하는 일을 직업으로 삼고 있는 그에게 호감이 생겼다. 그리고 한편으론 조금 놀랍기도 했다.

아까 공항에서 처음 마주했을 때 그에게선 조용한 실험실에서 혼자만의 연구에 빠져 있는 과학자 이미지가 느껴졌었다. 흰 가운이 어울리는 단정하고 깔끔한, 그리고 조금은 차가워 보이는 인상. 그래서 손에 굳은살이 박이게 만드는 이과 쪽 직업은 뭘까 궁금했었는데, 가구 디자이너일 줄은 생각도 못 했다.

"멋지네요."

교수이자 서양화가인 그의 작은아버지가 조카들 가운데 가장 마음이 가는 녀석이라고 했던 이유 중의 하나가 이게 아닐까 짐작됐다.

그녀의 솔직한 감탄이 멋쩍어 슬쩍 눈매를 모으던 진우는 뒤이어 갑자기 터져 나온 탄성에 고개를 돌렸다. 탄성의 주인공은 눈앞의 광경에 홀린 듯 차창에 바짝 붙어 있었다.

"바다 위를 이렇게 길게 지나는 다리는 처음이에요. 그리고 이렇게 예쁜 블루도 처음 봐요."

한차례 쏟아진 소나기로 인해 하늘도 바다도 쨍한 파란색이었다. 포토샵이라도 한 것처럼 불순물 하나 없는 색감이었다.

"창문 조금 내릴게요."

말을 끝마치기가 무섭게 창문을 내리고 깊이 숨을 들이켜다 갑자기 얼른 올려 버리는 그녀의 모습에 진우의 눈꼬리가 접혔다. 동그래진 눈을 한 그녀가 놀랐다는 듯 중얼거렸다.

"엄청 더워. 숨이 막혀요."

시원한 바닷바람을 기대했는데 얼굴을 덮은 건 비릿하고 끈적한 열풍이었다. 숨 쉴 구멍 하나 없는 마스크 시트가 얼굴에 철썩 들러붙는 기분이었다.

인천공항에 도착해 기내에서 내렸을 때 훈기를 느끼기는 했다. 하지만 바로 김해공항으로 향하는 연결편으로 갈아타야 했기에 공항에 머문 시간은 잠깐이었다. 조금 전 김해공항에서 나왔을 때에는 시원하게 소나기가 내린 덕분에, 그리고 차 안에는 내내 에어컨이 켜져 있어 바깥의 공기가 어떤지 미처 알지 못했다.

문득 견디기 어려운 열기와 습도 때문에 한국 여행을 하기 가장 힘든 달로 7, 8월을 꼽던 가이드북 내용이 떠올랐다.

"어…… 비가 와서 더 끈덕끈덕하는 거죠? 설마 언제나 이런 건 아니죠?"

비 맞은 강아지처럼 불쌍한 눈빛으로 물어 오는 그녀로 인해 진우는 저도 모르게 미소를 지었다. 안젤리크는 제스처와 함께 표정도 풍부한 사람이라 바라보는 재미가 있었다.

"내일은 36도까지 올라간다던데. 지금보다 습도도 더 높고."

"습도?"

"공기가 수증기, 그러니까 물을 머금은 정도. 오늘보다 더 축축하고 끈적끈적할 거라는 말입니다."

"아……."

진우는 그녀의 무릎 위에 놓인 가이드북에 눈길을 주었다.

"가이드북에 날씨에 대해 나와 있을 텐데요?"

"얼마나 더운지 쓰여 있기는 하지만 아시아는 처음이라서 얼마만큼인지는 느낌이 전혀 안 왔어요."

사랑 벗

이렇게나 더운 날이 머무는 내내 지속될 거라는 그의 설명에 안젤리크는 순간 아찔했지만 그래도 눈앞에 펼쳐진 풍경은 날씨쯤은 참을 수 있겠다 싶을 만큼 멋졌다. 바다를 마주한 도시는 날씨가 어떻든 바다를 가지고 있다는 이유 하나만으로도 매력적일 수밖에 없었다.

그리고 실제로 보는 부산의 정경은 사진이나 동영상보다 훨씬 더 모던하고 활기차 보였다. 어지럽도록 높이 솟은 초고층 아파트들은 파리의 라 데팡스 신도시 지구를 연상케 했다. 마천루 같은 눈앞의 아파트들에 비교하면 파리의 신도시는 아담한 규모지만.

하얀 요트들이 정박한 곳을 돌아 호텔이 줄지어 보이는 도로를 지나자 달맞이 언덕이 나왔다. 경사진 길을 오른 진우가 언덕 끝에 차를 세웠다.

진우를 따라 대문으로 들어선 안젤리크가 입을 벌렸다. 소나무와 과실수가 심긴 정원 앞에 바다가 펼쳐져 있었다. 거칠게 밀려와 바위와 부딪치는 하얀 포말, 바람이 만들어 내는 높고 낮은 파도들, 그리고 하늘과 또렷하게 경계를 나눈 수평선을 보며 한순간 말을 잃었다.

"뷰가 이렇게 멋진 곳은 처음이에요! 진짜 근사해. 이런 곳에서 살면 매일매일 바캉스 온 기분이지 않아요?"

워낙에 성격이 그런 건가, 아니면 여행을 온 흥분 때문인가. 감정을 일일이 표현하는 그녀를 신기한 얼굴로 바라보던 그가 물었다.

"원래 성격이 밝아요?"

"밝아?"

"잘 웃고 느끼는 대로 잘 표현하고."

"그런 편이에요."

대답 뒤에는 짓궂은 질문이 뒤따랐다.

"원래 잘 안 웃고 표현도 잘 안 해요?"

예상치 못한 반격에 조금 커진 눈을 하던 그가 인정했다.

"……그런 편이죠."

잘 웃지 않는다고 말하는 것과는 달리 입꼬리를 슬쩍 올린 그가 매일이 바캉스 같냐는 물음에 대한 답을 뒤늦게 해 왔다.

"매일 보면 그런 기분이 들지는 않지만 매일 봐도 싫증 나지는 않죠."

"싫증? 싫어한다고요?"

"그런 뜻도 있지만, 지금은 질리지 않는다는 의미로 쓴 겁니다."

"질리지 않는다?"

질리지 않는다, 물리지 않는다는 의미라고 풀어서 설명해 줘도 이해하지 못하다 영어로 말해 주자 그제야 '아하' 소리를 내며 고개를 주억거리는 그녀를 잠시 바라본 진우는 1층 현관문을 열고 캐리어를 들여놓았다. 그녀가 사용할 침실을 보여 준 후 대문과 1층 현관문 터치 패드의 번호를 알려 주고는 2층을 가리켰다.

"알고 있겠지만, 난 위에 삽니다. 필요한 게 있으면 얘기해요."

"우리 이제 이웃사촌이네요. 다투지 말고 잘 지내요."

이웃사촌이라는 말도 아는구나, 라고 생각하다 다투지 말자는 표현에 진우의 눈동자에 슬쩍 미소가 스쳤다. 애들도 아닌데.

손목시계로 시간을 확인한 그가 물었다.

"저녁 식사는 어떻게 할 겁니까?"

"음, 가이드북에 여러 레스토랑이 나오기는 했는데, 가이드북보다는 지누가 말해 주는 걸 먹어 보고 싶어요."

그러고는 얼른 덧붙였다.

"아주 매운 거와 뜨거운 건 빼고요. 오늘은 조금 피곤해서 먹어 볼 용기가 안 나요."

"그럼 초밥 어때요?"

고개를 갸웃하는 그녀를 보며 진우가 '스시'라고 덧붙였다.

"나 그거 좋아해요."

그녀는 가이드북을 펼쳐 표시해 놓았던 초밥 식당을 찾아 보여 주며 물었다.

"해운대라고 했는데 여기서 멀어요?"

가까이 다가서서 가이드북 속 주소를 확인한 진우는 어떻게 해야 하나 잠깐 고민했다. 멀지는 않지만 좁은 골목길에 위치해 있어 설명하기도 혼자서 찾아가기도 애매한 곳이었다. 그는 피곤해 보이는 그녀의 얼굴을 흘깃 쳐다본 뒤 제안을 하나 했다.

"테이크아웃해 올 테니까 잠깐 기다려요."

생각지 못한 배려에 조금 놀라던 그녀가 고맙다며 인사를 했다. 이곳의 모든 곳이 다 초행길인 그녀로서는 거절할 이유가 없었다.

한 3, 40분 정도 걸릴 거라는 말을 남기고 대문을 나서는 그를 지켜보다 다시 집 안으로 들어가 캐리어에서 짐을 꺼낸 그녀는 우선 샤워부터 했다. 미지근한 물이 쏟아지는 샤워기 아래 한참 서 있었더니 긴 여정과 시차로 인한 피로가 물과 함께 흘러 내려가는 기분이었다.

머리를 말리고 짧은 반바지와 민소매 티로 갈아입은 뒤 정원으로 나와 청량한 솔향기를 흠뻑 들이켜다가 그만 웃어 버렸다. 바다에서 불어온 후덥지근한 바람이 방금 샤워를 하고 뽀송해진 피부를 금세 끈적하게 만들어 놓았다.

「상상을 초월하네.」

목덜미에 달라붙은 머리카락을 쓸어 올린 뒤 휴대폰을 들어 '엄마'를 터치했다. 휴대폰에서 들리는 소리에 귀를 열어 둔 채 정원 담벼락에 기대 바다를 구경하던 안젤리크의 얼굴에 미소가 번졌다.

「안녕하세요, 마담 에코, 따님입니다.」

— 어머나, 나한테 딸이 있었나요?

안젤리크가 웃음을 터트렸다.

「인천공항에서 아빠한테만 전화했다고 삐졌구나? 엄마 진료하는 데 방해될까 봐 그랬지.」

— 통화는 몰라도 메시지 보낸다고 진료에 방해가 되지는 않을 텐데?

「대신 부산에 도착했다는 소식은 엄마한테 먼저 전하잖아.」

— 부산이야?

「응, 좀 전에 무슈 이 댁에 도착했어. 샤워하고, 짐 정리까지 마치고 나니까 엄마 점심시간이라 전화한 거야. 점심 먹었어요?」

— 방금. 거기는 저녁 먹을 시간이겠다.

「그래서 지누가, 무슈 이 조카 이름이 지누야. 지누가 나가서 먹기에는 나 피곤할 거라고 스시 사러 갔어요.」

— 세심하네. 마중도 나와 주고 여러 가지로 신경 써 줘서 고맙다. 다정한 사람인가 보다.

잠깐 생각하던 그녀가 그의 첫인상을 전해 주었다.

「음, 다정하기보다는 예의 바른 사람 같아.」

— 그렇구나. 그런데 부산의 느낌은 어때?

「아직은 바다가 멋지다는 거랑 날씨 말고는 잘 모르겠어.」

— 날씨는 어떤데? 생각하던 것만큼 덥고 습하니?

안젤리크는 강하게 부정하며 고개를 저었다.

「생각보다 훨씬, 아주 후덥지근해. 습도가 엄청나. 조금 과장하자면 사우나 속에 들어온 것 같은 기분? 왜 가능하면 한여름은 피해서 여행하는 게 좋다고 하는지 알겠어. 엄마가 상상할 수 있는 그 이상이야.」

— 그 정도야?

「그 정도야. 그렇지만.」

그녀는 담벼락에 기대고 있던 몸을 바로 세우고 정원의 잔디를 밟으며 눈앞의 전경을 전해 주었다.

「바다가 바로 앞에 있고, 뒤로는 낮은 산들이 배경처럼 쭉 이어져 있어서 날씨쯤은 참을 수 있겠다 싶을 만큼 매력 있어. 특히나 이 집은 뷰가 엄청 근사해. 정원이 꽤 넓어서 소나무랑 석류 같은 과실수들이 심겨 있어. 꽃도 있고. 대도시에 이런 분위기를 가진 공간이 있다는 게 신기할 만큼 여기만 뚝 떼어 놓은 느낌이야.」

과실수를 훑고 간 그녀의 시선이 얼마 밀지 않은 곳에서 한창 지어지고 있는 세쌍둥이 같은 건물에 머물렀다.

「이 집이랑 눈앞의 뷰만 보면 한적한 바닷가 휴양지 같은 분위기거든? 그런데 고개만 조금 돌리면 초고층 빌딩 세 개가 거의 동시에 올라가는 모습이 보여. 참 신기하지? 어떻게 이런 곳이 존재하나 싶을 정도야.」

안젤리크는 스피커폰의 볼륨을 최대치로 키우고 팔을 담장 너머로 쭉 뻗어 가능한 한 파도 소리를 담으려 애썼다.

「엄마, 파도 소리 들려? 파도가 바로 발밑에서 부서지고 있어.」

— 들리는 것도 같고 그냥 바람 소리인 것 같기도 하고. 어쨌든 멋진 곳에서 머물게 되어 다행이다. 마음껏 누려. 그리고 안젤. 엄마가 한 말 기억하지?

혹시라도 예상치 못했던 일이 생긴다고 해도 그로 인해 너무 아파하지는 말 것. 널 사랑하는 가족이 있다는 걸 꼭 기억할 것. 무조건 엄마한테 전화할 것.

떠나오기 전 엄마가 손을 잡고서 그녀의 눈을 보며 했던 말이었다.

「응, 기억해. 그리고 엄마가 걱정하는 그런 일은 없을 거야. 그럴 만큼의 감정이…….」

그때 대문이 열리는 소리가 들렸다. 뒤로 돌자 진우가 꽤 큼직해 보이는 종이 백을 들고 들어오고 있었다. 그에게 웃어 보인 안젤리크는 궁금하니까 페이스북에도 사진을 올리라는 엄마의 요구에 알겠다고 답했다.

진우는 야외 테이블 위에 종이봉투를 올려놓으며 안젤리크에게 눈길을 주었다. 누구나 그렇듯, 그녀 역시 모국어인 프랑스어로 말할 때와 한국어로 말할 때의 모습이 조금 달랐다. 말의 속도가 빠른 건 물론 목소리의 톤도 다르게 들렸다.

통화 상대가 누구인지 궁금할 만큼 다정한 미소를 짓고 있는 그녀의 얼굴에서 시선을 거둔 진우는 봉투에서 음식들을 하나둘 꺼냈다.

— 저녁 맛있게 먹고 푹 쉬어.

「응. 엄마도 오후 시간 잘 보내. 또 전화할게. 사랑해.」

쥬뗌므. 낯설지 않은 단어에 진우의 시선이 저도 모르게 다시 그녀에게로 향했다. 방금 들은 달콤한 사랑 고백에 어울리는 사랑스러운 눈웃음이 아직 그녀의 얼굴에 남아 있었다.

휴대폰을 테이블 귀퉁이에 내려놓은 안젤리크가 해초샐러드와 새우튀김을 발견하고서 신난 표정을 지었다.

"오— 맛있겠다. 어? 그런데 왜 젓가락이 하나만 있어요? 같이 안 먹어요?"

"나는 할 일이 남아 있어서요. 점심도 늦게 먹었고."

진우가 내놓는 대답은 두 번 권하기 망설여질 만큼 무뚝뚝한 뉘앙스였다.

맛있게 먹으라는 짤막한 말과 함께 붙잡을 새도 없이 대문으로 향하는 그를 보며 안젤리크가 서둘러 말했다.

"오늘 모두 다 고마웠어요."

작게 고개를 끄덕이고는 대문을 빠져나가는 그를 지켜보다 그녀는 한쪽 볼에 바람을 넣었다.

「바쁜 사람한테 마중 나오라고 하고, 저녁 심부름까지 부탁한 것 같아서 미안해지잖아.」

이왕이면 함께 먹었으면 더 좋았을 텐데. 배려심은 있는데 사교성은 없나 보다.

아무래도 처음 생각했던 것처럼 그와 친해지기는 어려울 듯했다.

「아쉽다.」

어쩔 수 없다는 얼굴로 어깨를 으쓱인 그녀는 봉투 속의 내용물을 꺼내 테이블 위에 펼쳤다. 한국에서의 첫 식사를 홀로 하게 된 점은 여전히 아쉬웠으나 정원에서 내려다보이는 바다 풍경은 그 아쉬움을 금세 잊게 만들 만큼 근사하고 로맨틱했다.

2장

착각

그냥 눈이 떠졌다. 이중창이라 방음이 잘되는지 파도 소리도 들리지 않았고, 커튼을 뚫고 햇살이 비쳐 오는 것도 아닌데 잠이 깨 버렸다. 파리에서 인천까지 날아오는 동안 잠을 자려고 노력한 덕분인지 조금 몽롱하기는 했지만 생각만큼 피곤하지는 않았다.

 안젤리크는 머리맡을 더듬어 휴대폰으로 시간을 확인했다. 일곱시 10분 전이었다.

 깍지 낀 손을 머리 위로 쭉 뻗어 기지개를 편 뒤 침대에서 내려왔다. 맨발에 닿는 방바닥의 시원한 감촉을 음미하며 스트레칭을 했다. 몸에 밴 습관대로 몇 가지 동작을 하고 나자 머리가 한결 맑아지는 느낌이었다.

 커튼을 걷어 창밖으로 보이는 광경을 한동안 바라보던 그녀가 새삼스럽다는 듯 중얼거렸다.

「여기가 부산이란 말이지.」

어쩐지 어제보다 더 실감이 나지 않았다.

샤워를 한 후 부엌으로 가 커피를 찾았다. 냉장고에서도 싱크대 선반에서도 원두커피를 찾을 수가 없었다. 2층에 올라가서 물어볼까 하다가 그러기에는 너무 이른 시간이라 잠시 망설이던 안젤리크는 외출 준비를 하고서 집을 나왔다. 대문 근처에서 올려다본 2층은 커튼이 열려 있었지만 인기척은 느껴지지 않았다.

집 주변을 구경하며 언덕길을 내려가다 커피 향이 유독 고소하게 번져 나오는 곳으로 골라 들어갔다. 골목 모퉁이의 작은 카페였다.

창밖으로 보이는 경치를 감상하며 커피를 마시다가 크로스 백에서 가이드북을 꺼내 오늘 일정을 체크했다. 자갈치시장과 그 맞은편에 있다는 국제시장, BIFF 광장을 구경한 뒤 점심은 먹자골목에서 거리 음식들을 먹어 보기. 오후에는 해운대에 가서 바다를 즐기고 집으로 돌아가 잠시 쉬다가 달이 뜨면 문탠 로드를 거닐기.

가이드북을 참고해서 일정을 짜기는 했지만 그렇다고 일정대로만 움직일 생각은 없었다. 바다를 좋아해서 어쩌면 해운대 바닷가에서 일몰을 즐기며 저녁때까지 머무를지도 몰랐다. 가능한 한 많은 것들을 보고 가고 싶지만 관광지 순례보다는 즐기는 게 더 중요하니까.

안젤리크는 잠시 생각하다가 해운대 산책과 문탠 로드 사이에 'Resto avec Jinou?'(지누와 저녁?)' 이라고 적어 넣었다.

언제나처럼 커피와 빵으로 아침을 챙겨 먹은 안젤리크는 카페에서 나와 택시를 잡기 위해 길을 내려갔다. 여행 온 사람 특유의 느긋한 걸음으로.

내일은 더 더울 거라던 진우의 말이 거짓이 아니라는 걸 증명하려는 듯 이른 아침의 햇볕은 고흐의 태양보다 강렬하게 이글거리고 있었다.

차도와 접해 있는 긴 언덕길의 끝에서 택시를 찾아 두리번거리던 안젤리크는 하품을 했다.

「이제 겨우 8시인데 벌써부터 이러면 너무하잖아.」

한국의 여름은 온도보다 습도 때문에 더 견디기 힘들다더니 살갗에 달라붙는 끈끈한 습기로 인해 몽롱한 기분이 들었다. 하품도 자꾸만 나왔다.

뙤약볕에 달아오른 아스팔트 거리는 벌써부터 아지랑이가 피어오르고 있었다. 8월에도 30도를 웃도는 날이 많지 않은 데다, 바람이 건조해 한낮에도 그늘에 있으면 견딜 만한 파리의 여름에 익숙한 그녀에게는 쉽게 적응하기 힘든 날씨였다.

집으로 되돌아가 침대에 눕고 싶은 유혹과 싸우며 그녀는 다시한번 택시를 찾아 두리번거렸다. 인도에 서서 넓은 차도를 주시하는 그녀의 시야에 달맞이 언덕을 빠져나오는 택시가 보였다.

택시를 세우려다 뒷좌석에 사람이 타고 있는 게 보여 손을 내리던 그녀의 눈이 반가움으로 커졌다. 그녀가 알아본 순간 눈이 마주친 진우가 기사에게 택시를 세우게 했다. 택시가 끼익 타이어 소리를 내며 급작스레 멈춰 섰다.

반가움에 활짝 웃으며 택시로 다가가자 진우가 창문을 내렸.

"일찍 일어났네요."

안젤리크가 웃으며 대꾸했다.

"나도 그 말 하려고 했는데. 이렇게 일찍 어디 가는 거예요?"

진우 대신 택시 기사의 목소리가 끼어들었다.

"아가씨! 말은 나중에 하고 빨리빨리 타요. 타서 얘기하면 될 걸 가지고 길에 서서 뭐 하는 건데요?"

마치 화를 내는 것처럼 목청을 돋우며 승차를 재촉하는 기사의 태도에 안젤리크는 놀란 얼굴로 얼른 택시에 올랐다.

불쾌지수가 높은 날이기는 했다. 그래도 잠깐 멈춰 섰다고 미터기의 요금이 덩달아 멈추는 것도 아닌데. 흡사 경주라도 하듯 액셀러레이터를 밟으며 구시렁거리는 기사의 무례한 태도에 눈살을 찌푸리며 주의를 주려던 진우는 바로 옆에서 느껴지는 들썩임에 고개를 돌렸다.

기사의 성마른 호통에 불쾌한 얼굴을 할 줄 알았는데 그녀는 한 손으로 입을 가린 채 웃음을 참고 있었다.

"뭐가, 우스운 겁니까?"

개구진 표정을 한 그녀가 그에게로 바짝 몸을 기울여 왔다.

"있잖아요."

마치 닿을 것처럼 가까이 다가오는 얼굴에 그의 어깨가 살짝 경직되었다. 운전석에 앉아 있는 기사에게 들리지 않게 그의 귓가에 속닥이는 그녀에게서는 옅은 꽃향기가 번져 왔다. 어제 얼굴이 맞닿았을 때도 맡아지던 향이었다. 아마도 치자 향일 거라 짐작하는 그의 귀를 그녀 특유의 억양이 간질였다.

"어디를 가든 '빨리빨리'라는 소리를 들을 수 있다고 가이드북에 쓰여 있거든요. 한국은 프랑스보다 뭐든지 빠르게 돌아간다고요. 'Ppalli Ppalli'라고 발음도 쓰여 있어요."

진우는 달콤하고 부드러운 숨결에 솜털이 곤두서는 기분이었다. 덕분에 신경이 흐트러져 좀처럼 그녀의 말에 집중하기 어려웠다.

"그런데, 방금 느리다고 혼났잖아요. 어제 공항에서 캐리어 가져올 때도 나한테 빨리 좀 움직여요, 그랬거든요. '빨리빨리'. 나, 집에 갈 때까지 몇 번이나 이 말을 들으려나?"

택시 기사의 태도에 불쾌함을 드러내는 게 일반적인 반응일 텐데. 그녀는 마치 재미난 일을 경험한 아이 같은 표정을 짓고 있었다. 진우는 그녀가 여행 온 교포라는 사실이 새삼 실감 났다.

"지하철 어느 역에서 내려 줄까요?"

"편한 곳 아무 데나요. 자갈치시장에 가는 거예요."

"그럼 중동역에 내려 줄게요."

"지누는 어디 가는 건데요?"

"근처 목재소에 나무 찾으러 갑니다. 자재상 트럭을 타고 같이 돌아올 거라 택시 타고 가는 거고."

살짝 이해하기 어렵다는 표정을 한 안젤리크가 '목재소'와 '자재상'의 뜻을 묻자 진우가 아차 싶은 얼굴로 설명을 해 주었다.

"그렇구나. 아, 혹시 오늘 저녁 약속 있어요? 없으면 나랑 같이 먹을래요? 어제 나 초밥 사 줬으니까 나도 맛있는 거 사 줄게요. 고기 좋아해요? 소고기."

안젤리크는 가이드북에 표시해 놓은 페이지를 펼쳐 해운대 소갈비집이라고 적힌 설명을 가리킨 뒤 눈을 맞춰 왔다. 답을 달라는 듯이 빤히.

사랑 벗

아이한테 말하듯 맛있는 거 사 준다는 표현에 설핏 웃던 진우가 잠시 생각하다 고개를 끄덕였다. 이 근방에선 혼자서 여행하는 사람이 고기를 먹을 수 있는 곳이 마땅치 않았다.

"그러죠."

안젤리크는 저녁 7시로 약속을 정하고 렌트한 휴대폰에 그의 번호를 저장했다. 잠시 후 택시가 중동역 앞에서 서자 진우와 택시 기사에게 고맙다는 인사를 건네고는 서둘러 가방을 챙겨 들고 내렸다. 이번에도 택시는 어김없이 경주라도 하듯 쌩하니 사라졌다.

지하로 들어가는 입구에 세워진 중동역 안내판이 그녀의 시선을 붙잡았다.

중동 Jung-dong 中洞.

공항 안내판에도 영어와 함께 한자가 쓰여 있기는 했지만 공항이라는 특수성 때문이라고 생각했는데, 작은 지하철역 간판에도 한자가 쓰여 있었다. 예전에는 한글이 만들어지기 전까지 한자를 사용했다는데 그 영향 때문인지, 아니면 한자권 관광객들이 많기 때문인지 알 수가 없었다.

「이따 지누힌데 물어봐야겠다.」

지하철에 탄 안젤리크는 동그래진 눈으로 휘파람을 불었다. 지하철역에 들어설 때부터 청결하다는 인상을 받았지만 탑승한 지하철 내부는 놀랄 만큼 깨끗했다. 인천공항과 김해공항을 거쳐 오면서도 느꼈던 사실이지만 한국의 청결도는 더럽고 악취가 심한 도시라는 혹평을 자주 듣는 파리에서 온 그녀에게는 놀라운 수준이었다.

환승역인 서면까지는 정거장이 꽤 남아 있어 빈자리에 앉아 흘러나오는 안내 방송을 무심히 들으며 가이드북을 뒤적였다. 그러다 문득 고개를 들었다. 갑자기 들려온 새소리 때문이었다.

— ……해운대역입니다. 끼룩끼룩.

그녀는 어리둥절한 눈을 하다 웃음을 터트렸다. 이번 역에서 내리면 바다와 만날 수 있다는 안내를 갈매기 소리로 표현하고 있다는 걸 뒤늦게 깨달았다. 끼룩끼룩. 갈매기는 광안역에서 한 번 더 재미난 소리를 들려주었다.

「귀엽잖아.」

웃음기가 담긴 목소리로 중얼거린 그녀가 호기심 어린 눈으로 지하철 안의 승객들을 관찰했다. 맞은편에도 그 옆쪽의 자리에도 사람들이 꽤 있었다. 졸린 눈을 비비는 학생부터 등산화를 신은 노인까지 다양한 연령대였지만 대부분이 무표정했다. 지하철을 타고 가면서 미소 지을 일이 별로 없기는 하지만, 어쩌다 눈이 마주쳐도 사람들의 표정에는 변화가 없었다.

아시아인들은 무표정에 가까울 만큼 잘 웃지 않는다는 선입견이 어쩌면 선입견만은 아닐지도 모르겠다는 생각이 얼핏 들었다. 어제 인천공항에서부터 지금까지 스쳐 간 사람들이 그녀에게 준 인상은 그랬다. 이제 겨우 만 하루도 지나지 않은 한국에서의 체류라 성급하게 속단할 수는 없지만.

그런데 이렇게 무뚝뚝해 보이는 사람들이 안내 방송에 갈매기 소리를 집어넣는 귀여운 행동을 하고 있었다. 마음과는 달리 겉모습만 무뚝뚝해 보이는 걸까. 쑥스러움이 많나.

아직은 답을 알 수 없는 궁금증을 품은 채 안젤리크는 지하철 노선도와 관광 명소들을 번갈아 가며 훑어보다 서면이라는 안내 방송을 듣고 출입문 앞에 섰다. 그녀가 가려는 자갈치역은 이곳에서 내려 1호선으로 전철을 갈아타야만 했다.

자갈치역에 도착해 지상으로 올라온 순간 더운 공기가 얼굴을 쓸었다. 생선보다는 과일과 채소를 파는 상인들이 인도 양쪽을 더 많이 차지하고 있는데도 바다 비린내가 훅 묻어났다.

인도를 따라 조금 걸어 내려가자 자갈치시장으로 들어가는 입구라는 것을 알리듯 대형 아치가 세워져 있었다.

오이소 . 보이소 . 사이소 .

아치에 커다랗게 새겨진 문구가 무슨 뜻일까 채 의문을 가지기도 전에 친절하게 덧붙여진 영어가 그녀의 궁금증을 풀어 주었다. COME! SEE! BUY! 순간 그녀는 웃음이 터졌다.

'와서, 보고, 사라'는 단순 명쾌한 표현처럼 생선들이 팔딱거리며 튀어 오르는 시장은 살아 있다는 표현이 어울릴 만큼 밝고 활기찼다. 파리든 부산이든 전통시장은 유쾌한 분위기를 공통으로 가지고 있었다.

한 번도 본 적 없는 재미난 해산물들을 발견할 때마다 휴대폰에 담았다. 멍게, 꼴뚜기, 미더덕, 꽃게. 왁자지껄한 시장 안을 신기한 눈으로 구경하는 관광객들과 장을 보러 온 부산 시민들 틈에 섞여 그녀는 호기심 어린 눈을 반짝이며 이동했다. 군데군데 생긴 작은 물웅덩이에 발이 젖지 않도록 가끔씩 깨금발을 하며.

문어가 꿈틀대고 대게가 빼곡하게 들어찬 수족관들을 구경하던 그녀의 눈이 휘둥그레졌다.

「와―」

오징어가 헤엄치는 모습을 직접 보는 건 처음이었다. 무릎까지 오는 검정 장화를 신은 상인이 수족관에서 퍼덕거리는 광어와 오징어를 체로 건져 도마에 올리더니 슥슥 칼질을 했다. 토막 난 오징어 다리가 살아 있을 때처럼 꿈틀거렸다.

서비스를 많이 주겠다고 말하며 관광객들에게 호객 행위를 하던 상인이 가이드북을 든 그녀를 발견하곤 사진을 찍으라는 듯 브이를 그려 보였다. 이 모습 또한 그녀의 휴대폰에 담겨졌다.

자갈치시장을 나와서 건널목을 건너자 골목마다 맛있는 냄새를 풍기는 노점상들이 줄지어 있었다. 길거리 어디서나 볼 수 있고, 밤늦게까지 불을 밝히는 노점상들은 아시아 문화를 대표하는 특징 중 하나였다. 이런 모습을 쉽게 보기 어려운 나라에서 온 그녀에게는 아주 매력적인 광경이었다.

떡볶이, 순대, 오뎅, 튀김. 뭐가 맛있으려나. 사진으로만 봤던 음식들의 실제 맛이 어떨지 상상이 가질 않았다. 호기심 가득한 얼굴로 노점상들을 쭉 훑으며 길을 오간 그녀는 사람들이 가장 많이 있는 곳으로 가 줄의 꽁무니에 섰다. 간판대에 '씨앗호떡'이라고 적힌 곳이었다.

「이 더위에 끓는 기름에 튀긴 도넛이라니. 대체 얼마나 맛있는 거야?」

아이스크림이나 얼음이 들어간 냉면이라는 걸 먹는 것이 낫지 않을까 싶으면서도 궁금증이 더위를 이겨 버렸다.

그녀의 앞으로 30명 가까운 사람들이 서 있어 많이 기다리겠다 싶었는데 의외로 줄이 확확 줄어들었다. 반죽한 밀가루 덩어리를 뜨거운 기름에 굽고, 구워진 반죽의 가운데를 갈라 여러 가지 씨앗을 집어넣는 과정을 유심히 지켜보다 종이컵에 담아 내미는 씨앗호떡을 얼른 받아 들었다. 종이컵을 통해 전해지는 열기에 후후 입김을 불어 식힌 뒤 한입 베어 물었다. 흥건한 기름 속에서 튀겨진 거라 좀 느끼할 줄 알았는데 고소했다. 달콤하고.

국제시장 쪽으로 걸어가며 컵에 담긴 호떡을 야금야금 뜯어 먹었다. 여름휴가를 즐기는 인파에 행인들과 어깨가 수시로 스쳤다. 처음에는 자동적으로 '미안해요.' 라는 말을 했지만 그러기에는 걸음마다 사람들과 부딪쳤다.

호떡을 다 먹은 뒤에는 오뎅이란 것을 맛보았다. 소세지처럼 기다랗게 생겨서 비슷한 식감과 맛이 아닐까, 짐작하며 한입 조심스레 깨물었다. 식감이 쫄깃하고 맛이 짭조름해서 그녀의 입맛에 잘 맞았다.

그 옆으로 나란히 놓인 가장 사랑받는 간식이라는 떡볶이. 떡볶이는 사진으로 보던 것보다 훨씬 컸다. 안젤리크는 오뎅만 한 크기의 떡볶이 떡을 가리켰다.

"떡볶이가 엄청 크네요?"

"가래떡이라 그래요. 부산에서는 이렇게도 만듭니다."

저 하얀 걸 가래떡이라고 하나 보다 짐작하며 안젤리크는 하얀 떡이 뻘건 소스에 담겨지는 광경을 지켜보다 용기를 내서 맛을 봤다. 한 접시가 아니라 딱 하나만 먹어도 되는 거라 시도해 볼 수 있었다. 고추장과 고춧가루로 만들어진 핫소스라더니 처음에는 혓바닥이, 그다음엔 입술이 얼얼해지면서 눈물까지 찔끔 솟았다. 두 번은 먹을 엄두가 나지 않을 만큼 엄청 매웠다.

안젤리크는 화끈거리는 혓바닥과 입술에 연신 손부채질하며 카페를 찾아 주위를 두리번거렸다. 여행객들이 많이 찾는 유명 관광지라 조용한 공간을 찾기가 어려울 줄 알았는데 중심지만 조금 벗어나도 사람 수가 확 줄어들었다.

음악 소리가 시끄럽지 않은 시장 안 모퉁이 카페를 발견하자 탄성이 나올 만큼 반가웠다. 다리도 아프고 입 안도 아려서 안젤리크는 얼른 안으로 들어가 아이스커피를 주문하고 창가 자리에 앉았다. 온갖 소음들에서 뚝 떨어진 공간에 들어오니 지금껏 얼마나 소음에 노출되어 있었는지 새삼 실감했다.

오전 내내 돌아다니느라 뻐근한 종아리를 스트레칭하듯 쭉 폈다. 그런 뒤 아이스커피를 한 모금 마시고는 얼음 한 조각을 꺼내 입에 물었다. 벌건 고추장 국물에 담겨 있던 떡볶이로 인해 따끔거렸던 혓바닥이 조금 진정되었다.

얼음 하나를 더 삼킨 뒤 공항에서 렌트한 2G폰을 꺼내 전화를 걸었다.

— 네, \*\*아동 복지관 정소연입니다.

"안녕하세요, 정소연 씨. 안젤리크예요."

— 아! 국내 번호라서 안젤리크 씨일 거라고는 생각을 못 했어

요. 한국에 오신 건가 봐요?

"어제 도착했어요."

— 그렇군요.

떠나오기 전 메일로 여행 일정을 미리 알려 줬었다. 그러니 저 대답은 몰랐다는 의미는 아닐 것이다. 짐작해 보자면, 아마도 딱히 전해 줄 좋은 소식이 없어서 나오는 추임새 같은 것인가 보다.

할 말을 찾지 못한 상대방의 어색한 침묵에 안젤리크는 미안한 표정으로 손에 쥔 컵을 만지작거렸다. 어쩐지 만남을 재촉하려고 전화를 한 것처럼 되어 버린 듯했다.

"음, 한국에 있는 동안 이 번호로 연락하면 된다고 알려 주려고 전화한 거예요. 부산에 왔고, 만나고 싶다면 나는 언제든지 좋다고요. 하지만 꼭 만나 주지 않아도 되니까 하고픈 대로 하라고 말해 주세요. 부탁해요."

— ……그렇게 전해 드릴게요.

"감사합니다."

— 저기, 안젤리크 씨.

"네."

— 여행 잘하시기 바라요.

"그럴게요. 감사합니다."

통화가 끝난 뒤 안젤리크는 생각에 잠긴 얼굴로 잠깐 휴대폰을 내려다보다 카페를 나왔다. 이번 여행의 우선순위가 한국이 어떤 곳인지 궁금했던 마음을 해소하는 데 있다는 걸 새삼 스스로에게 상기시켰다.

그렇게 싱숭생숭한 마음을 뒤로하고 다시 기운 내서 여행을 시작한 안젤리크는 골목길을 조금 걸어 내려가 기다란 에스컬레이터를 타고서 용두산으로 올라갔다. 생각보다 높지 않은 부산타워의 전망대에서 내려다본 항구 도시의 소란스러운 풍경은 보는 재미가 있었다. 아침에 제일 먼저 들렀던 자갈치시장 건물도 저기 보였다. 밤에 왔으면 조금 더 예뻤겠다는 생각을 하며 그녀는 시티버스를 타고 마지막 목적지인 해운대로 출발했다.

「와우!」

시원하게 펼쳐진 바다보다도 모래사장을 **빽빽**하게 메운 파라솔과 사람들에 놀라 버렸다. 어제 광안대교를 지나며 스쳐봤던 광안리 해변보다 더한 광경이었다.

바다와 태양을 즐기는 사람들 사이로 들어가 바닷물에 잠깐 발만 담그고 나와 모래사장과 호텔들 사이로 길게 난 산책길을 걸었다. 바람이 한차례씩 불어올 때마다 소나무 특유의 알싸한 향이 눅눅한 습기를 잠깐이나마 잊게 만들었다.

완만하게 휘어지는 산책길 끝에 조선호텔이 모래사장을 바라보며 서 있었다. 호텔을 등지고 계단에 앉아 맞은편으로 보이는 달맞이 언덕과 바닷속에 우뚝 솟은 등대를 감상하던 안젤리크는 문득 휴대폰을 꺼내 시간을 확인했다. 진우와의 약속에 늦지 않으려면 이제 일어나야 할 것 같았다.

지도를 보며 왔던 길을 되짚어 걷다가 차도가 있는 사잇길로 **빠**져나갔다. 가이드북에 딸린 지도보다는 해운대 관광 안내소에서 받아 온 지도가 한결 상세했다. 그럼에도 여러 개로 **뻗어** 나간 골목길 앞에서는 주춤할 수밖에 없었다. 두 번 정도 길을 묻고 건널목

사랑 벗 53

몇 개를 건너자 그제야 찾던 식당이 나왔다.

한옥 기와를 얹은 식당 입구에는 벌써 진우가 서 있었다. 그녀는 반가움이 어린 얼굴로 손을 흔들고서 그에게로 달려갔다.

"많이 기다렸어요?"

"아뇨. 나도 지금 막 왔어요. 부산 구경은 재밌었어요?"

"아주 흥미로웠어요. 그런데 여기 분위기 마음에 드네요. 맛있는 곳이라고 했는데 멋있기도 한데요?"

한옥 스타일의 음식점이 신기한지 입구에서부터 인테리어에 관심을 가지던 그녀는 안내된 방 안에 앉자 창호지가 발린 미닫이문을 가리켰다.

"난 이런 스타일의 문이 마음에 들어요."

"한옥이 마음에 들면 서울에서는 한옥 게스트 하우스를 가 봐도 좋을 겁니다."

"그러고 싶어요."

종업원이 가져다준 메뉴판을 펼쳐 마지막장까지 살펴보던 그녀가 생갈비와 양념갈비를 가리키며 진우에게 물었다.

"한국 사람들은 어느 걸 더 좋아해요?"

"더 좋아한다기보다는 소스에 양념을 한 게 아마도 조금 더 한국식이라고 할 수 있겠죠."

"그럼 나는 한국식 양념갈비 먹을게요."

주문을 마치자 반찬들부터 쭉 깔렸다. 안젤리크는 넓은 식탁을 가득 채운 그릇들을 신기해하며 반찬을 하나씩 맛보았다. 그러다 "아차, 사진."이라고 중얼거리곤 휴대폰을 꺼내 사진을 찍었다. 진우의 시선이 여행객다운 그녀의 행동을 따라갔다.

안젤리크는 뒤늦게 낮에 먹은 떡볶이처럼 매우면 어쩌나 잠시 걱정했는데, 막상 접해 본 양념갈비는 달짝지근한 데다 바비큐 특유의 불맛까지 느껴져 그녀의 입맛에 잘 맞았다. 어쩌면 혼자였던 지금까지와는 다르게 진우와 함께 먹어서 더욱 만족스러웠는지도 몰랐다.

식사를 끝내고 나와 진우가 달맞이 고개가 시작되는 길 쪽을 가리키며 물었다.

"걷기 먼 거리는 아니니까 산책 삼아 걸을까요?"

"그래요. 걷는 거 좋아해요."

그와 함께 발을 떼며 그녀가 대화를 이어 갔다.

"오늘 하루 계속계속 먹기만 한 것 같아요. 부산에 맛있는 것들이 정말 많아요. 그리고 다 하나도 안 비싸서 정말 깜짝 놀랐어요. 오뎅이랑 씨앗호떡이 맛있어서 놀라고, 천 원만 해서 또 놀랐어요."

얼마만큼 놀랐는지 표정에서도, 그리고 손짓에서도 고스란히 느껴져 진우의 입가에 슬쩍 미소가 어렸다.

"뭐가 제일 맛있었어요?"

"음."

그녀는 기억을 더듬으며 엄지부터 하나씩 손가락을 펴 먹었던 것들을 읊었다.

"씨앗호떡, 오뎅, 떡볶이 다 맛있었어요. 아, 먹은 것 중에 맛없는 거 있었어요! 이름이 뭐였더라……."

그녀는 콧등에 주름을 잡으며 기억을 떠올리려 애쓰다 포기했다.

"갑자기 이름이 생각 안 나는데. 오뎅처럼 생긴 하얀 떡에 막대

사랑 벗

기를 꽂은 건데요."

"물떡?"

"맞아, 물떡. 그건 무슨 맛인지 모를 만큼 아무런 맛이 없었어요. 물떡 좋아해요?"

"아뇨."

"그쵸? 나만 맛없는 게 아니었구나. 하지만 부산에서 유명한 음식이라고 했으니까 맛없다는 건 우리 둘만의 비밀로 해요."

개구진 표정으로 속닥거린 그녀가 비밀을 나눈 공범자에게 슬쩍 윙크를 했다.

"오늘 먹은 것 중에는 오뎅이 최고였어요. 물론 방금 먹은 양념갈비 빼고요. 고기보다 맛있는 건 없죠."

언덕을 오르느라 조금 가쁘게 호흡하며 말을 이어 가는 그녀의 콧등에 땀방울이 송글 맺혀 있었다. 어쩐지 가쁜 호흡이 비탈진 언덕 때문만은 아닌 것 같다는 생각을 하며 진우가 물었다.

"한국의 여름에는 조금 적응돼요?"

고개를 갸웃하며 쳐다보는 눈길에 아차 싶어 "날씨 견딜 만해요?"라고 고쳐 물었다.

"아니, 절대요."

대답만큼이나 단호한 표정에 진우의 눈꼬리가 접혔다.

"그래도 나 엄청 더운데도 길거리에서 뜨겁고 빨간 떡볶이도 먹었다니까요. 대단하죠?"

딱 하나였지만.

"안 매웠어요?"

"어땠을 것 같아요?"

시비라도 걸듯 비딱하게 되물어 오는 그녀의 말투에 피식 웃음이 샜다. 청바지 뒷주머니에 양손을 꽂은 채 그녀의 걸음에 맞춰 느릿느릿 발을 떼며 진우는 오늘 하루 둘러본 부산에 대한 인상을 늘어놓는 그녀의 목소리에 귀를 기울였다.

한국에 살고 있는 사람이 아니라는 걸 단박에 알 수 있을 만큼 묘한 억양. 그렇다고 영어권 원어민들이 한국어를 할 때처럼 단어마다 악센트가 강하거나, 파도를 타듯 문장의 높낮이가 심하지는 않았다.

뭐라고 할까. 모든 단어의 테두리를 한 번쯤 깎아 버린 듯 둥글게 굴리고 있다고 해야 하나. 좀 귀엽기도 하고, 약간은 나른하게도 들렸다. 멀리서 스쳐 가듯 듣는다면 마치 불어를 한다고 착각할 만큼 몽글몽글했다.

자갈치시장의 인상적인 장면에 대해 들려주던 안젤리크는 묵묵히 옆에서 걷고 있는 진우를 흘끔 올려다보았다. 감정 표현에 인색해서 좀 차갑고 무뚝뚝하다는 인상을 주었던 남자가 몇 번이나 미소를 짓고 있었다. 전형적인 관광객의 하루를 늘어놓는 자신의 이야기가 생각보다 더 재밌나. 어떤 에피소드가 이 남자한테서 저런 미소를 끌어내는 걸까, 문득 궁금해졌다.

갑자기 말이 끊기자 진우가 고개를 돌렸다. 그를 빤히 올려다보고 있던 그녀와 그의 눈이 마주쳤다. 왜, 라는 의문이 담긴 눈동자에 그녀는 그저 어깨를 으쓱여 보였다. 어쩐지 물어보면 보기 좋은 미소를 싹 지워 버릴 것 같았다.

"그냥요."

레몬빛 가로등이 하나씩 툭툭 켜지기 시작한 언덕길을 두 사람은 한동안 말없이 올랐다.

숨이 많이 차 온다 싶을 즈음 언덕 위의 집 앞에 도착했다.

"쉬어요."

"같이 안 들어가요?"

"나는 일이 남아 있어서."

그녀의 눈이 살짝 커졌다.

"바쁜데도 일부러 저녁 같이 먹어 준 거예요? 그럼 미안하잖아요. 어제도 나 때문에 시간 많이 썼잖아요. 나 혼자서 잘 다니니까 나 때문에 방해받지 말아요. 나 신경 안 써도 괜찮아요."

"나도 저녁은 먹어야 하는 거니까 미안해할 필요 없어요."

양 볼을 부풀리고 있던 안젤리크가 불만스럽게 중얼거렸다.

"이럴 줄 알았으면 억지로라도 내가 계산하는 건데. 더 미안하잖아요."

분명 그녀가 저녁 초대 한다고 했는데도 고기를 다 먹고 신발을 챙겨 신었을 때는 이미 진우가 카드 영수증을 받은 뒤였다.

"한국 사람들은 계산할 때도 빨라. 대체 언제 느려지는 거예요? 그런 때가 있기는 해요?"

엷게 웃음을 머금는 그를 보며 덩달아 눈웃음을 짓던 그녀가 살랑 손을 흔들었다.

"그럼 내일 봐요."

까딱 고개를 끄덕인 진우는 그녀가 대문 안으로 늘어가는 걸 지켜보다 등을 돌렸다. 철컹 소리를 내며 자물쇠가 걸린 대문 안쪽에서 부드러운 목소리가 흘러나왔다. 프랑스어였다.

집에 들어가자마자 달콤한 목소리로 통화를 하는 사람, 아마도 어제 '쥬뗌므'라고 속삭였던 그 사람인가 보다. 자신과는 상관없는 일에 신경 쓰는 스스로가 문득 싱겁다 싶어 진우는 그제야 대문 앞을 떠나 그의 작업실로 향했다.

# 3장

천사 같은,
참 진 벗 우

오랜만에 운동을 하면 다음 날이 아니라 그다음 날에 근육통이 더 심하게 찾아온다. 시차도 어제보다는 오늘 여파가 더 컸다. 어제는 아침 일찍부터 눈이 뜨이더니 오늘은 커튼을 투영하고 들어온 햇볕이 뜨겁다고 느껴질 때에야 잠에서 깼다.

나른하게 하품을 하고서 손을 뻗어 휴대폰을 찾았다. 렌트한 2G폰에는 메시지도 부재중 통화의 흔적도 없었다. 깨끗한 화면엔 숫자만 반짝거렸다.

「벌써?」

어느새 9시 반이었다. 평소보다 긴 열한 시간 동안 숙면을 취했는데도 몸이 축 처졌다. 억지로라도 일어나지 않으면 온종일 누워서 뒹굴뒹굴하고 싶을 만큼.

침대에서 내려와 까치발을 하고서 쭉 기지개를 켠 뒤, 욕실로 들어가 간단하게 샤워를 하고 집 밖으로 나왔다.

「어제 마트 가서 원두 사 올걸.」

기억을 더듬어 커피가 맛있었던 카페를 찾아갔다. 외양이 닮은 건물이라 거침없이 걷다가 막다른 골목길이 나와 당황해 버렸다. 그녀는 잘못 들어선 골목에서 발견한 귀여운 카페에 들어가 아메리카노와 크루아상 두 개를 테이크아웃하고서는 다시 골목길을 돌아 나왔다.

'정원 테이블에 앉아 바다를 바라보며 느긋하게 아침을 먹고, 수영복을 챙겨 해운대에 가야지.'

봉투에서 흘러나오는 커피와 빵 냄새를 음미하며 언덕길을 걸어 오르다 여린 소음에 주위를 두리번거렸다. 어디선가 꿀벌의 날갯짓 소리를 닮은 규칙적인 진동이 들려왔다.

호기심 어린 얼굴로 주변을 둘러보는 그녀의 시선이 좁은 골목길에 머물렀다. 한 줄로 길게 이어진 소나무 숲을 마주하고 있는 인적 없는 골목길. 바로 그 골목길 안쪽에서 소리가 울려오고 있다.

고개를 빼고 쳐다보자 심플한 입체 간판이 눈길을 붙잡았다. 조금 더 가까이 가서 살펴보자 건물의 벽면에서 툭 튀어나온 나무 조각이 '나무'라는 글자를 만들고 있다는 걸 알 수 있었다. 소리의 정체가 궁금했는데 어느덧 간판에 시선을 뺏겨 버렸다.

무심한 것 같기도 하고 세련되어 보이기도 하는 머리 위 간판 밑으로는 위쪽의 반은 유리로 나머지 아래쪽 반은 나무로 만들어진 미닫이문이 닫혀 있었다.

뭐 하는 곳일까. 궁금증을 가지고 반투명한 유리창 가까이 얼굴을 가져가자 테이블과 의자, 공구, 그리고 나무판들이 여기저기 보였다. 바닥에 앉아 나뭇조각 하나를 집어 드는 남자도.

똑똑 문을 두드린 안젤리크가 미닫이문을 밀었다.

"실례해요."

"네, 실례하세요."

고무망치로 의자 다리의 홈을 맞추고 있던 남자가 서글서글한 웃음을 지으며 방문객을 맞이했다. 나무라는 이름에 어울리게 나무 원판부터 완성된 가구까지, 온통 나무로 가득한 공간을 둘러보며 그녀가 물었다.

"여기 아틀리에, 공방인가요?"

"네, DIY 공방입니다. 가구 만드는 거 배우시게요?"

"아니, 뭐 하는 곳일까 궁금해서 들어와 본 거예요. 세라믹이나 그림 배우는 곳은 몇 번 봤었지만 나무 공방은 처음이거든요. 구경해도 되나요?"

"물론이죠. 천천히 둘러보세요. 여기 있는 가구들은 다 공방 회원들이 직접 만든 겁니다. 기성 가구들과 비교하면 덜 다듬은 투박한 느낌이 있지만 그래도 세상에 하나밖에 없는 가구를 내가 직접 만들어 쓴다는 기분, 꽤 뿌듯하거든요. 그래서 처음엔 다들 손에 물집이 생겼다고, 나무 가시에 찔렸다고 힘들어하다가도 나중엔 공방에 며칠만 안 와도 손이 근질근질하다고 할 만큼 중독이 되어 버리죠."

남자의 설명에 안젤리크는 감탄 어린 눈으로 가구들을 둘러보았다. 대학생 시절, 이케아에서 구입한 서랍장을 매뉴얼에 따라 조립하느라 끙끙댄 적은 있지만, 네모난 나무 원판을 직접 자르고 다듬어 가구를 만들어 본 경험은 당연히 없었다.

사랑 벗

완성된 책장과 화장대를 감상하던 눈동자가 작업 테이블 위에 놓여 있는 의자에 가닿는 순간 반짝 빛났다. 달콤한 크림 색감의 의자에 날개가 달려 있었다. 등받이 뒤편에 달린 손바닥만 한 크기의 날개는 나무가 아니라 깃털로 만든 것 같은 착각이 들 만큼 정교하게 다듬어진 모양새였다.

"이거 만져 봐도 돼요?"

"부러뜨리지만 마세요."

남자가 장난기 어린 표정으로 말하며 만지라는 듯 고갯짓을 해 보였다. 조심스레 손끝으로 날개를 쓸어 본 그녀가 눈을 동그랗게 키웠다. 딱딱하지만 동시에 아주 부드러웠다.

"보들보들하죠?"

"네."

"사포질 엄청 많이 한 거거든요."

"사포질?"

"사포. 이거요."

남자가 작업 테이블 위에 놓인 사포 조각을 가리키며 사포를 문대는 시늉을 해 보였다.

"아. 얼마만큼 배워야 만들 수 있어요?"

"뭘 만들 건가에 따라 다른데, 도저히 안 되겠다 싶을 정도로 손재주나 끈기가 없지 않다면 단순한 디자인의 탁자 정도는 며칠 만에도 만들 수 있어요. 물론 공구 다루는 법이랑 나무 치수 재는 법 같은 기초적인 내용을 먼저 배워야 하지만요."

'공구'나 '끈기'처럼 모르는 단어도 있었지만 요점을 알아들은 그녀가 날개 끝을 만지며 물었다.

"이건요?"

"그 작품은 시간도 많이 걸리고 기술도 꽤 필요해서 초보자가 만들기에는 버거워요. 보기에는 평범한 디자인에 날개만 단 것 같지만 장시간 앉아 있어도 편안한 의자 뽑아내는 작업이 상당히 까다롭거든요. 디자인은 비슷하게 흉내를 낼 수 있겠지만, 등받이 기울기가 조금만 달라져도 편안함의 정도가 확 차이 나죠. 수강생들에게 의자 기울기 같은 걸 설명해 주기 위해서 작가분이 만든 걸 가져다 놓은 거예요."

"그렇구나."

"직접 배워 보지 그래요?"

그녀는 고개를 저으며 웃었다.

"여행 와서 그럴 시간이 없어요."

"아, 여행 오신 거였어요?"

"네."

그녀가 한국인일 거라고 짐작했나 싶어 대답하는 목소리에 웃음이 담겨 있었다.

그녀는 공방 안으로 들어와서야 미닫이문의 유리가 반투명한 게 아니라 투명한 유리에 나무 가루가 쌓여 착각한 거라는 걸 알았다. 짧은 여행 기간 동안 나무 가루 날리는 공방에 갇혀 땀 흘리며 망치를 두드릴 엄두도 나지 않았지만, 무엇보다 뚝딱거리며 뭔가를 만드는 취미도 없고, 손재주도 없었다.

슬쩍 가져가 버리고 싶을 만큼 로맨틱한 눈앞의 날개 의자에서 눈길을 돌린 그녀가 생긋 웃었다.

"친절한 말 고마웠어요."

그녀의 인사에 손에 묻은 나무 가루를 작업용 앞치마에 쓱쓱 문지른 남자가 손을 내밀었다.

"별말씀을요. 인사가 늦었죠, 김경준입니다."

"반가워요. 안젤리크예요."

경준이 의아한 얼굴을 했다.

"가톨릭이에요? 세례명?"

"아니, 외국인."

"아!"

놀라던 경준이 어쩐지라는 표정을 지었다.

"안 그래도 억양이 참 묘하다 싶었어요. 어느 나라에서 왔어요?"

"프랑스."

"오— 프랑스. 미국 사람 억양은 확실히 아니다 싶었지만 어느 쪽인지 감이 안 잡혔는데, 프랑스였구나. 파리?"

"네, 파리 살아요."

"재불 교포 만나는 건 또 처음인데요? 나 대학 때 배낭여행하면서 파리에 갔었는데. 파리랑 니스. 그래서인지 더 반갑네요."

그러곤 프랑스 말을 몇 가지 할 줄 안다면서 '봉주르', '메르시 보꾸', '쥬뗌므', '똘레랑스'를 읊으며 우쭐거렸다. 장난스러운 모습에 풋 웃던 그녀는 재불 교포가 무슨 뜻이냐고 물으려다 동그랗게 눈을 떴다.

경준의 어깨 너머로 보이는 공방 안쪽 작은 문에서 불쑥 진우가 튀어나왔다. 남방과 청바지에 나무 가루를 잔뜩 묻힌 그는 반듯하게 자른 나무판을 든 채였다. 나무 공방을 보고서 그를 떠올리기는 했지만 여기서 볼 줄은 몰랐다.

"지누!"

안젤리크를 발견하고서 놀란 기색이던 진우가 반갑게 손을 흔들며 친구처럼 불러 오는 모양새에 픽 웃었다.

"여기가 지누 아틀리에였어요?"

막 재단을 끝낸 나무판에 생채기가 생기지 않도록 조심스레 작업대 위에 내려놓으며 진우가 고개를 끄덕였다.

어리둥절한 얼굴로 두 사람을 번갈아 보던 경준이 물었다.

"두 분, 아는 사이예요?"

"작은아버지 소개로 이틀 전부터 우리 집에서 머물고 있어."

겨우 이틀 전에 처음 봤다는 진우의 이름을 호칭도 없이 부르는 게 이상하다 싶어 경준이 고개를 갸웃거렸다. 더구나 자신들보다 꽤 어려 보이는데.

"실례지만 나이가 어떻게 돼요?"

질문을 받은 그녀의 눈동자가 장난기로 반짝였다.

"어, 매너 없어요. 숙녀 나이를 막 물어보고."

"아니, 나는 그게 아니라······."

당황한 경준이 두 손을 내저었다.

"장난이에요. 스물여섯 살이에요. 나 그것도 알아요. 나는 양이에요."

양띠라면 만 나이를 말한 건가 보다고 이해한 경준이 서둘러 해명을 했다.

"나이를 알고 싶었던 게 아니라, 우리보다 어려 보이는데 형을 이름으로 불러서 좀 이상하다 싶어 물었던 거였어요."

경준의 말에 안젤리크가 당황한 낯빛으로 진우를 쳐다봤.

상대방을 지칭하는 존댓말이 '당신'이라는 걸 알고 있었다. 아니면 이름 뒤에 '씨'를 붙이거나.

하지만 당신이라는 단어는 어쩐지 어학 교재용처럼 들렸다. 그리고 '이지누 씨'라고 하기에는 마치 타인처럼 거리감이 들었다. 잠시 동안이지만 한집에서 살게 된 이웃사촌이고, 나이 차이도 많이 나지 않는 것 같고, 또 어쩌면 한국에서 사귀게 되는 첫 번째 친구가 될지도 모르는데.

이름으로 부르는 게 이상한 거였다면 왜 진우는 지금껏 아무런 말이 없었을까. 그녀는 볼이 빵빵해지도록 입 안에 바람을 머금은 채 그를 쳐다보다가 물었다.

"지누라고 부르면 안 되는 거였어요? '이지누 씨'라고 할까요?"

풀이 죽은 듯한 그녀의 목소리에 진우는 어쩐지 괜찮다며 머리를 쓰다듬어 주고 싶었다. 그새 익숙해져 버렸나 보다. 동갑내기 친구에게 그러듯 '진우'라고 불러 오던 사람에게서 듣는 '이진우 씨'는 낯설었다. 진우는 별 상관 없다는 얼굴로 대답했다.

"부르고 싶은 대로 불러요."

작은 얼굴에 반가움이 확 번졌다. 마주 웃어 주고 싶을 만큼 상큼한 미소에 저도 모르게 따라 입술 끝을 올리던 진우가 미간을 문지르고는 테이블 귀퉁이에 올려진 일회용 컵에 손등을 댔다. 그녀가 테이크아웃해 온 커피였다.

"식었는데?"

"아, 깜빡했어요."

그를 따라 커피를 만져 보던 그녀가 난감한 얼굴을 했다. 더운 여름에도 모닝커피는 뜨거운 걸로 마셨다. 미지근한 커피는 맛없는데. 차라리 아이스커피라면 모를까.

"커피 한 잔 내려 줘요?"

"네. 고마워요."

너는, 하고 묻는 눈길에 경준이 좋죠, 라고 대답하자 재단실 맞은편의 다용도실로 들어간 진우가 잠시 뒤 머그잔 두 개를 들고 나왔다.

안젤리크가 종이봉투를 벌려 크루아상을 권하자 진우는 고개를 저었고 경준은 "잘 먹을게요."라고 말하며 덥석 베어 물었다. 나머지 하나를 가져간 그녀가 입 안에 남아 있는 빵을 커피로 넘길 즈음, 문득 생각났다는 듯 경준이 날개 의자를 가리켰다.

"아 참, 마음에 든다는 저 의자가 진우 형 작품이에요."

안젤리크가 동그랗게 뜬 눈으로 물었다.

"정말요?"

그녀는 의자와 진우를 번갈아 바라봤다. 믿기지 않는다는 표정에 진우는 이유가 궁금해졌다.

"왜 그렇게 놀라요?"

"이런 스타일의 디자인을 할 줄은 몰라서요. 앉아 봐도 돼요?"

진우가 의자를 그녀 앞에 내려놓았다.

딱딱한 나무 의자라 낭만적인 디자인에 비해 좀 불편하지 않을까 싶었는데 엉덩이와 등이 착 밀착했다. 보기는 심플해 보이지만 이렇게 뽑아내는 게 쉽지 않다던 경준의 말이 이해되었다.

"예쁜 만큼 편해요."

"그래요?"

덤덤한 톤으로 대꾸하는 모양새가 재밌어 안젤리크는 그를 빤히 쳐다봤다. 쿠션 하나 놓이지 않은 나무 의자가 안락의자만큼이나 편안한 게 마치 당연하다는 태도였다. 자신의 작품에 대해 자신감 있는 태도가 무뚝뚝한 그와 잘 어울렸다.

한편으로는 어떤 생각으로 이 의자를 만들었을까 궁금하기도 했다. 작품과 그걸 만든 사람이 반드시 닮는 건 아니라지만, 아무리 봐도 의자에 천사의 날개를 달아 줄 만큼 로맨틱한 성격으로는 안 보이는데. 아니면 저 의자를 디자인할 때 사랑에 빠져 있었나.

스쳐 가는 상상에 싱긋 웃던 안젤리크가 의자에서 일어나 두 남자에게 손을 흔들어 보였다.

"공방 구경 잘했어요. 커피도 고마웠고요. 나는 이제 가 볼게요."

진우는 눈짓으로 인사를 했고 경준은 다음에 또 놀러 오라며 손을 마주 흔들어 주었다.

공방이 위치한 골목을 나와 언덕길을 조금 오르다 오른쪽으로 꺾으니 그새 익숙해진 나무 대문이 보였다.

비키니 위에 원피스를 걸치고 비치 타월을 챙겨 다시 집을 나온 그녀는 느긋하게 주변을 구경하며 해운대 바다를 향해 걸었다.

비탈진 길을 한참 내려가다 기찻길을 발견하고서 휘파람을 불었다.

「이 도시는 낭만적인 요소들이 다 모여 있잖아.」

바닷길을 따라 길게 난 녹슨 기찻길이 풍경에 멋을 더하고 있었다. 그녀는 휴대폰을 꺼내 사진을 찍고서 짤막한 설명과 함께 페이스북에 올렸다. 어젯밤에 올린 해운대 바닷가 풍경에는 가족과 친구들의 댓글이 주룩 달려 있었다. 평소보다 열광적인 반응이었다.

댓글을 읽다 보니 문득 첫날 그녀에게 원래 성격이 그렇게 밝냐고 물어 왔던 표현이 덤덤한 진우가 생각나 웃음이 났다.

저 멀리 해운대 모래사장이 보이는 순간 경쾌하게 걷던 그녀의 발걸음이 주춤했다. 예상했던 것과는 달리 아직 해가 많이 뜨겁지는 않았지만 모래사장에는 모래보다 사람이 더 많아 보였다. 부산 사람들이 다 모여 있는 듯한 저 인파 속에 과연 비치 타월을 깔고 누울 자리가 있을까 싶었지만 철썩이는 바다에 발 한 번 담가 보지 못하고 돌아서는 건 아쉬웠다.

그녀는 계단을 내려가 모래사장에 발을 디뎠다. 까끌까끌한 모래 알갱이들이 발바닥을 간질였다. 바다를 향해 달리듯 뛰어가는 그녀의 손에서 샌들이 경쾌하게 달랑거렸.

아직 이른 시간이라 그런지 발목을 감아 오는 바닷물이 차가웠다. 파도에 단단하게 젖어 버린 모래 위에 서서 한동안 수평선을 감상하다 파라솔이 줄지어 세워진 곳에서 조금 벗어난 모래밭에 비치 타월을 깔았다.

홀터넥 원피스의 끈을 풀어 가방 속에 넣고는 햇볕에 몸을 좀 데우고 난 후 바닷물 속으로 들어갈 요량으로 타월 위에 길게 누워 눈을 감았다. 속눈썹을 파고드는 햇살도, 바다를 쓸고 지나온 온화한 바람이 피부를 스치고 가는 감촉도 한숨이 나올 만큼 좋았다.

햇살이 채 피부를 데우기도 전에 얼굴에 그림자가 드리웠다. 지나가는 사람의 그림자인가 했는데 바로 옆에서 목소리가 들렸다. 잠깐 눈을 감았다고 그새 햇살이 눈부시게 느껴져 그녀는 선글라스를 쓰고서 팔꿈치를 짚으며 상체를 반쯤 일으켰다.

"혼자 왔어요?"

싱그러운 웃음을 지으며 물어 오는 남자의 머리카락에서 떨어지는 물방울이 차가웠다.

"그쪽이 마음에 들어서 그러는데 같이 놀래요?"

선글라스 안 눈동자가 커졌다. 솔직히 좀 놀랐다. 저도 모르게 한국 남자들은 프랑스 남자들에 비해 수줍음이 많은 성향일 거라는 선입견을 가지고 있었나 보다. 그녀는 고개를 저었다.

"아뇨, 괜찮아요."

남자는 떠나는 대신 무릎을 접고 앉으며 다시 물어 왔다.

"나 막 아무나 헌팅하고 다니는 남자 아닌데. 이상한 사람도 아니고요. 진짜로 마음에 들어서 그러는 거예요."

"음, 나 애인 있어요."

거짓말하는 게 살짝 마음에 걸렸지만 귀찮아지지 않으려면 어쩔 수 없었다.

"에이, 거짓말. 이렇게 예쁜 여자 친구를 누가 혼자 놔둬요. 거짓말할 만큼 내가 별로예요?"

시무룩한 표정을 지어 보이는 남자가 조금 귀엽게 느껴지기는 했다. 이왕 여행을 왔으니 다양한 한국 사람들과 어울려 보는 것도 좋겠지만 지금은 햇살과 바다를 여유롭게 누리고 싶었다.

"나는 여기 안 살아요."

"나도 부산 사람 아니에요. 난 분당에서 왔는데, 어디서 왔어요?"

"프랑스. 잠깐 여행 온 거예요."

"……진짜요?"

그제야 어딘가 묘하게 느껴지는 억양의 이유를 알게 된 남자가 아예 모랫바닥에 털썩 주저앉았다. 서울의 한 대학에 다닌다는 남자는 자신의 프랑스 여행 경험을 얘기하고 그녀의 한국에서의 일정을 묻고 난 뒤 아쉬움을 드러내며 자리를 떴다.

또다시 말을 걸어오는 남자로 인해 세 번째로 휴식이 끊겼을 때 안젤리크는 일어나 바다로 뛰어들었다. 처음 두 사람과는 달리 지나치게 끈질긴 데다 몸을 훑는 시선이 불쾌함을 줄 정도라 좀 난감했다.

기분 좋은 파도의 움직임에 한동안 몸을 맡기다 뒤로 돌아 해변가를 바라보았다. 몇 층인지 가늠이 되지 않는 고층 아파트들이 왼쪽 끝에 보였다. 맞은편 달맞이 언덕 쪽에도 닮은꼴의 높다란 아파트들이 세워지고 있었다.

여기가 부산이란 말이지. 새삼스레 또다시 드는 생각이었다.

마음껏 수영을 하지는 못했지만 바다를 즐긴 그녀는 다시금 원피스를 걸치고서 비치 타월을 가방에 챙겨 넣었다. 모래사장을 벗어나 발바닥에 묻은 모래알들을 털어 내고 샌들을 신었다.

철길을 건넌 뒤 이제는 조금 눈에 익은 언덕길을 올라가다 작은 빵 가게로 들어갔다. 조금 출출하기도 했고 달달한 것도 좀 당겼다.

바게트와 크루아상처럼 늘 먹는 것 말고 프랑스에서는 보기 힘든 빵 종류를 찾다가 단팥빵을 집었다. 처음 먹어 보는 팥은 어떤 맛일까.

단팥빵을 사고 가게에서 나와 다시 언덕길을 올랐다. 어깨에 걸친 비치백을 추켜올린 뒤 팥빵을 한입 가득 베어 물었다. 조금 퍼석하다 싶은 빵의 식감에 이어 달달한 팥 맛이 느껴졌다. 또 한 입 먹으며 맛을 음미했다.

「묘하네.」

하얀 빵 속에 들어 있는, 밀크 초콜릿과 닮은 색깔의 단팥을 보며 고개를 갸웃했다. 단팥은 초콜릿하고는 전혀 다른 단맛을 품고 있었다. 부드럽고 달콤하게 입 안에서 녹을 줄 알았는데, 조금 까끌까끌하고 텁텁하면서도 설탕 맛이 느껴지는 묘한 맛. 진한 단맛을 썩 즐기지 않는 그녀의 입맛에는 맞지 않았다.

마지막 조각을 삼킨 뒤 가방을 뒤적여 물병을 꺼냈다. 입 안 가득 물을 머금고 꿀꺽 삼켰다. 그래도 단팥 맛이 남아 있어 한 모금 더 물을 삼키다 문득 떠오른 생각에 백에 달린 작은 주머니 속을 뒤적였다. 얄팍한 철제 케이스가 손에 잡혔다.

정사각형의 얇은 은빛 케이스를 열자 나란히 줄을 지어 드러누운 담배 개비들이 드러났다. 한 달 전쯤 채워 넣었는데 아직 반이 남아 있었다. 그중 하나를 입에 물고 라이터를 켰다.

담배는 친구들과 어울려 맥주 파티를 할 때 가끔 피운다. 그리고 지금처럼 입맛에 맞지 않는 것을 먹었을 때에도 쌉쌀한 담배가 도움이 되었다.

하지만 점점 늘어나는 금연 구역과 오르는 담뱃값. 건강에도 좋지 않을뿐더러 비흡연자들에게도 피해를 끼친다. 금연을 해야겠다는 생각을 늘 하고는 있었지만 특별한 계기가 없다는 걸 핑계로 고치지 못하고 있었다. 대부분의 나쁜 습관들이 그렇듯이.

바다 냄새를 담은 바람이 얼굴을 훅 쓸고 지났다. 그 바람에 매콤한 담배 연기가 눈을 찔러 왔다. 따끔거리는 눈을 찡그리고 있던 안젤리크가 철썩, 뺨을 때리는 거친 손길에 놀라 눈을 떴다. 마치 뺨에 불이 붙은 것 같았다.

충격으로 인해 커다래진 그녀의 눈에 발갛게 타오르는 담배가 손에서 떨어져 길바닥을 구르는 모습이 보였다. 볼이 화끈거렸다. 귀도 조금 멍멍한 것 같았다.

무슨 일이 벌어진 건지 채 인지하기도 전에 고함 소리가 머리를 울렸다.

"어데 새파랗게 젊은 가시나가 본데없이 길에서 담배를 피우노!"

어디서 나타났는지 성마른 표정을 한 남자가 불쑥 얼굴을 들이밀었다. 그러곤 잔뜩 화가 난 험상궂은 인상으로 삿대질을 하자 놀란 안젤리크는 주춤 뒷걸음을 했다. 알아듣기 힘든 강한 억양인 데다 너무 놀란 탓에 남자의 말을 이해하지 못했다. 정신이 이상한 사람이라면 피해야 한다고 생각하면서도 너무 놀라서 얼어 버렸다.

"어른이 말을 하면 듣는 시늉이라도 해야지. 내가 담배 끄라고 두 번이나 얘기했는데! 니는 니 애비 말도 귓등으로 듣나!"

화끈거리는 뺨을 감싼 채 눈만 깜빡이는 그녀를 노려보며 소리를 지르던 남자가 휙 하니 옆을 스쳐 갔다. 요즘 젊은것들. 하여간 말세야, 말세. 점점 멀어지는 기척과 함께 들려온 단어들이었다. 안젤리크는 뒤를 돌아볼 엄두가 나지 않아 발소리가 사라질 때까지 꼼짝도 못 한 채 서 있었다.

얼떨결에 소나기를 맞아 버린 기분이었다. 아니, 소나비는 당황스럽기는 해도 불쾌하지는 않으니까 적절한 비유가 아니었다. 이 기분을 어떻게 표현해야 할지 모르겠다.

「……뭐지?」

알아듣지 못한 남자의 고함 속에서 여러 번 들려온 단어, 담배. 남자의 행동이 아마도 담배 때문일 거라는 생각이 들자 놀라고 겁나고 화가 나던 감정이 푸시시 꺼져 버렸다. 그냥 어이가 없었다.

혀끝으로 볼 안쪽 살을 조심히 더듬었다. 맞을 때 어금니 쪽에 부딪친 건지 혀가 스치는 순간 약간 따끔했다.

맞았을 때의 여파로 손목까지 흘러내린 비치백을 다시 어깨로 끌어 올렸다. 그리고 바닥에 떨어진 담배를 주워 담배 케이스에 집어넣고서 집으로 향했다.

대문의 패드키를 누르고 있을 때 안쪽에서 문이 열렸다.

"어? 지누 있었네요?"

마주 인사를 해 오는 대신 진우가 가늘게 눈매를 접었다. 잠깐의 침묵 뒤 그가 물었다.

"볼은 왜 그런 겁니까?"

물어 올 만큼 티가 나나 싶어 되물었다.

"어떤데요? 빨개요? 부풀었어요?"

"둘 다. 무슨 일이에요?"

안젤리크는 치과에서 마취제를 맞았을 때처럼 얼얼한 느낌이 들기 시작한 볼을 검지로 가리켰다.

"맞았어요."

"맞아?"

꼭 따귀를 맞은 것처럼 부어 보이긴 했지만 진짜로 그럴 줄은 몰랐다. 휘둥그레진 눈을 하던 진우가 조심스러운 손길로 그녀의 턱끝을 잡아 올려 자세히 살폈다. 피부가 지나치게 하야면 자극에 약한 걸까. 발갛게 물들어 부풀어 오른 뺨에 진우는 얼굴을 굳혔다.

"입 속은? 안 찢어졌어요?"

"조금 따끔해요. 하지만 피 맛은 안 나요. 괜찮아요."

"들어와요."

"나가던 거 아니었어요?"

"급한 일 아닙니다."

개인전 준비를 위해 잡힌 약속이 있어 집에 들러 샤워를 하고 나오는 길이었다. 잠깐 상처를 봐 줄 여유는 있었다. 그리고 이대로 두고 나가기에는 마음이 쓰였다.

진우는 2층으로 오르며 따라오라고 고갯짓을 해 보였다. 호기심 어린 눈으로 그의 공간을 두리번거리는 그녀에게 눈짓으로 소파를 가리킨 뒤 응급 상자를 꺼내 연고를 건넸다.

"발라요."

안젤리크는 검지만 한 크기의 튜브에 적힌 이름을 한 번 보고서 면봉에 연고를 발라 조심스레 볼 안쪽 점막에 문질렀다. 그동안 얼음을 꺼내 팩을 만들어 온 진우가 소파 앞에 놓인 커피테이블에 걸터앉았다.

마주 앉아 볼의 상태를 살핀 뒤 타월로 감싼 얼음 팩을 부어오른 볼에 조심스레 가져갔다. 순간 그녀가 어깨를 움츠렸다. 덩달아 진우의 손도 움찔했다.

얼음 팩을 쥔 손을 살짝 떼며 그가 물었다.

"아파요?"

"아니."라면서 고개를 흔드는 턱을 잡아 다시 얼음 팩을 가져다 대며 "그럼?" 하고 물었다.

"너무 차가와서요."

그녀의 대답에 진우의 입술 꼬리가 슬쩍 올라가자 안젤리크는 마치 처음 보는 사람처럼 그의 얼굴을 자세히 바라보았다. 거실 창으로 스며든 밝은 햇살로 인해 평소보다 옅은 색의 눈동자에는 걱정이 어려 있었다.

조금 전 턱을 잡아 왔던 손의 감촉이 투박했다. 며칠 전 만져 봤었던 그 느낌대로. 하지만 턱을 쥐고서 맞은 곳을 확인하는 손길도, 얼음 팩을 대어 주는 손짓도 거친 손을 가진 남자답지 않게 세심했다. 단조로운 말투와는 다르게.

그에게로 고정된 그녀의 눈길에 진우는 문득 자신이 계속 얼음 팩을 눌러 주고 있다는 걸 깨닫고서는 그녀에게 팩을 건네주었다.

"좀 더 그러고 있어요."

얼얼하게 달아오른 볼의 통증과 열기를 얼음의 냉기가 가라앉혔다. 사실 연고를 바르고 얼음찜질이 필요할 만큼의 통증은 아니었다. 통증보다는 충격이 컸다.

그런데 걱정 어린 시선과 조심스러운 손길에 어쩐지 코끝이 좀 시큰해졌다. 괜스레 응석을 부리고 싶어졌다.

"이제 말해 봐요. 누구한테 왜 맞은 건지."

그의 머릿속에 가장 먼저 떠오른 폭행의 주체는 추근대다가 거절당한 남자거나 묻지 마 폭행 같은 거였다. 훤한 대낮이고 어디를 가든 사람들로 붐비겠지만 그런 곳이라고 100퍼센트 안전을 보장할 수는 없었다. 그 외에는 다른 이유가 생각나지 않았다.

"방금 집으로 걸어오는데 어떤 아저씨가 때렸어요. 요 앞에서."

"왜?"

"음, '가시나'가 무슨 말이에요?"

눈썹을 구긴 채 심각한 얼굴로 그녀의 말에 귀를 기울이던 진우가 의아한 말투로 대답했다.

"가시나? 여자아이를 뜻하는 이쪽 지방 말입니다."

"역시 그렇구나."

고개를 끄덕이다 얼음 조각이 볼을 누르는 바람에 저도 모르게 얼굴을 찡그린 그녀가 "아파요."라며 엄살을 부리다 얼른 손을 저었다.

"그런 표정 하지 말아요. 많이 아프지 않아요."

자신이 어떤 표정을 짓고 있었는지 모르는 진우는 어색하게 미간을 문질렀다.

"그런데, 갑자기 그 단어는 왜."

"내가 길에서 담배 피워서 그랬대요."

"……길에서 담배를 피웠다고 모르는 사람이 지나가다 뺨을 때렸다는 말입니까?"

"맞아요. 그 아저씨가 그래서 나 때렸대요."

진우는 말을 잃었다.

"음, 한국에서는 여자가 길거리에서 담배 피우면 안 돼요? 그러고 보니까 어제도 오늘도 거리에서 담배 피우는 사람들 많았는데

사랑 벗 81

여자는 못 본 것 같아."

한숨을 내쉰 진우가 나직하니 대답했다.

"여자들이 담배 피우는 거 안 좋은 시선으로 보는 사람들도 있지만, 그렇다고 사람 뺨을 때리지는 않아요. 그 아저씨가 이상한 겁니다."

"그런 거죠? 뭐 세상에는 이상한 사람들도 많으니까 어쩔 수 없죠."

어깨를 으쓱이며 작은 해프닝으로 넘겨 버리려는 담담한 태도에 진우는 오히려 마음이 쓰였다. 생판 모르는 사람에게 따귀를 얻어맞은 마음이 괜찮을 리가 없었다. 아는 사람에게 맞았을 때의 모멸감과는 비교가 되지 않겠지만.

"나 질문 있어요."

검지를 세우며 질문 있다고 말하는 모양새가 재밌기도 하고 귀엽기도 해 진우의 눈에 저도 모르게 미소가 어렸다.

"질문해 봐요."

"해운대에서 맥주 마시는 여자들 많이 봤어요. 그럼 알코올은 괜찮은데 담배 피우는 것만 안 좋게 봐요? 왜요?"

확실히 음주보다는 흡연에 대한 시선이 더 부정적이긴 했다.

"나도 생각해 본 적 없는 거라 질문에 답을 못 주겠는데."

"그럼, 지누는? 지누도 담배 피우는 여자 싫어요?"

"여자든 남자든 피우는 게 좋지는 않죠. 그래서 나도 피우다 끊었고."

"왜요? 건강에 나빠서?"

"냄새나서."

흡! 황급히 숨을 들이켜며 입술을 꼭 다무는 그녀의 행동에 진우의 눈꼬리가 잘게 접혔다. 어쩐지 그녀에게로 몸을 숙여 냄새를 맡는 척 장난을 걸고 싶었다.

상체를 한껏 뒤로 젖히고 손으로 입을 가린 채 안젤리크가 속닥였다.

"나한테서 냄새나요?"

웃음이 쏟아질 것 같아서 진우는 테이블 위에 놓인 연고를 집어 들고서 일어섰다. 담배 때문에 **뺨**을 맞았다는 말을 듣기 전까진 담배를 피우는 줄도 몰랐는데 냄새가 날 리가. 손을 내밀면 볼을 만질 수 있을 만큼 가까이 마주 앉았을 때 맡아진 향은 며칠 만에 익숙해져 버린 치자 향이었다. 자신처럼 미세한 나무 향을 구분할 만큼 향기에 민감한 사람이 아니라면 지나쳤을 연한 치자 향.

대답도 않고 일어서서 가 버리는 그를 눈으로 좇던 안젤리크는 손바닥에 입김을 쏟아 낸 뒤 깊이 들이마셨다. 평소에는 담배를 피우고 나면 가글을 했다. 그럴 상황이 아니면 작은 사탕을 하나 물든지. 그런데 아까는 충격 때문에 정신이 없어서 깜빡했다. 그래도 다행히 아무 냄새 안 나는데.

여전히 팩을 볼에 댄 채 가방을 챙겨 일어난 안젤리크가 거실 창 쪽으로 고개를 돌렸다.

"높은 곳에서 보니까 뷰가 더 멋져요. 밖에서 볼 때는 1층보다 창문이 더 높다는 생각만 했었는데 여기는 2층이었네요."

"2층이 아니라 복층."

"복층."

안젤리크는 단어를 외우듯 그의 말을 반복했다. 부엌 끝에서 이어지는 계단을 따라 시선을 옮기면 그가 작업 공간으로 쓴다는 한 층 위의 투명 유리 난간 너머로 책상과 책꽂이가 보였다.

그녀의 시선을 따라 복층을 올려다보던 진우는 문득 생각이 나 챙겨 두었던 원두커피를 들고 나왔다.

"이 커피 맛있어하던데. 공방에서 마셨던 겁니다."

살짝 커진 눈을 하던 그녀가 커피 봉지를 받아 들었다.

"고마워요. 이것도요."

손으로 입을 가린 채 말을 하던 그녀가 얼음 팩을 가리켜 보였다.

현관으로 향하는 그녀를 따라 나서며 다시 외출하기 위해 신을 신던 진우가 피식 웃었다. 서둘러 현관문을 빠져나가 버리는 그녀는 주름이 질 만큼 입술을 꾹 다물고 있었다.

"농담이었어요. 냄새 안 나요."

"정말요?"

고개를 끄덕이자 그녀가 얄밉다는 듯 눈을 흘겨 왔다. 그러다 풋 웃어 버리는 모습에 덩달아 입술 꼬리를 올리던 진우가 멈칫했다. 요 며칠 유독 웃음이 잦아진 자신이 어색해 머쓱해진 표정으로 계단을 내려갔다.

※※※※※

한 끼 정도는 자극 없는 죽 종류가 나을 거라는 진우의 조언대로 죽을 사 먹었다. 수프랑 닮았을 거라 짐작했는데, 하얀 쌀에 고기를 넣어 만들었다는 소고기죽은 깜짝 놀랄 만큼 맛있었다. 곁들여 나온 장조림도 왜 이렇게 조금 주나 아쉬울 만큼의 맛이었고.

죽으로 조금 늦은 점심을 먹은 뒤 지하철을 타고 시립미술관역에서 내렸다.

시립미술관에서는 본관보다 별관에 있는 이우환 작가의 공간이 그녀의 관심을 사로잡았다. 이우환 작가의 다양한 작품을 한 번에 만나 보는 건 몇 년 전 베르사유 궁전에서 있었던 전시회 이후로 두 번째였다. 잔디밭에 드문드문 놓인 조각품들과 별관 내부에 전시된 유화들을 둘러봤다. 작품들의 고요한 분위기가 8월의 땡볕에 아지랑이가 일렁이는 바깥 날씨를 잠시 잊게 해 주었다.

미술관 문을 밀고 나오는 순간 저도 모르게 헉 소리가 나왔다. 왜 미술관 곳곳에 에어컨이 설치되어 있는지 이해가 되었다. 잠시 서서 끈적함에 적응한 뒤 멀지 않은 곳에 위치한 센텀시티로 들어갔다. 부산에서 가 볼 만한 쇼핑센터라는 가이드북의 설명대로 꽤 큰 규모였다.

듣기로 유독 옷을 잘 입는다는 한국 사람들의 패션 취향은 어떤지도 구경하고. 선물하기에 좋을 만한 아이템들도 보고. 그럴 계획이었는데 쇼핑센터를 나와 택시에 올라타는 그녀의 양손에는 본래 계획보다 쇼핑백이 무겁게 들려 있었다.

집에 도착해 거실에 쇼핑백을 놓고서 다시금 바깥으로 나와 진우의 공방으로 향했다. 미닫이문 한쪽이 열려 있는 공방 안에선 경준이 휴대폰을 들여다보고 있었다.

"안녕하세요."

고개를 든 경준이 놀란 표정을 짓다 반갑게 웃었다.

"아침에 보고 또 보네요."

"그러게요. 나도 이만큼 자주 볼 줄 몰랐어요. 지누는요?"

웃음을 참은 경준이 아침에 진우가 커피를 만들어 온 공간을 가리켰다.

"진우 형은 통화 중이에요. 공방 전화는 저쪽에 설치되어 있거든요."

"혹시 저녁 먹었어요?"

"아직요. 뭐 먹을까 메뉴 찾는 중이었어요."

경준이 휴대폰을 들어 보이며 하는 말에 그녀가 반색을 했다.

"잘됐다. 맛있는 저녁 사 주고 싶어서 지누한테 전화했는데 안 받더라고요."

"아, 그랬어요? 기계 소리 때문에 전화벨이 안 들릴 때가 종종 있거든요. 그래서 소음 생기는 작업 할 때는 진동으로 해 놓고 바지 뒷주머니에 꽂아 놓기도 하는데, 집중하다 보면 진동마저도 잘 안 느껴질 때가 있어요. 아마 그래서 형이 못 받았을 거예요."

"그렇구나. 그런데 어떤 음식 좋아해요?"

"진우 형요? 진우 형은 고기……."

"아니, 두 사람 모두."

"오, 나도 사 주는 거예요?"

고개를 끄덕이던 그녀가 안쪽에서 모습을 드러내는 진우를 보고서 손을 흔들었다.

저녁 초대를 위해 전화를 했었다는 말에 뒷주머니에서 휴대폰을 꺼내 확인한 진우가 그녀에게 먹고 싶은 걸 물었다.

"나 말고 두 사람이 먹고 싶은 거요. 하지만 아까 쌀로 만든 죽 먹었으니까 밥 말고 다른 걸로요. 두 번 계속해서 밥을 먹는 건 조금 힘들어요. 한국 사람들은 밥을 정말 좋아하나 봐요. 밥을 정말 많이 먹어요. 비행기 안에서 식혜라는 걸 마셨는데 밥 알갱이가 가득 들어 있어서 깜짝 놀랐어요."

그녀의 말에 웃음을 터트린 경준이 혹시 치킨은 먹어 봤냐고 물어 왔다.

안젤리크는 고개를 저었다. 닭고기는 주로 오븐에 구워 먹었다. KFC에서 치킨을 먹어 본 경험은 있지만 훈제 맛에 익숙해서인지 기름이 줄줄 배어나는 느낌이 입맛에 맞지 않았다. 그래서인지 맛봐야 할 음식 리스트에 올라 있는 '한국 치킨'을 보면서도 딱히 끌리지가 않았다.

"아까 바닷가에서 사람들이 먹는 것만 봤어요. 가이드북에도 꼭 먹어 보라고 쓰여 있는데, 정말로 맛있어요?"

"정말로 진짜로 맛있어요. 특히나 맥주랑 같이 먹으면 더."

경준이 엄지를 치켜세웠다.

"한국에 왔으면 치맥은 먹어 봐야죠. 형, 오랜만에 맥주 한잔 어때요?"

경준의 물음에 안젤리크의 볼을 쳐다본 진우가 그녀에게 확인했다.

"괜찮겠어요?"

경미한 상처인데 아직도 신경 쓸 줄은 몰랐다. 약간 눈을 크게 떴던 그녀가 볼을 꾹꾹 눌러 보였다.

"하나도 안 아파요."

두 사람의 대화를 이해 못 하는 경준에게 그녀는 입 안에 살짝 상처가 났었다고 간단히 설명했다.

"그럼 제가 금방 사 가지고 올게요. 배달시키는 거보다 그게 바삭하고 따끈하니까."

안젤리크가 얼른 지갑을 꺼냈다.

"나도 같이 가요."

경준이 손을 내저으며 사양했다.

"이번에는 내가 쏠 테니까 다음에 사 줘요."

진우는 차 키를 찾아 드는 경준에게 집으로 오라고 말했다. 그러곤 공방을 정리한 뒤 불을 끄고 문단속을 했다.

두 사람은 집까지의 짧은 거리를 나란히 걸어갔다. 눈을 들어 진우를 힐끔 쳐다본 안젤리크는 조심스럽게 말을 골랐다. 혹시라도 잘못된 단어를 써서 그가 마음 상하는 일이 없도록.

"음, 좋아하는 일을 하는 건 아주 즐거워요. 그렇지만 쉽지는 않아요. 그렇죠?"

뜬금없이 던져진 말에 진우가 고개를 돌렸다. 눈이 마주치자 멋쩍은 미소를 지어 보인 그녀가 골목길을 바라보며 말을 이었다.

"2층 거실에 있는 테이블 직접 만든 거죠?"

대화의 맥락을 찾지 못한 채 진우가 그렇다고 대답했다.

"날개 달린 의자도, 거실 테이블도 아주 마음에 들었어요. 지누가 만든 디자인은 마음을…… 음……."

'끌다', '매혹하다'가 한국말로 뭐더라. 그녀는 하고 싶은 말에 최대한 가까운 의미를 가진 단어를 찾아 열심히 머릿속을 뒤적였다. 지금 하는 말은 영어보다는 가능한 한국말로 생각을 전하고 싶었다.

"지누 디자인은 내 마음을 잡아요. 그러니까 계속 하고 싶은 걸 하면 좋을 것 같아요. 그러면 사람들도 조금씩 알아줄 거예요. 좋은 건 언젠가는 알아본다고 생각해요. 시간이 좀 걸려도요."

그녀는 직업적 특성상 작품성만큼이나 마케팅의 영향이나 트렌드를 무시할 수 없다는 걸 잘 알고 있었다. 좋은 작품이라고 해서 반드시 빛을 보는 것은 아니라는 사실도. 진우 역시 그런 현실을 모르지 않을 거였다. 그러니 지금 건네는 말은 그저 흔한 위로처럼 들릴지도 모른다. 그럼에도 그녀는 마음을 끄는 작품을 만들어 내는 진우가 알아봐 주지 않는 사람들로 인해 지쳐서 멈추지 않았으면 싶었다.

평소의 그녀답지 않게 시간을 들여 말을 고르면서까지 하고 싶은 말이 뭔가 싶어 집중해서 귀를 기울이고 있던 진우의 눈이 커졌다. 가족에게서도, 누구보다 그를 잘 이해해 주는 작은아버지에게서도 이런 위로가 담긴 격려는 받아 보지 못했다.

'내 마음을 잡아요.'

지금껏 들었던 어떤 평가들보다 더 진심이 느껴지는 찬사였다. 마음을 건드리는 그녀의 말을 되새기던 진우가 부드러운 음성으로 물었다.

"공방에 배우러 오는 사람이 없다 싶어서 걱정했어요?"

"뭐…… 조금?"

"그래서 위로해 주는 거고?"

"위로가 아니라 아마도 용기?"

혹시나 자존심을 건드린 건가 싶어 조심스레 쳐다보는 눈길에 마음이 간질거렸다. 간지러움이 청바지 뒷주머니에 찔러 넣은 손끝까지 전해져 오는 기분이었다.

해가 길어 이제야 켜지기 시작한 가로등을 바라보며 묵묵히 걷던 그가 대답했다.

"바캉스입니다, 지금."

응? 하는 눈빛으로 쳐다보는 눈길이 느껴졌다.

"공방 바캉스라서 경준이와 나 둘밖에 없는 거예요. 그리고 공방은 주로 경준이가 맡아 하고, 나는 따로 내 작업실이 있어요. 공방 옆에. 그리고 대학에서 강의도 하고 있고."

스쳐 가는 표정들을 놓치지 않으려 그녀의 얼굴에서 눈을 떼지 않은 채 진우가 덧붙였다.

"대학 시간 강사는 경제 활동이라고 하기에는 보수, 페이가 아주 적지만, 가구 디자인과 주문 제작을 주로 하고 있어서 걱정하는 것만큼 하고 싶은 일을 하느라 경제적인 어려움을 겪지는 않아요. 만약 그렇다고 해도 그만두고 싶은 마음도 전혀 없고."

"그렇구나."

잘 모르면서 지레짐작으로 간섭을 한 건가 싶어 멋쩍은 표정을 짓던 그녀가 나직이 속삭였다.

"다행이다."

안심이 묻어나는 그녀의 얼굴을 가만히 쳐다보던 진우가 뭔가 떠오른 듯 갑자기 물었다.

"프랑스어로 안젤리크는 정확히 어떤 뜻이에요?"

뜻밖의 물음에 안젤리크는 슬며시 눈을 내리깔았다. '메신저'라는 의미를 가진 그리스어가 어원인 안젤리크Angélique는 '천사와 같다'라는 의미를 가지고 있다. 그래서 가족이나 친척들은 '안젤Angel'이라고 줄여 부른다. 말 그대로 천사다.

그에게도 가지고 있는 의미 그대로 얘기해 주면 되는데 어쩐지 쑥스러웠다.

"웃지 않는다고 약속해 줘요."

금방 대답을 해 올 줄 알았는데 안젤리크는 볼을 빵빵하게 부풀리더니 검지를 세우며 요구를 해 왔다. 의아한 표정으로 한쪽 눈썹을 밀어 올린 진우가 고개를 끄덕였다.

"약속하죠."

잠시 머뭇거리던 그녀가 중얼거렸다.

"뭐…… 천사 같다는 뜻이에요."

웅얼거리는 말투에 진우의 입꼬리가 씩 올라갔다. 스펠링에 엔젤이 들어가니 천사와 관련된 뜻을 가졌을 거라고 짐작은 했다. 단지 좀 더 정확한 의미를 알고 싶은 거였는데.

소리를 낸 것도 아닌데 웃음기가 전해졌는지 휙 쳐다보는 눈길에 얼른 손가락으로 입술을 문질렀다. 입술의 웃음은 지웠지만 눈꼬리 끝에 매달린 웃음기는 미처 어쩌지 못했다. 이름의 의미보다도 멋쩍어하는 태도가 더 귀여웠다.

"거짓말쟁이. 안 웃는다고 약속해 놓고는."

매서운 비난에 도리어 그의 웃음이 깊어졌다. 무뚝뚝한 말투와

차가운 인상과는 달리 생각보다 자주 웃는다 싶어 빤히 쳐다보던 안젤리크가 물었다.

"그럼, 지누는? 무슨 뜻이에요?"

진우는 자신의 이름을 풀었다.

"참 진眞 벗 우友. 진정한 친구."

안젤리크가 동그래진 눈을 하고서 멈춰 섰다.

"진우였어요? 지누가 아니라?"

"……어쩐지."

진우가 혼잣말처럼 중얼거렸다. 그를 불러 올 때면 마치 '지누'처럼 들렸는데, 발음 때문이 아니라 정말로 지누라고 알고 있었다.

그녀가 삐죽 입술을 내밀었다.

"진정한 친구라니, 약속을 금방 깨 버리는 사람한테 안 어울리는 멋진 이름인데요?"

진우의 얼굴에 또 한 번 미소가 스쳤다.

"보통 천사는 모든 걸 다 알고 있지 않나? 남의 이름을 계속 틀리게 부른 사람한테는 안 어울리는 이름 같은데."

"…… '천사 같은' 이라고요. 천사가 아니라."

양쪽 검지와 중지를 토끼 귀처럼 까딱이면서 '천사 같은'을 강조하며 항변하는 말끝에 바람 같은 웃음이 스며 나왔다. 웃음은 금세 진우에게로 전염되었다.

조용한 골목길에 들릴 듯 말 듯 맞춰 가던 발소리가 승용차 엔진 소리에 삼켜졌다. 경준이었다. 차를 세운 경준이 조수석에서 묵직한 비닐 봉투 두 개를 꺼내 들었다.

"냄새 끝내주죠?"

뜨거운 기름에 갓 튀겨 낸 고소한 치킨 냄새가 소나무 향을 밀어내었다.

## 4장

걱정으로 진 빠졌어요?

기대를 하지 않았다. 기대가 충족되지 않으면 실망할 거고, 실망이 미움으로 이어질까 봐서. 미움이 생기면 힘들어지는 건 누구보다 그녀 자신일 테니까.

절대 만나지 않겠다는 말을 전해 들었고, 그래서 연락이 올 거라는 기대감도 크지 않았다. 한 번쯤은 한국이라는 곳에 오고 싶었고, 그 기회에 생물학적 엄마를 만날 수 있다면 좋겠다라고 생각했을 뿐이었다. 별다른 기대 없이 관광하는 기분으로 여행을 와서 실제로 매일 관광을 다니기도 했고.

그럼에도 마치 고장 난 것처럼 메시지 한 통 오지 않는 휴대폰을 매일 확인하는 건 묘한 기분이 들게 했다. 미처 예상치 못했던 감정이었다.

휴대폰을 쥔 채 움직임이 없던 안젤리크가 벌떡 일어나 짐을 꾸렸다. 오늘부터 3일간은 서울에 방문할 예정이었다.

진우가 알려 준 콜택시 번호로 전화를 한 뒤 캐리어를 현관 앞에 내놓았다. 그러고는 2층으로 올라가 문을 두드렸지만 대답이 없었다.

「엄청 부지런한 사람이야.」

혼잣말로 중얼거리는데 대문 앞에서 클랙슨이 울렸다.

「벌써?」

서둘러 캐리어를 끌고 대문 앞에 대기 중인 택시에 올라탔다.

부산역으로 향하는 택시 안에서 안젤리크는 한옥이 마음에 들면 서울에서는 한옥 게스트 하우스를 가 보라던 진우의 조언이 떠올라 한옥 게스트 하우스 사이트에 들어가 예약이 가능한지를 확인했다. 불가능할 거라는 예상과는 달리 운 좋게도 대문 옆에 위치한 1인실을 잡을 수 있었다.

생모에게서 혹시라도 만나자는 연락이 올지도 몰라 방문 도시만 정했을 뿐 구체적인 계획은 잡지 않았다. 그래서 숙소를 예약하는 데 어려움이 있지는 않을까 걱정했는데, 한국은 여행하기 편한 곳이라던 진우 작은아버지의 말처럼 여행 당일에 기차표를 사는 것도 숙소 예약도 별다른 어려움이 없었다.

열차에 올라 KTX 매거진에 소개된 여행지들을 훑어보다가 문득 들리는 안내 방송에 주위를 둘러보았다. 어느새 동대구역이었다.

동대구역에서 승하차를 하는 사람들의 분주한 움직임을 바라보다 진우에게 그녀의 서울행을 알려야 한다는 생각이 들어 테이블 위에 올려놓은 휴대폰을 집다 아차 했다. 그의 전화번호는 렌트한 휴대폰에 저장되어 있었다. 콜택시를 부른 뒤 소파 테이블 위에 올려놓고는 깜빡했다.

그녀는 진우의 전화번호를 기억해 내려 애를 썼다.

「번호가 뭐더라.」

이름으로 저장하고, 저장한 이름을 찾아 버튼을 누르는 게 습관이 되어 버려 전화번호를 외울 일이 없었다.

지금 프랑스는 새벽 5시니까, 오후에 그의 작은아버지에게 전화해서 진우의 연락처를 물어봐야겠다. 그렇게 생각하다 공방이 떠올라 포털 사이트에 접속해 'Busan Haeundae Atelier'를 검색했다. 사이트 몇 개를 클릭한 끝에 눈에 익은 간판을 찾았다. 홈페이지 하단에 051로 시작되는 번호가 있었다.

전화를 걸자 한참 동안 신호음이 울리다 자동 응답기로 넘어갔다. 안젤리크는 짧은 음성 메시지를 남겼다.

"진우, 안젤리크예요. 나는 지금 서울 가요. 두 밤 자고 올 거예요. 어쩌면 더 있다 올지도 몰라요. 또 봐요."

전화를 끊은 뒤 바둑판같은 들판과 올망졸망한 산등성이를 감상하던 그녀는 문득 진우는 어떤 카테고리의 사람일까, 라는 생각을 했다. 그를 단순히 아는 사람이라고 하기에는 부족한 감이 있었다. 그럼 여행지에서 알게 된 친구?

턱을 괸 채 획획 빠르게 지나는 창밖 풍경을 바라보며 안젤리크는 어젯밤 정원에서 치킨과 맥주를 앞에 두고 꽤 늦게까지 함께 얘기를 나눴던 진우를 떠올렸다. 정확히는 대화를 주도한 건 경준이었고, 진우는 물으면 대답을 하는 수준이었다.

그는 말수가 많은 편은 아니었지만 그래도 궁금해하던 걸 조금은 알 수 있었다. 부산 사람들과 달리 사투리 억양이 전혀 없던 이유는 계속 서울에서 지내다 작년 봄부터 부산에 정착해서였다. 계기는 부산의 한 대학에서 강의 제안을 받았기 때문이고, 가르치는 작업이 즐겁고, 방학 때면 할머니 댁에서 보내던 어린 시절의 기억이 좋아서 부산을 선택했다는, 그런 소소한 것들.

아직 친구라고 하기에는 조금 이른, 아는 사람과 친구 사이. 그는 친구가 되어도 좋을 것 같다는 인상을 주는 사람이었다.

— 우리 기차는 잠시 후 서울, 서울역에 도착합니다.

머릿속을 오가는 생각들보다 몇 배는 빠르게 달린 KTX는 대전을 지난 지 얼마 되지 않아 벌써 서울역으로 들어서고 있었다.

플랫폼에 내려선 순간 그녀는 코를 찡그렸다. 대도시의 기차역이라 그런지 공기가 탁했다.

역에서 나와 택시에 올라탔다. 아무래도 캐리어 때문에 지하철보다는 택시가 편할 것 같았다.

빌딩 숲을 빠져나가던 택시 앞으로 갑자기 잿빛 기와지붕을 얹은 아담한 전통 문이 불쑥 나타났다. 동그래진 눈을 하고서 기사에게 묻자 '숭례문'이라는 대답이 들려왔다. 창가에 바짝 붙어 앉아 창밖을 내다보는 그녀의 눈이 기대로 반짝였다. 부산에서는 쉽게 볼 수 없었던 전통 건물을 구경하는 기분이 색달랐다.

또다시 높낮이가 다른 빌딩들을 휙휙 지나고 이번엔 넓은 광장이 보였다. 광장에는 근대 건축 양식의 연회색 석조 건물과 그 뒤로 온통 유리로 마감된 건물이 나란히 붙어 있었다.

왼편으로 고개를 돌리자 고궁 앞에서 전통 의상을 차려입은 남자들이 예식을 진행하고 있었다. 창문을 내리자 둥둥 북소리와 남자들의 우렁찬 함성이 들려왔다.

이번에는 묻기도 전에 기사가 먼저 알려 주었다.

"저 유리 건물이 시청이고, 그 앞에 있는 게 옛날 시청, 그리고 지금 보는 궁궐이 덕수궁이고요."

그 뒤로도 택시 기사는 이름을 알려 줄 만하다 싶은 것들이 나오면 일일이 짚어 주었다.

제대로 속도를 내지 못하는 도로 상황이 반가울 만큼 눈길이 닿는 곳마다 볼거리가 넘쳤다. 대로를 달린 택시는 조금 전 봤던 궁궐보다 한층 웅장한 궁궐을 돌아 옆길로 들어갔다. 완만하게 경사진 길을 조금 더 달려 편의점 앞에서 차를 세운 기사가 친절히 여기가 북촌이라고 알려 주었다. 그러고는 편의점과 초등학교 사이에 난 작은 길을 손짓으로 가리켰다.

"요쪽 길로 걸어가면 5분도 안 걸립니다. 길이 좁아서 택시로 들어가는 것보다 걸어가는 게 편해요."

"감사합니다."

잠시 망설이던 안젤리크는 요금에다 팁을 더해 건넸다. 가이드북에는 팁을 주는 문화가 아니라서 생략해도 된다고 나와 있었지만, 오는 동안 친절하게 설명을 해 주어 고마움을 표시하고 싶었다. 기사는 고맙다며 기분 좋게 받아 들였다.

곧바로 캐리어를 끌고 골목길로 걸어가는 대신 안젤리크는 주위를 빙 둘러보았다. 갑자기 훅 낮아진 건물들의 높이만큼이나 소음도 줄어든 북촌은 서울 속 또 다른 공간처럼 이색적이었다. 근처에 렌트하는 곳이 있는지 한복을 차려입은 관광객들이 그녀의 곁을 스쳐 지났다. '이 무더위에?'라는 생각이 들면서도 예뻐서 그녀 또한 한 번쯤 입어 보고 싶었다.

안젤리크는 캐리어를 끌며 초등학교 담벼락을 따라 골목길로 들어갔다. 장난기 많은 호랑이를 만화 캐릭터처럼 그려 놓은 그림과 초록색 산 위에 달과 해가 함께 그려진 풍경화 앞에서 걸음을 멈추고는 카메라 기능을 터치했다.

이웃한 기와지붕들이 서로 포개질 듯 가까이 붙은 한옥들을 구경하며 골목길이 나올 때마다 벽에 붙어 있는 번지를 확인했다. 택시 기사의 말처럼 얼마 걷지 않아 게스트 하우스의 주소가 적힌 번지가 보였다. 게스트 하우스는 한 뼘을 겨우 넘는 심플한 간판이 아니었다면 그냥 지나쳤을 만큼 일반 한옥과 외관상 별 차이가 없었다.

벨을 누르자 반갑게 맞아 준 게스트 하우스 주인이 1인실 사랑방으로 안내해 주었다. 방 안에는 외국인 관광객들을 위한 접이식 매트리스와 한국식 침구가 함께 준비되어 있었다. 다른 투숙객들은 이미 관광을 하러 나갔는지 작은 마당이 딸린 한옥은 조용했다.

캐리어를 열어 간단히 짐을 정리한 뒤 방 안에 딸린 욕실에서 씻고 나온 그녀는, 게스트 하우스의 주인이 추천해 준 식당을 찾아가 담백한 만두로 이른 점심을 먹었다. 그러고는 곧장 창덕궁으로 향했다. 작은 크로스 백 하나만 메고 나와 조금 전보다 한결 가벼워진 걸음걸이였다.

유네스코에 지정된 한국에서 가장 예쁜 정원이라는 창덕궁 후원은 정해진 시간에 해설사와 동반해야만 입장이 가능하다고 했다. 그녀는 영어 가이드가 아닌 한국어 가이드를 선택해 표를 구입하고 시간이 될 때까지 주변을 둘러보며 기다렸다.

해설사와 함께 후원으로 들어서자 무성한 숲이 그녀를 맞아 주었다. 도시 한복판이라는 것을 잊게 할 만큼 고요한 숲 속엔 새소리와 조용히 해설사를 따르는 사람들의 발소리만 들려왔다. 신발에 밟히는 작은 돌들이 간혹 자그락자그락 소리를 냈다. 쉽게 만나기 어려운 도심 속 흙길이었다.

이제 곧 부용정과 주합루가 보일 거라는 설명에 관람객들의 웅성임이 높아졌다. 설명대로 아담한 연못과 연못 주위로 크기와 형태가 다른 건축물이 모습을 드러내자 해설사가 네모난 모양의 연못을 가리켰다.

"부용지는 네모의 형태를 띠는데요, 네모는 땅을 표현하고 있고, 연못 속의 저 동그란 섬은 하늘을 의미합니다."

사각형의 연못과 연못 안에 동그랗게 솟은 섬의 의미를 설명한 해설사가 부용지와 관련된 에피소드를 하나 꺼내 놓았다. 부용정에 자리를 한 왕이 신하들에게 운을 띄우고 지정한 시간 안에 시를 짓지 못하면 연못에 떠 있는 작은 배에 태워 저 섬으로 유배를 보내버렸다는 이야기였다.

부용정의 정감 가는 분위기만큼이나 위트 있는 에피소드에 반해버린 안젤리크는 여름이 아닌 다른 계절에는 이곳이 어떤 색채를 띨까 궁금해졌다. 하얀 눈이 잿빛 기와지붕과 연못을 덮은 광경이나 초록 나뭇잎들이 붉게 물들어 있는 광경 같은 것들.

한 시간에 걸친 후원 탐방이 창덕궁 입구에서 마무리되자 그녀는 사람들 속에서 벗어나 고즈넉하게 창덕궁을 거닐었다. 정교한 무늬의 나무 문들과 담에 동그랗게 구멍을 뚫어 정원과 정원을 잇는 석조문도 예뻤지만, 무엇보다 숲과 고요함이 마음에 들었다.

창덕궁을 나와 궁을 등지고 선 안젤리크는 들고 있던 관광 지도를 펼쳐 다음 방문지인 인사동을 찾았다. 눅눅한 습도와 바로 옆에서 달리는 차들이 뿜어내는 탁한 공기만 아니라면 조금 더 즐거웠을 길이었다.

가능한 한 그늘을 따라 걸으며 도착한 인사동은 북촌과 창덕궁 후원이 기대 이상으로 좋았던 탓인지 조금 실망스러웠다. 그래서 예상보다 빨리 인사동을 떠나 덕수궁으로 향했다.

인사동에서 덕수궁까지는 갈아타야 하는 지하철보다는 택시가 편할 거라는 중간에 들렀던 카페 주인의 조언을 따랐다. 돌담길이 인상적이었던 덕수궁에 택시가 서자 안젤리크는 덕수궁과 전면이 유리로 마감된 현대식 시청 건물을 함께 담아 카메라 초점을 맞추었다. 몇백 년의 시간 차이가 나는 건축물이 공존하는 풍경은 묘한 매력을 가지기 마련이었다.

돌담길과 궁을 지키는 군인들이 눈길을 끌었던 덕수궁은 궁 안으로 발을 들여놓는 순간부터 호감이 갔다. 궁궐이라고 하기에는 놀라울 만큼 아담한 규모와 소박한 석조 미술관, 그리고 여러 나라의 장식 스타일이 섞인 듯한 정관헌 외에는 특별하다 싶은 것이 없는데도 이상하게도 마음을 건드리는 구석이 있었다. 만약 이 도시에 산다면 자주 방문하는 장소가 되었을 거라는 생각이 들 만큼.

덕수궁 구경을 마치고 기념품 숍을 겸하는 카페에 들어가 아이스커피 한 잔을 테이크아웃하려던 안젤리크의 눈이 동그래졌다. 궁금증을 일으키는 낯선 메뉴판을 읽어 나가다 직원에게 물었다.

"왜 이름이 '양탕국'이에요?"

익숙한 질문인지 주문을 받으려던 직원이 친절하게 답했다.

"처음 커피가 들어왔을 때 탕약을 닮은 서양에서 온 음료수라는 뜻으로 양탕국이라 불렀거든요."

"탕약이 뭐죠?"

직원은 약효가 있는 허브들로 만든 데콕션Decoction이라고 설명해 주었다.

하나가 맘에 들면 나머지도 다 좋아 보인다더니, 돌담길이 인상적이었던 덕수궁은 카페 메뉴판까지도 근사했다. 안젤리크는 얼음이 들어간 '냉침차'를 주문하고는 커피가 만들어지는 동안 기념품들을 구경했다. 센스 있는 메뉴판만큼이나 예쁘고 독특한 소품들이 많아 그녀는 계획했던 예산의 몇 배나 초과해 버렸다.

덕수궁에서 멀지 않은 청계천과 광장시장을 구경하고 나왔을 때에는 도시가 불빛들로 반짝이고 있었다. 빨갛고 노랗고 파란 색의 현란한 간판들로 덮인 건물은 미관상 아름답다고 하기는 어려웠지만 아시아 특유의 풍경이다 싶게 인상적이었다.

늦은 저녁을 먹은 뒤 게스트 하우스로 돌아오자 불빛이 한지가 붙은 미닫이문들을 은은하게 투영하고 있었다. 낮과는 전혀 다른 분위기였다. 밤 12시가 가까운 시각이라 그녀는 조용히 방 안으로 들어와 잘 준비를 하고 요를 깔았다.

오랜만에 열심히 걸은 탓에 나른한 몸이 포근하게 감싸 오는 요 속으로 빠져 들어갔다. 불을 끄고 선잠이 드려는 찰나 휴대폰이 진동했다.

부모님과는 저녁을 먹으면서 통화했는데. 시차 따위 무시하고 이 늦은 시간에 전화를 한 걸 보면 아마 오빠일 거다.

핀잔을 줄 준비를 하고서 휴대폰을 집었다가 긴장된 얼굴로 통화 버튼을 눌렀다. 프랑스에서 걸려 온 거라고 생각했는데 82로 시작되는, 한국 전화번호였다.

"여보세요?"

— ……이진웁니다.

이 늦은 시간에, 그리고 평소와는 확연히 다른 딱딱한 말투에 고개를 갸웃했다. 그녀는 일어나 앉아 휴대폰을 바꿔 쥐며 물었다.

"무슨 일이에요?"

— 어딥니까?

"나는 서울에 있죠. 무슨 일 생겼어요?"

휴대폰 너머 진우는 침묵했다. 숨을 들이켜는 소리가 들린 것도 같았다. 마치 화를 억누르는 것처럼. 무슨 일인데 이 늦은 밤에 전화를 걸어 온 걸까. 어떤 일이 있어도 평정을 유지할 것처럼 단단해 보이던 사람을 감정적으로 만든 일이 뭘까. 걱정 어린 낯빛으로 막 입을 떼려는데 그의 목소리가 들렸다.

— 전화 한 통 해 줄 생각이 안 들었습니까?

"네?"

그녀의 눈이 동그래졌다.

— 이 시간까지 연락도 없이 안 들어오면 내가 걱정할 거라는 생각 안 들었어요?

"어…… 하지만."

— 한국에서 지내는 동안은, 여기 있는 동안은, 그쪽에 대한 책임이 나한테 있으니까 행선지 밝히고 다녀요. 걱정으로 사람 진 빠지게 만들지 말고.

행선지라는 단어는 아마도 가는 곳을 말하나 보다. 걱정으로 사람 진 뺀다는 말이 정확히 어떤 뉘앙스인지는 모르겠지만 아마도 걱정을 많이 했다는 뜻일 테고.

안젤리크는 이해할 수가 없어 얼굴을 찌푸리며 물었다.

"나 서울 간다고 메시지 남겼는데요? 못 들었어요?"

잠깐의 침묵 후 그의 목소리가 들렸다.

― 메시지도 부재중 통화도 없었습니다.

"어, 이상한데? 나 엉뚱한 곳에 전화하지 않았어요. 인터넷으로 아틀리에 찾아서 전화했어요. 렌트한 모바일폰을 깜빡하고 집에 놔두고 왔거든요. 분명히 '나무 공방입니다. 메시지 남겨 주세요.' 라는 말을 들었다고요. 진우 목소리였어요."

잠시 동안 휴대폰 너머에서는 아무런 말도 들려오지 않았지만 그가 당황했다는 게 확실히 전해졌다. 긴장이 풀린 안젤리크는 다시금 요에 누우며 지금 그가 짓고 있을 표정을 상상해 봤다. 진우는 당황하면 어떤 표정을 지을까, 짓궂은 호기심이 솟았다. 김해공항에서 그의 볼에 입술이 스쳤을 때처럼 눈을 크게 뜨고 있을까. 미간에 주름을 만들고 있을까.

"지금 아주 당황했죠?"

― ……메시지 남긴 줄 몰랐습니다. 밤늦게 전화해서, 그리고 오해해서 미안해요.

"괜찮아요. 나 걱정해서 그런 건데."

― 잠든 거 깨운 겁니까?

"반만 잠들었어요. 이제 잘 거예요."

― 여행 잘해요. 혹시나 문제 있으면 전화하고.

"그럴게요."

대답을 한 그녀가 "그리고 진우."라며 덧붙였다. 졸린 데다 누운 탓에 평소보다 조금 더 나른하게 들리는 목소리였다.

"내가 잘못한 건 아니지만, 그래도 걱정으로 진 빠지게 해서 미안해요. 진 빠진다는 게 무슨 뜻인지는 정확히 모르겠지만요."

웃나 보다. 피식 바람 소리가 들려왔다. 종료 버튼을 터치하는 그녀의 눈꼬리가 접혔다.

전화를 끊은 진우의 얼굴에는 전화를 걸던 조금 전과는 달리 미소가 어려 있었다.

오늘 아침, 마당을 가로지르며 쳐다본 1층 창문에는 커튼이 드리워져 있었다. 개인전 작품 설치 문제로 큐레이터와 만나느라 오전 시간을 다 쓰고 잠깐 공방에 들렀다가 집으로 돌아왔을 때에도 1층에선 인기척이 없었다.

오늘은 어디를 구경하고 있으려나, 생각하다 어제 나눈 대화를 떠올렸다. 마음을 다치게 할까 봐 조심스레 말을 고르며 용기를 건네던 모습은 아마도 꽤 오랫동안 기억에 남을 것 같았다. 낯선 타인인 그녀에게서 온전히 이해받는 기분마저 들었다.

그러다 손가락으로 토끼 귀 모양을 만들며 '천사 같은'을 강조하던 그녀의 표정이 떠올라 피식거리다 멈칫했다. 웃음이 많아진 것만큼이나 안젤리크를 떠올리는 순간들이 늘어나고 있다는 사실을 자각하고 있었다. 진우는 머리를 털어 그녀의 생각을 지웠다. 그러곤 컴퓨터를 켜 주문받은 의자 디자인 작업에 착수했다.

저녁을 먹을 즈음 혼자서 뭘 먹고 있으려나 싶은 생각에 잠깐 안젤리크가 떠올랐다. 그러다 사람이 너무 많아 바다 수영을 즐기지 못해서 아쉽다던 표정도 떠올라 한적한 해변으로 데려가 줘야겠다는 생각을 했다. 모래사장이라기에는 지나치게 아담하지만.

그런 뒤 또다시 곧바로 일에 몰입해서 의자의 다리 부분을 나무로 할지, 아니면 철제를 사용하는 것이 더 어울리는지 다양한 소재로 맞춰 보다 문득 고개를 돌려 거실 창을 바라보았을 때 검푸른 바다에는 은색 보름달이 그림자를 드리우고 있었다. 정원의 가로등보다 더 밝은 달이 시간이 깊어졌음을 알려 주었다.

조용히 계단을 밟아 내려갔다. 여전히 커튼이 내려진 방은 바다보다 더 어두웠다.

작업에 집중하고 있었지만 만약 대문 소리가 났다면 놓치지 않았을 거다. 그래도 혹시나 싶어 불 꺼진 침실 창문을 톡톡 두드렸다. 잠시 기다려 보아도 아무런 반응이 없어 다시 2층으로 올라가 휴대폰을 집었다. 오랜 신호음이 흐르고 음성 사서함으로 넘어가도록 받지를 않았다.

"이진우입니다. 메시지 들으면 전화 줘요."

음성 메시지를 남기고서 다시금 컴퓨터 앞에 앉았다. 집중이 잘되지 않아 몇 번이나 시계를 쳐다보다 또다시 전화를 걸었지만 여전히 받지 않았다. 어디인지, 원하면 데리러 가겠다는 내용의 문자를 보낸 후 시간을 확인했다. 12시가 가까워 오고 있었다.

밤 12시. 부산의 여름은 휴가를 즐기러 온 사람들로 새벽에도 들썩거리는 곳이 드물지 않았다. 타인에게 쉽게 다가가는 성격이니 새롭게 사귄 사람들과 어울리고 있는 건지도 몰랐다. 아마도 진동으로 해 놓았거나 주위가 소란스러워 전화벨 소리를 듣지 못하는 듯했다. 의사소통에 문제가 없는데 괜한 걱정을 사서 할 필요는 없을 거다.

긍정적인 쪽으로 생각을 몰고 갔지만 마음을 놓기에는 부족했다.

'부산은 파리보다 훨씬 깨끗하고 안전한 도시인 것 같아요.'
'가이드북에도 한국과 일본은 여행하기 안전한 나라라고 나와 있어요.'

그녀의 말처럼 상대적으로 범죄율이 낮을지는 모르지만 그게 절대적으로 안전하다는 말은 아니었다. 특히나 이 시간에 혼자인 여자에게는 더욱.

걱정이 크기를 부풀려 갔다. 초조하고 불안한 마음을 애써 누르며 다시금 통화를 시도했다. 이번에도 역시 받지를 않았다.

한국말도 잘하면서 전화 한 통, 문자 하나 보내는 게 뭐 어렵다고. 이 정도 예의는 아는 사람일 텐데. 무슨 일이 생긴 건가.

답답한 마음에 거칠게 머리를 긁어 올리다 뒤늦게 렌트폰 외에도 스마트폰이 있다는 사실이 떠올랐다. 공항에서 시도했던 통화가 불발로 끝나 저장되어 있지는 않았지만, 번호를 기억하고 있었다. 서둘러 스마트폰으로 전화를 걸었다. 신호가 가는 동안에도 그의 시선은 정원 끝 대문을 향해 있었다.

그녀가 전화를 받는 순간 짙은 안도감이 밀려왔다. 그러다 휴대폰 너머로 들려온 "여보세요."라고 말하는 나른하고 태평한 목소리에 울컥 화가 치밀었다. 그래서 저도 모르게 딱딱한 목소리를 냈다. 하지만 메시지를 남겼다는 말을 듣자 마음을 조였던 게 허탈하고 화를 낸 게 미안해졌다. 진 **빠진다는** 게 뭔지 모르지만 미안하다는 말에는 웃음도 났다.

휴대폰을 테이블 위에 내려놓던 진우가 소파에 털썩 몸을 묻었다. 짧은 시간에 정말로 진이 다 빠진 기분이었다.

아침에 눈을 뜨자 제일 먼저 떠오른 사람은 진우였다. 푹신한 요에 누운 채 어젯밤의 전화 통화를 회상하던 안젤리크는 방을 정리하고 나와 맨발에 닿는 시원한 툇마루의 감촉을 즐기며 공동 부엌으로 건너갔다.

미닫이문을 밀자 고소한 커피와 버터 향과 함께 다양한 악센트의 영어가 쏟아졌다. 투숙객 대부분이 외국인 관광객들이라 아침을 먹으며 서로 정보를 공유하고 있었다. 그녀도 식탁에 앉아 한국에 대한 인상과 정보 몇 가지를 나누고서 게스트 하우스를 나왔다.

고궁이 테마였던 어제의 일정과는 달리 오늘은 핫 플레이스라는 홍대 주변과 서울을 한눈에 내려다볼 수 있는 롯데월드타워, 그리고 자하 하디드가 설계한 동대문 디자인 플라자를 방문할 예정이었다.

홍대는 지하철역에서부터 사람들로 넘쳐 났다. 그녀는 물결처럼 우르르 계단을 오르는 사람들 속에 파묻혀 함께 움직였다. 재미난 소품들을 파는 상점들과 거리 공연을 잠깐 구경하다 지도를 따라 여러 골목길을 돌아다녔다.

점심은 뭘 먹을까 고민하며 식당을 찾는 그녀의 눈에 전철역명과 동일한 이름의 대학교가 보였다. 한국의 대학은 처음이었다. 설립된 지 오래되지는 않았는지 고풍스러운 건축물은 보이지 않는 대학 캠퍼스를 조금 구경하던 그녀는 학생들에게 물어 대학 식당으로 들어갔다.

 요리로 유명한 나라답지 않게 프랑스의 대학 식당들은 맛이 없었다. 저렴하다는 메리트가 없다면 학생 식당의 이용자 수가 확 줄어들 만큼. 그래서 별다른 기대 없이, 단순히 한국의 대학 식당은 어떨지 궁금증 때문에 대학생들 사이에 줄을 섰을 뿐이었다.

 그런데 허니머스터드소스를 찍은 훈제 오리 스테이크 한 조각을 먹는 순간 그녀의 눈이 동그래졌다.

 「맛있잖아!」

 그 외에도 달콤하면서 매콤한 진미채볶음과 샐러드, 김치, 콩나물국, 검은색 밥. 모두 훈제 오리만큼이나 그녀의 혀를 즐겁게 했다. 이 가격에 이런 퀄리티의 음식을 만들어 낼 수 있다니! 요 며칠간의 여행 경험만으로 판단하기에는 성급할지 몰라도 한국은 인터넷뿐만이 아니라 요리 강국이라고 해도 틀린 말은 아니지 싶었다. 어쩐지 미식 여행을 하는 기분마저 들었다.

 숙소인 북촌으로 돌아온 건 롯데월드타워 전망대와 동대문 디자인 플라자를 거쳐 삼청동과 경복궁 야경까지 감상한 후였다.

 어제는 아침부터 밤늦게까지 돌아다닌 탓에 오늘은 늦게까지 푹 자고 일어날 생각이었다. 그러나 마당에서 들려오는 소리들에 일찍 잠이 깨 버렸다. 일어나 방을 정리하며 그녀는 아쉬운 마음이 들었다. 이틀간 머물렀던 한옥은 공간이 협소하고 방음이 잘되지 않는다는 불편함에도 불구하고 또 머물고 싶은 매력이 있었다.

그녀는 게스트 하우스 주인이 차려 준 토스트와 커피로 간단히 아침을 먹고서 북촌을 떠나 이태원 쪽으로 이동했다. 오늘은 관광이 끝난 뒤 바로 부산으로 돌아갈 예정이라 지하철 코인 로커에 들고 나온 캐리어를 보관한 뒤 리움 미술관으로 향했다.

세계적으로 명성이 높은 건축가 세 명의 합작으로 지어진 삼성 미술관 리움을 찾아가며 안젤리크는 새삼 'SAMSUNG'이라는 대기업에 대해 떠올렸다.

SAMSUNG은 한국에 대해 별다른 관심이 없는 사람들에게도 익숙한 기업이었다. 특히 한국 하면 가장 먼저 삼성을 떠올리는 프랑스인들이 꽤 많았고, 몇 년 전 TV에서 방영된 '삼성공화국'이라는 타이틀의 다큐멘터리는 그런 생각을 더욱 굳히게 만들었다. 휴대폰과 전자 제품만 떠올리던 사람들은 삼성의 손길이 뻗치지 않은 분야가 없다는 사실을 접하고 충격을 받기도 했고, 가족 경영을 하는 대규모 기업집단을 뜻하는 'Chaebol재벌'이라는 단어도 알게 되었다.

궁금했던 리움 미술관과 미술관에서 멀지 않은 이태원, 그리고 쁘띠 프랑스라는 서래마을을 구경하는 것으로 2박 3일간의 짧은 서울 여행을 마친 그녀는 수서역으로 향했다. 수서역에서 SRT를 타고 도착한 부산역은 어쩐지 여행을 마치고 집에 돌아온 것 같은 착각을 주었다.

무의식적으로 주위를 둘러보며 택시 승차장이 있는 방향으로 걸어가던 그녀의 눈이 커졌다가 금세 예쁘게 휘어졌다. 그녀를 기다리던 진우가 눈인사를 해 왔다.

'이 남자와 친구 했으면 좋겠다.'

수서역에서 기차에 오르며 진우에게 전화를 했었다. 이름을 저장해 놓지 않았더라도 33으로 시작되는 프랑스 국가 번호만으로도 그녀가 걸었다는 걸 알 텐데 진우는 "이진우입니다."라고 말하며 전화를 받았다. 마치 모르는 사람의 전화를 받듯이. 설핏 웃음을 흘린 안젤리크가 "음, 나는 안젤리크입니다."라고 대꾸하자 그에게서도 옅은 바람 소리가 났다.

그러고는 두 사람은 잠시 말이 없었다. 어쩐지 좀 멋쩍기도, 또 말랑거리는 것도 같은 기분에 기차표를 만지작거리던 안젤리크가 도착 시간을 알렸다. 진우는 알겠다고 짧게 말하고는 전화를 끊었다.

'친구 했으면 좋겠다.' 전화를 끊고서 든 생각이었다. 그리고 지금 부산역에서 예상치 못하게 그의 마중을 받다 보니 다시금 그 생각이 떠올랐다.

안젤리크는 캐리어를 끌고서 그의 앞으로 다가갔다. 며칠 만에 그와 마주하는 기분이 이상하리만큼 반갑고 들떴다.

"온다는 말 안 했잖아요."

"시간을 낼 수 있을지 확실치가 않아서. 여행 잘했어요?"

"네, 아주 흥미 있었어요."

"갈까요?"

차를 세워 둔 곳으로 가면서 어디를 방문했냐고 물어 오는 그에게 안젤리크는 엄지, 검지, 중지를 차례대로 펼치며 장소들을 읊었다. 덕수궁. 창덕궁. 북촌마을. 홍대.

"그중에서 덕수궁이랑 후원, 그리고 북촌이 가장 좋았어요."

"한옥에서 자느라 안 불편했어요?"

요만 깔고 잤던 첫날과는 달리 둘째 날은 등이 아파서 매트리스도 깔았다고 고백한 그녀가 "그래도."라며 덧붙였다.

"1년쯤 살아 보고 싶을 만큼 아주 예뻤어요. 미닫이문이랑 방문들 앞에 있는 나무 벤치랑 지붕에 달린 윈드벨이 특히요."

유심히 그녀의 이야기를 듣던 진우가 단어를 정정해 주었다. 그가 알려 주는 대로 '쪽마루'와 '풍경' 그리고 '처마'라는 생소한 단어를 따라서 발음하던 그녀가 웃었다.

"진우 덕분에 내 한국어 실력이 좋아지겠어요."

이런저런 얘기를 하다 보니 어느새 차가 광안대교에 진입했다. 어둠이 지는데도 광안리 해변에는 사람들이 여전히 많았다. 안젤리크는 가끔씩 폭죽이 터지는 해변에서 눈을 돌려 그를 바라보며 물었다.

"여자 친구 있어요?"

조금 커진 눈으로 돌아보며 없다고 대답하는 그에게 그녀는 얼른 손을 내저었다.

"아, 난 연인 말고 그냥 친구 말하는 거예요."

"없어요."

"한 명도?"

"한 명도."

"왜요? 혹시 여자랑 남자는 친구가 될 수 없다고 생각해요?"

"글쎄…… 깊이 생각해 본 주제는 아니라서. 아마 힘들겠죠."

세상에는 정답이 없는 질문들이 꽤 많고, 그중 하나가 이성 간의 지속적인 우정이 가능하냐는 물음일 거다. 누군가는 당연히 가능하다고 하고, 누군가는 일정 조건하에서 일정 기간 동안 가능하다는 말을 하고, 또 누군가는 이성 간의 우정은 애초부터 불가능하다고도 한다. 그러니 각자의 답이 있을 뿐 정답은 없는 질문임에도 장난이 치고 싶어 그녀는 그를 놀렸다.

"마초구나."

그가 픽 웃었다. 눈꼬리가 접힌 눈매가 꽤 매력 있다는 생각을 하며 안젤리크도 덩달아 웃음을 지었다.

"나랑은요? 나랑도 친구 할 수 없을 것 같아요? 나는 친구 했으면 좋겠는데."

어떤 대답을 줄까 기대하며 그를 바라보던 그녀가 고개를 갸웃했다. 방금 전 마초라고 놀렸을 때와는 조금 다른 느낌의 미소였다. 마치 친구 하자는 제안이 좋은 듯도 또 아쉬운 듯도 한 것처럼 느껴졌다.

"왜 그렇게 웃어요?"

"지금부터 친구 하자고 정한다고 친구가 되는 건 아니지 않나? 게다가 며칠 있으면 떠날 사람인데."

"냉랭해!"

입꼬리를 올린 진우가 그녀의 말을 바로잡아 주었다.

"냉정해. 그리고 냉정하다기보다는 현실적이라고 하는 게 좀 더 정확한 표현이죠."

"가끔씩 궁금할 때 연락하면서 지내면 되잖아요. SNS도 있고. 프랑스 여행 오면 내 집에서 지내도 되고요."

"그 정도는 친구보다는 아는 사람이라는 말이 더 어울리지 않나."

무정한 대답에 그녀는 맘이 상했다는 듯 복어처럼 볼을 **빵빵하**

게 부풀렸다.

"나랑 친구 하기 정말 싫은가 봐요."

안젤리크는 그의 친구 기준이 궁금했다. 아마도 진중하게 사람을 사귀고 한번 친구가 되면 오랫동안 관계를 유지하는 타입일 거라고 짐작했다. 그리고 조금 전 여자 친구라는 말을 착각하고서 해 준 대답 때문인지 그는 어떤 타입의 여자를 좋아하는지도 궁금해졌다.

"그럼 뭐 그냥 아는 사람만 해요."

청량한 바람을 닮은 웃음이 그에게서 그녀에게로 번졌다. 3일 만에 마주한 두 사람 사이에 소소한 대화가 쉬지 않고 오갔다.

집에 도착해 캐리어를 현관에 내려놓아 주는 진우에게 다시 아틀리에로 가는 거냐고 물었다. 그렇다는 그의 대답에 또 물었다.

"경준 씨도 있어요?"

"있어요."

"그럼 나도 같이 아틀리에로 가요. 선물 사 왔거든요. 이건 진우 거."

서울 여행 기념이라며 그녀는 전통 문양이 새겨진 봉투를 건넸다.

"이건 귀엽고 재밌어서, 그리고 이건 내가 즐겁게 읽었던 책인데 한국어가 있더라고요."

귀엽고 재미있다는 건 민화처럼 그려진 십이지상 엽서였다. 그녀가 같이 건넨 아멜리 노통브의 〈두려움과 떨림〉을 훑어보던 그가 마치 고양이처럼 보이는 호랑이 그림을 들어 보이며 물었다.

"내가 호랑이띠인 건 어떻게 알았어요?"

"나보다 다섯 살 많다고 했잖아요. 엽서 살 때 나이를 말해 주니까 알려 주던데요?"

"고마워요."

엽서와 책을 2층에 갖다 놓고 오겠다는 그를 기다리는 동안 안젤리크는 경준의 선물을 따로 챙겨 들었다.

공방으로 향하는 골목길로 접어들자 에어브러시로 나무 가루를 떨어내고 있던 경준이 반가운 얼굴을 하며 사과를 해 왔다.

"서울 잘 갔다 왔어요? 얘기 들었어요. 외국 번호로 음성 메시지가 남겨져 있어서 순간적으로 보이스 피싱일 거라고 생각하고서는 듣지도 않고서 지워 버렸어요. 미안해요."

"괜찮아요. 여기, 선물. 빵 좋아한다고 했었죠?"

"어? 여기 빵 맛있다고 소문난 곳이라서 한 번쯤 먹어 보고 싶었는데. 잘 먹을게요. 아, 나도 줄 것 있어요."

서래마을에서 사 온 빵과 타르트가 든 봉투를 건네받은 경준이 잠깐만 기다리라더니 작업실 안쪽에서 책을 한 권 들고 나왔다.

"다음에 만나면 줘야지 했는데, 오늘 주게 되네요. 미술관에서 일한다고 했죠? 한국 미술사에 관한 건데 소설처럼 재밌고 쉽게 쓴 글이라서 어렵지 않게 읽힐 거예요."

"와, 정말 고마워요."

체계적인 한글 교육을 받지도 않았고 회화 위주로 배운 터라 책을 읽는 건 쉽지가 않았다. 그래도 그의 마음 씀에 감동해 버렸다. 책을 받아 든 안젤리크는 다시 한번 고맙다는 말을 하면서 "에이, 뭘요."라며 별것 아니라는 듯 씩 웃는 경준에게로 다가가 발꿈치를 들었다. 훅 가까워진 얼굴에 경준의 눈이 한껏 커지고 두 사람의 볼이 맞닿으려는 찰나, 갑자기 그녀가 한 발짝 뒤로 물러섰다.

"아 참, 이러면 안 되는데. 잠깐 깜빡했어요. 잘 읽을게요."

조금 전 볼을 간질였던 그녀의 머리카락 감촉에 놀라 순한 소처럼 눈을 끔뻑인 경준이 멍한 얼굴로 물었다.

"어? 혹시 프랑스에서는 선물 받으면 볼에다 뽀뽀해요? 만나서 인사할 때처럼?"

"어떤 사이냐에 따라 조금 다르지만 거의 그렇게 해요. 정확하게는 볼에 뽀뽀하는 게 아니라 서로 볼을 대는 거지만요."

"마음에 드는 인사법인데요? 나는 프랑스식으로 인사해도 거절하지 않을 건데."

안젤리크가 가늘게 눈을 뜨며 말썽쟁이 아이를 혼낼 때처럼 검지를 흔들었다.

"음탕해요."

"음탕 말고 음흉."

옆에서 조용히 단어를 바로잡아 주는 진우에게 안젤리크는 얼른 고맙다고 속삭이고서는 근엄한 목소리로 다시금 말했다.

"음흉해요, 경준 씨."

경준은 억울한 표정으로 항변했다.

"아니, 난 그냥 농담한 건데. 그리고 형도 뭐예요. 아닌 거 다 알면서."

피식 웃음을 흘리는 진우와 억울함을 호소하는 경준을 재미난 얼굴로 바라보던 그녀가 갑자기 생각난 듯 손뼉을 쳤다.

"나 물어볼 것 있어요. 인사동에서 본 건데, 요만하고 뚜껑을 열면 거울이 나오는 거였어요."

"아, 경대요? 옛날에 여자들이 화장할 때 쓰던 거 말하는 거죠?

사랑 벗

이런 거?"

경준이 휴대폰을 꺼내 금방 이미지를 찾아서 보여 줬다.

"맞아요."

"근데 경대는 왜요?"

"경대 만들어 달라고 부탁하려고요. 이거보다 조금 더 작고 더 예쁜 색깔로요. 될까요?"

"만드는 거야 어렵지 않지만, 이왕이면 직접 만들어 보는 건 어때요? 한국 온 기념으로 만들어서 갖고 가면 좋잖아요."

"나 무서워서 드릴은 한 번도 만져 본 적 없는데."

"막상 써 보면 무서울 거 없어요. 내가 많이 도와줄게요. 그럼 하루면 뚝딱 만들 수 있을 거예요."

"음…… 생각해 볼게요."

"에이, 그렇게 말하는 사람치고 만들러 오는 사람 못 봤는데. 직접 만들 생각 없죠?"

"아마도요."

생각을 들켰다는 듯 개구진 표정으로 눈동자를 굴린 안젤리크가 손을 흔들며 인사를 했다.

"나는 조금 피곤해서 가 볼게요. 오랜만에 아주 열심히 걸었거든요."

"그래요, 가서 쉬어요. 빵 잘 먹을게요."

"네, 다음에 봐요."

그녀는 말없이 두 사람의 대화를 지켜보던 진우에게도 손을 들어 보였다.

"데리러 와 줘서 고마웠어요, 진우."

어느새 습관이 되어 버린 웃음으로 인사를 대신하고는, 시간이 늦어 골목길 중간쯤까지 그녀를 배웅했다. 집 안으로 무사히 들어가는 모습을 지켜본 뒤 공방으로 되돌아온 진우에게 경준이 물었다.

"억양이 독특해서 그런가, 말할 때 깨물어 주고 싶지 않아요?"

"사탕이야, 깨물게."

"에이, 형은. 그만큼 귀엽다는 거죠. 그나저나 꼬박꼬박 진우라고 불리는 기분이 어때요, 형?"

진우가 입꼬리를 올렸다.

"뭐 익숙해져서."

5장

감천마을

대문이 닫히는 소리에 눈이 떠졌다. 몇 시지?

「여덟 시 10분 전인데. 부지런하구나, 진우.」

성실한 모범생 분위기인데 실제로도 이미지와 성격이 일치하는 사람이었다.

덩달아 일찍 외출 준비를 마친 안젤리크는 테이크아웃한 커피를 마시며 지하철역까지 꽤 먼 거리를 산책 삼아 걸었다. 장산 지하철역에 도착해 안내원에게 오늘 방문할 곳의 주소가 적힌 휴대폰 화면을 보여 주며 가장 가까운 역명을 물었다.

"감천 1동. 아, 감천문화마을 가시려고요? 그럼 서면에서 1호선으로 갈아탄 다음에 토성역에서 내리시면 됩니다. 거기서 걸어가시든지 아니면 택시를 타시든지요."

"감천문화마을이요?"

"거기 구경 가시는 거 아니었어요? 부산 지도를 들고 계셔서 여행 오신 줄 알았는데. 몇 년 전부터 여기가 유명해졌잖아요."

"⋯⋯그렇구나. 감사합니다."

장산역에서 출발한 지하철이 서면에 도착할 때까지 안젤리크는 손에 든 주소에 눈길을 둔 채 생각에 빠져 있었다. 부산시 사하구 감천 1동 \*\*번지. 그녀의 입양 서류에 적혀 있던 주소다. 현재는 감천 1동에서 감천로라고 바뀐 주소지에서 여전히 생모가 거주하고 있다고 했다. 그리고 생부는 5년 전 사망했다고 들었다.

「관광지인 줄은 몰랐네.」

감천 1동이 가이드북에도 소개된 그 감천문화마을일 줄은 몰랐다.

그녀가 태어나고 자란 곳을 향해 지하철이 덜컹이며 달려가고 있었다. 친부모의 행방을 찾지 못해 만나지 못하는 것과 만남을 거부당한 것. 어느 쪽이 더 속상한 일인지 모르겠다.

「바보같이 뭐 그런 걸 비교해.」

안젤리크는 스스로가 한심하다는 듯 중얼거렸다. 생모가 살고 있는 마을을 찾아가는 길은 막연히 짐작하던 것보다 조금 더 복잡한 감정이 들게 만들었다.

부산까지 왔지만 연락이 없는 생모에게 원치 않는 만남을 강요할 생각은 여전히 없었다. 친부모와의 만남이 일회성으로 끝나거나 혹은 안 만난 것보다 못한 케이스들도 있다는 걸 알고 있었다. 낳아 준 부모라는 사실만으로 충분히 의미가 있지만, 때로는 그것만으로는 관계를 유지하는 충분한 이유가 되지 못하기도 했다. 그러니 어쩌면 만나지 않는 편이 나을지도 몰랐다.

그럼에도 태어나고 살았던 동네를 한 번쯤은 가 보고 싶어 망설이다 일정에 넣었다.

서면에서 갈아탄 1호선이 토성역에 도착했다. '감천문화마을'이라고 쓰인 출구로 나가자 어린 왕자와 여우 판넬을 배경으로 사진을 찍는 사람들이 보였다. 안젤리크는 고개를 갸우뚱거렸다.

「부산Busan시와 리옹Lyon시가 결연이라도 맺은 건가?」

생텍쥐페리가 태어난 도시인 리옹과 부산이 어떤 연관이 있나? 그래서 생텍쥐페리의 어린 왕자와 여우를 만들어 놓은 건가?

어떤 사연으로 어린 왕자와 여우가 이곳에 있는지는 몰랐지만 생뚱맞은 만남이 반가워 사진으로 남기고서 택시를 잡아탔다.

"여기서부터 쭉 걸어가면 됩니다."

택시 기사는 마을로 올라가는 입구에서 그녀를 내려 주었다.

감천마을은 바다를 앞에 두고서 경사진 언덕에 비슷한 크기와 형태의 집들이 층층이 자리한 모양새의 작은 동네였다. 연한 핑크와 크림색 몸통에 파랑색 혹은 하늘색 지붕을 이고 있는 낮은 집들은 지금껏 본 한국의 여느 주거 공간보다 더 다양한 색감을 선보여 주는 듯했다.

그녀는 벽면을 채운 벽화들과 조각품들이 곳곳에 자리한 골목들을 둘러보며 서서히 위를 향해 걸어 올라갔다. 알록달록한 색상의 작은 물고기들이 모여 커다란 물고기 모양을 만드는 나무 조각품과 편편한 지붕에 놓인 커다란 항아리들처럼 인상적인 것들은 모두 사진으로 담았다.

언덕배기에 있는 집들이 대부분 그렇듯 굽이진 골목길과 계단을 많이 가진 동네였다. 그리고 그보다 더 많은 관광객들이 골목을 채우고 있었다. 화사한 페인트칠이 되어 있는 벽면과 곳곳을 장식한 조각품들 덕분에 동네에서는 밝은 이미지가 느껴졌다.

「슬퍼 보이지 않아서 다행이다.」

적막한 회색빛 동네였다면 아마도 지금보다 더 마음이 무거웠을 것 같았다.

걷다 보니 유독 긴 줄이 보였다. 지구에 불시착한 어린 왕자와 그의 친구 여우와 함께 사진을 찍으려는 사람들이었다.

「이래서 지하철역에 판넬이 있던 거구나.」

도시의 이름을 딴 대부분의 공항들과는 달리 생텍쥐페리가 태어난 리옹Lyon시는 공항에 그의 이름을 붙여 주었다. '리옹—생텍쥐페리 공항'. 프랑스인들의 특별한 사랑을 받고 있는 생텍쥐페리와 그의 어린 왕자와 여우. 장소 때문에 감상적인 기분이 든 걸까. 어린 왕자와 여우를 그녀가 태어나고 자란 동네에서 만난 기분이 묘했다.

「한국에도 사람 이름을 붙인 공항이 있을까?」

가이드북을 들췄지만 정보를 얻을 수 없었다. 이따가 진우에게 물어봐야지.

안젤리크는 아쉬운 얼굴로 어린 왕자와 여우에게서 돌아섰다. 사진을 찍기 위해 따가운 태양 빛을 고스란히 받으며 차례를 기다리기에는 줄이 지나치게 길었다.

그곳을 지나쳐서는 벽면에 부착되어 있는 번지를 굳이 확인하며 여기쯤인가 짐작하는 대신 안젤리크는 그냥 골목을 걸었다. 번지가 보일 때면 괜스레 눈길을 바닥으로 내렸다. 대신 관광객이 몰린 곳들보다는 거주하고 있는 사람들의 흔적이 더 많이 보이는 곳들 위주로 둘러보았다.

한 바퀴 돌아 언덕길을 되짚어 내려오다 강렬한 빨강 우체통을 만났다.

"느린 우체통?"

빨강 색상의 우체통도 귀여웠지만 특히나 '느린'이라는 글자가 시선을 잡았다.

이름이 마음에 드는 엽서 가게에 들어가 예쁜 엽서를 고르다 궁금해하던 느린 우체통의 의미를 물었다. 직원이 친절하게 설명을 해 주었다.

"상대방에게 엽서가 도착하기까지 1년 가까이 걸린다고 해서 느린 우체통이라고 불러요."

안젤리크의 눈이 동그래졌다.

"정말 1년이 지나야 받는 거예요?"

"정확히 1년 후에 받으시는 건 아니고요. 10개월 혹은 11개월 후에 받으신 분들도 계시고, 1년 만에 받아 보신 분들도 계시고 그래요."

"아이디어가 정말 귀여운데요?"

그녀는 감천마을 위로 파란 하늘에 흰 뭉게구름이 둥둥 떠다니는 엽서와 어린 왕자와 여우가 마을을 내려다보는 뒷모습이 사랑스러운 엽서, 두 장을 골랐다. 그리고 느린 우체통을 체험해 보려 엽서를 쓸 수 있는 공간을 찾아 주위를 두리번거렸지만 카페처럼 편하게 앉을 수 있는 곳은 자리가 모두 차 있었다.

그녀는 밖으로 나와 햇살이 드리워진 좁은 골목 계단에 걸터앉아 엽서를 써 내려갔다.

안녕 진우.

사랑 벗

1년 뒤에 받아 보고서 놀란 얼굴을 할 진우를 그려 보며 간단한 감사 인사를 쓰려고 했는데, 쓰다 보니 행간 폭이 점점 줄어들 만큼 말이 많아지고 있었다. 마지막으로 날짜와 이름을 적고서 우체통에 넣으려고 일어서던 안젤리크가 다시금 주저앉았다. 생각에 잠긴 얼굴로 입술을 잘근거리다 기념으로 간직하려던 감천마을이 그려진 엽서를 꺼내 들었다. 방금 전 진우에게 쓸 때와는 달리 펜을 쥔 채 한참을 고민하다 또박또박 적어 내려갔다.

> 내가 기억하는 나는 언제나 행복한 아이였어요.
> 그리고 지금의 나도 행복해요.
> 그러니까 엄마도 행복하면 좋겠어요.
> 안젤리크, 강은진.

　'당신도 행복하면'과 '엄마도 행복하면' 사이에서 조금 고민하던 것과는 달리 '안젤리크' 옆에 '강은진'을 나란히 쓰는 걸 망설이지 않았다.
　느린 우체통에 두 통의 엽서를 집어넣던 그녀가 통 안으로 미끄러져 들어가는 엽서를 황급히 잡아챘다. 그리고 어린 왕자와 여우가 그려진 엽서만 다시 우체통에 넣은 후 동네 풍경이 그려진 엽서는 손에 쥐고서 돌아섰다.
　이곳을 다녀갔다는 이야기조차 1년이 지난 후 알려야 하나. 만나지 않겠다는 의사를 존중한 것만으로 이미 충분히 배려한 거 아닐까. 그러니 엽서 하나쯤은 괜찮을 거다.
　복잡해 보이는 골목길이었지만 세 번의 물음 끝에 주소에 적힌 집을 찾을 수 있었다.

하늘에 가장 가까운 집. 관광객들이 모여드는 곳과는 조금 거리가 있는 집. 연하늘색 페인트가 칠해진 담과 초록색 대문의 경계에 작은 우편함이 달려 있었다.

**번지 김순임.

닫혀 있는 대문과 얕은 담 너머의 작은 마당을 한동안 바라보다 그녀는 우편함에 엽서를 넣었다. 조금 전처럼 마음이 바뀌어 우편함 속으로 다시 손을 집어넣을까 봐 올라올 때와 달리 서둘러 언덕을 내려왔다. 유독 굽이진 골목이 많아서 그런가. 햇살이 뜨거워서 그런가. 머리가 조금 어지러웠다.

토성역에서 시내 중심지라는 서면까지는 전철로 열 정거장이었다.

안젤리크는 얼핏 서울과 비슷한 듯 다른 부산 시내를 구경했다. 기분 전환을 하고 싶었다. 옷가게들이 다닥다닥 붙어 있는 매장 앞에 내어놓은 큐빅 장식의 샌들에 눈이 갔다. 놀라울 만큼 작은 규모의 신발 가게 주인이 샌들에 눈을 빼앗긴 그녀에게 호객 행위를 했다.

"보지만 말고 한번 신어 봐요. 안 사도 되니까 부담 갖지 말고 들어오세요. 사이즈가 어떻게 돼요?"

눈대중으로 발을 훑으며 남자가 "230?"이라고 어림짐작을 하자 그녀는 고개를 갸웃거렸다.

"37 신으니까 한국 사이즈로 235일 거예요."

남자가 웃음기 어린 얼굴로 핀잔을 주듯 말했다.

"아니 뭐 손님은 우리나라 사람 아니에요? 우리나라라고 하면 되지 뭘 또 한국 사이즈라고 해요? 외국 사람도 아니고."

안젤리크는 의아한 얼굴로 물었다.

"한국이라고 하면 안 돼요?"

"뭐 안 될 거야 없지만, 이왕이면 우리나라라고 하는 게 듣기 좋죠. 안 그래요?"

"그런가요?"

"그렇죠."

남자의 말 때문에 좀 전에 감천마을까지 태워 준 택시 기사와의 대화가 떠올랐다. 그때 택시 기사는 "한국에서는"이라고 말을 꺼내려는 그녀에게 "우리나라라고 해야지 왜 한국이라고 합니까."라고 했었다. 기사는 그녀가 한국인이 아니라는 걸 몰라서 그랬겠지만, 기사와 승객 간에 오가는 별것 아닌 가벼운 대화에서 나온 '한국'이라는 단어를 굳이 '우리나라'라고 고쳐 줄 거라고는 생각하지 못했다. 그래서 좀 인상적인 기억으로 남았는데 방금 또 신발가게 주인이 그녀의 말을 고쳐 주었다.

그러고 보면 한국에서는 '우리'라는 표현을 쓰는 일이 꽤 많았다. 방금 들은 것처럼 '우리나라', '우리나라 사람', '우리 엄마', '우리 아이' 이렇게. '내 나라', '내 아이', '내 엄마', '내 부모'라는 표현을 주로 쓰는 프랑스와는 많이 달랐다.

굳이 외국인이라고 알려 주는 대신 그녀는 눈앞에 놓인 샌들에 발을 집어넣었다. 굽이 높은데도 샌들은 착화감이 꽤 좋았다.

샌들을 사고 조금 더 안쪽으로 들어가 보니 다양한 캐릭터 상품을 파는 가게가 있었다. 선물용으로 재미난 캐릭터들을 구입하고서는 집으로 돌아가기 위해 해운대행 급행 버스에 올랐다.

안젤리크는 얼음 조각이 든 커다란 주스 잔을 들고서 정원 테이블에 앉았다. 샤워를 마쳐 가뿐해진 목덜미를 바람이 쓸고 갔다. 본래 오전에는 감천마을과 서면, 오후에는 광안리에 가는 것이 오늘 일정이었다. 하지만 마지막 일정은 취소하고 곧장 집으로 돌아와 버렸다. 서면을 구경하면서도 순간순간 딴생각이 끼어들었기 때문이다.

대문이 잠겨 있던데 일을 하고 있는 걸까. 어떤 일을 할까. 몇 시쯤 집으로 돌아올까. 가족들과 함께 사는 걸까. 엽서를 발견하고 어떤 생각을 할까. ……엽서를 쓰지 말 걸 그랬나?

뒤늦게 밀려오는 복잡한 생각들에 눈앞의 것들을 즐길 수가 없었다. 지금 기분으로는 어디를 가더라도 마찬가지일 것 같았다. 머릿속을 조금 비우고 싶었다. 그건 집에 돌아와서도 마찬가지였다.

그녀는 차가운 물방울이 맺히기 시작한 유리잔의 표면을 손가락으로 문질렀다. 글자가 되지 못한 흔적들이 또렷하게 생겼다 뿌옇게 흐려졌다.

날카로운 얼음 모서리가 조금 뭉그러졌을 때 잔을 비운 안젤리크는 대문을 나섰다. 익숙한 골목길로 들어서자 미닫이문 네 짝이 활짝 열린 공방이 보였다. 하지만 진우도 경준도 보이지 않았다. 아무런 소음도 들려오지 않는 걸 보면 재단실에 있는 것도 아닌 것 같고.

텅 빈 공방 안으로 들어서면서 "아무도 없어요?"라며 목소리를 높여 보았다. 대답은 생각지 않게 등 뒤에서 들려왔다.

"어쩐 일이에요?"

뒤로 돌자 공방 앞 골목길에 진우가 페인트 통을 들고 서 있었다.

"경대 만들어 보는 건 어떨까 해서요. 경준 씨는 어디 갔어요?"

진우가 의외라는 표정을 지었다.

"가구 주문이 들어와서 가구가 들어갈 곳 확인하느라 현장에 갔어요. 왜 갑자기 생각이 바뀌었어요?"

안젤리크는 어깨를 으쓱였다.

"뭐, 그냥요."

"만들고 싶은 디자인은 생각해 뒀어요?"

진우의 말에 그녀가 반가운 얼굴을 했다.

"도와줄 거예요? 원하는 디자인은 있어요. 뭐부터 할까요?"

"우선 작업하기 편한 옷으로 갈아입고 와요. 상처 나지 않게 긴바지에 긴 소매."

그가 와인색 패디큐어가 칠해진 엄지발가락도 눈짓으로 가리켰다.

"가능한 한 앞이 막힌 신발도."

정신이 딴 데 가 있어서 해변가에 어울리는 옷차림으로 와 버렸다. 안젤리크가 얼른 공방 밖으로 나와 집이 있는 방향을 손짓했다.

"금방 갔다 올게요."

말처럼 얼마 걸리지 않아 다시 온 그녀는 청바지에 흰 마 남방 차림이었다. 발가락도 안전하게 운동화 속으로 들어가 있었다.

진우가 벽면에 주룩 걸린 앞치마를 가리켰다.

"사이즈 맞는 걸로 걸쳐요."

"뭐부터 할까요?"

앞치마의 헐거운 목 끈을 줄이며 의욕에 차 묻자 진우는 작업대 위에 놓인 스케치북과 연필을 집어 그녀 쪽으로 밀어 주었다.

"원하는 디자인 한번 그려 봐요."

"작은 서랍 두 개가 나란히 있고, 그리고 여러 가지 색깔이 있었으면 좋겠어요."

"말로 그리지 말고 연필로 그려 봐요."

쓱쓱 네모난 통이 그려졌다. 서랍 두 개도. 썩 잘 그리지는 않았지만 대략 어떤 분위기인지는 감이 잡혔다. 진우의 입꼬리가 슬쩍 올라간 모양새에 안젤리크가 실눈을 떴다.

"지금 내 그림 비웃었죠?"

"아닌데."

"웃었잖아요."

"그림이 귀여워서."

뭐, 못 그렸다는 말보다는 낫긴 했다.

"인사동에서 봤던 건 예쁘기는 했지만 색깔들이 모두 어두워서 내가 쓰기에는 좀 올드한 느낌이었거든요."

공감이 가는 감상에 진우는 고개를 끄덕였다. 충분히 아름답고 매력 있는 전통 공예품들이 대중에게 어필하지 못하는 이유 중 하나였다. 수요자를 끌어들이지 못하면 발전을 하기가 어려웠다. 전통의 미를 잃지 않으면서도 동시대 사람들의 취향을 만족시키는 감각적인 디자인. 쉽지 않은 과제지만 조금씩 변화하고 있었다. 박물관이나 고궁의 기념품들이 젊은 층의 관심을 받고 있는 것도 그 예 중 하나였다.

"어떤 색을 좋아해요?"

"인사동에서 창문에 걸어 놓은 거 봤는데. 그거 뭐라고 하죠? 여러 가지 색깔을 조금씩 모아서 붙인 건데. 몬드리안 그림처럼요."

"조각보?"

"맞아요, 조각보. 그런데 경대 전체를 그렇게 만들면 좀……."

그녀가 딱 알맞은 단어를 찾는 데 어려움을 겪자 진우가 대신 찾아 주었다.

"정신없을 것 같다?"

"바로 그거예요!"

잠시 생각하던 진우는 연필을 쥐고선 경대의 윗면 정중앙 부분에 작은 사각형을 그려 넣었다. 사각형이 조각보처럼 금세 다양한 크기의 세모와 네모로 나뉘어졌다.

"경대 전체에 여러 가지 색들이 들어가면 조잡, 복잡해 보이니까 장식처럼 이렇게 포인트로 들어가면 좋을 것 같고. 몬드리안의 그림처럼 이 면들을 나눠서 색칠하기보다는 각각 다른 색으로 색칠한 나뭇조각을 끼워 넣는 게 낫죠. 퍼즐처럼."

"그렇게 할 수도 있어요?"

"가능해요. 경대는 14T로, 14밀리미터라는 말입니다. T는 두께의 약자고요. 장식용 나뭇조각들을 5T로 쓰면 되니까. 나뭇조각이 들어갈 부분을 나무 두께만큼 파내고 거기에 끼워 맞추면 돼요. 말했던 것처럼 퍼즐식으로."

"이거 마음에 들어요. 하지만 그냥 칸마다 나눠서 색칠하는 게 나뭇조각 끼워 넣는 것보다 더 쉬운 거 아니에요?"

"당연히 더 쉽지만."

길고 단단한 손가락이 나무의 결을 쓸었다.

"결이 다른 나뭇조각들이 모여서 한 조각을 이루는 것과 하나의 면에 색깔들만 다르게 색칠하는 것은 느낌이 전혀 다르니까. 나뭇결 자체에 장식 효과가 있잖아요."

"아, 그렇겠구나."

"그럼 경대 사이즈에 맞춰서 나무 치수 재는 법 알려 줄게요."

스케치북을 한 장 넘긴 진우가 마치 설계도처럼 경대를 분해해 그리며 덧붙였다.

"내가 나무 크기 계산해서 잘라 줄 거지만 그래도 가구를 만들 때 어떤 식으로 진행하는지 과정을 알아 두면 좋으니까."

그가 경대를 이루는 각각의 면에 상판, 밑판, 뒤판 같은 기본 용어를 적어 넣었다.

"우리가 만들 경대의 폭은 280×280, 그리고 높이가 260. 가구 만들 때 단위는 밀리미터로 합니다. 그리고 사용할 나무의 두께는 14T. 그러면, 경대 뚜껑이자 상판으로 사용될 나무는 경대 크기 그대로 280에 280으로 자르고, 측면은 전체 높이에서 상판과 밑판의 나무 두께를 뺀 나머지가 길이가 되겠죠. 260-14-14=232. 이해됐어요?"

옆을 쳐다보며 묻던 진우가 입꼬리를 올렸다. 미간을 모은 채 집중한 얼굴로 머리를 끄덕이는 그녀의 모습이 마치 수학 문제를 앞에 둔 아이처럼 심각해 보였다.

안젤리크는 뒤판과 서랍 통의 치수 부분을 마저 설명하는 그의 목소리에 귀를 기울인 채 연필이 만들어 내는 그림과 숫자에서 눈을 떼지 않았다. 그냥 듣기만 했다면 무슨 말인가 싶었겠지만, 하나 하나 그림을 그려 가며 짚어 주는 설명에 대략 감이 잡혔다.

연필을 내려놓은 진우가 그녀에게 사포를 들어 보이며 설명을 이어 갔다.

"나무 잘라 주면 사포로 문질러요."

"얼마나요?"

"손으로 만졌을 때 걸리는 게 없을 만큼."

재단실에서 윙— 기계 소리가 몇 번 울리고 작은 나무판을 여러 개 든 진우가 나왔다. 깔끔하게 재단된 단면들이 날카로웠다. 진우는 새 사포 한 장을 꺼내 삼등분을 한 후 손사포대에 끼워 그녀에게 내밀었다.

"잘린 면과 나무판이 빈틈없이 맞아야 하니까 사포질을 너무 많이 하지는 말아요. 그렇게 되면 나무가 파이니까. 겉은 단단하지만 속은 생각보다 여리거든요. 나무 가시 같은 것만 없애 주는 느낌으로 부드럽게."

설명대로 작업대 위에 나무판을 올려놓고서 조심스럽게 사포질을 하려는 그녀의 손놀림이 진우에 의해 중단되었다.

"결대로 밀어요. 일부러 거친 효과를 내기 위한 게 아니라면, 결 방향대로 사포를 밀어 줘야 나무 표면도 상하지 않고 나중에 페인트칠했을 때 사포 자국도 남지 않으니까."

"그렇구나. 알았어요."

모래 알갱이처럼 까끌까끌한 사포가 부드러운 나무에 생채기를 낼까 봐 조심조심 움직이는 안젤리크의 손동작을 다시금 지켜보던 진우가 또 한 번 사포질을 멈추게 했다.

"그건 부드러운 게 아니라 간지럼 피우는 수준인데."

사포를 미는 그녀의 손에 좀 더 힘이 주어졌다.

"이렇게요?"

"줘 봐요. 이런 식으로."

진우는 몇 번 사포질을 하고서 다시 그녀에게 사포대를 건넸다.

"알겠어요."

말로만 듣는 것보다 직접 보고 나니 확실히 어떻게 해야 하는지 감이 왔다.

조금 전보다 나아진 안젤리크의 사포질에 잘라 준 나무판 모두 사포질하라는 말을 남긴 진우는 연습용 나무판 몇 개를 작업대에 놓고서 전기 드릴과 드라이버를 꺼냈다.

나무 가루가 날리는 탓에 에어컨도 선풍기도 틀지 않았지만 나무들로 둘러싸인 덕분인지 공방 내부는 바깥에 비해 더운 기가 덜했다. 그래도 익숙하지 않은 사포질 몇 번에 얼굴 위로 땀이 맺혔다.

손등으로 이마를 훔치던 안젤리크는 포옥 한숨을 내쉬었다. 똑같은 행위를 반복해야 하는 사포질은 생각보다 재미가 없었다. 가벼운 호기심과 하루 만에 만들 수 있다는 경준의 꼬임, 그리고 복잡한 머릿속을 비울 겸 해서 충동적으로 시작을 했지만 나무 표면을 매끈하게 만드는 작업은 많이 지루했다.

슬쩍 곁눈질을 하자 진우는 나무 두 조각을 잇대어 나사못으로 연결하고 있었다.

「재밌나 보다. 난 아닌데.」

먼저 하겠다고 해 놓고는 금방 재미없다는 말을 할 수는 없어 안젤리크는 기분 전환을 할 때면 으레 그러듯 혼잣말처럼 노래를 흥얼거렸다.

 진우는 나지막한 노랫소리에 고개를 들었다. 대부분 가장 지겨워하는 사포질이 마치 세상에서 가장 신나는 일 중 하나라고 착각하게 만들 만큼 그녀는 즐거운 얼굴로 노래를 흥얼거리고 있었다.

 어쩐지 낯설지 않은 멜로디에 진우가 물었다.

 "누구 노래예요?"

 "핑크 마티니의 쌩파띠끄Sympathique."

 고개를 들고 미소를 짓는 안젤리크는 이마와 볼에 마치 파우더를 바른 것처럼 뽀얀 나무 가루를 묻힌 채였다.

 "멜로디가 귀엽죠? 가사도 재밌어요. '일하고 싶지 않아요. 밥도 먹고 싶지 않아요. 난 단지 잊고만 싶어요.' 이런 뜻이에요."

 "사포질 그만하고 싶다는 걸 돌려서 말하는 것 같은데."

 안젤리크는 볼에 잔뜩 바람을 넣었다.

 "……솔직히 생각보다 재미가 없어요. 재밌다더니. 경준 씨한테 속았어."

 나무판 하나를 가져간 진우가 대신 사포질을 해 주며 말했다.

 "나머지 하나만 더 해요. 나무판 조립하는 건 꽤 재미있으니까."

 "믿어 볼게요."

 사포질을 끝내자 진우는 연습용 나무판에 드릴로 구멍을 내고 구멍에다 전동 드라이버로 나사못을 박아 넣는 걸 시범으로 보여 주었다.

 "드릴 사용해 본 적 없다고 했죠?"

 "처음이에요."

 "기계가 돌아가는 소리 때문에 조금 무섭게 느껴질 수도 있지만,

조심만 하면 그다지 위험하지 않아요. 해 봐요."

똑바로 박는다고 했는데 전동 드릴 날이 말 안 듣는 아이처럼 비딱하게 기울어지며 구멍을 뚫었다. 박힌 드릴 날을 반쯤 빼내 다시금 힘을 주어 똑바로 박으려 했지만, 여전히 비뚤어진 채였다.

"한번 비뚤어진 건 어지간해서 바로잡기 힘들어요. 그래서 처음에 똑바로 박는 게 중요하죠."

진우의 말에 안젤리크는 옆쪽에다 다시 시도를 했다. 드르륵 전동 드릴로 구멍을 뚫고, 그 구멍에 따라락 전동 드라이버로 나사못을 박고. 구멍 뚫고 못 박기를 다섯 번쯤 반복하자 어슴푸레 감이 잡혔다. 90도 각도로 똑바로 박힌 나사못을 보며 안젤리크는 뿌듯한 미소를 지었다. 확실히 사포보다는 훨씬 재밌었다.

"나 잘하죠?"

나무판에 나사못 몇 개 박아 놓고는 어지간히 자랑스러운지 물어 오는 그녀의 표정이 진우를 웃게 했다.

자신감이 생긴 안젤리크는 연습용 나무판 대신 조금 전 사포질을 마친 나무판 두 개를 집었다. 두 나무판의 모서리를 맞대어 'ㄴ' 모양을 만들자 진우가 흔들리지 않게 클램프로 단단히 고정해 주었다. 묵직한 전동 드릴의 전원을 켜자 요란한 진동과 함께 날카로운 드릴 날이 나무를 파고들었다.

고개를 숙이고서 전동 드릴과 씨름을 하는 통에 고정해 놓은 머리가 조금씩 헐거워진다 싶더니 머리핀이 툭 바닥으로 떨어졌다. 숱 많은 머리카락이 폭포처럼 얼굴 위로 쏟아졌다. 시야가 가려져 당황하는 사이 머리카락이 뱅글뱅글 돌아가는 드릴 날에 감겨 들어갔다.

"어, 어……."

순간적으로 겁을 먹어 버린 그녀는 전원 버튼을 누르고 있는 검지에 더욱 힘을 주어 버렸다. 마치 브레이크를 밟아야 한다는 걸 알면서도 저도 모르게 액셀러레이터를 꾹 눌러 버리는 초보 운전자들처럼. 머리카락을 감은 드릴 날이 조금 전과는 비교도 할 수 없이 빠르게 돌아갔다.

무섭게 울려 대던 기계 소리가 갑자기 한순간에 멈추었다. 어느새 달려와 전원 코드를 뽑아 버린 진우가 긴장으로 뻣뻣해진 그녀의 손을 조심스레 쓰다듬었다.

"괜찮으니까 손에서 힘 풀어요."

손등을 토닥이는 강인한 손에 조여들었던 그녀의 심장이 서서히 풀어졌다.

"머리카락 빼낼 테니까 아프면 말해요."

그가 조심스러운 손놀림으로 드릴에 감긴 머리카락을 돌려 뺐다.

"괜찮아요?"

물어 오는 그의 얼굴이 그녀보다 더 안 괜찮아 보여 안젤리크는 애써 웃어 보였다.

"괜찮아요. 다치지 않았어요. 버튼에서 손을 떼야 하는데 바보같이 더 눌러 버렸어요. 나 때문에 놀랐죠? 미안해요."

"……."

정작 놀란 건 당사자일 텐데 되레 놀랐냐고 물어 오는 그녀를 보며 진우는 가늘게 눈을 떴다. 사과의 말을 할 만큼 얼핏 태연해 보이는 모습과는 달리 머리카락을 정리하는 그녀의 손끝이 잘게 떨리고 있었다.

"커피 한잔할래요? 따뜻한 걸로."

"좋아요."

진우가 커피를 만들어 오는 동안 그녀는 심호흡도 하고 손바닥으로 볼도 꾹꾹 누르며 놀랐던 마음을 진정시켰다.

그의 시선을 받으며 작업대에 걸터앉아 한동안 커피를 마시던 그녀가 문득 시야에 들어온 의자를 가리켰다.

"이 날개 의자를 진우가 만들었다는 게 난 정말이지 잘 상상이 안 가요."

"날개가 아니라 '꿈'."

"꿈? 꿈을 꾸다, 할 때 그 꿈?"

진우가 고개를 끄덕이며 꿈에 날개를 달아 주고 싶었다는 설명을 덧붙였다. 살짝 커졌던 안젤리크의 두 눈에 얼핏 장난기가 스쳤다.

"난 모든 아트Art는 그걸 만든 사람을 닮는다고 생각하거든요. 조금이든 많이든. 하지만 이 의자를 보면서 이렇게 분위기가 안 닮을 수도 있는 거구나 하고 놀랐어요. 이런 로맨틱한 디자인을 어떻게 생각해 낼 수 있었어요? 혹시, 이 '꿈' 디자인할 때 사랑에 빠졌던 거예요?"

유창한 모국어로 말을 하는 게 아닌데도 성격은 감출 수 없는 건지 안젤리크는 또 장난을 걸어왔다.

질문을 되돌리는 진우의 입술이 불가항력처럼 곡선을 그리고 있었다.

"내 분위기가 어떤데요?"

그의 질문에 그녀는 단번에 답을 하기가 어려웠다.

무뚝뚝하지만 배려해 주고, 생각지 못한 부분까지 챙겨 주지만 그렇다고 상냥한 건 아닌 것 같고. 감정이 쉽게 드러나지 않는 얼굴만큼이나 그의 성격도 단정 짓기 어려웠다. 하지만.

크림색 나무 가루가 묻은 손가락으로 볼을 긁적이며 그녀가 대답했다.

"음, 절대 로맨틱해 보이지는 않아요."

자주 듣는 말인가? 별다른 반응을 보이지 않는 그를 바라보며 덧붙였다.

"그래도 첫인상이랑은 많이 달라요. 그때는 지금처럼 우리 둘이 이런 얘기 하고 있을 거라고는 생각 못 했거든요."

그녀가 눈을 빛내며 물었다.

"나는요? 내 첫인상은 어땠어요?"

안젤리크는 묵묵히 커피를 마시는 그를 재촉했다.

"어땠냐니까요?"

"길 엇갈리지 않고 만났다는 안도감 외에 별다른 생각 없었는데."

그렇게까지 아무런 인상을 못 주었나. 무정한 대답에 안젤리크는 슬며시 눈길을 돌렸다.

예상처럼 얼굴 위로 고스란히 감정이 드러나는 그녀를 보며 웃음을 참은 진우는 파우더 같은 나무 가루가 묻은 볼에 저도 모르게 손을 가져갔다. 그러다 주춤했다. 대신 손가락으로 볼을 가리켰다.

"여기 나무 가루 묻었어요."

쓱쓱 문지른 그녀가 "됐어요?"라고 물었다. 진하게 묻어 있던 게 옅게 번졌다. 눈여겨보지 않으면 알아채기 어려운 정도라 진우는 고개를 끄덕였다. 어차피 집에 가서 샤워할 거기도 하고.

"아 참."

머그잔을 옆에 내려놓은 그녀가 '꿈' 의자를 가져와 작업대 앞에 놓고 앉더니 스케치북을 끌어와서 메일 주소를 적었다.

"경준 씨는 파리랑 니스 여행했다던데, 혹시 프랑스 온 적 있어요?"

"대학 2학년 여름에 배낭여행으로 처음 갔었고. 대학원 다닐 때 밀라노에 잠깐 있었는데 그때도 한 번 들렀었죠."

"파리 여행 오면 나한테 꼭 연락해요."

빈말로라도 쉽게 약속을 하지 않는 그를 쳐다보며 "꼭이요, 꼭." 이라고 강조를 한 후 그녀는 메일 주소 밑에 집 주소도 적어 나갔다.

작업대에 걸터앉은 진우의 시선이 연필로 사각사각 집 주소와 휴대폰 번호 등을 적어 나가는 그녀의 손을 따라갔다. 처음 저녁 식사를 함께 했을 때 왼손잡이라는 걸 알게 되었고, 조금 전 경대를 그릴 때나 사포질을 할 때도 안젤리크는 왼손을 사용했다. 하지만 글씨마저 왼손으로 쓰는 줄은 몰랐다. 굉장히 어설퍼 보이는 손놀림과는 달리 종이 위를 구르는 연필심의 움직임이 매끄러웠다.

*Angélique Eco*
*angel_art@gmail.fr*
*1 Rue de la Légion d'Honneur,*
*75007 Paris*
*07 04 ** ****

그녀에게서 눈을 떼지 못하던 진우는 문득 자신의 행동을 깨닫고는 심란한 표정으로 머리를 긁어 올렸다. 손재주가 없는 데다 오른손잡이를 위한 공구들뿐이라 더 도와주고 싶어지는 왼손잡이. 듣다 보면 가슴이 간질거려 오는 억양. 마주 웃어 주고 싶게 만드는 개구진 미소. 장난기 많은 성격. 그리고 계속 보고만 있어도 좋을 것 같은 눈동자와 눈동자보다 더 맑은 성정.

사소한 것들이 진우의 시선을 자꾸만 그녀에게로 향하게 만들었다. 사소한 것들이 모여 생겨난 감정이 사소하지만은 않았다.

요 며칠 애써 모른 척하고 있던 자신의 감정이 조금씩 색채를 드러내려 하자 진우는 그새 습관이 되어 버린 것처럼 또 지그시 억눌러 버렸다. 떠날 날이 얼마 남지 않은, '쥬뗌므'를 속삭이는 애인이 있는 여자에게 헛된 감정을 키우는 건 전혀 그답지 않은 일이었다.

그사이 주소를 다 쓴 그녀가 왼손에 쥔 연필 끝으로 이름을 가리켰다.

"안젤리크Angélique 할 때 e 위에다가 점을 찍어 줘요. é 이렇게. 점이 없어도 편지는 도착하지만 그래도 그게 내 진짜 이름이니까."

연락처가 적힌 스케치북을 그에게 주고서 그녀가 앞치마의 허리끈을 풀었다.

"오늘은 이만큼만 할게요."

"그래요."

공방 입구 문턱에 서서 앞치마에 붙은 나무 가루를 터는 그녀의 발치로 앞치마 주머니에 넣어 두었던 지갑이 툭 떨어졌다. 나무 가루를 떨어낸다고 부산을 떠느라 미처 보지 못한 그녀 대신 진우가 지갑을 줍기 위해 허리를 숙였다.

바닥에 펼쳐진 반지갑을 집어 들던 그가 멈칫했다. 지갑 안쪽에서 가족사진이 툭 삐져나왔다. 소파에 앉은 서양인 커플. 엄마의 옆에는 아빠를 닮은 남자아이가 서 있었다. 그리고 아빠의 무릎에 앉은 여자아이는 안젤리크였다. 여덟 살이나 아홉 살쯤 되어 보이는 안젤리크는 지금 얼굴과 닮아 있었다.

"여기."

"아, 고마워요."

지갑을 받아 든 안젤리크가 뭔가를 기다리는 듯 진우를 쳐다보았다. 말없이 마주 바라보는 그를 잠시 지켜보던 그녀가 고개를 갸웃했다.

"왜 안 물어봐요? 사진 봤잖아요."

"사생활이니까."

"사생활?"

"프라이버시."

그의 대답에 그녀는 새롭다는 눈빛을 했다.

"그렇죠. 프라이버시죠. 그래도 사람들은 궁금해하던데. 전에 경준 씨가 나한테 재불 교포구나, 라고 했거든요. 찾아보니까 '프랑스에 사는 한국인'이라는 뜻이더라고요. 진우도 내가 재불 교포라고 생각했어요?"

진우가 조심스레 고개를 끄덕였다.

"한국어로는 입양아라고 하죠? 나는 교포가 아니라 입양아예요. 나는 부산에서 태어났대요. 한국 나이로 다섯 살이 되는 봄까지 살았다는데 기억은 안 나요. 감천마을 알죠? 가 봤어요?"

사랑 벗

진우는 또 고개를 끄덕였다.

"거기 갔었어요. 오늘 아침에. 아주 예쁜 마을이었어요. 거기서 쁘띠 프린스랑 여우도 봤어요. 왜 거기 있나 엉뚱하기도 하고 재밌기도 했어요. 집들도 알록달록하고……."

웃음기 어린 얼굴로 두서없이 얘기를 이어 가던 그녀가 갑자기 입을 다물었다. 쥐고 있던 지갑을 만지작거리다 멋쩍은 미소를 지었다.

"나 지금 조금 어색한가 봐요. 부모님이 프랑스 사람이라는 걸 알게 되면 불편해하거나 미안해하거나, 음, 불쌍해하는 눈으로 쳐다보는 거에 익숙한데 진우가 너무 아무렇지 않게 보니까…… 아니, 아무렇지 않게 봐 주는 게 더 좋긴 한데……."

"아무렇지 않은 거 아닌데."

정말요, 라고 물어 오는 눈동자를 마주 보며 진우는 솔직하게 말했다.

"놀랐어요. 미안한 마음도 들었고, 안쓰러운 마음도 스쳐 갔고. 하지만 안도감이, 다행이다라는 마음이 가장 커요. 좋은 가정에서 사랑받고 행복하게 자란 것 같아서."

"맞아요. 사랑받았고 행복하게 자랐어요."

여러 감정이 섞인 눈으로 그녀를 응시하던 진우가 덧붙였다.

"미안함과 안쓰러운 마음도 이제 갖지 않도록 하죠."

"네, 그러면 좋겠어요. 고마워요."

조금 생각하던 진우가 신중하게 제안했다.

"혹시 부모님을 찾고 싶은데 어려운 겁니까? 그런 거라면 내가 도움을 줄 수도 있을 것 같은데."

진우의 오해에 잠깐 머뭇거리던 그녀가 고개를 저었다.

"아직도 거기 살고 있대요. 내가 태어난 그 집에서요. 아까 집 앞까지 갔다 왔어요. 음, 안 만나고 싶대요."

진우는 놀란 기색을 드러내지 않으려 잠시 침묵하다 조심스레 말했다.

"혹시라도 필요하면, 뭐가 됐든 얘기해요."

"그럴게요. 고마워요. 어쩐지 진우한테는 계속 고맙다는 말을 할 일이 생겨요."

한동안 말없이 서로를 바라보다 안젤리크가 앞치마를 들어 보였다.

"이거 아까 그곳에 두면 되죠?"

그가 고개를 끄덕이자 그녀는 앞치마를 제자리에 걸어 두고는 공방을 나와 손을 살짝 흔들었다.

"도와줘서 고마워요. 재미있었어요."

그러곤 슬쩍 눈을 굴리고서 고백했다.

"사포는 빼고요."

솔직한 대답에 빙긋이 웃던 진우가 다시 한번 손을 흔드는 그녀를 잡았다.

"잠깐만."

"왜요?"

"나무 가루."

운동화 발등 부분과 청바지의 단을 가리킨 진우가 공방 입구 건조대에 걸쳐 놓은 에어브러시를 그녀에게로 가져갔다. 그런 뒤 손잡이를 꾹 눌렀다. 쉬익, 강렬한 바람 소리와 함께 공기가 쏟아져 나왔다.

"꺄아! 뭐예요!"

물줄기처럼 세차게 쏟아져 나오는 차가운 공기가 바짓단 속으로 들어와 발목을 쓸었다. 안젤리크는 물벼락이라도 맞은 것처럼 화들짝 뛰어올랐다. 절로 웃음이 터져 나왔다.

"간지러워요!"

"가만있어요."

버둥거리는 그녀의 팔을 단단히 붙잡는 진우의 목소리에도 웃음기가 스며들어 있었다.

에어브러시로 꼼꼼하게 나무 가루를 털어 내는 그의 손길에 처음엔 놀라 팔짝거리던 그녀가 간지럽다며 요리조리 피하기 시작했다. 마치 목욕하는 걸 거부하는 장난꾸러기처럼. 손에 쥔 에어브러시로 그녀의 움직임을 따라가는 진우의 입가에 미소가 어렸다. 입술 끝에 머물러 있던 미소가 점차 얼굴 전체로 번져 갔다. 그의 눈매가 보기 좋게 휘었다.

남방 자락, 청바지, 그리고 운동화. 털어 낼 수 있는 만큼은 다 털어 낸 후에도 진우는 한동안 손에서 에어브러시를 놓지 않았고, 안젤리크는 땀으로 젖은 피부에 와 닿는 시원한 바람에 토끼처럼 깡충거리면서도 연신 웃음을 터트렸다. 장난 같은 행위에 아침부터 내내 묵직했던 마음을 털어 버리는 기분이 들었다.

햇살을 닮은 그녀의 미소에 진우는 눈이 부셨다. 사랑을 먹고 자랐고 그래서 행복하다지만 어린 나이에 부모와 떨어져 낯선 외국인들의 딸이 되는 과정이 쉽지 않았을 거다. 그럼에도 저렇게 환한 웃음이 잘 어울리는 사람으로 성장했다. 만난 지 며칠 되지도 않은 그에게 위로와 용기를 건넬 만큼 멋진 이 여자가 좋았다.

  반짝이는 그녀의 얼굴에서 눈을 떼지 못하던 진우가 갑자기 에어브러시를 꺼 버렸다. 마치 어린애같이 장난을 치고 있다는 걸 문득 깨달은 것처럼. 그녀에게로 흘러가는 마음을 애써 끊어 버리는 것처럼.

# 6장

## 남의 것 욕심내는 건 나쁜 거죠?

얼굴을 문지르며 휴대폰을 열었다. 잠을 떨쳐 내지 못해 까칠해진 목소리였다.

"이진우입니다."

— 목소리가 왜 그래요? 혹시 자고 있었어요? 언제나 일찍 집에서 나가서 지금이면 일어났을 거라고 생각했어요. 미안해요.

귓가에 달라붙는 안젤리크의 나른한 음성에 남아 있던 잠이 밀려났다. 진우는 상체를 일으켜 침대헤드에 기대앉으며 물었다.

"무슨 일 있어요?"

— 나 지금 경주 가요.

"경주?"

— 기차 타려고 부산역에 왔어요. 경주 가 봤어요?

"경주는 수학여행으로 가는 곳이라 대부분 한 번쯤은 방문하게 되죠."

— 수학? 수학여행을 간다고요?

갑자기 높아진 목소리에 어리둥절해하던 진우가 뒤늦게 고개를 저었다. 안젤리크는 아침부터 그를 웃게 만드는 재주가 있었다.

"생각하는 그 수학 말고 중학교나 고등학교 때 학교에서 다 같이 가는 여행."

— 아…… 깜짝 놀랐잖아요. 나는 설마 한국 학생들은 수학 공부를 하러 여행을 갈 만큼 수학을 좋아하나 했어요.

영어 연수를 겸한 여행과 비슷한 건가 순간적으로 착각했다는 말에 진우가 또 웃었다.

"경주는 여러 번 가도 질리지 않을 만큼 독특한 매력이 있는 도시죠. 아마 재미있을 겁니다. 봄이나 가을에 보는 경주가 좋다는 사람들이 많지만, 나는 여름의 경주도 충분히 좋았어요."

— 그렇게 얘기하니까 더 기대되는데요?

"혹시 자전거 탈 줄 알아요?"

— 음, 탈 줄은 알아요.

"자전거 도로가 잘돼 있으니까 자전거 타고 둘러보는 것도 괜찮아요. 점심으로 뭐 먹을지는 생각해 뒀어요? 경주가 볼 것 많은 거에 비해서 맛있는 음식점은 조금 빈약한, 많지 않은 편인데."

경주에 대해 또 어떤 것들을 알려 줘야 하나 생각하다 문득 말이 많아지고 있다는 걸 자각했다. 자연스레 알아듣기 쉬운 단어를 고르고 자꾸만 대화거리를 찾고 있다는 것도.

마치 그의 속내를 읽기라도 한 것처럼 안젤리크에게서 투명한 웃음소리가 들려왔다.

─ 다른 때보다 말을 더 많이 하고 더 다정한 말투라는 거 알고 있어요? 잠에서 막 깨어났을 때는 원래 그래요?

보지 않아도 장난기로 눈동자를 반짝거리는 모습이 눈에 선했다. 진우는 미처 생각하기도 전에 물어 버렸다.

"언제 와요?"

─ 왜요? 나 보고 싶을 것 같아요?

웃음기가 담뿍 담긴 그녀의 농담을 그는 맞받지 못했다.

─ 오늘 밤에 돌아갈지 하룻밤 잘지 경주 가 보고 결정하려고요. 어디 가는지 미리 얘기해야지 안 그럼 지난번처럼 혼나잖아요. 그래서 알려 주는 거예요.

"늦은 시간에 도착하게 되면 전화해요. 데리러 갈 테니까."

─ 그럴게요. 고마워요. 아, 기차 왔어요.

기차를 타기 위해 뛰어가는 발소리에 맞춰 "이따가 또 전화할게요."라는 목소리가 통통통 튀어 올랐다.

전화가 끊긴 휴대폰을 바라보며 미소 짓고 있다는 사실을 뒤늦게 깨달은 진우가 심란한 얼굴로 휴대폰을 내려놓았다. 그러곤 정신을 차리려는 것처럼 마른세수를 했다.


집을 나와 자신의 작업실로 가던 진우는 공방 문이 열려 있자 의아한 얼굴로 안으로 들어섰다. 도착한 지 얼마 되지 않았는지 경준이 작업용 앞치마를 걸치는 중이었다.

"왜 이렇게 일찍 나왔어?"

"매미가 하도 시끄럽게 울어 대서 7시도 안 돼서 깼어요. 걔들은 잠도 없나 봐. 이 동네에는 없는 것 같은데 왜 우리 집 근처에서만 그렇게 모여 있죠? 잠 깬 김에 작업이나 하자 싶어서 왔어요. 형은 평소보다 늦네요?"

"좀 늦게 잤어."

"작업할 거 밀렸어요?"

"이것저것 생각 좀 하다가."

"아 참, 저기 뭐 만들다 만 거 있던데, 뭐예요?"

경준이 작업대를 가리켰다.

"안젤리크 경대."

생각지 못한 대답이었는지 경준이 놀랐다는 얼굴을 했다.

"갑자기 마음이 바뀌었나 보네. 그럼 작업 마저 하러 오겠네요. 몇 시쯤 온대요?"

"경주 가는 기차 탔다고 조금 전에 전화 왔어. 아마 마무리는 내가 하게 될 것 같아."

진우는 안젤리크의 지루해하던 표정이 떠올라 저도 모르게 입꼬리를 올리며 덧붙였다.

"사포질하는 거 무지 재미없어했거든."

경준이 웃음을 터트렸다.

"하기 싫어서 도망갔구나. 경주 좋죠. 역시 말이 통하니까 제대로 여행 즐기겠어요. 나는 유럽 갔을 때 영어 열심히 해야지 싶었는데 막상 또 당장 필요하지가 않으니까 게을러지게 되던데. 다시 영어 좀 붙들어 봐야 하려나. 어쨌거나 휴가가 길어서 부럽네요. 그런데 안젤리크 참 밝아요. 좋은 집에서 사랑 듬뿍 받고 자란 막내딸 같은 분위기죠?"

"응."

"예쁜 데다 성격도 좋은 것 같고. 한국말 할 때 너무 귀엽고. 그런 여자 친구 있으면 부러울 게 없겠는데. 애인 있으려나? 있겠죠? 그런데 왜 혼자서 여행을 왔을까? 하긴, 애인이 있건 없건 좀 있으면 갈 사람인데 관심 가져 뭐 하나."

혼자 묻고 혼자 답하던 경준이 나른하게 기지개를 켜더니 붓과 페인트를 챙겨 들었다.

"페인트칠하면 잘 마를 날씨다. 몸은 찌뿌둥해도 날이라도 맑으니 좋네."

"그러게. 수고해."

그의 개인 작업실로 들어선 진우는 습관처럼 깊숙이 숨을 들이켰다. 홍송과 미송에서 번져 나온 소나무 향이 조용한 작업실 안에 은근하게 번져 있었다. 땅속 깊이 뿌리를 내린 나무의 내음과 뿌리가 잘리고 건조 과정을 거친 나무의 내음은 같은 듯 미묘하게 달랐다. 그럼에도 쭉쭉 뻗은 침엽수로 가득한 수목원에 들어온 것과 같은 착각이 일었다.

한동안 문에 등을 기대고서 복잡한 머릿속을 정리하던 진우는 재단을 마친 나무를 조립하는 것으로 작업을 시작했다.

진우의 휴대폰이 울린 건 벽면용 책꽂이의 몸체를 막 완성했을 때였다. 청바지 뒷주머니에서 휴대폰을 꺼내 발신자의 이름을 확인한 그의 눈이 저절로 따뜻한 기운을 품었다.

그는 휴대폰을 귀에 대고 작업대에 걸터앉으며 물었다.

"잘 도착했어요?"

— 네. 부산이랑 정말 가깝네요? 부산역에서 경주 오는 것보다 집에서 부산역이 더 멀어. 그런데 부산역이나 서울역이랑 다르게

신경주역은 다운타운에서 많이 멀어서 한참 택시 타야 했어요. 그것 말고는 경주 마음에 들어요.

"뭐 구경하고 있어요?"

— 대릉원 갔다가 이제 첨성대 보러 가는 중이에요. 아직 조금밖에 못 봤지만 경주는 서울이나 부산이랑은 전혀 다른 분위기인 것 같아요.

"다르죠? 경주는 관광지와 일상이 따로 떨어져 있다기보다는 함께 어우러져, 섞여 있는 분위기거든요."

— 맞아, 나도 그 생각 했어요. 지금 나 뭐 하고 있는지 알아요?

"첨성대로 가는 중이라면서요."

— 자전거 타고 있어요.

송화구가 입술 가까이 있는지 그녀의 얕은 숨소리가 고스란히 전해져 왔다. 갑작스레 은밀해진 기분에 진우는 이마를 문질렀다. 마음이 자꾸 들썩이려고 한다.

— 진우 말대로 자전거 타기에 길도 좋고, 뷰도 좋고, 볼 것도 아주 많아요. 더운데 덥지 않은 기분 알죠? 지금 내 기분이 그래요. 난 처음에는 곳곳에 있는 왕릉들이 낮은 산이라고 생각했어요. 한국에는 산이 많으니까…… 어어……어!

놀란 그녀의 말끝이 흔들렸다.

"왜 그래요?"

— 아야!

쿠당탕 뭔가 부서지는 듯한 요란한 소음이 들려왔다. 벌떡 일어난 진우가 다급히 물었다.

"무슨 일이에요? 괜찮아요?"

─ 아야야.

강아지처럼 끙끙대는 소리가 들린다 싶더니 부스럭거리는 소음도 들렸다. 진우는 초조한 음성으로 그녀를 불렀다.

"안젤리크."

─ 넘어졌어요. 아, 손바닥 아파.

많이 다친 건 아닌가 보다. 저도 모르게 긴장하고 있었던 진우는 안도의 한숨과 함께 작업대에 기대섰다. "걱정시키는 데 재주 있네."라고 혼잣말을 중얼거리곤 추궁하듯 물었다.

"자전거 탈 줄 안다면서요?"

─ 탈 줄은 안다고요. 그리고 내가 잘못한 거 아니에요. 앞에서 자전거 타던 사람이 신호도 없이 갑자기 멈춰 서서 브레이크 잡다가 넘어진 거라고요. 손바닥만 따끔거려요. 걱정은 하지 말아요.

"걱정한 적 없는데."

─ 에이, 거짓말. 밤 조금 늦게까지 연락하지 않았다고 걱정 아주 많이 하는 성격이잖아요.

밤 12시는 조금 늦은 시각이 아니고, 더구나 한국말을 할 줄은 안다지만 자기 나라도 아니고. 낯선 사람에게 경계심도 없고. 진우는 그런 말들을 하는 대신 화제를 돌렸다.

"밤에 올 생각이에요?"

─ 첨성대랑 안압지도 그렇고, 밤에 보면 더 예쁜 곳들이 많다고 해서 내일 갈까 생각 중이에요. 결정하고 나면 얘기해 줄게요.

"알았어요. 그리고 자전거 조심해서 타요. 신호등 꼭 지키고."

같은 걸 떠올렸는지 휴대폰 너머에서 풋 하는 웃음소리가 들려오자 진우도 덩달아 미소 지었다.

　처음 함께 저녁을 먹었던 날, 언덕길을 오르다 빨간불인데도 건널목을 건너려는 그녀의 행동을 보고 무척이나 놀랐었다. 차 한 대 안 지나가는데 초록불이 될 때까지 굳이 기다려야 하냐는 그녀의 물음에 파리에서는 무단 횡단이 전혀 드문 일이 아니라는 사실이 새삼 떠올랐고, 그래서 주의를 줬었다. 프랑스에서는 어떤지 몰라도 여기서는 초록불에도 차도를 살피고 건너라고.

　─ 약속할게요.

　통화를 끝낸 진우는 다시 작업대 앞에 섰다. 하지만 눈앞의 작업물에 집중하기까지 시간이 걸렸다. 겨우 일에 몰입해서 책꽂이용 박스 두 개를 완성했을 때, 안젤리크에게서 다시 전화가 왔다.

　─ 안압지 연꽃 봤어요?

　흥분된 목소리에 어느새 습관이 되어 버린 듯 진우의 눈매가 접혔다.

　─ 나는 연꽃이 이렇게 많이 있는 거 처음 봤어요. 조금 더 일찍 왔으면 연꽃을 더 많이 볼 수 있었을 거라고 하는데, 지금도 아주 좋아요. 잎이 엄청 커서 갑자기 비가 오면 우산처럼 써도 되겠어요.

　"시골에서는 종종 그러기도 했다던데."

　─ 정말요?

　"나도 직접 보지는 못했지만 할머니가 그러시더라고요."

　딱히 특별할 것 없는 대화가 그 뒤로도 한동안 이어졌다.

　휴대폰에 '안젤리크'라는 이름이 다시 뜬 건 저녁을 먹기 위해 작업대를 정리하고 있었을 때였다.

"이번엔 어디예요?"

— 첨성대요. 낮이랑은 모양도 빛도 정말 다른 뉘앙스예요. 다시 오기 잘했어요.

그녀의 묘사에 은회색의 보름달을 배경으로 연노랑 불빛을 받고 서 있는 소박한 첨성대가 눈앞에 그려졌다.

— 뭐 하고 있어요?

"경준이랑 저녁 먹을 준비. 저녁 먹었어요?"

— 요석궁에서 먹고 싶었는데 예약을 못 해서 다른 식당에서 먹었어요. 그런데 왜 이렇게 늦게 먹어요? 진우 워커홀릭이라는 말 듣지 않아요? 바캉스라면서 좀 놀아요. 그리고 나 이따가 9시 10분 버스 타고 부산으로 돌아갈 거예요. 그게 해운대 가는 마지막 버스래요.

"시간 맞춰서 터미널로 나갈게요."

— 고마워요, 진우.

저녁을 먹은 뒤 알람을 맞춰 두고 다시금 작업에 몰두하던 진우는 휴대폰이 진동하자 옷에 묻은 나무 가루를 털며 서둘러 나갈 준비를 했다. 그러다 순간적으로 멈칫했다. 늦은 밤 혼자서 귀가하는 것이 걱정돼서, 체류하는 동안 보호자 역할을 맡았기 때문에 나가는 것뿐인데 그런 것치고는 지나치게 들떠 있다는 자각이 들었다. 마치 여자 친구의 마중이라도 나가는 것처럼.

그녀는 애인이 있는 여자였다. 며칠 후면 떠날 사람이었다. 이미 알고 있는 사실을 상기하며 이성을 다잡아 보지만, 골목을 나서는 발걸음이 불가항력으로 빨라지고 있었다.

사랑 벗

해운대 버스 터미널로 가기 위해 언덕을 내려오는 길목에서 차창에 빗방울들이 달라붙기 시작했다. 짙은 먹구름이 순식간에 달을 가린다 싶더니 한껏 무거워진 구름이 비를 뿌렸다. 예고에 없던 비였다.

트렁크에서 우산을 꺼내 들고 하차장에서 기다린 지 얼마 지나지 않아 경주에서 출발한 버스가 도착했다. 서두르는 승객들 뒤로 느긋하게 버스 통로를 걸어 나오는 안젤리크가 보였다.

진우를 발견한 그녀의 얼굴이 환해졌다. 뛰듯이 달려온 그녀가 그의 앞에 섰다. 기다리고 있다는 걸 알았는데도 반가움을 여과 없이 드러내고 있었다.

반면에 진우는 의식적으로 감정을 드러내지 않으려고 애썼다. 잠깐 다녀가는 여행객일 뿐이라고 스스로에게 상기시켜야 할 만큼 마음의 일렁임이 큰 탓이었다.

"와 줘서 고마워요."

"갈까요?"

"안 반가워요? 나는 많이 반가운데 웃어 주지도 않아."

노골적인 핀잔에 피식 웃은 진우가 우산을 펼쳐 들었다. 볼에 볼록하도록 바람을 넣은 채 쳐다보던 그녀가 우산 속으로 쏙 들어왔다.

"있잖아요. 나 경주에서…… 아!"

나란히 걸으며 주차장으로 방향을 트는 순간 비에 젖은 바닥에 그녀의 매끈한 샌들 밑바닥이 미끄덩했다. 패디큐어를 바른 발이 따라서 쭉 미끄러졌다. 놀란 그녀가 그의 손을 잡으려는 순간 진우의 팔이 먼저 그녀의 허리를 감았다. 그리고 두 사람의 눈이 마주쳤다.

  동그래진 그녀의 눈동자를 바라보는 진우의 호흡이 멈췄다. 버스의 엔진 소리와 사람들의 목소리, 그리고 아스팔트를 때리는 빗소리. 그 모든 소음을 합한 것보다 자신의 심장 소리가 더 크게 들리는 듯한 착각이 일었다.

  복잡한 얼굴로 그녀를 내려다보던 진우가 허리에 둘렀던 팔을 천천히 풀었다. 그녀와의 거리가 벌어지고 갑자기 터미널의 모든 소음들이 두 사람 사이로 쏟아졌다.

  투둑투둑 빗줄기가 떨어지는 우산 속에서 어깨가 닿을 듯 말 듯 한 거리를 유지한 채 두 사람은 차가 주차된 곳으로 걸었다. 옆얼굴에 와 닿는 시선이 강하게 의식되었지만 진우는 말없이 전방만 주시하며 차를 몰았다.

  안젤리크는 어쩐지 말을 걸어서는 안 될 것 같은 분위기에 평소와 다르게 조용히 있었다. 그러다 집에 도착할 즈음 물어 오는 그의 목소리는 본래의 그로 돌아온 듯했다.

  "바다에서 수영하고 싶은 마음 여전히 있어요?"

  방금 전의 묘한 분위기를 떠올리며 그를 쳐다보고 있던 안젤리크가 대답했다.

  "네. 하지만 사람이 너무 많아서 수영하는 게 아니라 그냥 머리만 물에 둥둥 떠 있는 기분이었어요. 마치 젤리피쉬처럼요."

  해파리라고 가르쳐 주는 그의 목소리에 엷은 웃음기가 어렸다.

  "조금 작고 차로 20분 정도 가야 하지만 대신 사람들이 별로 없는 바닷가가 있는데, 내일 같이 가 볼래요? 일기 예보가 맞는다면 내일은 해가 쨍쨍하다고 하니까."

"좋아요."

"그리고 해변가에서 멀지 않은 곳에 할머니 댁이 있어요. 점심은 할머니 댁에서 함께하는 거 어때요?"

"당연히 좋아요! 한국 사람들은 어떻게 사나 궁금하고 보고 싶었거든요."

진우가 도로에서 눈을 떼고 안젤리크를 쳐다봤다. 조금 어이없다는 표정이었다.

"나는 한국인이 아닌가? 내가 한국인이 아닌 줄 몰랐는데?"

"혼자 살잖아요. 혼자 사는 남자들은 한국이나 프랑스나 비슷한 것 같거든요. 밥도 밖에서 먹고 집에는 잠자러만 들어오고. 내 오빠랑 별로 다르지 않은 것 같던데요? 아, 물론 진우 집이 더 크고 아주 더 많이 깨끗하지만요. 아주아주 많이. 오빠는 좀 지저분하고 많이 게으르거든요."

오빠의 단점을 일러 주는 말투에 애정이 듬뿍 담겨 있었다. 진우는 전에 보았던 사진 속 곱슬기가 있는 갈색 머리에 초록 눈동자를 가진 사내아이를 떠올리며 물었다.

"오빠와는 몇 살 차이 나요?"

"나보다 네 살 많아요."

좀 더 대화를 나누고 싶은데 어느새 집 앞이었다. 진우는 아쉬운 마음으로 대문 옆 주차 공간에 차를 세웠다. 함께 우산을 쓰고서 정원을 가로지를 때 그녀의 휴대폰이 울렸다.

"잠깐만요."

발신자를 확인한 그녀의 얼굴에 웃음이 가득했다.

「꾸꾸(Coucou, 안녕). 늑대 얘기를 하면 늑대 꼬리가 보이는 법이지.」

― 내 욕 하고 있었어? 어쩐지 귀가 간지럽다 싶더니.

가까운 탓에 상대편의 목소리가 조그맣게 들렸다. 꽤 좋은 목소리를 가진 남자였다. 그 목소리를 들으며 그녀는 달콤한 눈웃음을 짓고 있었다.

진우는 우산 손잡이를 그녀의 손에 쥐여 주고는 계단을 밟아 2층으로 올라갔다. 가만히 듣고 있기에는 괜히 질투가 스며 나왔다. 어떻게 다스려야 할지 모르겠는 감정을 떼어 내려는 듯, 사락사락 잎사귀에 튕기는 빗방울보다 더 투명한 그녀의 음성을 뒤로하고 진우는 현관문을 닫아걸었다.

거실 창을 톡톡 두드리는 소리에 고개를 돌리자 진우가 머그잔을 들어 보였다. 얼른 밖으로 나온 안젤리크가 머그잔을 받아 들었다.

"안녕. 잘 잤어요? 고마워요."

어젯밤 비에 흠뻑 젖어 있던 정원 테이블은 물기 하나 없이 바싹 마른 상태였다. 의자에 걸터앉으며 안젤리크는 아침 햇살에 눈이 부셔 실눈을 떴다.

"오늘 날씨 봤어요? 이번 여름 중에 최고로 덥대요."

평소와는 달리 덥다고 말하는 목소리가 아주 밝았다. 너무 덥다고 힘들어하더니 바다 수영을 한다는 생각에 들떠 최고로 더운 날씨마저 반가운가 보다.

사랑 벗

"수영하기 좋겠죠?"

"네. 수영하러 가자고 프러포즈해 줘서 고마워요."

상기된 얼굴로 말을 쏟아 내는 그녀를 부드러운 시선으로 바라보던 진우가 이어지는 말에 놀란 표정을 지었다.

"내일 일본으로 가기 때문에 오늘밖에 시간이 없었는데."

"내일?"

일본에 갔다 오고 나면 그녀의 얼굴을 볼 수 있는 남은 날은 한 손으로 꼽을 만큼이었다. 그녀가 떠날 사람이라는 사실이 갑자기 현실로 다가왔.

진우는 고개를 끄덕이는 그녀에게 비행기 시간을 물었다.

"10시에 출발해요."

"공항에 태워다 줄 테니까 7시까지 준비해요."

"택시 타고 가면 돼요. 자꾸 나 때문에……."

"내가 제안한다는 건 시간이 된다는 뜻이니까 신경 쓰지 말아요. 다 마셨어요?"

머그잔을 받아 든 진우가 2층 계단으로 향하며 말했다.

"필요한 거 챙겨서 나와요."

잠시 후, 그녀에게서 비치백을 받아 뒷좌석에 올려 둔 진우가 운전대를 잡았다.

그는 가능한 한 바다가 보이는 길을 선택해 달렸다. 역시나 창을 열고서 고개를 내밀어 바람을 음미하던 그녀가 진우를 돌아보았다.

"이번 여행은 오래 기억되겠어요. 고마워요."

그는 그저 말없이 고개를 끄덕여 그녀의 말에 답했다.

한동안 해변을 끼고 드라이브하듯 달리다 벼가 여물어 가는 너른 들판 사이에 자리한 흙길로 접어들었다.

잠시 이어지던 소나무 숲 뒤로 있는 줄도 몰랐던 모래사장이 나타났다. 누가 일부러 만들어 놓은 것처럼 펼쳐진 바위밭 해안도로가 뚝 끊기고 동그랗게 홈처럼 파인 곳에 생긴 작은 모래밭이었다. 마주하고 보니 사유지라고 해도 좋을 만큼의 크기라 외부인에게는 잘 알려지지 않아 찾는 사람이 거의 없다는 진우의 설명이 이해되었다. 사람에게 시달리지 않은 모래사장이 방금 물에 씻긴 듯 깨끗했다.

진우는 소나무가 몇 그루 서 있는 길가에 차를 세웠다.

"실망했어요?"

"아니, 아주 근사해요."

그녀는 비치백을 들고 낮게 경사진 길을 달려 내려가 모래사장을 밟았다. 따끈하게 데워진 모래 알갱이들이 발가락 사이로 파고들었다. 간질거리는 감촉을 즐기다 비치백을 내려놓고는 바다로 달려가 발끝을 담갔다. 모래에 비해 아직 차다 싶었지만 수영을 포기할 만큼은 아니었다.

안젤리크는 다시 모래밭으로 돌아가 비치백에서 타월을 꺼내 넓게 펼쳤다. 그리고 홀터넥 원피스의 목 끈을 풀어 가방과 함께 타월 위에 올려놓았다.

"수영 안 할 거죠?"

차에서 내릴 때 들고 온 〈두려움과 떨림〉을 들어 보이는 진우에게 그녀는 그럴 줄 알았다는 표정을 지었다.

"그럼 재미있게 읽어요."

손을 흔들어 보인 그녀가 바다를 향해 냅다 뛰자 진우는 책을 펼쳤다. 첫 장을 넘긴 그의 시선이 금세 책에서 떠나 바다가 시작되는 곳을 향했다.

모래밭을 달려간 그녀가 바닷속으로 다이빙하듯이 뛰어 들어갔다. 마치 풍덩 소리가 들리는 것만 같았다. 프러시안블루 비키니가 물에 젖자 하얀 피부가 더욱 하얗게 보였다. 햇살을 받아 반짝이는 바다보다 더 눈이 부셔 진우는 가늘게 눈을 접고서 시선을 돌렸다.

깊이 숨을 들이켜자 소나무와 바다 냄새가 맡아졌다. 여름의 냄새였다.

부산에 정착한 뒤로 지금처럼 여유롭게 바다를 마주한 기억이 없었다. 그가 여유가 없었던 건 미대를 선택하고서부터였다. 잘못된 선택이 아니었다는 걸 증명이라도 하려는 것처럼 미친 듯이 공부에, 일에 몰두했었다. 자신의 인생을 누구에게도 증명할 필요가 없다는 걸 깨달은 건 얼마 되지 않았다.

잔잔한 바다는 변덕을 부리듯 간혹 높다 싶은 파도를 만들어 냈다. 그럼에도 파도에 몸을 맡기고 즐기는 그녀가 보였다. 눈앞의 파도보다 마음속의 파도가 더 높았다. 그는 자꾸만 마음을 건드리는 파도를 모른 척 다시 책을 펼쳐 들었다. 하지만 딱히 집중하지 못하고 있던 독서를 휴대폰이 방해했다.

간단히 통화를 마친 진우는 책을 덮고서 그 위에 휴대폰을 올려놓았다. 그러고는 드러누워 팔베개를 했다. 책을 읽는 건 아무래도 포기해야 될 듯싶었다.

올여름 들어 최고 기온을 보일 거라는 일기예보가 맞을 건지 이제 막 10시를 지난 햇살이 따갑게 눈을 찔렀다. 그는 이마 위로 한쪽 팔을 드리워 그림자를 만들고는 눈을 감았다. 주변이 고요했다. 바람이 바다를 쓸고 가는 소리마저 들리는 것 같은 착각이 일었다. 그리고 바닷속에서 풍덩거리는 움직임도.

이대로 한숨 자고 싶다는 생각을 할 즈음 사각사각 모래 밟히는 소리가 점점 가까워 왔다. 손으로 차양을 만들어 눈을 뜨자 온몸에 물방울을 매단 안젤리크가 화사하게 웃으며 옆에 앉았다. 바다의 청량함이 전해져 왔다.

"수영하는 거 안 좋아해요? 아니면 오늘만 하고 싶은 마음이 안 드는 거예요?"

"수영은 수영장에서 하고 바다는 주로 보는 편이죠."

안젤리크는 진우의 긴 다리를 감싼 청바지를 안타까운 눈으로 쳐다봤다.

"그럼 선탠이라도 하지. 햇빛 샤워가 얼마나 기분 좋은데."

"부산은 겨울에도 햇빛 보는 날이 많아서 굳이 이 땡볕에 선탠까지 할 마음은 없는데."

"부럽다."

겨울에는 하늘이 회색인 날이 더 많아 햇볕이 고픈 파리지엔느에게는 샘이 날 만큼 부러운 얘기였다. 그녀는 그의 옆에 풀썩 드러누웠다. 두 사람 사이에 팔 하나가 들어갈 정도의 여유 공간이 남았다.

"음, 좋다."

만족스러운 날숨이 절로 나왔다. 바닷물에 차가워진 피부를 덥혀 주는 햇살과 기분 좋을 만큼의 온도를 가진 바람에 마치 나무가 되어 광합성을 하는 기분이었다. 거기에 폭신한 요처럼 모래가 몸을 감싸 주고.

안젤리크는 나른하게 몸을 쭉 뻗어 기지개를 폈다. 그 바람에 그녀의 팔 안쪽 보드라운 살과 진우의 팔꿈치가 닿았다. 이마에 올리고 있는 쪽 팔이었다. 자연스레 그녀의 고개가 그를 향했다. 여전히 눈을 감은 채인 진우가 이마 위로 드리웠던 팔을 아래로 내렸다. 그러곤 반대편 팔로 얼굴에 그림자를 만들었다. 두 사람 사이의 공간이 조금 더 멀어졌다.

그의 행동에 안젤리크는 묘한 표정을 지었다. 설마. 겨우 그것 좀 닿았다고? 일부러 그런 것도 아닌데?

해운대 바닷가에서도, 창덕궁에서도, 그리고 홍대의 카페에서도 연인들이 가볍게 키스하는 모습들을 여러 번 목격했다. 파리와 별다르지 않은 풍경이었다. 팔짱을 끼고, 허그를 하고. 사적인 공간이 아닌 곳에서의 스킨십이 드물지 않았는데, 이 남자는 단지 살이 조금 닿은 것만으로도 슬며시 피해 버렸다. 물론 연인과는 거리가 먼 사이기는 하지만. 그래도.

안젤리크의 머릿속에 잘 정리된 그의 공간이 떠올랐다. 결벽증일까. 공간만이 아니라 감정적인 부분도. 그래서 처음 공항에서 그의 볼에 입술이 스쳤을 때 그렇게 딱딱한 반응을 보였던 걸까. 사귀는 사람이 아니라면 별것 아닌 접촉조차 거슬리는 걸까. 아니면.

빙글 몸을 돌려 배를 깔고 팔꿈치로 상체를 지탱한 안젤리크는 실눈을 뜨고서 그의 표정을 살폈다. 이마에 올려놓은 팔 때문에 감은 눈 밑까지 그림자가 드리워졌지만 미간에 주름이 잡힌 건 알아

볼 수 있었다. 멋쩍거나 쑥스러울 때면 늘 짓던 표정이었다. 그 순간 안도감이 들었다. 동시에 '겨우 고만큼 닿았다고?' 라는 생각도 들었다.

안젤리크는 새삼 관찰하듯 그를 바라보았다.

쌍꺼풀 없이 길게 빠진 서늘한 눈매지만 그래도 마냥 차갑지만은 않게 느껴졌던 건 짙고 긴 속눈썹 덕분일까. 아니면 언제나 곧게 응시하는 깊은 눈동자 때문일까. 갑자기 그의 눈을 보고 싶었다. 그리고 묻고 싶었다. 내가 여자로 의식돼요? 진우가 나한테 남자로 느껴지기 시작한 것처럼? 아님 어제 터미널에서는 왜 그런 눈으로 바라봤어요?

한동안 물끄러미 바라보다 충동적으로 휴대폰을 집어 들었다. 그를 찍으려는 마음이었으나 잠들지 않은 사람을 찍다가는 들켜 버릴 것 같았다. 아쉬운 마음으로 눈앞의 풍경만 몇 장 찍어 페이스북에 업로드 했다.

진우는 천천히 눈꺼풀을 들어 올렸다. 이마에 올린 팔 덕분에 그림자가 졌어도 강렬한 햇살이 버거워 실눈을 떠야 했다. 가늘게 뜨인 그의 시선이 그녀에게로 향했다. 안젤리크는 무릎을 세우고 앉아 휴대폰을 쥐고서 분주히 손가락을 움직이고 있었다.

조금 전, 햇살보다 더 간지러운 그녀의 시선에 진우는 손바닥으로 얼굴을 덮어 버리고 싶었다. 눈을 떠 버릴까 싶기도 했지만 바로 코앞에서 빤히 보고 있을 눈동자를 마주할 엄두가 나지 않았다.

그의 존재조차 잊은 듯 문자를 만들어 내느라 분주한 그녀에게서 눈길을 돌린 진우는 다시금 눈을 감았다. 신경 쓰이는 존재가 바로 옆에 있는 탓에 잠이 올 거라고는 생각도 못 했는데, 햇빛 탓인지 요 며칠 잠을 설친 탓인지 점점 나른해졌다. 조금씩 처지는 몸이 모래 속으로 들어갔다.

안젤리크는 휴대폰을 내려놓고는 무릎 위에 팔을 걸치고 턱을 올렸다. 시선은 눈앞의 수평선에 둔 채로 그에게 말을 걸었다.

"그거 알아요? 프랑스 사람들 중에는 일을 그만두면 따뜻한 남쪽 바다 근처에서 사는 게 꿈인 사람들이 꽤 많아요. 나도 나중에 나이가 많아지면 파리처럼 큰 도시 말고 바다가 가까운 작은 도시에서 살고 싶어요. 진우는 부산에서 계속 지낼 거예요?"

별로 말이 많은 사람은 아니었지만 묻는 말에는 꼬박꼬박 성실히 답을 주는 사람인데 대답이 없었다. 고개를 돌리자 진우는 방금 전과 같은 모습으로 잠들어 있었다.

고른 숨소리를 내며 깊은 잠에 빠져든 모습이 금방 일어날 것 같지 않았다. 가만히 지켜보고 있는데 잠결에도 햇빛이 거슬리는 건지 진우는 이마에 걸쳐져 있던 팔을 조금 내렸다. 그럼에도 머리 위쪽으로 이동한 태양 때문에 팔이 만든 그늘을 속눈썹까지 드리우지는 못했다.

그늘을 만들어 줄 만한 게 없을까. 그녀는 조심스레 일어나 모래사장 주변을 두리번거리다 동그랗게 솟은 언덕 쪽으로 뛰어갔다. 소나무 몇 그루가 서 있는 언덕 아래에 마른 나뭇가지들이 여기저기 흩어져 있었다.

안젤리크는 그중 길고 단단해 보이는 것 몇 개를 주워 와 그의 머리 근처에 깊숙이 꽂았다. 그리고 그 위로 그녀의 원피스를 차양처럼 걸쳤다. 단정한 그의 얼굴 위로 꽃 그림자가 졌다. 단단한 흙이 아니라 모래사장이고 가끔씩 바람이 일었지만 가벼운 재질의 원피스라 앙상한 나뭇가지들이 잘 버텨 줄 것 같았다.

그의 잠을 깨울세라 조심조심 바다를 향해 걸어간 그녀는 발등을 간질이는 파도의 유혹에 빠져들듯 바닷속으로 풍덩 몸을 던졌다. 달아오른 피부에 감기는 시원한 바닷물의 감촉이 근사했다.

안젤리크가 애쓴 보람도 없이 사각사각 모래 밟히는 소리가 멀어지자 진우는 느릿하게 눈꺼풀을 들어 올렸다. 얼굴 위로 분주하게 어른거리는 그림자 때문에 선잠이 깨어 버렸지만 대체 뭘 하는 걸까 궁금해서 눈을 감고 있었다. 바람보다 더 간지러운 시선이 얼굴 위에서 한참을 머문 것도 같았다.

바람이 불었다. 눈앞에서 자잘한 꽃무늬들이 춤을 추었다. 꽤나 귀여운 짓을 하고 난 그녀는 만족스러운 듯 물놀이에 흠뻑 빠져 있었다. 슬며시 고개를 들어 그녀의 동작을 눈으로 따라가던 진우는 입가에 미소를 단 채 다시 스르르 눈을 감았다.

한참 동안 파도와 놀다 배가 고파 기운이 빠질 즈음 안젤리크는 진우가 누워 있는 곳으로 돌아왔다.

「아직도 잠들어 있네.」

점심때 할머니 댁에 간다더니 약속에 늦지 않을까. 깨워야 하나 말아야 하나 잠시 고민하던 그녀의 얼굴에 장난기가 어렸다. 타월로 물기를 닦아 내는 대신 머리를 마구 흔들었다. 물에 흠뻑 젖은 강아지가 온몸을 흔들어 물기를 털어 버리는 것처럼. 바닷물에 푹 젖은 그녀의 머리카락에서 물방울들이 튕겨 나왔다.

얼굴 위로 쏟아지는 차가운 감촉에 놀라 진우가 번쩍 눈을 떴다. 젖어서 까매진 머리카락에서 물방울이 크리스털처럼 반짝거리며 번져 나갔다. 진우는 잠시 멍한 표정을 지었다.

그녀가 웃음을 터트렸다. 물방울보다 더 경쾌한 웃음소리였다.

"그만 일어나요, 잠꾸러기. 배 안 고파요?"

진우는 여전히 얼떨떨한 표정을 한 채 내밀어진 손을 잡았다. 그녀가 힘을 주어 그를 끌어당겼다.

모래사장을 벗어나 승용차를 세워 둔 흙길에 다다라서야 진우는 겨우 정신을 차릴 수 있었다.

해변을 뒤로하고 초록색 논길을 달리는 동안 열어 놓은 창으로 들어온 바람이 남아 있던 머리카락의 물기를 말려 주었다.

"벼가 자라는 모습은 사진으로만 봤는데 진짜로 보면서 드라이브를 하게 될 줄은 몰랐어요. 근사해."

창밖으로 한쪽 팔을 내밀어 바람을 잡으려는 것처럼 손가락을 꼼지락거리는 그녀를 보며 잠시 생각하던 진우가 물었다.

"운전할 줄 알아요?"

"알아요."

"자전거처럼 할 줄만 아는 건 아니고?"

"인터내셔널 드라이빙 라이센스도 있다고요."

놀려 오는 그를 웃음기 어린 눈으로 흘겨보며 운전 경력 6년 차의 베테랑이라고 덧붙이자 진우가 차를 세웠다.

"드라이브 기분 제대로 내 봐요."

안전벨트를 풀고 차에서 내리는 그를 멍하니 바라보던 그녀의 얼굴이 환해졌다. 얼른 운전석으로 넘어간 뒤 그가 조수석에 앉을 때까지 기다렸다.

"겁내지 말아요. 나 운전 잘하니까."

진우가 피식 웃었다. 설사 자전거 실력과 비슷하더라도 인적 없는 시골길이라 크게 걱정할 일은 없겠지만 적어도 왕초보 실력으로 운전석에 앉을 사람이 아닐 거라는 신뢰가 있었다.

벼가 여물어 가는 논들을 끼고 신나게 드라이빙을 하는 안젤리크의 얼굴을 바라보던 진우가 운전대를 건네받은 건 산자락에 자리한 집들이 보이기 시작했을 때였다. 동네 주민을 다 합해도 200명을 채 넘지 않는 한적한 시골 동네였다.

"저기 저 마을이에요."

"작고 귀여운 마을이네요. 이웃들이 서로 다 잘 알겠는데요?"

"그렇죠. 친척들도 있고."

"우와, 너무나 멋진 곳이네요."

익숙해서 무덤덤한 진우와 달리 안젤리크는 일가친척이 한마을에 같이 산다는 것에 꽤나 감명받는 듯했다.

"진우는 할머니랑 친해요?"

"많이. 부모님 두 분 다 일을 하셔서 나랑 동생이 초등학교 졸업할 때까지 함께 살면서 키워 주셨으니까. 어머니가 선생님이셔서 방학 때는 시간 여유가 있으셨어요. 그래서 우리 방학 시작한 날부터 끝날 때까지는 부산에 내려와 지내실 만큼 할머니는 서울 생활을 답답해하셨는데 우리 때문에 참으셨죠."

"부산에서 산다고 하니까 할머니가 좋아했겠네요?"

"그러셨죠. 할머니 또 벌써 나와 계시네."

혼잣말처럼 덧붙여진 따뜻한 목소리만큼이나 진우의 눈매가 부드럽게 접혀 있었다. 그의 시선이 향한 곳을 따라가자 마을버스 정류장 벤치에 앉아 있는 할머니가 보였다.

승용차가 채 멈춰 서기도 전에 할머니가 반가운 얼굴로 자리에서 일어섰다. 서둘러 운전석에서 내린 진우가 할머니에게 동행한 그녀를 소개했다.

"전에 말씀드렸죠? 프랑스에서 잠깐 여행 왔다는 그 친구예요. 안젤리크."

'친구'라는 말에 안젤리크가 진우를 쳐다봤다. 두 사람의 눈이 마주치자 그녀가 장난스럽게 한쪽 눈썹을 밀어 올렸다. '친구라고요?'라고 묻는 표정에 진우는 그런 뜻이 아니라고 굳이 설명하지 않았다.

귀를 쫑긋 세운 할머니가 물어 왔다.

"안, 뭐라고?"

"안젤리크요, 할머니."

"아이고, 외국 살아서 그런가? 이름도 복잡하네."

안젤리크가 미소 지으며 머리를 숙였다.

"안녕하세요, 할머니. 반갑습니다. 안젤이라고 부르시면 돼요."

"그래, 잘 왔소. 먼 데서 여까지 오느라 수고가 많았네."

그녀의 손을 잡고서 잘 왔다고 손등을 다독인 할머니가 배고플 텐데 얼른 집으로 가자며 재촉했다. 뒷좌석 문을 열고 할머니를 부축하여 앉힌 진우가 다시 운전석으로 돌아왔다.

세 사람을 태운 승용차가 버스 정류장에서 마을 안쪽까지 천천히 지나는 동안 진우는 알은체를 해 오는 동네 어르신들에게 그때마다 고개 숙여 인사를 건넸다. 그의 인사를 받은 어르신들의 눈이 약속이라도 한 듯 일제히 그 옆에 앉아 있는 아가씨에게로 향했다. 한결같이 질문이 가득한 눈들이었으나 차마 승용차를 잡아 세울 생각은 못 하고 아쉬운 표정으로 멀어져 갔다.

할머니의 집 앞에 차가 서자 안젤리크의 눈이 동그래졌다. 붉은 벽돌로 지어진 단층집 혹은 하늘색이나 주황색 박공지붕이 덮여 있는 이웃집들과 달리 할머니 댁은 잿빛 기와를 얹은 전통 한옥이었다. 안젤리크는 왜 진우가 자신을 할머니 집으로 초대했는지 이해가 되었다. 그녀가 한옥에 관심 가졌던 걸 여태 염두에 두고 있었을 줄은 몰랐다.

반쯤 열려 있는 대문 사이로 강아지 한 마리가 툭 튀어나와 왈왈거렸다.

"아지. 괜찮아."

달래는 그에게 열렬히 꼬리를 흔든 강아지가 그녀를 보고서는 또 짖어 댔다. 누구냐는 듯.

"안녕."

안젤리크는 강아지에게 알은척을 하며 진우에게 물었다.

"이름이 아지예요?"

자신의 이름에 강아지가 왈왈 반응했다.

"무슨 뜻이에요?"

"강아지의 아지."

"그러면 고양이는 양이?"

어쩐지 웃음이 나오는 이름에 진우가 할머니의 작명이라고 설명을 붙였다.

"아지, 반가워."

안젤리크는 내민 손에 코를 가져와 킁킁대다가 혀를 내밀어 슬쩍 핥는 아지의 턱을 긁어 주었다. 언제 짖었냐는 듯 녀석이 금세 꼬리를 흔들며 그녀의 다리 주위를 뱅글뱅글 돌았다.

"배고프제? 밥 다 차려 놨으니까 언넝 와서 무라. 손님도 어서 오이소."

부엌 앞에 서서 손짓으로 재촉하는 할머니에게로 아지가 가장 먼저 달려갔다가 "니는 벌써 먹었다 아이가."라며 할머니의 지청구를 들었다.

대청마루에 차려진 밥상 앞에 앉자 그의 할머니가 연신 걱정 어린 소리를 했다.

"입맛에 맞을랑가 모르겄네. 그래도 암만 불란서에 산다 캐도 한국 사람 입맛이 어데 가겠소? 많이 잡수소."

할머니와 진우를 번갈아 바라보던 안젤리크가 "네, 잘 먹을게요."라고 대답했다.

강한 억양과 모르는 단어들 때문에 솔직히 '입맛'과 '한국 사람', 그리고 '많이' 밖에 못 알아들었다. 그래도 눈치로 어림짐작할 수는 있었다. 아무리 외국어를 잘한다고 해도 모국어가 아닌 이상 어느 정도 뜻이 이해되는 것이지 모든 단어를 다 알아듣는다는 건 불가능했다.

"이거랑 이건 뭐예요?"

밥상을 가득 채운 반찬들 중 접시 두 개를 가리켰다. 한 번쯤 먹어 봤던 배추김치와 총각무, 계란말이, 고등어구이, 불고기, 잡채 사이에 처음 보는 반찬 두 가지가 포함되어 있었다.

"이건 연근, 연꽃 뿌리. 그리고 이거는 해파리."

해파리가 뭐더라, 기억을 더듬던 그녀의 눈이 휘둥그레졌다.

"해파리? 바다에 둥둥 떠다니는 그 해파리?"

예상대로의 반응에 진우가 웃으며 고개를 끄덕였다.

"그 해파리. 아무 해파리나 먹는 건 아니지만."

서투른 젓가락질로 해파리와 연근을 맛보는 그녀를 유심히 지켜보던 진우의 할머니가 처음 먹어 본 감상을 물었다.

"어떻소?"

"맛있어요."

흐뭇한 얼굴로 많이 먹으라는 할머니에게 웃으며 대답한 안젤리크는 밥 한 공기를 뚝딱 비웠다. 여리여리해 보여서 반 공기나 먹을까 싶었는데 밥그릇을 깨끗이 비운 게 기특하다는 눈으로 바라보던 할머니가 더 먹으라며 밥을 또 푸려고 하자 그녀는 두 손까지 휘저어 가며 사양을 해야 했다.

곶감과 잣을 띄운 수정과를 앞에 두고서 할머니와 진우 사이에 이런저런 이야기가 오갔다. 대화 내용으로 진우가 할머니와 자주 연락을 주고받는다는 걸 알 수 있었다.

안젤리크는 나뭇결이 도드라진 시원한 대청마루에 앉아 달콤하면서도 알싸한 수정과를 마시며 두 사람의 대화에 귀를 열어 둔 채 눈앞의 마당과 낮은 담장을 바라보았다. 대청마루와 마당이 있는 한옥이 정말로 마음에 들었다.

누구네는 장례를 치렀고, 누구네는 손자가 결혼을 했다는 등의 소소한 일상을 손자에게 전해 주던 할머니가 끄응 소리를 내며 무릎을 짚고 일어섰다.

"내 정신 좀 봐라. 동산댁이 진우 니 좋아하는 겉절이 담가가 가져가라 캤는데. 후딱 갔다 올 테니 놀고 있으소."

안젤리크의 등허리를 토닥인 할머니가 마루 끝에 앉아 신발을 꿰신었다. 마당 한쪽에 가꿔 놓은 텃밭에서 나비를 잡는다고 폴짝거리던 아지가, 넓은 마당을 가로질러 대문을 나서는 할머니를 뒤따라 밖으로 사라졌다가 쫄랑이며 도로 들어왔다.

"할머니가 아주 건강하세요. 나이가 몇 살이세요?"

"할머니 연세는 올해 팔십."

그녀는 "연세."라고 중얼거리며 볼에 바람을 집어넣었다.

"한국말은 존댓말이 너무나 어려워요. 그리고 바닥에 앉는 것도 재미는 있지만 계속 있는 건 힘들어."

마치 비밀을 얘기하듯 속삭인 그녀가 엉금거리며 기어가 마루 끝에 걸터앉았다. 밥과 후식을 먹는 내내 양반다리를 했다가 옆으로 비스듬히 모았다가를 반복하느라 힘들었던 다리를 쭉 폈다. 대청마루 밑으로 내려온 다리가 흔들흔들했다.

"여기는 시간이 더 느리게 가는 것 같아요."

눈앞의 네모난 흙 마당을 두른 건 돌담이었다. 담 안에도 담 밖으로도 청록색이 펼쳐져 있었다. 차를 타고 오면서 내내 보이던 논에도 벼 알갱이가 살이 차오르는 중이었다.

"계속 있으면 낮잠 자 버릴 것 같아요."

배가 빵빵하게 부르도록 밥을 먹고서는 쨍한 햇살을 막아 주는 그늘에 앉아 고요한 풍경을 보고 있으려니 이대로 소로록 잠이 들 것 같았다. 가끔씩 불어오는 미풍도 낮잠을 자라고 유혹하고 있었다.

"해파리가 정말로 맛있었어요?"

등 뒤에서 들려온 진우의 목소리는 이미 답을 알고 있다는 뉘앙스를 담고 있었다.

"냉면 먹었을 때랑 비슷한 느낌이었어요."

솔직한 대답에 바람 같은 웃음이 그녀의 등을 간질였다. 식감이 마치 고무줄을 씹는 것 같아서 냉면은 물떡과 함께 맛없는 음식 리스트에 올랐는데 해파리가 세 번째 자리를 차지했다.

"그래도 해파리를 처음 먹어 봤잖아요. 근사한 경험이었어요. 그런데 프랑스를 불란서라고도 하나 봐요?"

"예전에는 프랑스라는 발음과 가장 비슷한 한자를 써서 불란서라고 불렀는데 요즘에는 대부분 프랑스라고 해요. 할머니처럼 어르신들 중에는 아직도 불란서라고 하시는 분들이 계시기도 하고."

"뉘앙스가 부드러워서 불란서라는 말이 듣기 좋아요."

그때 대청마루 그늘에 앉아 있던 아지가 갑자기 대문으로 달려갔다. 발소리도 들리지 않았는데 플라스틱 통을 들고 할머니가 들어섰다.

얼른 마루에서 내려와 묵직한 김치 통을 받아 드는 진우와 샌들을 챙겨 신고 마당으로 내려서는 안젤리크를 번갈아 보며 할머니가 물었다.

"어제 이장이 돼지 한 마리 잡아 가꼬 내가 삼겹살이랑 목살 두 근씩 받아 놨는데 이따 가져가서 꾸버 무라. 상추랑 깻잎도 좀 뜯어 주까. 가 갈래?"

"제가 할 테니까 할머니 쉬세요."

"뭐 했다고 쉬노. 내가 하면 금방인데. 날도 더븐데 진우 니는 마루 그늘에 걍 앉아 있어라."

한사코 만류한 뒤 텃밭에 쪼그리고 앉아 손바닥만큼 자란 싱싱

한 상추 잎을 뚝뚝 따 내는 손길을 지켜보던 안젤리크가 할머니의 옆에 앉았다.

"저도 해 봐도 될까요?"

"해 보고 싶나? 어려울 기는 없는데. 그냥 요 잎사귀 밑에 줄기를 똑 뿐지르면 요래 따지는 기라."

"알겠어요."

안젤리크는 할머니의 눈길을 받으며 상추 한 잎을 따고서 잘했다는 칭찬을 얻었다.

"이거 쓰고 해요."

할머니에게 밀짚모자를 씌워 드린 진우가 챙이 조금 더 넓은 밀짚모자를 그녀에게 내밀었다.

"고마워요."

할머니와 붙어 앉아 상추를 따는 그녀를 잠시 바라보다 진우는 대문 쪽에 줄지어 심긴 깻잎을 따기 시작했다.

"아이고, 내 정신 좀 봐라. 소쿠리도 없이 이래 앉아 있노."

혼잣말처럼 중얼거린 할머니가 일어나 허리를 폈다. 등허리를 두어 번 두드리고는 부엌으로 가 아담한 소쿠리 두 개를 들고 나왔다. 하나는 손님에게 다른 하나는 손자에게 건네주고, 다시금 상추를 따려다가 담 쪽에 심어 놓은 대파를 서너 개 뽑아 들었다. 뿌리에 딸려 온 흙을 툭툭 털고 누렇게 뜬 줄기 몇 개를 벗겨 내자 하얗고 반들반들한 속살이 드러났다.

할머니는 도마와 칼을 마루로 가져와 파채용으로 대파를 칼질하며 상추와 깻잎을 뜯는 두 사람을 번갈아 보다 한숨을 폭 내쉬었다.

"아이고, 잘 어울리네. 손님이 아니라 애인이라고 데꼬 왔으면 내가 신이 나서 동네잔치라도 했을 낀데."

병원 일로 잠잘 시간도 부족할 만큼 바쁘다는 작은손자는 진득하게 연애를 못해서 걱정, 큰손자는 애인을 데려올 생각조차 없는 것 같아 걱정이었다.

"있는 놈을 걱정해야 할지 없는 놈을 걱정해야 할지 모르긋다."

가늘게 썬 대파채를 일회용 봉투에 담고 무쳐 먹을 때 쓸 양념도 따로 담았다. 그러고는 마당의 두 사람을 바라보며 커다란 부채를 들고서 벽에 기대앉았다. 넉넉한 크기의 부채에서 나오는 바람에 눈이 까물거렸다.

소쿠리에 깻잎을 담던 진우는 잎사귀가 부딪치는 소리에 뒤로 돌았다. 허리만큼 자란 깻잎들을 헤집고 안젤리크가 다가왔다. 그녀가 들고 있는 소쿠리에는 싱싱한 상추가 그득했다.

"깻잎은 향이 정말 좋아요. 모양은 민트와 닮았는데 맛이랑 향은 아주 달라요."

"와 보니 어때요? 재밌어요?"

"네. 할머니도 좋고 시골도 좋아요. 나도 바캉스 때 브르타뉴에 사는 할머니 집에 가거든요. 할머니들이랑 시골의 분위기는 어디나 비슷한 것 같아요. 강아지도요."

무릎을 접어 앉은 그녀가 두 사람의 곁으로 다가와 꼬리를 흔드는 아지의 귀 뒤를 긁어 주었다.

"심심하구나, 너? 나랑 놀까?"

그녀에게서 상추 소쿠리를 건네받은 진우가 깻잎과 함께 부엌에 놓고는 마루로 나와 강아지와 노는 안젤리크를 지켜봤다. 진초록으

사랑 벗

로 덮인 텃밭에서 커다란 크림빛 밀짚모자와 화사한 꽃무늬 원피스가 유독 튀어 눈길을 떼려도 뗄 수가 없었다.

뒷산에서는 맴맴 매미 소리가 요란했고, 바람 한 줄기가 휘익 지나가는 마당에는 풀썩 흙먼지가 날렸다. 한적한 시골 마을 끝 집 대청마루 위에 앉은 진우의 시선이 조용히 그녀의 움직임을 쫓았다. 곁에서 할머니가 팔랑팔랑 부채질을 하며 바람처럼 중얼거렸다.

"파란 풀밭에 팔랑거리는 나비맹키로 곱네. 젊어서 안 고운 이가 없다지만 참 곱네, 고와."

아지와 장난을 치는 안젤리크를 바라보던 할머니가 가끔씩 생각난 듯 손목을 놀려 바람을 일으켰다. 살랑살랑 불어오는 부채 바람에 그녀의 눈꺼풀이 점점 무거워졌다.

그늘 속에 앉아서도 눈이 부신지 실눈을 뜨고서 안젤리크를 바라보던 진우가 나직이 중얼거렸다. 한숨처럼 낮아 귀를 기울여야만 겨우 들릴 만큼의 소리였다.

"남의 것 욕심내는 거, 나쁜 짓이죠, 할머니?"

견뎌 온 세월만큼 약해지는 게 사람의 몸이라 작은 소리는 듣기 힘든 할머니는 반쯤 감은 눈으로 부채질을 하다 졸다를 반복할 뿐 대답이 없었다. 귀가 어두운 할머니 앞에서야 진우는 흘러나오지 못하도록 다잡아 두었던 속내를 드러내는 쑥스러운 짓을 할 수 있었다.

"나쁜 짓이라는 거 아는데도 욕심나요. 사랑하는 사람이 있는 여잔데, 며칠만 있으면 가 버릴 사람인데, 가지고 싶어서 자꾸만 안달이 나요."

욕심낸다고 그의 것이 되는 게 아닌데도 쓸데없는 욕심으로 마음이 어지러웠다. 하지만 욕심내서 내 것이 될 수 있다면 욕심, 내고 싶었다. 사람이 욕심나는 거, 처음이었다. 사람에게 욕심을 부리는 마음이 힘들다는 것을 안 것도 처음이었다.

"바보 같은 마음을 버려야 하는데, 그게 잘 안 돼요."

마음이 이성으로 다스려지지 않았다. 말을 안 듣는다.

들판을 훑고 온 푸른 바람 한 줄기가 마당으로 넘어왔다. 그 기세에 안젤리크의 머리에 씌워진 밀짚모자가 휙 날아갔다. 날아가는 모자를 쫓아 아지가 촐싹거렸다.

까만 머리 위로 빗줄기처럼 잘게 부서지는 햇살을 바라보던 진우가 마당으로 내려와 석류나무 가지에 걸려 옴짝달싹 못 하는 밀짚모자를 구해 주었다.

조금 헝클어진 안젤리크의 머리카락 위에 밀짚모자가 푹 덮였다. 진우의 커다란 손이 밀짚모자의 정수리를 꾹 눌렀다. 넓은 챙이 만들어 낸 그림자가 그녀의 콧등까지 걸쳐졌다. 바로 앞에 서 있는 진우의 얼굴이 챙에 가려져 잘 보이지 않아 모자챙을 밀어 올렸다. 하지만 금세 모자챙이 다시 내려졌다.

이 남자가 이런 장난도 치나 싶어 그녀의 눈이 동그래졌다. 다시금 모자챙을 이마 위로 올려 그의 눈을 바라보며 물었다.

"장난친 거예요?"

"얄미워서."

"얄미워? 밉다는 말이랑 비슷한 거예요?"

"비슷해요."

"내가 왜 미워요?"

커다래진 눈으로 물어 오는 눈동자에는 걱정이 아닌 웃음기가 담겨 있었다. 미움받을 이유가 없다는 걸 잘 아는 사람처럼.

입꼬리 가득 웃음을 머금고 있던 그녀가 조심스레 아랫입술을 물었다. 갑자기 표정을 지운 진우가 물끄러미 그녀를 쳐다보고 있었다. 해를 등지고 선 탓에 내려다보는 까만 눈동자에 담긴 감정을 읽어 낼 수가 없었다. 어쩐지 긴장이 됐다.

말간 눈으로 빤히 올려다보는 그녀를 보며 진우는 흔들렸다. 대책 없이 끌리는 마음을 어떻게 정리해야 하지. 그러지 말아야 한다는 걸 알면서도 조절되지 않는 감정을 어떡해야 하나.

반걸음도 채 되지 않는 거리. 그 사이로 바람 한 줄기가 지났다. 어쩌면 그녀의 숨결인지도 모르겠다. 느리게 눈을 감았다 뜨는 진우의 호흡이 흐트러졌다.

속을 알 수 없는 깊은 눈동자에 안젤리크는 무릎이 흔들리는 것만 같았다. 기분 탓인가. 그의 얼굴이 점점 가까워지는 듯했다. 갑자기 더위를 먹은 것처럼 현기증이 일었다. 머리 위에서 비추는 태양 빛이 너무 강했다.

쨍쨍. 햇빛이 쏟아져 내렸다. 맴맴. 매미가 발악을 했다.

아랫입술을 말아 문 그녀가 모자의 챙을 조금 더 올렸다. 다가오는 그의 눈동자를 조금 더 잘 보려는 듯이. 그 바람에 머리에 아슬아슬하게 걸려 있던 밀짚모자가 불어오는 들바람을 타고 날아가 버렸다.

그림자 하나 지지 않은 얼굴이 햇살 속에 드러났다. 금이 갈 것처럼 팽팽한 긴장감이 두 사람을 감쌌다. 서늘한 진우의 눈매가 열기를 품었다. 옅은 치자 향이 또렷하게 다가왔다. 서로의 호흡이 엉기려는 찰나, 아지가 두 사람 사이로 파고들었다.

쨍, 그들만의 세계가 깨졌다. 종아리를 간질이는 느낌에 흠칫 놀란 그녀가 발치를 내려다봤다. 마당 저편에 떨어져 있던 밀짚모자를 물고 온 아지가 꼬리를 마구 흔들고 있었다. 칭찬해 달라는 듯이.

두 사람의 눈길이 다시금 마주쳤다. 그녀는 속삭이듯 그를 불렀다.

"진우?"

한 발짝 뒤로 물러선 진우가 눈을 찡그린 채 머리를 긁어 올렸다. 그러곤 숨이 막혔던 사람처럼 깊은 날숨을 내쉬었다.

"이제…… 가죠."

커다래진 눈을 한 그녀에게서 등을 돌린 진우가 성급한 걸음으로 대청마루를 올랐다.

트렁크가 가득 차도록 여러 가지를 챙겨 주신 할머니에게 다음에 또 들르겠다는 말을 남기고 마을을 벗어난 후로 승용차 안에는 침묵이 감돌았다.

옆에 앉은 남자를 슬쩍 곁눈질했지만 눈앞에 뻗은 길에 집중한 그는 평소와 별다를 것 없어 보였다. 마치 조금 전의 분위기는 한낮의 열기가 만들어 낸 착각이었다는 듯이.

창문턱에 팔꿈치를 기대고서 초조하게 엄지 끝을 질겅이며 안젤리크는 조금 전 마당에서의 장면을 되감았다. 분명 키스를 하려는 분위기였다. 그래서 끌리듯 저도 모르게 고개를 들었던 거고.

착각이었을까. 그의 눈동자에 담긴 감정이, 조금씩 가까워지던 거리가, 전해지던 호흡이 모두 착각이었나. 아지랑이처럼 일렁이던 뜨거운 대기가 일으킨 착시 현상인가. 어떤 것도 명료하지 않았다.

밀짚모자가 날아가지 않았다면, 아지가 모자를 물어 오지 않았다면, 그랬다면 어땠을까.

그녀는 한참을 망설이다 입술을 열었다.

"진우."

도로에서 눈을 떼지 않은 채 그가 답했다.

"말해요."

아까 나한테, 키스하려고 했어요? 그녀의 성격대로라면 그렇게 물어야 했는데, 그렇게 묻고 싶은데 이상하게도 말이 쉽게 나오지 않았다. 아니라고 대답한다면 엉뚱한 오해를 해 버린 거라 좀 민망할 거다. 조금 서운할 것도 같고.

하지만, 만약에 그렇다고 한다면? 그러면 나도 키스하고 싶었다고 고백해? 그럼 그 뒤에는? 내일 일본으로 떠나는데. 일본에서 돌아오면 겨우 일주일 남짓한 시간만 남는데. 그 짧은 시간 동안만이라도 데이트해 보자고 해? 그럼 이 모범생 같은 남자는 뭐라고 말할까?

그러나 안젤리크는 머릿속을 채운 말 대신 예의 바른 인사를 했다.

"바닷가에 데려다줘서 고마워요. 할머니 댁도요."

그가 보일 듯 말 듯 고개를 까딱였다. 그리고 또다시 긴 침묵이 이어졌다.

두 사람 모두에게 집으로 돌아가는 길은 길었다.
 집 앞에 차를 주차하고 함께 대문으로 들어선 두 사람은 각자의 공간으로 들어갔다.

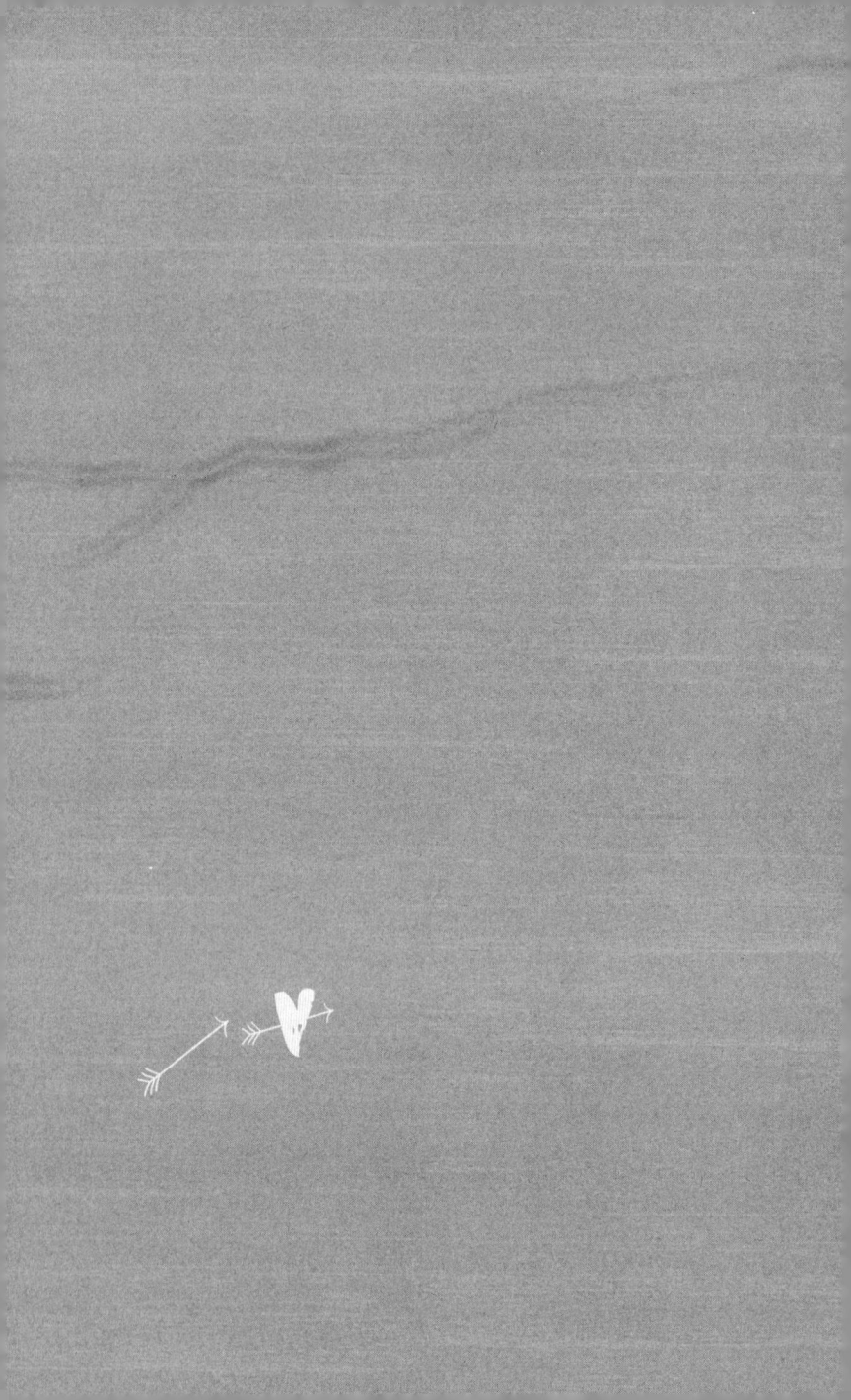

# 7장

료안지 정원보다는

알람이 울리기도 전에 깨 버렸다. 잠이 들락 말락 했을 때 확인한 시간이 1시 30분이었으니까 수면 시간이 다섯 시간도 채 되지 않았다.

씻고 나왔는데도 잠이 덜 깨 몽롱했다. 원두커피를 연달아 두 잔째 마시며 안젤리크는 거실 창 앞에 서서 바깥을 바라보았다. 부슬비 때문에 새벽의 하늘과 바다는 경계선이 뭉개져 있었다. 비를 머금은 나무들도 흐릿하게만 보여 괜스레 창을 한 번 쓱 닦아 보았다. 손바닥이 지나가 또렷해진 유리창이 금세 안개가 끼듯 뿌예졌다. 바깥 풍경이 다시금 푸른 기가 도는 은회색으로 변했.

2층에서 현관문 닫히는 소리가 희미하게 들렸다. 그리고 얼마 지나지 않아 계단을 내려온 진우와 눈이 마주쳤다. 빗줄기를 배경으로 선 그는 다른 날처럼 눈인사를 해 오는 대신 고요히 주시해 왔다.

빗방울이 맺힌 유리창을 사이에 두고 한동안 바라만 보던 그가 눈짓으로 문을 가리켰다. 현관으로 걸어가며 안젤리크는 참았던 호흡을 내뱉었다. 얇은 유리 막조차 없이 그를 마주하려니 좀 긴장되었다.

"준비 다 됐어요?"

"네. 잘 잤어요?"

살짝 고개를 끄덕인 진우가 캐리어의 손잡이를 잡으며 반듯하게 접힌 우산 하나를 내밀었다. 그러고는 자신의 우산을 편 뒤 캐리어를 들고 정원을 가로질렀다. 활짝 열린 대문 너머로 그가 트렁크에 캐리어를 싣는 모습이 보였다.

안젤리크는 잔디를 밟고 오는 잠깐 사이에 빗방울이 맺힌 우산을 접고서 그의 곁에 앉아 안전벨트를 맸다. 부드러운 시동 소리와 함께 차가 미끄러지듯 언덕을 내려가기 시작했다. 우산을 쓰고서는 잘 들리지 않던 사부작 빗소리가 빠르게 달리는 차창에 타닥타닥 소리를 내며 부딪쳤다.

유리에 닿아 빗방울이 터지는 모양을 물끄러미 바라보며 안젤리크는 골똘히 생각에 잠겼다. 물어볼까. 나한테 호감 있냐고. 기대하던 일본 여행보다 그의 마음이 더 궁금해졌는데, 진우는 마치 처음 만난 날로 돌아간 듯 거리를 두었다. 어떻게 해야 할까. 촉박한 시간 탓에 차분히 생각을 정리하는 게 힘들었다.

차가 장산로에서 광안대교로 들어섰다. 이른 시간이어서인지 앞차와의 간격이 길었다. 진우는 옆으로 시선을 주고 싶은 마음을 다잡으며 속도를 조금 더 올렸다.

비가 바다 표면 위로 스며드는 광경을 보면서도, 그런 바다 위를 가로지르고 있는데도 옆에서는 아무런 반응이 없었다. 아마도 눈치를 챘나 보다. 하긴, 그렇게 노골적으로 감정을 드러내며 키스를 하려고 했는데 눈치를 못 챘을 리가.

탐욕스러운 마음을 들켜 버린 것 같아 부끄러웠다. 차라리 그녀가 자신을 좋아하냐고 놀리는 편이 마음이 덜 불편할 것 같았다. 진우는 경직된 얼굴로 전방을 주시했다. 차가 막히지 않아서 다행이었다.

안젤리크는 차창 턱에 팔꿈치를 기댄 채 창밖에서 시선을 떼지 않았다. 여행객이 일어나기에는 이른 시각이기는 했지만 광안리 해변은 우산을 들고 거니는 두어 사람들 말고는 적막했다. 비와 구름에 해가 가려졌다고 사람으로 가득했던 바다에는 흰 파도만 오갈 뿐이었다.

하— 내쉬던 날숨이 한숨을 닮아 그녀는 저도 모르게 흠칫했다. 이번에는 진짜로 한숨이 나올 것 같아 꾹 눌렀다.

말수가 많지 않은 것만큼이나 표정이 다양하지 않은 사람의 생각을 읽어 내는 방법이 뭘까. 핸들을 잡은 채 정면을 주시하고 있는 진우의 옆모습은 40분 전 집을 떠나올 때처럼 무표정했다. 얼마 안 가 김해공항 청사가 보이자 초조한 마음마저 들었다.

"음, 선물로 뭐 사 올까요? 뭘 좋아해요?"

혼란스러운 마음을 감추다 보니 한심한 말이 튀어나왔다. 살짝 눈썹을 찌푸리는 그녀에게 진우가 여상히 대답했다.

"신경 쓰지 말아요."

깊게 숨을 들이켜며 그녀가 애써 대화 주제를 찾았다.

"오사카에도 지금 비가 온대요."

국제선이 출발하는 곳으로 향하며 진우가 "그래요?"라고 대꾸했다.

그녀는 입술을 꾹 다물었다. 아쉽고, 초조하고. 뭔가 말을 해야 할 것 같은데 마음과 생각이 엉켜 어떻게 해야 할지 알 수가 없었다. 그 사이 그는 이미 승용차를 주차하고 있었다.

"내리죠."

안젤리크는 운전석에서 내려 트렁크에 넣어 둔 캐리어를 꺼내 드는 그를 바라보다 차 문을 열고 내렸다. 그에게서 기내용의 작은 캐리어를 건네받은 그녀는 애써 입술 꼬리를 올려 웃어 보였다.

"고마웠어요. 다음 주에 봐요."

"문제 생기면 연락해요."

책임감 하나는 끝내주는 남자였다.

'문제 생겼다고 하면 일본까지 날아와 줄 거예요?' 속이 조금 꼬였나 보다. 그녀답지 않게 빈정거리고 싶었다. 목소리가 나오기까지는 몇 초가 더 걸렸다.

"그럴게요."

살짝 손을 들어 보인 후 체크인을 위해 키오스크로 향했다. 뒤를 돌아보고 싶었지만 진우는 이미 등을 돌리고 주차장으로 걸어가고 있을 거다. 굳이 그런 모습을 확인하고서 서운해하고 싶지는 않았다.

안젤리크가 캐리어를 끌고 출국장 안으로 들어가는 모습을 멀찍이서 지켜보던 진우는 걸음을 돌렸다. 운전대에 앉아 출발하는 대신 무표정한 얼굴로 헤드레스트에 머리를 기댔다. 피곤했다. 어젯밤 잠을 설친 데다 방금 전까지 내내 긴장해 있던 탓이었다.

이리저리 헝클어진 마음을 다잡듯 몇 번이나 심호흡을 하고 나서야 시동을 걸던 진우가 멈칫했다. 예민해진 탓인지 아니면 단지 기분 탓인지 익숙한 향이 맡아졌다.

한 시간도 채 안 되는 동안 옆자리에 앉아 있었다고 잔향이 남아 있는 건가. 겨우 향수 때문에 마음이 또 울렁이고 있었다.

"정신 차려야지."

한동안 머물러 있던 승용차가 추적추적 비를 흩뿌리는 공항을 느릿하게 빠져나갔다.

기내 창가 쪽에 앉은 안젤리크는 여행에 충실하려는 마음으로 가이드북을 펼쳤다.

도쿄 국립 근대 미술관. 금각사. 은각사. 청수사. 오사카성. 인력거. 기모노……. 조금 있으면 만날, 기대하던 것들이었다.

그중 전통 가옥과 건축물들이 잘 보존된, 옛 일본과 현재를 동시에 경험할 수 있다는 교토가 가장 기대되었다. 그리고 도쿄에서는 1년 만에 베스트 프렌드인 올리비에를 만날 예정이고, 맛집 천국이라는 오사카에서는 오코노미야키와 다코야키를 맛볼 계획이다.

오사카에서 1박을 하고 교토로 이동, 교토에서 3박 4일간 머문 후 신칸센을 타고 도쿄로, 마지막 여행지인 도쿄에서 3박을 한 뒤 하네다공항에서 다시 김해공항으로. 이번 일본 여행에서의 그녀의 일정이었다. 도쿄에서 친구와 만나는 약속을 제하고는 여행 일정의 대부분이 일본의 문화 예술을 체험할 수 있는 장소들로 채워져 있었다.

일본 문화에 대한 프랑스인들의 호기심, 그리고 호감은 조금 특별했다. 미술계에 많은 영향을 남긴 자포니즘Japonism이나 1878년 파리 세계 박람회까지 거슬러 올라가지 않더라도 프랑스의 20대는 애니메이션과 망가, 비디오 게임으로 대표되는 일본의 대중문화에 상당히 노출되어 있었고 그만큼 익숙했다.

어릴 적 TV에서 방영되는 일본 애니메이션을 보고 자란 10대와 20대들이 서점에 서서 〈원피스〉나 〈데스노트〉를 읽는 모습들도 쉽게 볼 수 있었다. 번역될 가능성이 낮은 원서들을 읽기 위해서, 또는 번역되어 나오는 기간을 참지 못하고 스스로 일본어를 배우는 경우 또한 드물지 않았다.

키치하고 귀여운 캐릭터에 반하거나 최첨단 사회에서도 여전히 남아 있는 전통의 매력에 끌리거나. 혹은 스시로 대표되는 일본 음식에 빠지거나. 이유는 달라도 대부분 한 번쯤은 일본 여행을 꿈꾸었다.

일본은 안젤리크에게도 호기심을 주는 나라였다. 미술사라는 전공 특성상 서양 미술, 특히나 인상파 화가들에게 직접적인 영향을 미쳤던 일본 미술과 문화에 관심을 가질 수밖에 없었다. 그런데 지금, 그런 일본을 향해 가는데도 마음이 들뜨기는커녕 엉뚱하게도 자꾸만 딴생각이 들었다.

김해공항을 떠난 비행기가 오사카공항에 착륙했다. 비가 온다던 일기 예보처럼 오사카에도 추적추적 비가 내리고 있었다. 오사카 중심가에 위치한 숙소에서는 도톤보리 거리가 보였다. 계획된 일정을 마치고 저녁을 먹고 난 뒤 호텔로 돌아와 욕조에 푹 몸을 담갔다. 잠시 여유가 생기자 또다시 생각은 전날의 일로 빠져들었다.

'만약 그때 아지가 없었다면 진우는 키스를 했을까?'

직접 물어보지 않으면 알 수 없는 대답이었다. 어쩌면 물어도 대답을 얻지 못할지도. 그런데도 생각은 머릿속을 맴돌며 그녀를 고민하게 만들었다.

그녀는 물음을 안은 채 물속으로 잠겼다.


다음 날, 이른 조식을 먹은 후 캐리어를 끌고 기차역으로 갔다. 오사카에서 교토까지 그다지 멀지 않은 길을 기차는 빠르지 않은 속도로 달렸다. 고속 열차에 익숙해서인지 바깥의 풍경을 충분히 즐길 수 있을 만큼 느리게 덜컹이는 기차가 매력적이었다.

한 시간이 채 되지 않아 도착한 교토는 오사카와는 분위기가 전혀 달랐다. 왁자지껄하고 신나는 인상을 주던 오사카와는 달리 교토는 고고한 매력을 품고 있었다. 교토에서 머물 숙소는 전통 료칸이었다. 다다미가 깔린 방에 짐을 푸는 것으로 교토에서의 일정이 시작되었다.

청수사로 향하는 긴 언덕길을 올라가며, 교토는 프랑스에서 날아온 여행객들의 기대감을 충족시켜 주는 도시라는 감상이 들었다. 양쪽으로 줄지어 늘어선 아담한 가게들과 기모노를 입은 사람들, 한 번쯤 타 보고 싶은 마음이 들게 하는 인력거, 그리고 옛것이 잘 보존된 전통 가옥 구역.

도시 자체로 매력적인 교토는 지하철보다는 도시를 엿볼 수 있는 버스로 이동하는 것이 더 어울렸다. 청수사 관광을 마친 안젤리크는 청수사에서 금각사로 향하는 버스에 올라탔다.

관광객들이 많은데도 조용함이 유지되는 금각사의 소나무 정원을 둘러보며 그녀의 생각은 어느새 또 진우에게 닿아 있었다. 미술관에서 작품에 빠져들었을 때, 눈앞의 관광지에 집중해 있을 때에는 진우를 떠올리지 않을 수 있었다. 하지만 버스나 지하철을 타고 이동할 때, 혼자서 밥을 먹을 때, 어둠이 드리운 숙소에서 잠들기 전에, 그리고 지금처럼 산책하듯 걸을 때에는 진우가 떠올랐다. 대답을 알 수 없는 물음과 함께.

다음 날, 관광객들이 많이 모이는 곳들을 돌아다녔던 어제와는 달리, 잡다한 생각들을 몰아내고 명상에 잠기게 만든다는 료안지에 와서도 안젤리크는 진우에 대한 생각을 떨쳐 버릴 수가 없었다.

'조용하니까 명상이 아니라 오히려 딴생각이 더 생기네.'

구도를 하듯 돌밭 정원을 고르는 승려의 정갈한 움직임을 지켜보던 안젤리크는 복잡한 얼굴을 했다. 삐죽 튀어나온 검은 바위 주변을 흰빛의 작은 조약돌이 동선으로 넓게 감싸고 있었다. 그리고 그 주변으로 고랑이 파인 것처럼 길게 줄이 지어진 조약돌밭은 마치 바다처럼 보였다. 낮은 담벼락 바깥으로는 초록이 무성한 나무들이 그림자를 드리우고 있었다.

명상과 침묵이 어울리는 료안지의 나무 마루 끝에 앉아서 그녀는 다른 마당을 떠올렸다. 빛을 반사하는 것 같은 깨끗한 자갈돌이 깔린 정원이 아니라 상추와 깻잎과 고추 같은 초록 잎들이 무성한 흙 마당. 바람에 잎사귀들이 부딪치는 소리마저 들릴 것 같은 고요가 아니라 아지가 왈왈거리고 매미가 울어 대던 마당. 그리고 그 마당의 한가운데 서 있던 진우.

마음을 평온하게 만들어 주기 위해 꾸며진 정원에서 그녀의 마음과 머릿속은 끊임없이 갈등이 일고 있었다.

진우와 함께한 시간은 겨우 일주일. 처음 만나는 사람을 파악하기에는 불가능하다고 해도 좋을 만큼 짧은 시간이었다. 더구나 감정을 쉽게 드러내지 않는 탓에 무슨 생각을 하는지 도무지 감이 잡히지 않는 남자를 알기에는 더더욱.

그럼에도 마음이 자꾸 엉뚱한 것을 하라고 한다. 대책 없고, 이성적이지 않은 일이라는 걸 아는데도 유혹하듯 커져 가는 소리가 바람처럼 밀려와 가슴을 휘저었다. 마음을 따르면, 그러면 진우는 어떤 반응을 보여 줄까.

불어온 눅진한 바람은 짙은 소나무 내음을 품고 있었다. 그녀에게는 부산이 연상되는 내음이었다. 그리고 그곳에 있는 진우도.

※※※※※※※※

대문을 밀고 들어서는 안젤리크의 시선이 2층에 먼저 가닿았다. 비었는지 조용했다.

침실로 들어가 짐을 푼 뒤 샤워부터 했다. 옷을 갈아입고 습관적으로 고체 향수를 손목에 문지르며 거울을 쳐다봤다.

「이제 어떡하지?」

예매해 두었던 비행기 표를 취소하고 새로운 비행기 표를 구해서 무작정 왔다. 일단 부딪쳐 보자는 마음이었지만 막상 그의 공간으로 돌아왔음에도 구체적인 계획이나 생각은 떠오르지 않았다.

「뭘 하든지 우선은 만나야지.」

거실로 나가며 휴대폰을 열었다. '지누'라고 적힌 번호를 누르다 시야 끝에 얼핏 움직임이 느껴져 거실 창 쪽으로 고개를 돌렸다. 정원으로 날아든 새인가 싶었는데 진우였다.

정원을 가로지르던 그가 시선을 느꼈는지 1층 창 쪽으로 고개를 돌렸다. 두 사람의 눈이 마주쳤다. 유리창을 사이에 두고서도 그가 놀랐다는 걸 알 수 있었다.

'많이 놀라면 저런 표정을 짓는구나.'

평소처럼 눈인사를 하거나 고개를 까딱이며 알은체를 해 올 줄 알았는데 진우는 그저 물끄러미 보고만 있었다. 한동안 마주 바라보던 그녀가 살짝 손을 흔들자 그제야 정신이 든 것처럼 그가 다가왔다.

안젤리크는 심호흡을 하고서는 현관으로 나왔다.

"놀랐죠?"

"왜 여기 있어요? 갑자기 다시 와야 할 일이라도 생겼어요?"

막상 그를 마주하니까 쉽게 말이 나오지 않았다.

"음, 그럴 일이 있기는 해요."

진우의 머릿속에 가장 먼저 든 생각은 그녀의 생모에 관한 일이었다. 걱정 어린 낯빛을 한 그가 그녀에게 한 걸음 다가섰다.

"안 좋은 일이에요? 내가 도와줄 건 없어요?"

"아니, 그런 건 아닌데……."

'나랑 데이트해 볼래요?' 머릿속에서는 그다지 어렵지 않았는데, 몇 번 연습도 했는데 막상 그를 앞에 두고서는 말이 나오지 않았다. 지난 며칠간 알게 된 눈앞의 이 남자는 곧 있으면 떠날 여자와의 짧은 연애 따위는 시도하지 않을 사람처럼 보였다. 거절 좀 당하는 게 뭐라고 쉽게 말이 떨어지지 않았다. 그녀는 하릴없이 초록이 짙은 석류나무 잎사귀를 만지작거렸다.

"진우는요? 점심 먹으러 온 거예요?"

"큐레이터와 약속이 있는데 USB를 두고 나와서."

"그런 거 잊어버릴 타입으로는 안 봤는데."

"……프랑스로 출국할 때까지 여기 있는 겁니까?"

"그럴 거예요."

그녀의 대답에 진우는 복잡한 마음이 들었다. 일본에서 돌아온 후 프랑스로의 출국까지는 길어야 6일. 만약 다른 도시를 여행한다면 그보다 더 짧아진다. 그래서 그만큼만 견디면 된다고 생각했다. 그 정도 시간이라면 이 열병을 닮은 충동을 누를 수 있을 거라고. 그런데 5일이 더 늘어났다. 마음먹었던 것과는 다르게 며칠 더 그녀를 볼 수 있다는 사실에 좋아서 마음이 뛰었다. 눈치도 없이.

"언제 온 겁니까?"

"30분 전에요."

"점심은 먹었어요?"

"아직."

"혼자 먹기 싫으면 공방에 경준이 있으니까 같이 점심 먹어요."

"뭐 그러든지요."

잠시 쳐다보던 진우가 눈인사를 하고는 등을 돌려 2층으로 사라졌다. 그녀는 할 일 없는 사람처럼 정원을 서성이다 문을 닫고 내려오는 진우에게 서둘러 물었다.

"언제 와요?"

"아마 4시 조금 넘어서. 왜요?"

안젤리크는 어깨를 으쓱였다.

"그냥 물어봤어요."

그녀는 대문을 나서는 그에게 잘 다녀오라며 손을 흔들어 주었다.

「눈치 좀 채 주지.」

처음엔 호감이 가서 친구가 되고 싶었고, 그리고 이제는 키스를 하고픈 남자에게 먼저 데이트 신청을 하는 건 생각만큼 쉽지가 않았다. 이러다 여행도 망치고 진우와의 관계도 엉망이 되는 건 아닌지 모르겠다.

고민에 빠져 있던 안젤리크는 청바지로 갈아입고 공방으로 향했다.

진우에게 그녀의 일본행을 전해 들었던 경준은 공방으로 들어오는 안젤리크를 보며 눈이 휘둥그레졌다.

"어? 일본 가지 않았어요?"

"좀 전에 다시 왔어요. 두 밤 자고요."

"그래요? 급하게 돌아와야 하는 일이 생겼나 봐요?"

안젤리크는 어색한 표정으로 얼버무렸다.

"뭐 그렇기도 하고요."

"형은 약속 있어서 나갔는데."

"알아요. 방금 만났어요."

"나 지금 짜장면 주문하려고 했는데, 점심 먹었어요?"

"아니요, 안 먹었어요. 같이 먹을까요?"

"혼자 먹는 거 심심한데 나야 좋죠. 뭐 먹어 보고 싶어요?"

"한 번도 안 먹어 봤으니까 나도 짜장면요."

"오케이."

휴대폰에 저장된 중국집으로 전화를 걸어 짜장면 두 그릇과 탕수육을 주문하는 경준의 목소리를 뒤로하고서 그녀는 작업대로 다가가 한쪽에 올려놓은 'ㄴ' 모양의 나무판을 만지작거렸다.

"아, 그거 안젤리크 씨가 다시 올 거라고 생각 못 해서 내가 마무리해 주려고 했는데, 진우 형이 자기가 한다고 놔두라더라고요."

"그렇구나."

점심시간을 넘겼기 때문인지 주문을 한 지 얼마 지나지 않아 오토바이가 공방 앞에 섰다. 그녀는 호기심 어린 눈으로 테이블 위에 척척 놓이는 그릇들을 주시했다. 특히나 까만 소스가 덮인 짜장면을.

"그릇은 이따가 찾으러 올게요."

"예. 수고하세요."

안젤리크는 배달원에게 인사를 하며 능숙한 솜씨로 랩을 벗겨 내는 경준의 손놀림을 지켜보다 손끝으로 그릇을 톡톡 두드려 봤다. 플라스틱처럼 보였는데 진짜로 플라스틱이었다.

"다 먹고 나면 그릇 가지러 다시 오나 봐요? 신기해."

"프랑스에도 배달 음식 있지 않아요?"

"종이나 한 번 쓰고 버리는 데다 포장해 주지, 이렇게 진짜 그릇에 주고 또 그릇을 찾으러 다시 오고 그런 건 없어요. 딜리버리 두 번 하는 거랑 똑같은데, 그러면 가격이 지금보다 더 비싸질걸요?"

"하긴 거긴 인건비가 비싸다고 들었으니 그럴지도 모르겠네요."

안젤리크가 경준을 따라 짜장 소스와 면을 비비며 놀랍다는 듯 말했다.

"한국에서는 이렇게 시켜 먹을 수 있는 음식이 많아서 편하고 좋은 것 같아요."

"우리나라가 배달 음식이 끝내주죠. 우리가 또 배달의 민족 아니겠어요?"

"배달의 민족?"

경준은 고개를 갸웃하는 그녀를 보며 배달민족이라는 이중적 의미의 농담을 한 거라고 설명하려다 그냥 웃자는 얘기였어요, 라고 넘어가 버렸다. 농담이나 유머에 설명이 들어가기 시작하면 더 이상 농담이 아니게 되어 버린다.

서비스로 온 군만두를 먹으며 경준은 처음 먹어 본 짜장면과 탕수육이 어떤지 물었다.

"짜장면은 검정색이라서 조금 쓴맛이지 않을까 생각했는데 달콤해서 깜짝 놀랐어요. 중간까지는 달고 맛있었는데 나중에는 조금 기름이 있는 느낌이었고, 탕수육은 당연히 맛있었죠. 고기를 프라이 했는데 맛있는 건 당연하잖아요."

"정답. 고기만으로도 맛있는데 튀기기까지 했으니 맛이 없을 수가 없죠."

배가 불러 기분 좋아진 표정을 한 경준이 손을 비볐다.

"자, 이제 치우고 작업 시작해 볼까요?"

"나도 도울게요."

"에이, 그냥 둬요. 괜히 손에 소스만 묻어요. 이거 분리수거해야 하거든요."

익숙한 솜씨로 그릇들을 정리해 밖으로 내놓은 경준이 나무판을 고정할 때 사용하는 클램프와 드릴 등을 꺼내 작업대에 놓아 주었다. 점심을 같이 먹으려고 온 건데 작업까지 한다고 착각한 탓이었다. 안젤리크는 그의 오해를 바로잡아 주지 않았다. 딱히 다른 걸 할 마음도 없었고, 진우를 기다리고도 싶었다.

"하다가 힘들면 얘기해요."

"그럴게요."

작업용 앞치마를 두른 그녀는 야무지게 머리를 묶은 뒤 심호흡을 하고는 사포질을 끝낸 옆판을 집었다. ㄴ자 모양으로 조립된 나무판에 옆판을 대고서 움직이지 않도록 고정했다. 그리고 드릴로 구멍을 뚫고 나사못을 박아 넣었다. ㄷ과 닮은 모양이 만들어졌다.

"오— 이제 밑판이랑 뒤판만 붙이면 경대 몸통은 완성이네요. 생각보다 잘하는데요?"

"고마워요."

웃으며 대답했지만 마음은 웃음과는 거리가 멀었다. 고백한다고 기껏 도중에 돌아와서는 지금 뭐 하는 건가 싶었다.

진우에게서 늦는다고 전화가 온 건 경대의 밑판과 뒤판까지 조립했을 때였다. 경대를 완성하기 위해 남은 건 뚜껑 역할을 하는 상판이었다. 서랍은 조금 복잡해 진우에게 맡기는 게 낫겠다고 경준이 조언을 했고, 경대가 다 완성되면 마지막으로 상판 안쪽에 거울을 부착하면 마무리가 된다고 했다.

저녁을 먹고 온다는 그의 연락에 마음이 싱숭생숭해졌다. 안젤리크는 작업물을 정리하고서는 공방을 나왔다. 공방 앞까지 배웅 나와 "파이팅."을 외치며 내일 또 보자고 반농담처럼 말하는 경준에게 손을 흔들어 주었다.

안젤리크는 머리카락에 붙어 있는 나무 가루들을 깨끗하게 씻어 내느라 한참을 샤워기 밑에 서 있다가 느지막하게 저녁을 먹으러 동네 근처를 두리번거렸다. 음식점 간판이나 창문에 붙여진 메뉴들을 봐도 들어가서 먹어 볼까, 하는 마음이 생기지 않았다.

딱히 정해진 목적지가 없는 걸음은 생각보다 길어졌다. 걷다 보니 어느새 해운대 대로에 서 있었다.

해운대 바다를 등지고 건널목을 건넜다. 넓은 길을 가득 메운 사람들 머리 위로 반짝이는 작은 전구로 감싸인 LED 풍선이 해파리처럼 둥둥 떠다니고 있었다.

떡볶이. 닭갈비. 조개구이. 돼지갈비. 치킨. 갈치조림. 메뉴들을 읽어 나가던 그녀의 눈이 동그래졌다. 바로 눈앞 2층 건물에 건물 높이만큼 커다란 오뎅 모형들이 기다란 꼬치에 꿰어진 채 장식처럼 붙어 있었다. 분명 그녀가 먹었던 오뎅과 똑같이 생겼는데, '어묵'이라는 이름을 달고 있었다.

음식점 안으로 들어가 다른 사람들이 어떻게 하는지 눈여겨보다 쟁반과 집게를 들고서 어묵들을 쭉 훑었다. 관심이 가는 건 꽤 있는데 혼자라 여러 개를 고를 수가 없었다. 매장을 한 바퀴 돌고 나서 계산대 앞에 선 그녀의 쟁반에는 세 종류의 어묵이 놓여 있었다.

안젤리크는 창가 자리에 앉아 지나가는 사람들을 쳐다보며 어묵을 먹었다. 거리에서 떡볶이와 함께 먹었던 오뎅과는 닮은 듯 다른 맛이 났다.

간단히 배를 채우고 나와 왔던 길을 되짚었다. 파도 소리가 들릴 만큼 해운대가 가까워지자 잠깐 멈춰 서서 바다를 바라보았다. 어둠이 내리기 시작한 바다에는 등대의 불빛과 파도의 하얀 포말만이 눈에 띄었다.

뚜벅뚜벅 언덕길을 꾸준히 올라 대문 앞에 다다른 그녀가 가까워지는 엔진 소리에 뒤로 돌았다. 차가 멈춰 서고 진우가 내렸다.

잠시 말없이 서로를 바라보다 진우가 먼저 말을 건넸다.

"저녁은 먹었어요?"

"방금요. 늦었네요."

"전시회 준비에 생각지 못했던 변수가, 문제가 조금 생겨서."

"문제는 풀었어요?"

조금 커진 눈을 하고서 걱정스럽게 묻는 그녀를 물끄러미 바라보던 진우가 고개를 끄덕였다.

"문제 다 풀었어요."

진우는 말끝에 깊은 날숨을 쉬었다. 적당한 거리를 두는 게 낫겠다는 생각을 했다. 고백해 버리고 싶은 마음이 걷잡을 수 없이 커지니 마주치는 기회를 줄여야 한다고. 그래서 돌아오는 길을 서두르지 않았다. 그렇지 않으면 좋아한다는 미친 소리가 튀어나올 것 같아서. 하지만 막상 마주하자 마음이 좀 힘들어도 이렇게라도 보는 게 더 좋았다.

「설마 새벽에 나간 건 아니겠지?」

오늘따라 진우가 늦었다. 정원에서 커피를 마시며 그를 기다리던 안젤리크가 전화를 해 볼까 생각할 즈음 2층 현관문이 열렸다. 어제저녁, 지쳐 보이는 모습에 데이트해 보자는 말을 꺼내기가 망설여졌는데. 이제야 일어난 걸 보니 많이 피곤했나 보다. 안젤리크는 반가운 얼굴로 손을 흔들었다.

"안녕. 늦잠 잤어요?"

"조금. 잘 잤어요?"

"그럭저럭요."

청바지에 시원한 재질의 긴팔 남방을 걸친 그의 옷차림을 보고 아마도 작업을 하러 가는 거라고 짐작하며 확인하듯 물었다.

"공방 가요?"

"같이 갈까요?"

그가 처음 경대 만드는 법을 배웠던 날과 같은 옷을 입은 그녀를 보며 묻자 예상하던 대답이 나왔다.

"좋아요."

공방으로 다가갈수록 평소와는 달리 여러 가지 소음이 들려왔다. 그 속에는 사람들의 말소리도 섞여 있었다. 안으로 들어가자 아기 침대를 만드는 공방 회원에게 페인트를 칠하지 않는 것도 괜찮다고 조언을 해 주고 있던 경준이 그녀의 등장에 반가움과 함께 의외라는 표정을 지었다.

"정말 왔네요? 아침부터 작업하러 나올 만큼 목공에 매력을 느끼기 시작했나 본데요? 나무의 세계로 오신 걸 환영합니다."

경준의 연극 조 말투에 각자 작업에 몰두해 있던 공방 회원들이 돌아보더니 새로운 회원이냐며 인사를 해 왔다.

이제 겨우 9시였다. 그런데 마치 공방 휴가가 끝나기만을 기다렸다는 듯 이른 시간부터 공방에 나와 작업을 할 만큼 목공예의 매력에 푹 빠져 있는 사람들을 신기하게 바라보다 그녀는 자신의 작업물 앞에 섰다.

어제까지 혼자서 사용하던 작업대와 공구들을 여섯 명의 공방 회원들과 나눠 쓰려니 조금 정신이 없었다. 왕초보라는 걸 알아챈 회원들이 공구를 먼저 쓰라며 양보해 주는 일이 한 번 두 번 늘어났다. 그럴수록 사람들의 시간을 뺏는 것 같아 그녀의 미안함도 커졌다. 딱히 재미나 흥미를 느끼지 않는 그녀 때문에 나무 다루는 일을 즐기는 사람들의 작업 흐름이 깨지고 있었다.

어떡할까. 그냥 진우에게 부탁할까. 고민하는데 진우의 목소리가 옆에서 들려왔다.

"따라와요."

미완성인 경대와 재단해 놓은 나무판을 들고 공방을 나가는 그를 안젤리크가 어리둥절한 얼굴로 뒤따라갔다. 바닥에 무릎을 꿇고 앉아 페인트 뚜껑을 따던 경준이 의아한 눈으로 두 사람을 좇았다.

공방을 나와 공방 옆에 붙은 자재 창고를 지나친 그가 겉보기에 어떤 곳인지 짐작이 가지 않는 건물의 문을 열었다. 노출 콘크리트와 나무로 마감한 단층 건물은 지붕과 만나는 벽면의 경계면이 모두 유리로 처리되어 있었다. 마치 넓고 기다란 투명 띠처럼.

"들어와요."

실내로 들어선 그녀가 감탄을 쏟아 냈다.

"우와— 숲에 온 것 같아요!"

그윽한 나무 향이 배어 있는 공간의 위쪽에 나 있는 긴 창으로 햇살이 은은하게 내렸다. 고요하고 풍성한 숲 한가운데에 들어온 착각이 일었다.

그녀는 천장이 높은 작업실을 천천히 한 바퀴 돌고는 진우에게 말했다.

"구경시켜 줄래요?"

그가 들고 있던 나무들을 작업대에 내려놓은 뒤 조립 중인 작품 앞으로 그녀를 데려갔다.

"지금 작업 중인 벽에 붙이는 책꽂이 겸 장식장."

육각형의 나무 박스를 비스듬히 옆으로 눌러 납작하게 만들어 놓은 것 같은 모양의 박스들이 불규칙하게 붙어 있었다. 마치 조각 몇 개가 떨어져 나간 벌집처럼.

안젤리크는 고개를 갸웃했다. 분명 나무판을 조립해서 만든 상자들이었다. 그런데도 입체가 아니라 평면처럼 편편해 보이는 착시 효과를 불러일으켰다.

반대쪽으로 고개를 기울여 보니 얼핏 입체로도 보였다. 좀 더 가까이 다가가 자세히 살피자 어떤 박스는 퍼즐처럼 나뭇조각 세 개를 붙여서 마치 입체처럼 보이게 만든 것이고, 또 어떤 박스는 실제로 물건을 넣을 수 있는 진짜 나무 상자였다. 2D와 3D의 묘한 조합이었다.

진우가 작업대에 놓인 스케치북을 가져와 상자 안에 꽂아 넣자 입체 상자와 나무 퍼즐 조각의 착시 효과가 확대되었다.

"이거 예쁘고 재밌어요. 마음에 들어요."

"가을에 상품화될 예정이에요. 오프라인, 온라인 모두."

그녀의 눈이 커졌다.

"그럼 나도 살 수 있는 거네요?"

"프랑스까지는 배송비가 더 많이 나올 텐데. 벽면에 거는 거라 가능한 한 가볍게 만들었지만 그래도 나무라 보기보다는 무거워요."

웃음기 어린 목소리로 대답한 진우가 나머지 공간을 마저 구경시켜 준 후 재료함을 열어 경첩을 꺼냈다. 기존 경대에서 흔히 볼 수 있는 나비경첩과 모던한 디자인에 어울리는 경첩 등 여러 종류였다.

"원하는 걸로 골라 봐요."

"음."

경첩이 달릴 곳에 올려놓고는 실눈을 하고서 느낌을 봤다. 잘 모르겠다.

"나는 이게 마음에 드는데. 이것도 괜찮고. 진우 생각은 어때요? 예뻐요?"

"나는 두 번째 디자인이 더 어울린다 싶지만, 사용할 사람 마음에 드는 게 가장 어울리는 거죠."

전문가의 의견을 들으니 자연히 두 번째 디자인에 마음이 쏠렸다.

"그럼 이걸로 할게요. 그런데 경첩 달기 전에 상판이라는 거 먼저 만들 거라고 하지 않았어요? 퍼즐처럼 나뭇조각 끼워서요."

"경첩이 달릴 자리에 맞춰서 나사못 구멍만 미리 뚫어 놓고, 색칠까지 다 마무리하고 나면 맨 나중에 경첩을 달 겁니다."

"그렇구나."

경첩 한 쌍과 그에 맞는 나사못을 골라 작업대에 올려놓은 진우가 연습용 나무 두 개를 가져와 클램프로 고정시켰다.

"어떻게 하는지 잘 봐요. 경첩은 나사못이 들어갈 위치를 잘 잡아서 똑바로 뚫어 줘야지 안 그러면 삐뚤게 달려요. 그럼 뚜껑도 삐뚤게 닫히게 되고."

설명을 마친 진우는 나무판의 두 면이 이어진 곳에 경첩을 펼쳐 붙였다. 그러고는 나사못을 박아 넣을 경첩 구멍에 드릴 날을 대고서 드릴의 버튼을 눌렀다. 윙 하는 기계음이 조용한 작업실 안에 울렸다.

경첩 하나에 나사 구멍이 네 개였다. 구멍 하나를 뚫은 후 다음 구멍에 드릴 날을 가져가던 진우가 멈칫했다. 경첩을 다느라 고개를 숙인 그의 코끝에 낯설지 않은 향이 느껴졌다. 조금만 고개를 돌리면 닿을 것처럼 그녀가 가까이 다가와 있었다.

그녀의 시선이 향한 곳은 그의 손일 텐데 어쩐지 얼굴이 간지러운 것 같아 진우는 입술을 꾹 다물었다. 마치 나무 가루가 앉은 듯 볼이 간지러웠다. 간질거리는 볼에 부드러운 숨결이 닿았다. 숨을 쉴 수가 없었다.

긴장되는 건 안젤리크도 마찬가지였다. 시선이 자꾸만 다른 곳으로 향해서였다.

안다, 그의 손을 봐야 한다는 걸. 드릴 날이 얼마만큼의 깊이로 나무를 파고 들어가는지, 드릴 날을 90도 각도로 유지하려면 드릴을 어떻게 잡아야 하는지. 아는데도 그녀의 시선은 그의 손이 아니라 얼굴을 향해 있었다.

아래로 내린 시선 때문에 눈동자를 반쯤 가린 속눈썹과 반듯한 성격을 닮은 콧날. 그리고 입술. 집중해서인지 그의 입술이 경직되어 보였다. 팔을 움직일 때마다 진우에게서는 여린 냄새가 번져 왔다. 나무 냄새였다. 여러 가지 나무 향이 섞인 냄새는 얼핏 건조해 보이는 그와 잘 어울리는 내음이었다.

윙— 울리던 드릴이 갑자기 멈췄다. 어금니를 질끈 문 진우가 다시금 버튼을 눌렀다. 잠시 후, 구멍을 뚫고 경첩에서 드릴을 뗀 그의 눈썹이 찌푸려져 있었다.

"왜요? 문제가 생겼어요?"

대답 대신 고개를 저은 진우가 드릴 날을 옆으로 옮겼다. 그리고 전원 버튼을 눌렀지만 금세 고개를 가로저으며 드릴을 내려놓았다. 90도 직각으로 들어가야 할 드릴 날이 비스듬히 기울어져 버렸다. 초보자들이나 하는 실수를 자신이 저질렀다는 게 믿기지 않았다.

진우가 멋쩍은 표정으로 경첩을 건넸다.

"이건 좀 삐뚤게 박혔는데……. 어쨌든 경첩을 다는 방법은 이런 식이니까 직접 해 봐요."

안젤리크는 진우가 하던 방식대로 연습용 나무에 경첩을 가져갔다. 그의 얼굴을 바라보느라 제대로 보지는 못했지만 경대를 조립하면서 배운 것들로 대충 감이 잡혔다.

"아, 잘못됐다."

별거 아닌 것 같은데도 똑바로 구멍을 뚫는 일은 생각만큼 쉽지 않았다. 더구나 자꾸만 딴생각을 하게 만드는 남자가 반걸음쯤 떨어진 거리에서 지켜보는 상황에서는 더더욱.

첫 번째는 구멍이 비스듬하게 났다. 두 번째는 거의 직각으로 뚫렸지만 구멍이 너무 깊었다.

"이러면 나사가 빙글 돌아서 잘 빠져 버리죠."

"생각보다 더 어려워요."

연달아 구멍 두 개를 더 뚫은 그녀에게 그가 경첩에 맞는 크기의 나사못을 건네주었다. 전동 드라이버로 나사못을 끼우는 건 드릴에 비하면 식은 죽 먹기였다. 금세 나사못 네 개를 박았다. 경첩 하나로 나무판 두 개가 달랑거리며 연결되었다.

그녀가 뿌듯한 얼굴로 고개를 들었다.

"잘했죠?"

상기된 뺨에 지난번처럼 나무 가루가 묻어 있었다. 털어 주고 싶어 움찔거리는 손가락을 청바지 뒷주머니에 찔러 넣은 진우는 고개를 끄덕였다.

"처음치고는 아주 잘했어요."

뜻밖의 칭찬에 동그래졌던 두 눈이 기분 좋게 휘어졌다.

"알아요? 진우가 나한테 칭찬한 거 처음이에요. 그럼 나 커피 한 잔 만들어 달라고 해도 돼요?"

"뜨거운 걸로?"

"차가운 거요. 이렇게 더운 여름에는 모닝커피만 뜨겁게 마셔요. 그리고 지금 아주 열심히 했더니 목도 좀 마르고."

커피를 타기 위해 작업실 안쪽으로 들어가는 그의 등에 시선을 둔 채 안젤리크는 고개를 갸우뚱 기울였다.

「기분 탓인가?」

어쩐지 어제는 반듯하게 자로 재듯 거리를 두는 것 같은 느낌을 받았는데 지금은 일본으로 떠나기 전의 관계로 돌아간 기분이었다. 특별히 이름을 붙일 수 있는 관계는 아니었지만.

복잡한 머릿속과는 달리 그녀는 양손에 아이스커피를 들고 나오는 그에게 웃어 보였다.

진우와 나란히 작업대에 기대 커피를 마시던 안젤리크가 차가운 얼음이 담긴 유리잔을 만지작거리다 이대로는 안 되겠다 싶어 입을 열었다.

"저기, 진우 혹시 나랑……."

조심스레 꺼내던 말이 청바지 뒷주머니에서 진동하는 휴대폰 때문에 방해를 받았다. 눈썹을 구긴 채 발신자를 확인하던 그녀가 놀란 얼굴로 얼른 전화를 받았다.

「알로(Allo, 여보세요).」

미소가 번지는 안젤리크의 환한 얼굴을 보며 진우는 조금 떨어져 섰다. 어차피 알아듣지 못하는 말이지만 연인의 대화를 엿듣고 있는 기분이 들어서였다.

통화를 마친 그녀가 흥분기가 가시지 않은 얼굴로 그를 돌아봤다.

"올리비에가 온대요. 나 지금 공항에 마중 나가야 해요. 아, 진우 집에서 같이 자도 괜찮아요?"

이미 마음은 공항에 가 있는 것처럼 상기된 얼굴로 두서없이 말해 오는 그녀에게 진우가 느리게 고개를 끄덕였다.

"고마워요. 이건 나중에 만들게요. 이따 봐요. 아 참."

안젤리크가 들고 있던 아이스커피를 급하게 비운 뒤 잘 마셨다는 말을 남기고는 밖으로 달려 나갔다.

진우는 한 모금 정도 남은 커피와 얼음 조각이 담긴 유리잔을 물끄러미 바라보다 마른세수를 했다. 현실을 직시해 마음을 접어 버릴 기회였다.

※※※

택시가 국제선 청사에 도착하자 안젤리크는 서둘러 입국장으로 달려갔다. 전광판에는 도쿄발 비행기가 5분 전에 착륙했다는 안내가 떠 있었다. 입국장의 자동문이 열리고 쏟아지는 일본인 관광객들 뒤에서 머리 하나가 툭 튀어나왔다.

「올리브!」

양팔을 머리 위로 흔드는 안젤리크와 눈이 마주치자 올리비에가 씩 입꼬리를 올렸다. 성큼성큼 큰 걸음으로 다가온 그가 그녀를 와락 끌어안고는 빙글빙글 돌았다.

「오랜만이야.」

「아— 내려 줘! 어지러워.」

「바람맞힌 벌이다.」

위협하는 듯한 말투와는 달리 금세 바닥에 발이 닿도록 내려 준 그가 고개를 숙여 왔다. 서로의 볼이 네 번 맞닿는 동안 동그랗게 커진 눈동자들이 두 사람에게로 쏠려 들었다.

「아야! 대체 언제 수염을 깎은 거야?」

인사를 마친 그녀가 뺨을 찔러 온 뾰족한 수염에 눈을 찡그리며 투덜거렸다.

「어젯밤에. 오늘은 새벽 일찍부터 비행기 탄다고 서두르느라 미처 면도도 못 했다.」

올리비에가 손바닥으로 뺨을 쓱 문질렀다. 수염이 자라는 속도가 남달라 하루 한 번의 면도로는 부족했다. 그래도 보기에는 썩 나쁘지 않았다. 볼을 맞대야 하는 상대편에게는 까끌까끌하다 못해 가시에 찔리는 기분일 테지만.

「그런데 어떻게 온 거야? 얼마나 있다가 갈 예정이야? 부산 온다는 말 없었잖아?」

「너 보러 왔고. 내일 아침 비행기로 돌아갈 거고. 약속 이틀 전에 바람맞히지 않았으면 비싼 비행기 티켓값 물어 가면서 부산 올 일도 없었겠지?」

안젤리크는 자신의 잘못을 잘 알기에 미안한 표정을 지으며 눈치를 봤다.

「정말 미안.」

「나 버리고 여기로 돌아와야 할 만큼 중요한 일이 뭔지 어디 이유나 들어 보자. 그 전에 맛있는 거부터 먹고. 조식도 못 먹었어.」

올리비에는 꽤 키가 큰 진우와 비슷한 눈높이인 데다 먹성이 좋았다. 그러니 간식 같은 양의 비행기 기내식으로는 배가 찰 리 없었다.

「그럼 점심은 가까운 데서 먹고, 저녁은 이따가 바비큐 먹으러 가자. 아주 맛있는 곳 알아.」

공항 밖으로 나온 두 사람은 곧바로 택시를 잡아탔다. 기사에게 근처 초밥이 맛있는 식당을 물어 점심을 먹고 나서 다시 택시를 타고서는 집에 도착했다.

식당과 택시 안에서 올리비에는 홍콩에서의 일과 일상에 대해 들려주었다. 앞으로 2년 정도 더 홍콩에 있을 예정이며 크리스마스 휴가 때는 파리에 들러 가족들과 함께 새해를 맞을 계획이라는 것도.

그동안에도 전화나 메일, 그리고 SNS를 통해 서로의 일상을 대충은 알고 있었지만 그래도 얼굴을 직접 보는 것과는 비교할 수 없었다. 1년 만에 만나는 두 사람에게서는 대화가 끊이지 않았다.

대문을 열고 들어서자마자 올리비에가 길게 휘파람을 불었다.

「끝내주는데?」

담장 쪽으로 걸어가 바다와 바위에 부딪치는 파도를 구경하다가 정원에 심긴 과실수와 소나무를 둘러보며 올리비에가 감탄 어린 얼굴로 고개를 끄덕였다.

「이 정도 뷰면 다시 오고 싶어지는 게 이해 가네.」

그러곤 가슴이 부풀어 오르도록 숨도 한껏 들이켰다.

「공기도 좋은데? 홍콩에 있다가 일본 갈 때마다 공기가 맑다 싶었는데 여기는 도쿄보다 더 깨끗한 것 같다? 바다랑 나무가 있어서 그런 기분이 드는 건가. 어쨌든 부산의 첫 인상은 기대 이상이다!」

「홍콩에서 겨우 세 시간 조금 넘는 거리인데 한국은 왜 한 번도 안 왔어? 여행도 좋아하면서. 일본 출장 갈 때 스톱오버로 잠깐 들러도 되잖아.」

따뜻한 눈빛으로 그녀를 바라보던 올리비에가 바다 쪽으로 고개를 돌리며 말했다.

「한국은 네가 먼저 와야 하는 곳인 것 같아서. 특별히 그럴 필요는 없다는 거 아는데, 그래도 그러는 게 좋을 것 같더라, 난. 그나저나 나 샤워부터 좀 하자. 온몸이 끈적인다. 나 이렇게 자주 샤워하는 건 홍콩에서 일하고부터야.」

「나도 이제 그 기분 알아.」

안젤리크가 땀이 난 목덜미에 달라붙은 머리카락을 가리키며 맞장구를 쳤다.

올리비에가 욕실에 들어가 샤워를 하는 사이 안젤리크는 붙박이장을 열어 여분의 시트와 베갯잇을 확인했다. 그때 갑자기 욕실 문이 열리고 올리비에가 물이 뚝뚝 떨어지는 얼굴을 쑥 내밀고는 침실 쪽으로 목소리를 키웠다.

「안젤!」

「응?」

「나 일회용 면도기 좀 사다 주라. 어지간히 정신없었나 봐. 하나도 안 챙겨 왔어.」

「알았어. 잠깐만 기다려.」

서둘러 편의점으로 달려가는 그녀의 미소가 기분 좋은 바람을 닮아 있었다. 오랜만에 만난 베스트 프렌드는 그녀에게 가족을 만난 기분을 안겨 주었다.

샤워기에서 쏟아지는 시원한 물줄기 아래에서 남아 있는 샴푸를 닦아 내던 올리비에가 바깥에서 들려오는 소리에 귀를 기울이다 샤워기를 껐다. 물줄기가 바닥을 때리는 소리가 잠잠해지자 확실치 않던 노크 소리가 한결 선명하게 들렸다. 현관문을 두드리는 소리였다.

베스 타월을 허리에 두르고 타월 하나를 더 꺼내 머리의 물기를 털며 현관으로 걸어가 문을 열었다. 문 앞에 서 있는 남자를 확인한 올리비에가 쓱 한쪽 눈썹을 밀어 올렸다.

"할머니⋯⋯."

문이 열리자 용건부터 꺼내던 진우는 당황한 표정으로 말을 삼켰다. 할머니의 이웃분에게서 전화를 받았다. 할머니가 다리를 다쳐서 읍내 병원에 있다고. 큰일 아니니까 알리지 말라고 했는데 그래도 알아야 할 것 같아 연락했다는 설명이었다.

걱정이 돼서 지금 가겠다고 한 뒤 전화를 끊고서 옷을 갈아입기 위해 집으로 들어왔다가 1층에서 인기척이 나는 것 같아 문을 두드렸다. 아마도 오늘은 집에 못 들어올지도 모른다고 말해 주려고. 그런데 안젤리크가 아닌 낯선 남자가 눈앞에 서 있었다.

방금 샤워를 마친 듯 채 닦이지 않은 물방울 몇 개가 남자의 벗은 가슴을 타고 흘렀다. 흘러내린 물방울이 골반 근처에 느슨하게 걸쳐진 목욕 타월에 스며들었다.

안젤리크가 환한 웃음으로 전화를 받고서 공항으로 달려가게 만든 남자. 전화기를 붙들고 쥬뗌므라고 속삭이게 만들던 남자. 바로 눈앞의 이 남자일 터였다. 진우는 뭉근하게 치솟는 질투심을 누르느라 인사조차 할 정신이 없었다.

덜컹 대문이 열리는 소리에 두 남자의 고개가 돌아갔다. 지갑과 일회용 면도기를 손에 든 안젤리크가 반가운 얼굴로 두 사람에게 다가왔다. 문틀을 짚고 있던 남자의 팔이 스르륵 내려가 그녀의 어깨를 감싸 안았다. 남자의 움직임을 눈으로 따라가던 진우의 눈동자가 까맣게 가라앉았다.

"벌써 인사했어요? 두 사람?"

"……아뇨."

「고마워.」

그녀의 손에 들려 있던 면도기를 가져가며 올리비에가 물었다.

「이쪽이 집주인인가 봐?」

「응.」

올리비에가 손을 내밀었다.

『만나서 반가워요. 올리비에입니다.』

영국식 영어를 하는 안젤리크와는 달리 그의 영어는 별다른 억양이 느껴지지 않았다.

그녀의 어깨를 감싸 안은 손이 아니라 눈앞에 내밀어진 손에 시선을 붙잡아 두려 애쓰며 진우는 악수를 했다.

『이진우입니다.』

"있죠, 진우."

남자의 손을 놓으며 진우가 그녀의 말 또한 끊었다. 그녀의 성격으로 미루어 아마도 함께 식사하자는 제안일 터였다.

"지금 할머니 댁에 갈 겁니다. 아마 내일 오게 될 것 같아요."

"아…… 그래요?"

"필요한 게 있으면…… 경준이한테 부탁해요."

"그럴게요. 잘 다녀와요."

두 사람에게 눈인사를 하고서 진우는 2층으로 향하는 계단을 밟아 올랐다. 곧바로 욕실로 들어가 머릿속 쓸모없는 생각들까지 씻어 내 버릴 만큼 오래도록 물줄기 아래 서 있다 샤워기를 껐다. 그 뒤 옷을 갈아입고서 간단히 짐을 챙긴 후 집을 나섰다. 정원을 가로지르는 동안 1층 거실 창으로 고개를 돌리지 않으려 애를 써야 했다.

***

진우가 활짝 열린 대문으로 들어서자 아지가 반갑다고 소란을 피웠고, 그 소리에 안방 침대에 누워 있던 할머니가 만면에 미안한 표정을 하고서 마루로 나왔다. 평소보다 느린 걸음은 왼쪽 발목을 조금 끄는 탓이었다.

"내가 알리지 말라꼬 그래 당부를 했는데. 내 말은 귓등으로도 안 듣는 그 인사가 기어코 니한테 전화를 해 뿐나 보네."

"쓰러지시면서 다리를 다쳤다고 하시던데. 어디를 얼마나 다치셨어요? 의사는 뭐라고 하던가요?"

미안함과 안도감 그리고 뿌듯함이 뒤섞인 얼굴로 할머니가 별거 아니라며 손을 내저었다.

"정구지 좀 벤다고 앉아 있다가 더위를 먹어가 머리가 쪼매 핑하길래 주저앉아 뻿는데, 다리가 쪼매 삐끗했다. 뼈가 뿔라진 것도 아니고 금도 안 갔단다. 진통제 묵고 연고도 바르고 그라면 된다더라. 마이 놀랐제? 얼굴이 새하얗네."

굵은 주름이 진 손이 손자의 볼을 쓸었다.

"나이가 드니까 몸이 얼라가 돼 버렸다. 더브면 덥다고 탈이 나고, 추브면 또 춥다고 탈이 나고. 안 아플 때 얼른 죽어야 자식들한테 폐가 안 될 낀데."

"그렇게 말씀하시면 제가 속상해요, 할머니."

할머니가 손을 내저었다.

"그냥 해 본 말이다. 마음에 담아 두지 마라."

부기가 심한지 발목을 살피는 다정한 큰손자를 보며 할머니는 만감이 교차했다. 진중하고 성실하고 인성도 발라서 제 아버지 뜻에 따랐다면 좋은 의사가 됐을 테고, 지금처럼 부자 사이에 거리가 생기지도 않았을 텐데. 이미 돌이킬 수 없는 일인데도 아쉬운 건 어쩔 수 없었다. 죽기 전에 두 부자가 예전처럼 다정한 모습을 다시 볼 수는 있으려나. 갑자기 아프거나 다치면 덜컥 죽음이 다가온 것 같아 별별 걱정이 한꺼번에 몰려들었다.

"진우야."

"네."

"니 지금 하는 일이 좋나? 앞으로도 계속 그 일만 하고 살아도 상관없을 맹키로, 그만큼 좋나?"

"그만큼 좋아요, 할머니."

할머니가 한숨을 내쉬었다.

"그래. 그카면 됐지 뭐. 한 번 왔다 가는 인생 하고 싶은 거 하면서 살아야제."

하고 싶지 않은 일 하라고 억지로 등 떠밀다가 서로가 마음만 상했는데. 하고 싶은 일 하면서 살아서 좋다는 손자에게 이제 와 왈가왈부할 필요가 없었다.

"너거 작은아부지는 아예 불란서에 눌러앉아 살 건가 싶었는데 그래도 겨울에 들어온다 카대? 교수 그만두면 여 와서 내하고 같이 산다고 하는데, 그라모 진우 니는 그 큰 집에서 혼자 안 외롭겠나?"

"혼자 쓰기에는 지나치게 크긴 하지만 그래도 그 집만큼 경치가 좋은 곳을 얻기가 쉽지 않을 것 같아서 그냥 지내려고요. 정원 딸린 주택에 그새 익숙해져서 아파트로 이사할 마음도 없고요. 열심히 일해서 작은아버지한테서 집 사야겠어요."

진우가 웃으며 덧붙이는 말에 할머니가 손을 내저었다.

"어차피 니한테 물려줄 생각이던데 돈은 뭐 하러. 그 집에 들어가면서 전세금 준 걸로 충분하다."

부산에 정착하기로 마음먹고 내려왔을 때 집이 구해질 때까지만 잠시 머물 생각이었다. 그러자 작은아버지는 어차피 비어 있는 공간이니 전셋값만 내고 들어오라고 농담처럼 말했고, 그간 모아 놓았던 돈을 드리자 피식 웃으며 받으셨다.

자식 하나 없이 이혼하고서 내도록 혼자 사는 작은아들의 사정이 새삼 안쓰러운지 한숨을 폭 내쉬던 할머니가 말을 돌렸다.

"그나저나 일도 자리가 잡혔으니까 니도 이제 아가씨도 사귀고 그래야지. 학교에는 마음 가는 사람이 없드나?"

대답은 않고 그저 엷은 미소만 짓는 손자의 손등을 할머니가 토닥였다.

"그래. 사람 만나는 것도 다 인연인데. 때가 되면 마음 가는 사람을 만나겠지. 그런데 니 바쁜데 온 거 아이가? 괜찮은 거 봤으니까 이제 그만 가라. 아니면 좀 일찍 저녁 묵고 갈래?"

"오늘은 여기서 자고 내일 가려고요."

"와?"

"오랜만에 할머니랑 같이 자고 싶어서요."

"……진우 니 무슨 일 있나?"

"아니에요."

"그래, 그라면 됐다. 참, 그때 왔던 아가씨는 언제 간다 캤노?"

"……토요일이요."

"그래. 한동안 사람이 있다가 다시 혼자 지내려면 적적하겠네. 조심해서 잘 가라고 인사 전해라."

"예."

모래사장에 앉아 바다와 햇살을 만끽한 뒤, 느릿느릿 산책을 하다가 인근의 음식점에서 숯불고기를 먹었다. 식사를 마치고 나오자 노을 진 하늘이 조금씩 어두워지고 있었다.

안젤리크가 기대감을 안고서 물었다.

「어땠어?」

「역시 현지에서 먹는 건 다르네. 우리가 먹은 식당이 맛집이어서 그럴 수도 있지만.」

「한국식 숯불갈비 먹어 본 적 있어?」

「몇 번. 홍콩에서도 한국 음식 꽤 인기 있거든.」

「오, 그렇구나.」

한국 음식에 대한 관심은 프랑스에서도 높아지고 있었다. 음식만이 아니라 한국 대중문화에 대한 전반적인 호기심과 호감이었다. 가장 먼저 알려진 한국 영화를 선두로 K-pop과 드라마, 만화 매니아들이 늘어나는 추세였다. 아직 다양한 계층과 연령대에서 관심을 가지는 것은 아니라서 대중적이라고 말할 수는 없지만.

달맞이 언덕을 설렁설렁 오르던 올리비에가 담배를 꺼내 물며 담뱃갑을 그녀 쪽으로 내밀었다.

「피울래?」

「아니. 나 이제 담배 안 피워.」

고개를 저은 그녀가 장난스럽게 윙크를 하며 덧붙였다.

「금연한 지 며칠밖에 안 돼서 장담은 못 하지만.」

올리비에가 의외지만 그래도 딱히 놀랍지는 않다는 눈빛을 했다.

「끊을 생각이라고 말만 했지 시도는 안 하더니. 무슨 계기로?」

안젤리크가 담배 때문에 일어났던 해프닝을 말해 주자 한참을 입을 다물지 못한 채로 있던 올리비에가 헛웃음을 뱉었다.

사랑 벗 229

「도저히 안 믿기는데. 너 잠깐 있는 동안에 아주 스펙터클한 경험들을 하고 있다? 이번 여행은 여러모로 기억에 남겠는데?」

「그럴 것 같아.」

「뭐 계기는 황당하지만 그래도 금연한다니 응원해 줄게.」

올리비에가 장난스럽게 눈썹을 꿈틀거리며 손에 든 담배를 들어 보였다.

「그래도 아까우니까 이건 다 피우고. 마음으로.」

「너도 나랑 같이 금연하는 건 어때?」

올리비에가 콧방귀를 뀌었다.

「너랑 나는 상황이 다르지. 난 너보다 흡연량이 월등히 높잖아. 그렇다는 건 금연의 고통도 몇 배는 더하다는 거고. 안 그래도 스트레스받는 일 많은데 거기다 금연까지 덧붙이고 싶지는 않다.」

「일도 흥미 있고 홍콩 생활도 재밌다며? 그런데도 스트레스받을 일이 많아?」

「재미있다고 스트레스가 없는 건 아니잖아. 게다가 남의 나라고. 가끔은 이제 이 사람들 좀 알겠다 싶으면 전혀 이해 안 가는 상황이 또 생기고. 뭐 그런 거지. 넌 어때? 상사나 동료들하고는 잘 맞아?」

「다들 좋아. 관장님이 아주 근사한 분이라고 말했었잖아. 가장 높은 분이 중심을 딱 잡아 주시니까 다른 미술관에 비해 분위기도 좋고, 다들 전공 분야 살려서 온 거라 알아서들 열심이고. 그래서 만족스러워.」

「어디든 우두머리가 잘하면 나머지 사람들이 편한 법이지.」

대문을 통과한 두 사람은 편의점에서 사 온 아이스커피와 까만 씨앗 같은 것이 동동 떠 있어 마치 개구리 알처럼 보이는 음료수를 정원 테이블 위에 올려놓고는 의자를 빼 앉았다.

올리비에가 커피 캔의 뚜껑을 따며 주위를 둘러보았다. 의자 등받이에 한 팔을 걸친 모양새가 마치 자기 집처럼 편해 보였다. 어디를 가든, 뭘 하든, 긴장감 없는 녀석다웠다.

「낮에 비해 볼거리가 있을까 싶었는데 밤에도 꽤 근사하네. 달도 가깝고 파도 소리도 서라운드로 들리고. 너 다음에 또 부산 올 생각 있으면 미리 말해 줘. 휴가 맞추게.」

「뭘 또 빙 둘러서 말을 해, 너답지 않게. 다음번이 있을지 궁금한 거잖아.」

달콤쌉쌀한 커피가 묻은 입술을 문지르며 올리비에가 씩 웃었다.

「이래서 너한테는 거짓말도 못 한다니까. 우리 엄마보다 널 속이는 게 더 힘들어.」

초등학교에 갓 입학한 1학년 때 그녀는 다른 아이들보다 두 살이 더 많았다. 익숙하지 않은 프랑스어 때문에 수업을 따라가기 힘들었고, 그래서 유치원을 두 번이나 유급한 탓이었다. 키가 비슷해서 그녀의 나이를 몰랐던 아이들이 뒤늦게 바보라며 놀렸다. 그녀의 서툰 프랑스어 억양을 흉내 내면서.

그러던 어느 날 짓궂은 몇몇 아이들에게 둘러싸여 학교 담벼락에 바짝 달라붙어 있던 안젤리크는 울지 않으려고 주먹을 꽉 쥐었지만 결국 울음을 터트리고 말았다. 그때 불쑥 나타난 올리비에가 밉살스러운 아이들을 현란한 말솜씨로 퇴치했다. 물론 말싸움 끝에는 솜방망이 같은 주먹이 오갔다. 결국에는 학부모들까지 불려 오고 학교 책임자의 훈계와 반성문 등 처벌이 뒤따랐지만 그 사건은

사랑 벗

그녀에게 올리비에라는 베스트 프렌드를 만들어 주었다.

세 모금 만에 캔을 비우고서 "너무 단데?"라며 처음 마셔 본 한국 밀크커피의 맛을 평한 그가 물어 왔다.

「그래서 생모를 만나지 않고 가겠다는 생각에는 변함이 없는 거야?」

손에 든 유리병을 빙글 돌리며 안젤리크가 대답했다.

「내가 만나고 싶어도 안 만나 주는 걸 어쩌겠어. 만나면 더 좋겠지만, 만남 자체에 너무 의미를 두지는 않는다고 했잖아. 그리고 꼭 그럴 의도로 엽서를 넣은 건 아니지만, 엽서를 받고서도 연락 안 주는데 뭘. 여기서 내가 또 어떤 행동을 취하면 마치 빚쟁이가 압박하는 것처럼 느껴질 것 같아. 상대방은 어떨지 모르겠지만 나는 그렇게 생각이 들어.」

그녀의 눈동자가 깊은 바다와 하늘, 그리고 달을 훑었다.

「부산은 막연히 그려 보던 것보다 훨씬 마음에 드는 도시고, 내가 살던 동네는 상상하던 것보다 덜 어두워 보이는 곳이라 좀 안심이 됐어. 그걸로 만족하려고 해.」

안젤리크가 갑자기 약속을 취소해 버리고 부산으로 돌아간다고 했을 때 제일 먼저 생모와의 만남을 떠올렸던 올리비에가 새삼 궁금증이 인 얼굴로 물었다.

「그러면 갑자기 일정을 바꾼 이유는 대체 뭐야?」

턱을 괴고서 호기심 가득한 얼굴로 물어 오는 눈길을 슬쩍 피한 그녀는 손에 든 음료수를 응시했다. 미끈거리는 액체에 무수히 박힌 까만 씨앗들이 재밌기도 하고 조금 징그럽기도 했다. 마치 음료수가 신기해서 그런다는 듯 시선을 내린 채 말을 꺼냈다.

「아까 봤지? 진우.」

전혀 예상치 못했던 이름에 올리비에의 눈이 반짝 빛을 냈다.

「오— 이 타이밍에서 왜 만난 지 며칠 되지도 않은 남자의 이름이 나오는 걸까? 자, 고해 성사의 시간이야. 얼른 불어 봐. 어디에 끌린 거야? 너 그렇게 생긴 남자가 타입이었어?」

「생긴 게 어땠는데?」

「인상 차갑던데?」

「보기에만 그런 거야.」

네가 그렇다는데 내가 무슨 할 말이 있겠냐는 듯 어깨를 으쓱인 그가 다음 말을 재촉했다.

「뭐, 그렇게 대단한 이야기는 아니야. 처음에는 괜찮은 사람이라서 친구 하면 좋겠다 싶었고, 지금은 사귀어 보고 싶다는 마음이 있고. 그래서 데이트 신청하고 싶은데…….」

「싶은데?」

「아무래도 나한테 관심이 없는 것 같아.」

「그 남자가 그랬어?」

「그건 아니고.」

「그런데 어떻게 알아?」

「느낌이 그래. 선을 긋고서 그 이상은 안 다가온다고 해야 하나? 나한테 매력을 못 느끼나 봐.」

안젤리크는 멋쩍어 콧등에 주름을 잡았다.

「기본적으로 배려심 있고 따뜻한 사람이라서 여러 가지로 신경 써 주고 챙겨 주기는 하는데, 그게 나한테 감정이 있어서가 아니라 내가 좀 특별한 상황이니까 그런 거 같아. 그래도 나라는 사람에 대한 관심이나 호감 뭐 그런 감정도 있는 것 같기는 해. 키스하고 싶은 종류의 호감이 아니라서 그렇지.」

「키스?」

「충분히 키스할 분위기였거든? 그래서 나도 고개를 들었는데…… 아, 민망해.」

안젤리크는 두 손에 얼굴을 묻었다.

「키스할 타이밍이었는데도 안 했다면, 애인 있는 거 아냐?」

「없다고 했어. 아침부터 밤늦게까지 일만 하는 거 보면 좀 워커홀릭 같아.」

「그래서 그 남자랑 데이트 한번 해 보려고 나를 바람까지 맞혀 놓고서는 거절당할 것 같아서 아예 얘기도 못 꺼내겠다?」

「뭐 요약하자면 그런 거지.」

올리비에가 기가 막히다는 표정으로 머리를 저었다.

「네 얼굴 한 번 보고 가겠다고 부랴부랴 비행기 표 사서 왔는데. 너는 나 바람맞히고 비행기 표까지 날리게 만든 남자한테 말도 한 번 못 꺼내 놓고 겁쟁이처럼 굴고 있다는 거지, 지금?」

「아마도 거절할 거야. 거절당하고 나면 아주 불편한 상황이 돼 버릴 것 같단 말이야.」

「데이트 거절했다고 불편한 상황 될 건 또 뭐야. 아니면 그만이지.」

「진우하고는 어쩐지 그럴 것 같아. 그래서 말을 꺼내 볼까 말까 하루에도 몇 번씩 마음이 오락가락이야. 나는 진우랑 오래 알고 지내고 싶거든.」

여전히 턱을 괸 채 물끄러미 바라보던 올리비에가 상체를 젖혀 의자 등받이에 등을 기댔다. 그런 뒤 팔짱을 끼고서는 고개를 기울인 채로 한참을 쳐다보다 입을 열었다.

「너 나랑 내기할래?」

「무슨 내기?」

「그 남자 돌아오면 얘기해.」

「뭐라고? 데이트하자고?」

「응, 데이트하자고.」

「만약 다른 남자였다면 아마 그랬을 것 같아. 호감 가니까 데이트해 보자고. 뭐 거절하면 어쩔 수 없는 거고. 그런데 이상하게도 진우한테는 그게 안 돼.」

「장담하는데, 100퍼센트 오케이 할 거야.」

「아니라니까. 진우는 좀 달라.」

그녀의 말에 올리비에가 어이없어하며 코웃음을 날렸다.

「넌 연애 한 번 안 해 본 것도 아니고, 이성 친구들이 없는 것도 아니고, 게다가 가까이에는 훌륭한 예를 보여 주는 네 오빠도 있잖아. 그런데 왜 남자는 전혀 모르는 사람 같은 소리를 하는 건데? 휴가차 잠깐 여행 온 예쁜 여자가 데이트 신청하는데 거절할 남자가 있을 것 같아? 애인 있으면서도 오케이 하는 놈들도 꽤 있는데. 더구나 애인도 없는 남자가? 그 남자가 거절하지 않는다에 내 연봉 건다.」

「안 끌리면 거절할 수도 있지. 넌 데이트 신청하면 아무 여자나 다 오케이 해?」

「아무 여자 말고 예쁜 여자. 그리고 장담하는데 부담 없는 연애를 거절할 남자는 이 세상에 없어.」

올리비에의 단정적인 태도에 그녀가 미심쩍다는 표정을 지었다.

「그걸 네가 어떻게 확신해. 진우를 전혀 모르면서.」

「넌 뭐 잘 알아?」

만난 지 아직 며칠밖에 되지 않았으니 잘 안다고 할 수는 없었다. 안젤리크는 마음에 들지 않는다는 눈으로 올리비에를 흘겨봤다.

그녀의 반응에도 아랑곳 않고 올리비에가 자기주장을 이어 갔다.

「다른 건 몰라도 이런 문제에는 남자는 다 똑같다는 말이 통용된다니까? 국적 상관없이. 나이 상관없이. 이왕 여행 중단하고 돌아온 거 일단 저질러. 안 해서 후회하지, 해서 후회될 건 없잖아? 간단하게 생각해. 그 남자랑 데이트하고 싶다. 근데 그 남자도 너도 프리해. 그럼 데이트 신청하는 거지. 그래서 오케이 하면 좋고 아니면 할 수 없는 거고.」

「네가 그렇게 말하니까 되게 별거 아닌 것처럼 느껴진다?」

「별거일 건 또 뭔데? 데이트해 보다 생각했던 거에 비해 아니다 싶으면 그만두는 거고. 또 의외로 잘 맞는다 싶으면 그건 뭐 그때 가서 생각하면 되는 거지.」

올리비에의 말을 되씹듯 한동안 입술을 잘근거리던 그녀가 결심을 한 듯, 그러나 아직 미덥지 못하다는 말투로 중얼거렸다.

「친구 하자고 했을 때도 거절당했는데 남자 친구가 돼 달라면 뭐라 그럴지 모르겠다.」

올리비에의 눈이 커졌다.

「친구 하자고 했는데 거절했다고?」

「응, 이성 친구가 없대. 이성끼리 친구가 되는 건 힘들다고도 하고. 그래서 내가 마초라고 놀리기는 했는데 진짜로 마초는 아니야.

왜, 전형적인 모범생 타입 있잖아. 조금 고지식하다고 해야 하나. 반듯하다고 해야 하나. 아무튼 고지식한데 귀여워.」

고지식한데 귀엽다라. 혼잣말을 중얼거린 올리비에는 정원의 불빛을 받아 화사해 보이는 그녀의 뺨을 손가락으로 꾹 찔렀다.

「아야. 왜 심술이야?」

「한심해서. 만난 지 며칠 되지도 않은 남자 때문에 날 바람맞히고 말이지. 그랬으면 제대로 즐기기나 하든지.」

안젤리크는 웃기지 말라는 표정으로 아랫입술을 쭉 내밀어 보였다.

「원래 남의 일은 다 그렇게 쉬워 보이는 법이지.」

「그래? 그럼 어렵게 어렵게 풀어 나가시든지. 그러다 시간 지나서 출국해야 하고.」

올리비에가 장난치듯 말해 놓고는 발을 툭 건드렸다.

「쉽게 생각해. 어느 쪽이 덜 후회가 들까. 답 나오는 쪽으로 정하면 돼. 그리고 그건 마시든지, 아님 나 주든지. 하도 빙글빙글 돌려 가지고 개구리 알들 어지러워서 토하겠다.」

올리비에의 우스갯소리에 그녀에게서 입바람 소리가 났다. 바람을 닮은 파도 소리도 들려왔다. 바람과 파도 소리가 공존하는 한밤의 정원에서 그 뒤로도 한참 동안 두 사람의 대화가 이어졌다 끊어졌다를 반복했다.

※※※

김해발 홍콩행 비행기의 출발 시간이 지나치게 일렀다. 졸음이 쏟아지는 얼굴로 늘어지게 하품을 한 올리비에가 커피를 마저 비웠다.

「공항 도착하면 진하게 한 잔 더 마셔야 잠이 깰 것 같다. 미안하지? 공항까지 배웅해 줘.」

안젤리크는 수면 부족으로 조금 부은 눈두덩이를 꾹꾹 눌렀다.

「일부러 쿡쿡 찔러 대지 않아도 충분히 미안하고 배웅도 할 거야.」

택시 기사에게서 문자가 도착하고 얼마 지나지 않아 대문 밖에서 차 소리가 들렸다. 이른 새벽의 택시 안은 졸음과 피곤함으로 고요한 도시만큼이나 조용했다.

키오스크에서 셀프 체크인을 한 덕분에 수속 진행이 빨랐다. 그래서 꽤 촉박하게 출발했음에도 함께 카페에 앉아서 커피를 마실 여유도 생겼다.

「크리스마스 때 파리로 올 거라고 했지? 이번에는 금방 또 보겠다.」

긴 여름휴가가 끝나고 9월이 되면 새로운 한 해가 시작된다. 1월 1일이 상징적인 새해의 첫날이라면, 9월은 실질적인 의미에서의 새해였다. 새 학년이 시작되고, 미술관의 1년 프로그램이 시작되는 중요한 시기이니 말이다. 이번 휴가가 끝나면 기획 전시를 시작으로 한동안 정신없는 시간들을 보내게 될 거였다. 그러다 보면 크리스마스도 다가와 있을 거다.

「그러게. 시간이 너무 빨리 지나는 것 같다. 벌써 보딩 시간도 다가왔고.」

쓰레기를 처리하고서는 출국장 앞에 늘어선 줄에 합류한 올리비에가 그녀를 안고서 등을 툭툭 토닥였다.

「남은 시간도 즐겁게 지내고 파리에서 보자.」

「약속 펑크 내서 미안했어. 만나러 와 줘서 고마웠고. 조심해서 잘 가고, 홍콩에서도 잘 지내.」

보딩 패스가 끼워진 여권을 쥐고서 줄어드는 줄을 따라 캐리어를 끌고 가던 올리비에가 문득 떠올랐다는 듯 메고 있던 노트북 케이스 앞쪽에서 뭔가를 꺼냈다.

「아, 이건 선물. 잘 쓰이길 바란다.」

마치 지금 막 생각났다는 듯 굴었지만 그렇다기에는 입가에 어린 미소가 아주 개구졌다. 손을 들어 보이며 마지막 인사를 한 올리비에가 출국장 안으로 사라지자 안젤리크는 들고 있던 그의 선물을 확인했다. 급하게 포장한 것 같은 종이를 풀자 얄팍하고 네모난 상자가 모습을 드러냈다. 상자 겉면에 박힌 글자가 눈에 확 들어왔다.

'Condom.'

8장

나랑 데이트할래요?

어제보다 더 부풀어 오르지는 않았는지 할머니의 발목을 체크한 뒤에야 진우는 돌아갈 채비를 했다. 골목에 세워 둔 차로 향하는 손자를 할머니가 대문 앞까지 따라 나와 배웅을 하였다.
"조심해서 운전해라."
 진우는 대문 앞에서 얼른 가라며 손짓을 하는 할머니에게 웃어 보이고는 시동을 걸었다. 평소보다 이른 아침 식사를 한 탓에 명치가 좀 막힌 기분이었다. 아니면 잠을 설친 탓이든지.
 집 앞에 주차를 한 뒤 진우는 집 안으로 들어가는 대신 곧장 그의 작업실로 갔다. 이른 아침이라 골목길은 한적했다.
 사락사락. 대패가 나무를 벗겨 내는 소리가 고요한 작업실을 채웠다. 날이 잘 선 대패가 풋풋한 소나무 향을 풍기는 홍송을 한 번 훑고 지나자 종잇장보다 얇은 꺼풀이 벗겨져 나갔다. 대패질 한 번에 매끄러워진 나무 표면처럼 혼란스러운 자신의 감정도 정리되기를 바랐지만 도무지 말을 듣지 않는 심장은 일렁임을 더할 뿐이었다.

'그 남자와 지내다 함께 프랑스로 돌아가는 걸까.'

나무로 둘러싸인 자신만의 공간에 발을 들여놓는 순간 세상과는 단절되는 기분을 느낀다. 잘리고 건조되어 살아 숨 쉬는 것과는 요원해 보이는 나무들. 그럼에도 여름에는 습기를 머금어 부풀어 오르고, 겨울에는 바짝 줄어들어 아직 살아 있음을 알려 주는 나무. 뿌리가 잘려 나가고서도 여전히 숨을 쉬듯 향기를 내뿜는 나무. 그런 나무들로 가득한 작업실은 세상을 잊고, 사람을 잊고, 온전히 자신에게만 집중할 수 있는 공간이었다.

지금까지는 오롯이 자신의 것인 이 공간에서만큼은 마음이 고요하기 이를 데 없었는데 오늘은 도무지 마음이 잡히지를 않았다.

가슴속을 휘젓는 감정을 밀어 버리려 힘을 주어 대패를 밀었다. 그 순간 대패가 흔들렸고 나무에 푹 홈이 파였다.

"힘드네."

대패를 내려놓은 진우는 진하게 커피를 내려서 작업실 앞 나무턱에 걸터앉았다. 복잡한 가슴을 가라앉히기 위해 눈앞에 장막처럼 펼쳐진 울창한 소나무에 시선을 둔 채 커피를 마셨다.

소나무 숲 뒤에 바다가 있다는 걸 알려 주듯 희미한 파도 소리가 들려왔다. 머그잔 속의 커피를 다 비우고도 한동안 자리를 뜨지 않던 그가 짙은 숨을 내뱉고는 자리에서 일어났다. 아무래도 대패질 말고 다른 작업을 해야 될 듯했다.

호수가 다른 붓들을 꺼내고 페인트 통의 뚜껑을 땄다. 깨끗한 붓 끝에 색을 묻혀 나무에 가져가자 바짝 건조된 나무는 순식간에 습기를 제 안으로 빨아들였다. 붓이 한 번 지나칠 때마다 크림빛의 나무가 블루로 물들었다. 같은 나무라고 해도 어떤 색을 입느냐에 따라 나뭇결이 또렷하게도 은은하게도 보인다. 붓이 지나간 흔적을 따라 나무는 넓고 좁은 나뭇결을 드러내며 지나 온 삶을 짐작케 했다.

페인트칠이 끝난 붓털이 조금 뻣뻣했다. 천연 페인트라고 해도 시간이 지나면 굳어지는 건 일반 페인트와 다르지 않았다. 굳기의 정도가 다를 뿐.

페인트가 묻은 붓을 시너에 헹구었다. 천연 시너 특유의 시큼한 식초 향이 번져 났다. 비누칠로 잔여물까지 없애고는 붓 손잡이를 쥐고 허공에 휘둘렀다. 위에서 아래로 내리치는 시원한 팔 동작 한 번에 붓털 속속들이 숨어 있던 물기들이 후드둑 바닥으로 떨어졌다. 연갈색 나무 바닥에 짙은 물방울이 생겼다 금세 사라졌다. 그를 혼란스럽게 만드는 감정들도 그녀가 가고 나면 이렇게 바싹 말라 흔적조차 없이 사라져 버릴 수 있었으면 했다.

똑똑.

꿉꿉하게 마른 붓털을 손으로 눌러 확인한 뒤 붓을 걸기 위해 벽걸이로 다가가던 진우가 노크 소리에 무심히 "네."라고 대답하고는 조심스럽게 열리는 문소리에 뒤로 돌았다. 진우의 눈이 살짝 커졌다. 흔들리는 눈동자를 감추듯 다시 뒤돌아 붓을 거는 그의 손놀림이 평소보다 한층 느렸다.

잠시간의 간격을 두고 다시금 까만 눈동자와 마주했을 때에는 평정을 유지할 수 있었다. 남자 친구를 두고서 혼자 온 이유가 뭔지 궁금했다. 혹시라도 셋이 함께 시간을 보내자고 하는 건 아닐까

사랑 벗 245

옅은 걱정도 들었다.

"뭐 필요한 거 있어요?"

저도 모르게 경직된 목소리가 나왔다.

안젤리크는 공항에서 돌아오는 택시 안에서 그에게 데이트 신청을 하기로 마음을 다잡았다. 그래서 택시에서 내린 뒤 진우에게 전화를 하려다 주차되어 있는 차를 발견하고서 그길로 공방으로 달려갔지만 공방 문은 잠겨 있었다. 만약 작업실도 닫혀 있으면 전화를 걸어야겠다고 생각하며 노크를 했는데 그가 대답했다.

어쩐지 평소보다 긴장한 것 같은 그녀의 모습에 걱정 어린 얼굴로 진우가 한 걸음 다가섰다.

"무슨 일 있어요?"

"진우, 나랑 데이트할래요?"

드디어 말했다. 안젤리크는 자신이 침을 삼키는 소리가 귀에 들릴 만큼 긴장한 채로 그의 대답을 기다렸다.

충격을 받아 굳어 있던 진우가 스스로를 비웃듯 비스듬히 입술 꼬리를 올렸다. 그녀가 말한 '데이트'의 의미를 한순간 착각했다. 그리고 그 짧은 순간 심장이 쿵 내려앉았다. 애인이 있다는 빤한 사실을 잊은 듯 심장이 두근거려 버린 자신이 한심했다.

고개를 저은 진우가 나직이 물었다.

"그 사람은 어딨어요?"

"올리비에요? 오늘 아침에 홍콩으로 돌아갔어요. 방금 공항까지 바래다주고 왔어요."

역시나. 그녀가 말하는 데이트의 의미가 이제 확실해졌다. 한숨을 삼킨 진우가 물었다.

"뭐 하고 싶어요?"

"네?"

"데이트하자면서요. 구체적으로 뭘 해 보고 싶어요? 아직 한국에서는 영화관 안 가 봤죠? 관심 가는 영화 있어요? 아니면 바닷가 산책하고 싶어요?"

데이트라는 말에 떠오른 건 영화관과 레스토랑, 그리고 산책 같은 것밖에 없었다.

"하지만 전시회 때문에 약속이 있어서 조금 이따 나가서 저녁때쯤 돌아올 것 같은데, 그때까지 뭐 할래요? 경대 마저 작업할래요? 아니면."

"어……."

그동안의 고민과 상상해 왔던 반응과는 달리 지나치게 담담한 그의 태도와 핀트가 묘하게 엇나간 것 같은 말에 눈썹을 찌푸리던 안젤리크가 혹시나 하는 마음으로 되물었다.

"데이트하자는 말을 어떻게 알아들은 거예요?"

그녀의 물음에 오히려 무슨 말인가 하는 표정으로 쳐다보는 그를 보며 그녀는 "아." 하고 작게 탄식의 소리를 흘렸.

"내가 말한 데이트는 애인들이 하는 데이트예요. 친구처럼 가이드 해 달라는 게 아니라."

그의 심장이 또 한 번 쿵 떨어졌다. 이 여자 때문에 심장이 롤러코스터를 타느라 진이 다 빠져 버리겠다. 한참의 침묵 끝에 그가 물었다.

"애인은, 헤어진 겁니까?"

그녀의 눈이 휘둥그레졌다.

"애인? 아니, 없어요. 왜 내가 애인 있다고 생각했어요?"

그녀의 말에 당황한 진우가 말끝을 흐렸다.

"나는 올리비에가……."

"친구. 제일 오래되고 가장 좋아하는 친구."

"그럼 전화로 '쥬뗌므'라고 하던 남자는?"

한국에 와서 통화한 남자는 아빠와 올리비에, 그리고 오빠까지 세 사람이 전부였다. 오빠한테도 사랑한다고 할 때가 있지만 그건 손꼽을 만큼이다.

"아빠예요."

"……아빠?"

의외라는 표정을 짓는 그의 반응에 고개를 갸웃하던 그녀가 물었다.

"진우는 아빠한테 사랑한다는 말 안 해요? 아, 남자들은 그런 말 잘 안 하나? 내 오빠도 엄마한테는 잘하면서 아빠한테는 쥬뗌므라고 한 거 몇 번 안 되거든요."

애인이 없다는 사실을 확인한 순간 저도 모르게 다리가 풀려 버려 작업 테이블에 걸터앉은 진우가 얼굴을 쓸며 대답했다.

"보통 잘하지 않죠. 특히 다 큰 성인 남자는."

"남자들은 이상해. 애인한테는 매일 하면서."

그러곤 잠시 뜸을 들이던 안젤리크가 "그런데, 진우."라며 불만스러운 표정으로 콧등에 잔뜩 주름을 잡았다.

"내가 애인이 있는데 다른 남자한테 데이트하자고 말하는 그런 사람으로 보였어요?"

진우의 얼굴이 당혹감으로 물들었다.

"그런 의미로 물은 게 아닌데."

결과적으로 그런 뜻이 되어 버렸다.

"미안해요."

"그래서 대답은요?"

"하죠, 데이트."

대답은 쉽게 나왔다. 애인이 있다고 착각했을 때도 욕심이 났던 사람이었다. 설령 그녀가 하고 싶은 게 휴가지에서의 짧은 불장난이라고 해도, 스쳐 지난 뒤 다시 돌아오지 않는 바람만큼이나 가벼운 관계를 원한다고 해도 거부하는 건 불가능했을 거다.

그동안 고민했던 게 허망하리만큼 쉽게 나온 그의 대답에 안젤리크의 표정이 묘하게 변했다. 기쁜 한편, 마음 한구석에서 이상한 실망감이 일었다. 여행 온 여자와의 부담 없는 로맨스를 거절하는 남자는 없다고, 남자는 다 똑같다고 단언하던 올리비에의 목소리를 애써 떨쳐 냈다. 진우와 데이트를 해 보고 싶었고 그가 승낙을 했으니 그걸로 된 거다.

"그래요. 해요."

데이트 신청을 하고 또 그걸 받아들인 두 사람 사이로 갑작스레 어색한 기운이 감돌았다.

"그러면."

그녀에게 다가서다 갑자기 울리는 알람 소리에 진우가 그제야 생각난 듯 휴대폰을 확인했다. 작업에 몰두하다가 약속 시간을 놓칠까 봐 맞춰 놓은 알람 소리가 평소와는 달리 방해처럼 느껴져 알람을 끄는 손가락이 조금 신경질적이었다.

"나는 준비해서 나가 봐야 하는데."

"갔다 와요."

"끝나면 전화할 테니까 나올래요?"

"그럴게요."

"그럼 그때까지."

"나는 바닷가도 산책하고 재미있게 놀고 있을 테니까 신경 쓰지 말아요. 나 혼자서 잘 있다고 했잖아요."

"바닷가에 내려 줄까요?"

"좋아요."

작업실을 나와 집까지 함께 걸었다. 나란히 걷는 두 사람의 손과 손이 주먹 하나가 들어갈 만큼 떨어져 있었다.

조금 망설이던 그녀가 손을 뻗어 그의 손가락 끝을 잡았다. 고개를 돌려 그녀를 바라본 그가 꽉 맞잡아 오자 작은 손이 그에게 푹 감싸였다.


카페 2층 창가에 앉아 안젤리크는 휴대폰을 들었다. 노을이 진 하늘을 배경으로 반짝거리는 광안대교와 검푸른 바다, 모래사장이 한 화면에 찍혔다. 진우의 집보다는 조금 덜하지만, 전망이 좋은 카페였다.

똑똑 테이블을 두드리는 소리에 고개를 돌린 그녀가 활짝 웃었다. 진우가 마주 눈웃음을 지었다.

"기다리기 지루하지 않았어요?"

"조금요. 그런데 괜찮아요. 일은 어땠어요?"

"잘 끝났어요. 배고프죠? 나가죠."

그가 내민 손을 잡고서 카페 계단을 내려갔다.

저녁 메뉴는 그녀가 처음 먹어 보는 닭갈비였다. 양념 닭갈비가 치이익 소리를 내며 익어 가는 커다란 철판을 사이에 두고 그와 마주 앉았다.

대바구니에 소복이 담긴 상추, 깻잎, 그리고 풋고추. 물김치와 뚝배기 위로 넘칠 듯 부풀어 오른 계란찜을 차례대로 훑은 눈동자가 벌건 숯불에 지글거리며 익어 가는 닭갈비를 마지막으로 다시 진우에게로 건너왔다.

"진우는 집에서 바비큐 안 해요? 정원도 넓고 바다 보면서 바비큐 하면 아주 근사할 것 같은데."

"가끔 서울에서 친구나 선후배들이 내려오면 할 때도 있지만 번거로워서 자주는 안 하게 되죠."

굉장히 부지런한 사람도 번거롭다고 하는 게 있구나, 생각하며 그녀가 또 물었다. 그에 대해 궁금한 게 많았다.

"뭐 좋아해요? 전에 같이 먹었던 것들도, 지금 이것도 다 나 때문에 먹는 거잖아요. 진짜로 좋아하는 거 말이에요."

"당신 때문에 억지로 먹는 거 아닌데? 나는 음식 가리지 않으니까 먹어 보고 싶은 거 있으면 언제든 말해요."

그녀가 재미난 말을 들었다는 표정을 했다.

"당신? 당신이라고 하니까 이상해. 마치 모르는 사람 같잖아요. 한국어 책에 있는 '당신의 직업은 무엇입니까?' 이런 거처럼요."

진우의 눈꼬리가 접혔다. 별말 아닌데도 웃음이 났다.

안젤리크는 앞접시에 노릇하게 익은 고기 조각을 놓아 주는 그를 바라보다 고개를 돌려 주위의 테이블을 둘러봤다. 마치 자신의 집에 놀러 온 손님들을 대접하듯 한 사람이 고기를 구워 다른 사람

사랑 벗 251

들의 접시에 올려 주고 있었다. 그걸 당연하게 받아들이는 걸 보면 한국의 식사 문화인 것처럼 보였다. 지난번 경준과 함께 셋이 치킨과 맥주를 먹었을 때도 진우가 치킨 조각들을 앞접시에 챙겨 주었다.

"고기를 구워 주는 사람은 어떤 식으로 정하는 거예요?"

"정해진 규칙 같은 건 없지만, 일반적으로 선후배나 직장인들 같으면 가장 나이 어린 사람이 하는 경우가 많죠. 가족이나 친구들끼리라면 고기 잘 굽는 사람이 할 테고. 먹어 봐요. 너무 매우면 이거 마시고."

그가 물김치 그릇을 가까이에 놔 주었다.

"나 매운 거 꽤 잘 먹는 편이에요. 알잖아요. 나 떡볶이도 먹는 거."

뻐기는 듯한 태도가 귀여워서 볼을 쓰다듬으려다 멈칫한 진우가 이제는 그럴 필요가 없다는 걸 깨닫고는 팔을 뻗어 조심스레 손바닥으로 볼을 감쌌다. 조금 동그라진 눈을 하던 그녀가 그의 손바닥에 얼굴을 기대 왔다. 미소가 담긴 눈으로 그를 쳐다보다 입술을 모아 '쪽' 키스를 날렸다. 허공을 날아온 키스가 마치 입술에 닿은 것처럼 간질거려 진우는 그녀의 온기가 남아 있는 손끝으로 입술을 문질렀다.

안젤리크는 진우에게도 고기 한 점을 넘겨준 후 닭갈비를 먹기 시작했다. 떡볶이보다는 훨씬 덜 빨개 보이는 데다 고기인데 뭐 얼마나 매울까 싶었지만 처음 씹을 때보다 뒤로 갈수록 매운 정도가 강해졌다. 혀를 콕콕 찔러 오는 매운맛에 얼른 물김치 국물을 떠 마셨다. 차갑고 새콤한 물김치가 매운맛을 조금 씻어 주는 것 같았다.

"맵지만 맛있어요."

숯불 때문인지 매워서인지 발개진 볼을 보면서 진우가 채소 바구니를 가리켰다.

"쌈을 싸 먹어도 조금 덜 매워요."

그의 말에 안젤리크는 다른 손님들을 따라서 상추에 깻잎을 한 장 올리고 그 위에 밥과 닭갈비를 놓고서는 조심스레 감싸서 입에 넣었다. 생마늘과 고추 조각은 도무지 엄두가 나지 않았다. 너무 크지 않게 만들었는데도 처음 해 본 탓에 쌈이 입 안 한가득이었다.

양손으로 입을 가리고서 열심히 씹다 그와 눈이 마주쳤다. 진우는 눈꼬리와 입술 할 것 없이 미소를 짓고 있었다. 눈을 크게 떠 보이며 그렇게 빤히 쳐다보지 말라는 표현을 했지만 도리어 그의 웃음만 짙어졌다.

그녀의 양쪽 가득 볼록하게 튀어나온 볼과 입을 가린 손도 귀여웠지만 쑥스러워하는 모습이 더욱 사랑스러웠다. 그래서 진우는 먹고 삼킬 때까지 시선을 좀 돌려 줘야 한다는 걸 알면서도 쉽게 눈을 떼기가 어려웠다.

입 안에 든 걸 겨우 삼키고는 물을 한 모금 마신 그녀가 눈을 흘겼다.

"확실히 덜 맵죠?"

"이렇게 먹는 거 맛도 있고 재미도 있는데 좀 부끄러워요."

"귀여운데 뭘."

혼잣말처럼 중얼거리고서 그는 조금 식은 고기를 자신의 앞접시로 옮기고 불판 위에서 따끈하게 익은 고기는 그녀에게 덜어 주었다.

식사를 마치고 양념 닭갈비 때문에 혀가 얼얼해진 그녀가 선택한 후식은 아이스 아메리카노였다. 진우는 조수석에 앉아 커피를 마시다가 얼음 하나를 입 안에서 굴리기를 반복하는 그녀에게 가끔씩 시선을 던졌다. 그녀와 데이트를 하고 있다는 사실이 여전히 실감 나지 않았다.

겨우 밥 한 끼 먹은 것밖에 없는데 시간이 훌쩍 지나 있었다. 어느덧 10시가 가까웠다. 그래도 좀 더 같이 있고 싶었다.

"조금 앉았다가 들어갈까요?"

"좋아요."

온도와 습도가 합작해서 온종일 힘들게 했던 하루를 보상이라도 하려는 것처럼 서늘한 바람이 불고 별이 예쁜 밤이었다. 이대로 집 안으로 들어가기에는 아쉬울 만큼. 그리고 오늘은 데이트 첫날이기도 했다.

매일 모양이 바뀌는 달을 쳐다보던 그녀가 문득 말했다.

"진우 전시회 보고 가면 좋을 텐데. 아쉽다. 궁금하니까 카탈로그 보내 줄래요?"

"그러죠. 전시회 기획 같은 것도 해요?"

"나는 아직 병아리라서 못 하죠."

별말 아닌데도 진우가 웃자 고개를 갸웃한 그녀가 재밌다는 듯이 말했다.

"그거 알아요? 처음에 내가 생각하던 것보다 진우는 미소를 많이 짓는 사람이에요. 그리고 그게 어울려."

"웃게 만드는 사람이 있어서 그런가 보죠."

그의 대답에 가족들과는 웃을 일이 많이 없는 건가, 라는 생각이 스쳐 갔다. 데이트 첫날에 물어볼 질문은 아니었다.

일상의 대부분을 차지하는 서로의 일에 대해 묻고 이야기를 나누다가 밤의 고요함을 만끽하던 두 사람은 바람에 살갗이 오스스 떨릴 때에야 아쉬운 기색으로 일어났다.

1층 현관문을 연 채로 그녀가 잘 자라고 속삭였다. 한동안 말없이 바라보던 진우가 눈인사와 함께 내일 보자는 말을 끝으로 등을 돌리고서 2층 계단을 오르기 시작했다.

안젤리크는 그의 뒷모습을 멍하니 바라보다 안으로 들어와 문을 닫았다. 현관문에 등을 기대고서 그녀는 당황한 목소리로 중얼거렸다.

「데이트하는데 키스도 안 해?」

# 9장

한여름 밤의 꿈처럼

안젤리크는 눈을 비비며 렌트한 폰의 폴더를 열었다. 여태 메시지 한 번 온 적이 없지만, 며칠 만에 눈뜨자마자 휴대폰부터 확인하는 게 습관이 되어 버렸다.

늘 아무것도 없던 액정에 메시지가 떠 있었다.

[일어나면 커피 마시러 올라올래요?]

서둘러 준비를 하고서 계단을 달려 올라가 열려 있는 현관문 안으로 들어서자 복층의 작업 책상에 앉아 있는 진우가 보였다. 인기척이 느껴졌는지 고개를 돌리던 그와 눈이 마주쳤다.

"나 왔어요."

"잘 잤어요?"

그가 계단을 내려와 들어오라는 눈짓을 하고는 냉장고로 가 버렸다. 그런 진우를 보며 볼을 빵빵하게 부풀리던 안젤리크가 샌들을 벗고 그의 곁으로 다가갔다.

"진우."

커피 원두 가루가 담긴 통을 꺼내 들고서 돌아서던 그가 불쑥 다가오는 얼굴에 눈이 커졌다. 쪽— 소리가 나며 입술이 닿았다 떨어졌다. 아이들과 하는 입맞춤처럼 그저 입술만 꾹 누른 베이비 키스였다.

아랫입술을 문 채 조금 긴장한 얼굴로 그의 반응을 지켜보던 안젤리크가 물었다.

"나는 아침 인사 이렇게 하고 싶은데, 싫어요?"

대답으로 고개를 내려 달콤한 그녀의 입술을 머금는 그의 귓등이 조금 붉어져 있었다. 입술이 떨어지자 서로 시선이 마주쳤고 다시금 입술이 맞닿았다.

살짝 어색하고 들뜬 기운이 감도는 부엌에 고소한 커피 향이 번졌다. 식탁에 걸터앉으려다가 깜박했다는 듯 의자를 빼내는 그녀에게 진우가 식탁을 눈짓으로 가리켰다.

"거기 앉아도 되니까 편하게 있어요."

"엄마한테 매번 혼나는데도 습관이 됐어요."

피식 웃은 그가 꺼내 놓은 식빵 봉지를 가리켰다.

"아침에 빵 먹는 것 같던데. 토스트, 소시지, 달걀프라이. 사과랑 오렌지주스. 이 중에 싫어하는 거 있어요?"

"토스트 한 장이랑 사과 먹을게요. 오늘은 뭐 해야 돼요? 오늘도 약속 있어요?"

"며칠간은 특별한 일 없어요. 전시회 작업 때문에 두 번 정도 빼고는 시간 여유 있어요."

그렇지 않아도 한없이 부족한 시간이었다. 진우는 어제, 오늘 양 이틀간 미루는 게 가능한 약속들을 모두 그녀의 출국 뒤로 늦췄다.

전혀 기대치 않았던 말에 그녀가 눈을 반짝였다.

"그럼 오늘 계속 같이 있는 거예요? 신난다."

진우는 감정에 솔직한 그녀를 신기한 눈으로 바라보다 물었다.

"오늘은 뭐 하고 싶어요?"

"진우는요?"

"뭘 하든 괜찮은데, 가능하면 여행객들이 몰리는 곳은 피하죠."

안젤리크가 놀랐다는 표정을 지었다.

"나도 같은 생각 했어요."

한정된 시간이라 가능한 한 두 사람이 서로에게 집중할 수 있는 곳에서 시간을 보내고 싶었다.

"아침 먹고서 일하는 곳 구경시켜 줄래요?"

복층을 가리키는 그녀에게 프라이팬에 기름을 둘러 달걀을 깨 넣던 진우가 고개를 끄덕였다.

노릇노릇 먹음직스럽게 구운 토스트에 버터와 잼을 바르던 그녀가 반듯이 앉아 소시지를 자르는 그에게 비밀을 얘기하듯 털어놓았다.

"있죠. 나는 진우가 아침에도 밥을 먹을 거라고 생각했어요. 밥, 국, 김치, 그리고 반찬들 많이 있는 그런 거요. 그래서 빵 먹는 모습이 좀 재밌어요. 혹시 파스타 좋아해요?"

"파스타를 먹을 일이 별로 없기는 한데, 싫어하지는 않아요. 점심에는 파스타 먹을까요?"

"아침 만들어 줬으니까 점심은 내가 만들게요. 나 파스타는 잘 만들어요. 이따가 필요한 거 사 와요, 우리."

"그러죠."

진우가 몇 개 되지 않는 설거짓거리를 해치우는 동안 안젤리크는 그의 곁에서 소소한 대화를 이어 나갔다.

설거지를 마친 뒤 진우를 따라 복층으로 올라간 그녀는 호기심 어린 눈으로 주변을 둘러보았다. 지난번 담배 사건 때에는 거실에서 올려다만 봤던 공간이었다.

한눈에 직접 제작했다는 걸 알 수 있는 진우 특유의 스타일로 디자인된 작업용 책상과 책장, 그리고 소파 베드가 공간의 대부분을 차지하고 있었다.

책상 위에 펼쳐진 종이들을 가리키며 그녀가 물었다.

"디자인할 때 주로 스케치북에다 그려요?"

"아이디어가 떠오를 때는 그러기도 하는데 본격적으로 작업에 들어가면 컴퓨터랑 둘 다 사용하죠. 그때그때 편한 것들로."

"어떤 가구들 만들었나 궁금한데 보여 줄래요?"

어려울 것 없는 주문이었다. 컴퓨터를 켜고 바탕 화면의 작업 폴더를 클릭하자 연도별로 정리된 파일이 주르륵 떴다. 허리를 숙인 채 마우스를 클릭해 화면에 떠오르는 가구들을 보여 주며 그녀의 질문에 답하다 보니 어느새 의자에 앉아 하나씩 창을 띄우고 있었다.

안젤리크가 나무 몸체에 철제 다리를 접목한 낮은 테이블을 가리켰다.

"나는 나무로 다 만든 가구보다 이렇게 다른, 음……."

"소재."

"응, 다른 소재랑 섞어서 만든 가구들이 더 마음에 들어요. 이거는."

'이거는'이라며 팔을 뻗어 모니터를 가리키는 그녀의 얼굴이 바로 옆으로 다가왔다. 그의 왼쪽 어깨를 짚은 그녀의 손과 고개를 조금만 돌려도 맞닿을 것처럼 가까운 뺨, 그리고 코를 간질이는 치자꽃 향기.

저도 모르게 긴장한 탓에 진우는 그때까지 등받이에 편하게 기대고 있던 등을 꼿꼿하게 세웠다.

"어떤 모티브를 가지고 만든 거예요? 아이디어를 갖고 싶을 때는 어떤 것들을 해요? 여행? 영화?"

호기심을 갖고서 묻던 그녀가 대답이 없는 그에게로 고개를 돌렸다. 긴장감이라는 건 전염성이 있는 건가 보다. 마주친 눈에서 눈을 뗄 수가 없었다. 긴장으로 입술이 마르는 것 같아 저도 모르게 아랫입술을 안으로 말아 물자 진우의 시선이 그녀의 입술로 미끄러졌다. 속눈썹에 반쯤 가려진 그의 눈을 바라보다 그녀는 눈을 감았다. 뒷머리를 감싸는 진우의 손길이 조심스러웠다. 서로의 코끝이 스치고 지났다. 그의 무릎 위에 앉는 순간 키스가 좀 더 깊어졌다.

컴퓨터와 스케치북을 뒤적이며 작업물을 구경하다가 키스하다가를 반복하던 두 사람이 집을 나와 그의 승용차에 오른 건 점심때가 가까워서였다.

차를 타고 멀지 않은 곳에 있는 대형 마트로 향했다. 파스타 재료는 인근 슈퍼에서도 쉽게 구할 수 있지만 후식으로 먹을 티라미수를 만들기 위해서는 조금 더 큰 곳으로 가야 했다.

 나가는 김에 필요한 것들도 사야겠다는 그의 말에 안젤리크는 집을 나서기 전 쇼핑 리스트를 작성하자며 책상 앞에 앉아 목록을 적어 나갔다. 도형을 조립하듯 서툴게 '스파개티'를 쓰더니 두 번째 단어부터는 영어로 쓰기 시작했다. 아무래도 한글은 어려운가 보다. 그런 모습조차도 예뻤다. 다 예뻐 보였다.

 카트를 끌고서 매장 안으로 들어가는 진우의 팔을 잡으며 그녀가 채소 코너를 가리켰다.

 "자갈치시장에는 처음 보는 생선들이 굉장히 많았거든요. 프랑스에는 없는 채소들이 뭐가 있나 구경해도 돼요?"

 카트 바퀴가 과일 코너와 접한 채소 코너 쪽으로 방향을 틀었다. 한인 마트나 중국인들이 운영하는 마트에서는 간혹 볼 수 있지만 오샹이나 까르푸 같은 프랑스 대형 마트에서는 살 수 없는 채소들이 꽤 눈에 보였다.

 "우린 뿌리만 먹는데 잎사귀도 먹나 봐요?"

 줄기가 자줏빛인 비트였다.

 "어, 연근이다. 마늘쫑? 이건 무슨 맛이에요?"

 물어보는 것들마다 대답을 해 주고 그중에서 맛보고 싶어 하거나 맛을 보여 주고 싶은 것들을 카트에 집어넣었다. 과일 코너를 거쳐 수입 치즈가 있는 유제품 코너로 건너가는 그의 눈동자에서 미소가 사라지지 않았다. 손에 든 쇼핑 리스트를 하나하나 체크해 나가며 문득 소꿉장난을 하는 것 같기도 하고, 신혼 놀이를 하는 것 같다는 생각도 들었다. 진우는 이런 설렘을 주는 그녀에게서 시선을 떼지 못했다.

이제 막 시작한 이 연애가 어떤 방향으로 흘러갈지 아직은 알 수가 없었다. 어쩌면 한여름 밤의 달콤한 꿈처럼 시간이 지나면 깨어나야 할지도 모르지만, 그렇기에 여행의 끝이 연애의 끝이 되지 않도록 최선을 다할 생각이었다.

"리스트에 있는 거보다 세 배는 더 샀나 봐요."

"쇼핑하다 보면 자주 그러죠."

트렁크와 뒷좌석에 짐을 나눠 넣으며 무심히 대꾸하는 그를 그녀는 의외라는 얼굴로 쳐다봤다.

"리스트에 적은 것만 딱 사 올 것 같은 이미지인데. 진우는 이미지랑 다른 것들이 많아요."

진우가 입술 꼬리를 올렸다.

"내가 그렇게 융통성 없어 보이나?"

"융통성?"

그가 뜻을 설명하자 그녀가 고개를 저었다.

"그런 게 아니라 하고 싶은 마음이나 충동 뭐 그런 걸 잘 조절할 수 있을 것처럼 보이거든요."

자제력이 강할 것 같다는 말에 예전이라면 몰라도 지금의 진우는 더 이상 고개를 끄덕일 수 없었다. 안젤리크와 관련된 일에서만큼은 좀처럼 컨트롤이 잘되지 않는다는 걸 이미 여러 번 경험했으니까.

차가 출발하고 해운대가 가까워질 즈음 안젤리크가 손가락으로 주변을 빙 둘러 가리켰다.

"처음에는 다 비슷비슷해 보였는데 이제는 여기가 어디쯤인지 알겠어요. 다음에 혼자서 와도 집까지 찾아갈 수 있겠어요."

다음에. 내년 여름휴가를 말하는 걸까. 아니면 상투적인 표현인 걸까. 그녀를 흘깃 쳐다본 진우가 달맞이 언덕 쪽으로 핸들을 틀었다.

나눠 들고 온 봉투를 식탁과 조리대에 올려놓은 뒤 냉장고와 싱크대에 짐을 정리해 나가는 진우의 곁에서 안젤리크는 점심 메뉴에 필요한 재료들을 간추려 따로 챙겨 놓았다.

먼저 떠먹기 좋을 만큼 부드러운 티라미수를 미리 만들어 냉장고에 넣어 둔 뒤 냄비에 물을 올리고 소금을 넣었다.

"앙트레는 샐러드인데. 샐러드 안 좋아하죠?"

어제 진우는 닭갈비집 바구니에 가득 있던 상추와 깻잎을 단 한 장도 먹지 않았다.

"좋아하지는 않죠."

"그럼 나 먹을 거만 조금 할게요."

안젤리크는 세척 후 포장되어 나온 샐러드 봉지를 열어 한 줌 꺼내고 다시 한번 흐르는 물에 씻은 뒤 물기를 빼 오목한 접시에 담고서 프렌치드레싱을 뿌렸다.

보글보글 물이 끓을 때 스파게티 면을 넣고, 면이 익으면 소스와 잘 섞어 주면 된다. 요리 초보자가 봐도 금방 따라 할 수 있을 만큼 쉽게 만들었다. 그가 꺼내 준 접시에 스파게티를 담자 포크를 꺼내 양쪽 접시 옆에 놓아 주던 진우가 피식 웃었다.

"왜요?"

"잘 만든다고 엄청 자랑하듯이 말해서 소스를 직접 만들 거라고 생각했는데."

그의 눈길을 따라 고개를 돌리자 조리대에 놓인 빈 소스병이 보였다.

"그래도 맛은 있다고요."

"잘 먹을게요."

여전히 웃음기가 남아 있는 그의 입술 사이로 스파게티 면이 후르륵 들어갔다. 접시가 금세 비워졌다.

진우가 빈 접시들을 싱크 볼에 담는 동안 그녀는 냉장고에 미리 넣어 두었던 티라미수를 꺼냈다. 조그만 투명 유리컵을 채운 크림 위에 코코아 가루가 듬뿍 뿌려진 모양이 그럴싸했다.

"어때요?"

스푼 가득 떠서 입 안으로 넣는 그를 지켜보며 기대에 찬 얼굴로 묻다가 대답을 듣기도 전에 웃어 버렸다.

"입술에 코코아 가루 묻었어요."

달콤쌉쌀한 코코아 가루는 맛있지만 입천장과 입술에 쉽게 달라붙었다. 혀로 입술을 핥다가 안 되겠지 그가 티슈를 집으려 손을 뻗자 그녀는 티슈를 가져가 버렸다. 언제나 단정한 남자가 입술에 코코아 가루를 묻힌 모습이 귀여웠다.

"귀여워요."

마음속 생각을 입 밖으로 내뱉었다. 그러자 어떻게 반응을 해야 할지 몰라 어색해하는 그의 모습에 그녀가 짓궂게 놀렸다.

"그런 표정 하니까 더 귀여……."

불쑥 상체를 숙여 다가오는 그에게 입술이 눌렸다. 쌉쌀하고 달콤한 티라미수 맛이 나는 키스였다.

후식을 나눠 먹은 뒤 안젤리크는 진우의 곁에 붙어 서서 몇 개 되지 않는 식기를 씻는 그의 설거지 과정을 구경했다. 그녀는 세제를 푼 거품 물에 식기를 씻은 뒤 깨끗한 물에 헹궈 식기 타월로 물기를 닦는 설거지 방법에 익숙했다. 그래서 수도를 틀어 놓고 흐르는 물에 씻은 다음 그대로 건조대에 올려놓는 진우의 설거지 방식이 재밌었다.

별것 아닌 설거지 과정을 빤히 지켜보는 그녀의 행동에 이태리에서 교환 학생으로 있던 때의 일이 떠올라 진우가 씩 웃었다. 거창한 가치관보다 일상에서 수시로 일어나는 작은 다름들에서 해외에 나와 있다는 사실을 실감하고는 했다.

"설거지 방식이 다르죠?"

"달라요. 다른 것들이 참 많아. 그래서 재미나요."

지금껏 그래 왔던 것처럼 호텔에서 묵는 일반적인 패턴의 여행을 했다면 미처 알지 못했을 차이점들이었다. 그랬다면 진우와도 만나지 못했을 테고.

"커피 마실까요?"

"좋아요."

안젤리크는 정원과 바다의 경계가 되는 담벼락에 진우와 나란히 서서 바다를 감상하며 커피를 즐겼다.

서양 미술사와 가구 디자인, 전공 분야는 미술사와 디자인으로 달랐지만 미술이라는 공통분모를 가진 터라 나눌 수 있는 대화 주제가 풍부했다. 그러나 어떤 주제로 이야기를 시작하든 결국에는 서로에게 닿았다.

알아듣지 못한 단어를 쉽게 풀어 주다 영어로 뜻을 알려 준 진우가 그녀의 억양을 언급하며 물었다.

"올리비에는 영국식 억양이 아니던데. 영국에서 지낸 적 있어요?"

"학교 프로그램으로 런던에서 1년 있었어요. 그리고 영어 선생님

중에 영국인이 많아요. 올리비에는 친척이 캐나다 몬트리올에 살아서 거기서 영어 배웠고요. 내가 영어를 좋아해서 영국 드라마 보고 팝송 듣고 그러니까 엄마 아빠가 여름 방학 되면 영국 보내 줬어요. 혼자는 걱정되니까 오빠랑 같이. 오빠는 영어 싫어해서 나 때문에 억지로 갔지만."

심통 난 오빠의 표정을 흉내 내는 그녀를 바라보며 그가 아쉬움을 담아 말했다.

"어렸을 때 많이 귀여웠겠네."

조금 커졌던 그녀의 눈이 예쁘게 휘어졌다.

"나 엄청 귀여웠어요. 궁금하죠? 보여 줄까요?"

지난번 지갑을 줍다가 본 사진을 떠올리며 진우가 되물었다.

"사진 갖고 있는 거 또 있어요?"

"내 페이스북."

두 사람은 손을 잡고서 2층으로 올라가 그의 컴퓨터를 켰다. 그녀의 페이스북에서 시작된 사진 탐방은 얼마 후 오빠와 친구들의 페이스북으로 연결되었다. 사진을 보면서 과거의 추억과 현재를 나누고, 여행지와 일상을 찍은 사진들로 서로에 대해 알아 나갔다.

주어진 시간이 짧은 만큼, 최대한 누리려는 두 사람의 노력이 헐겁게 이어지는 시간들 사이를 빈틈없이 촘촘하게 채우며 흘러가는 현재에 추억의 무게를 더했다.

하루를 온통 함께 보냈던 어제와는 달리 오늘은 끝내야 할 페인트칠 작업이 있었다. 오전 동안 빨리 마무리 짓기 위해 진우는 그녀와 함께 작업실로 왔다.

페인트 통을 바닥에 내려놓고 뚜껑을 열어 페인트칠을 할 준비를 마친 뒤 진우는 의자에 앉아서 구경하고 있는 그녀에게 물었다.

"냄새 괜찮아요?"

천연 페인트라 일반 페인트에 비해 거의 냄새가 나지 않는다고 해도 좋을 정도지만 그래도 예민한 사람들은 오래 냄새를 맡다 보면 두통을 호소하기도 했다.

"좋지도 않지만 나쁘지도 않아요. 문 열어 놔서 바람도 들어오고."

"불편하면 얘기해요."

"알았어요. 나 신경 쓰지 말고 해요."

의자를 옆으로 놓고 앉아 등받이에 한쪽 팔을 올려놓은 안젤리크는 턱을 괴고서 진우의 작업 과정을 관찰했다. 그녀의 눈동자가 붓을 쥔 진우의 손이 움직이는 동선을 따라갔다. 넓은 면을 쓱쓱 칠해 가는 동작이 시원했다. 쉬워 보이기도 했고. 하지만 딱히 배울 것 없이 누구나 할 수 있는 사포질이 얼마나 인내와 끈기를 요하는 작업인지 이제는 알기 때문에 함부로 쉬워 보인다는 말을 못 하겠다.

한 면을 전부 칠한 뒤 반대편도 칠하기 위해 나무판을 세워 잘 고정해 놓은 진우의 눈길이 다시금 의자에 앉아 있는 그녀에게로 향했다. 의자의 측면이 보이도록 앉은 탓에 그녀의 어깨 뒤로 날개 하나가 삐죽 튀어나온 것처럼 보였다. 입꼬리를 올린 진우가 깨끗한 붓을 들어 페인트 통 속에 담갔다.

안젤리크는 색이 입혀지는 나무판보다 진우의 손과 얼굴에 시선이 더 자주 갔다. 그러다 어느 순간 그의 얼굴에 붙박였다.

'무슨 생각으로 오케이 한 걸까.'

서로에게 집중한 채 어제 하루를 보냈다. 그리고 다가온 밤. 꽤 많이 가까워졌다고 생각했는데 그는 잘 자라는 인사를 하며 전날 밤처럼 정중한 태도를 보였다. 전날 밤과는 달리 입을 맞추기는 했지만.

'진우는 무슨 생각으로 오케이 한 거지?'

또다시 같은 질문을 떠올렸다.

부담 없는 시한부 연애를 거절할 남자는 없다고 했다. 불장난에 흥미를 보이지 않을 남자는 없다고. 지금 이 관계에 어떤 이름을 붙여야 할지는 모르겠지만 진우와 불장난을 하고픈 건 아니었다. 그녀는 그랬다.

진우는 다정해서 정중하게까지 느껴지는, 그의 성격과 닮은 키스를 했다. 손을 잡고, 입을 맞추고, 그러다 혀가 닿기도 하지만, 그뿐이었다. 그는 확실히 불장난을 위해서 데이트를 승낙한 건 아닌 듯했다. 그랬다면 진작 섹스를 요구했을 테니까.

'올리비에, 네가 틀렸어. 진우는 다르다고 했잖아.'

그녀의 짐작대로 가벼운 사람이 아니라는 걸 확인한 듯해 미소가 떠오른 것도 잠시였다. 깊어지던 상념은 금세 다른 이유를 찾아냈다.

'나한테 매력을 못 느끼나.'

미처 의식하지 못했었는데 생각해 보니 손을 잡는 것도, 입을 맞춘 것도 그녀가 먼저였다.

"무슨 생각 하고 있어요?"

언제 작업이 끝났는지 페인트 통의 뚜껑을 닫으며 진우가 물어 왔다.

"눈썹을 잔뜩 찌푸리고 있는데."

안젤리크는 얼른 고개를 저었다.

"아무것도요. 벌써 끝났어요?"

"붓만 빨면."

진우가 페인트가 남아 있지 않게 여러 번 세척한 붓을 정리하고 있을 때 경준이 노크를 하고 들어왔다.

"형, 점심은? 어, 안젤리크 씨 여기 와 있었네요? 같이 점심 먹을래요?"

진우를 쳐다본 그녀가 고개를 끄덕였다.

"뭐 먹을 건데요?"

"중국 음식 어때요? 지난번에 먹은 거. 아님 다른 메뉴 골라 볼까요?"

"나는 짜장면 먹고 싶어요. 신기해요. 그때는 노란 단무지가 없으면 다 먹기 힘들겠다 싶게 좀 느끼했는데 또 먹고 싶어져요."

"그게 짜장면의 매력이죠. 형은?"

우동이라는 말에 경준은 주문할 테니까 좀 이따 오토바이 소리가 나면 공방으로 건너오라는 말을 남기고 작업실을 나갔다.

아무것도 눈치채지 못한 경준의 뒷모습을 향해 있던 두 사람의 시선이 다시 서로에게 맞춰졌다.

오토바이 소리가 난 건 얼마 지나지 않아서였다. 탕수육과 군만두를 가운데 두고서 짜장면 두 그릇과 우동 한 그릇이 테이블 위에 차려졌다.

짜장면을 쓱쓱 비비며 경준이 우스갯소리처럼 말했다.

"같이 작업하고, 같이 밥 먹고. 이러다 금방 정들겠는데요. 안젤리크 씨 가고 나면 무지 서운하겠다."

그녀가 고개를 갸웃했다.

"정들어요? 그거 무슨 말이에요?"

"꽃샘추위 같은 단어도 알면서, 정든다는 게 무슨 뜻인지 몰라요?"

저렇게 물어 오는 걸 보면 정든다는 말은 모두가 아는 표현인가 보다.

"꽃샘추위는 어떤 영화에서 나온 말인데 발음도 뜻도 예뻐서 기억하고 있어요. 그리고 아무리 쉬운 단어도 안 배운 건 몰라요. 앞뒤 말로 무슨 뜻인지 짐작할 때도 있긴 하지만."

"하긴, 한국어가 외국어니까 그럴 수도 있겠구나. 외국에 사는 사람이라는 걸 자꾸 깜빡하게 돼요. 정든다라……. 정든다는 게 무슨 말이냐면요."

정든다. 가슴으로 느껴야 하는 감정을 말로 설명하자니 딱히 떠오르는 적당한 표현이 없었다. 손가락 끝으로 탁자를 톡톡 두드리며 고민을 하던 경준의 눈이 장난기로 반짝였다.

"혹시, 초코파이 알아요?"

"초코파이?"

"초코파이 정情. 몰라요? 이런, 아직 안 먹어 봤구나. 초코파이 맛을 알아야 정이 뭔지 느끼는데."

안타깝다는 듯 중얼거리는 경준을 보며 진우가 웃음기 어린 눈으로 고개를 저었고, 그녀는 의아한 표정으로 그림 같은 눈썹을 쓰윽 추켜올렸다.

테이블을 치우고 아이스커피를 마시며 소소한 잡담을 하던 세 사람은 공방으로 들어서는 회원과 인사를 나눴다.

"아, 마침 계셨네요."

진우에게 눈인사를 한 남자가 만들다 만 의자를 가져와 그에게 보였다.

"꿈 의자를 본떠서 만들려고 했는데 영 힘드네요. 등받이 기울기를 비슷하게 뽑아낸 것 같은데도 뭐가 잘못됐는지 앉으면 등이 결려요. 좀 봐주시겠어요?"

회원에게 문제점을 설명하는 중간중간 진우의 시선은 가까이 서서 그의 말에 귀를 기울이는 안젤리크에게로 향했다. 한 번, 두 번, 세 번. 눈이 마주칠 때마다 안젤리크는 장난스럽게 윙크를 했고 그럴 때면 진우의 입술은 그러지 않으려고 애를 써도 곡선을 그렸다.

"그럼 대패질 좀 더 해서 다시 각도 맞춰 봐야겠네요. 감사합니다."

진우는 고개를 꾸벅이는 회원에게 마주 인사를 하고는 안젤리크와 함께 공방을 나왔다.

"다음에 또 봐요, 경준 씨."

얼떨결에 덩달아 손을 흔들어 주던 경준의 눈동자가 두 사람의 나란히 잡은 손에 붙박여 있었다. 한껏 커진 그의 시선이 골목길을 빠져나가는 두 사람의 뒷모습에서 떨어지지 않았다.

경준의 시선에 뒤통수가 뜨거웠지만 진우는 모른 척 골목길을 빠져나갔다.

"경준 씨가 많이 놀랐나 봐요."

"그렇겠죠."

"얘기 안 했어요? 왜?"

"지금은 우리 둘에게 집중하고 싶으니까."

고개를 주억거린 그녀가 물어 왔다.

"우리 이제 뭐 할까요?"

잠시 생각하던 진우가 제안했다.

"템플 가 본 적 있어요? 사람들이 꽤 있어도 조용히 산책 즐길 수 있을 텐데."

"한 번도 없어요. 가요, 우리"

"산속 깊은 곳에는 범어사가 있고, 바닷가 바로 옆에는 용궁사가 있는데, 바다와 산 어느 쪽이 좋아요?"

그녀는 조금 고민하다 산을 골랐다.

"템플은 언제나 산속에 있는 것 같으니까 산으로 가요. 또 바다는 매일 보지만 산은 아직 안 가 봤으니까."

"그럼 걷기 편한 신발로 갈아 신고 가죠."

어차피 외출하기 전 샤워도 하고 옷도 갈아입어야 했다.

그래요, 라고 대답하던 안젤리크가 갑자기 멈춰 섰다. 그러고는 그의 허리를 감싸 안으며 가슴팍에 코를 묻었다. 가벼운 접촉에도 진우는 어쩔 수 없이 가슴이 두근거렸다. 강아지처럼 킁킁거리던 그녀가 고개를 들고 방긋 웃으며 말했다.

"냄새나요."

순식간에 진우의 귓불이 달아올랐다.

무거운 나무와 공구를 들고 씨름하다 보면 한겨울에도 땀이 났다. 그런데 더운 여름날, 페인트칠을 했으니 당연히 땀 냄새가 날 터였다. 설마 얼굴을 묻고 냄새를 맡을 줄은 몰랐다.

"그러게 좋지도 않은 냄새는 뭐 하러 맡아요? 작업하느라 땀 난 거 뻔히 알면서."

눈이 휘둥그레진 안젤리크가 고개를 저었다.

"나쁜 냄새 아닌데. 매일 나무를 만져서 그런 건지, 원래 진우한테서 나는 건지는 모르겠지만, 나무 냄새랑 비슷해요. 나는 진우 냄새 좋아요."

그러더니 또 가슴에 코를 박고는 심호흡을 했다.

진우는 멋쩍은 표정으로 머리를 쓸어 올렸다. 가슴에 달라붙어 강아지처럼 구는 그녀가 설레도록 좋았다. 부드럽게 컬이 들어간 머리카락이 턱을 간질였다. 정작 좋은 냄새가 나는 건 그녀였다.

안젤리크는 가슴을 내준 채 멀뚱히 서 있는 그에게로 고개를 들고는 발꿈치를 세웠다. 마치 키스를 바라는 것처럼.

난감한 듯 엄지 끝으로 눈썹을 문지르던 진우가 그녀의 어깨를 잡아 살짝 떼어 놓았다.

"싫어요?"

커다래진 눈을 하고서 묻는 그녀의 입술에서 눈을 떼지 못한 채 진우가 대답했다.

"싫은 게 아니라 여기선 곤란하니까."

손을 잡고서 집 안으로 들어가려는 그에게 안젤리크는 불평하듯 물었다.

"왜 곤란한데요?"

"사람들 오가는 길거리니까."

"길에서 담배 피우다 뺨 맞은 것처럼 길거리에서 키스해도 안 되는 거예요? 이상한데? 나 서울에서 키스하는 연인들 몇 번이나 봤는걸요. 지금보다 더 사람 많은 곳에서."

고개를 갸우뚱 기울인 그녀가 갑자기 실눈을 뜨며 짓궂게 굴었다.

"혹시, 부끄러워서 그래요? 생각보다 부끄럼쟁이……."

놀리는 그녀의 얼굴을 감싸 쥐었다.

당신이 눈을 감고 키스에 빠져드는 모습을 나 아닌 다른 누군가가 본다는 게 싫다고, 우리 두 사람만의 은밀한 순간을 다른 사람들에게 보여 주기 싫다고. 대답하는 대신 진우는 그녀의 입술을 가졌다. 맞닿은 입술을 커다란 손으로 온전히 감춘 채였다.

10장

여우처럼 길들여지는

문자가 도착했다는 소리에 잠이 깨 버렸다. 진우가 보냈나 보다.

안젤리크는 웃음기 가득한 얼굴로 졸린 눈을 비비며 문자 메시지를 열다 실망한 표정을 지었다. 낯선 번호였다.

어제처럼 또 이상한 스팸인가 보다. 삭제하기 전 메시지를 확인하는 손길에 귀찮음이 조금 묻어났다.

편지 봉투 아이콘이 사라지자 글자들이 떴다.

'나는 김순임인데……' 라고 시작되는 문자였다.

휘둥그레진 두 눈이 김순임이라는 이름에 고정되었다. 흔들리는 까만 눈동자가 한 글자도 건너뛰지 않으려 애쓰며 조심조심 문자를 읽어 내려갔다.

[나는 김순임인데 혹시 아직도 만날 생각이 있으면 장소를 정해

주면 내가 나갈게요.]

 다시 읽었다.

 [……나는 김순임인데…… 혹시…… 아직도 만날 생각이 있으면…… 장소를 정해 주면 내가…… 나갈게요.]

 수없이 많은 망설임과 있지도 않은 말줄임표들이 보이는 것 같았다. 지우고 다시 쓰고 또 지우기를 반복해서 깨끗이 다 지웠는데도 연필 자국이 남아 있는 노트를 보는 기분도 들었다.
 얼른 통화 버튼을 누르려다 멈칫했다. 휴대폰을 움켜쥔 채 생각에 잠겼다. 오랜 고심 끝에 문자를 보내온 사람에게 불쑥 전화를 하면 혹시나 부담이 될까? 이러다 마음을 바꾸는 건 아닐까? 문자를 하는 게 낫겠다. 근데 뭐라고 하지?
 안젤리크는 얇은 침대 시트를 걷어 올리고서는 2층으로 뛰어 올라갔다.
 현관문을 두드렸다가 대답을 기다리지 못하고 패드키를 눌렀다. 급한 마음에 9를 눌러야 하는데 6을 눌러 버렸다. 새로 처음부터 다시 누르려는데 그와 동시에 문이 열렸다.
 "잘 잤어요?"
 "이거요. 이것 좀 봐 줘요."
 진우는 인사도 없이 불쑥 눈앞에 내밀어진 휴대폰을 건네받았다. 문자를 읽어 내려간 눈동자가 신중하게 그녀에게로 옮겨 갔다. 손으로 그녀의 상기된 볼을 감싸며 그가 나직이 물었다.

"내가 어떻게 해 줄까요?"

"만나고 싶어요."

"그럼 만나요."

단단하고 따뜻한 손바닥에 의지한 채 눈을 내리깔고 있던 그녀가 시선을 들어 진우를 올려다봤다.

"같이 가 줄래요?"

고개를 끄덕이며 가 주겠다고 대답하는 그에게 그녀가 걱정스럽게 중얼거렸다.

"마음이 바뀌어서 안 만난다고 하면 어쩌죠?"

"그런 생각 하지 말고 준비해서 나가죠. 어디서 만날지는 정했어요?"

안젤리크는 고개를 저었다.

"어디를 가야 할지 모르겠어요. 집으로 가는 게 어떨까 싶기는 해요. 집이 아니라면 어디를 가든지 마음 편하게 얘기하기는 어려울 것 같고 또 어떻게 지내는지 보고 싶기도 하고요."

"그럼 집으로 간다고 연락하고 얼른 내려가서 옷 갈아입어요."

"전화보다는 메시지가 나을 것 같아요. 좀 써 줄래요?"

진우는 휴대폰을 쥔 채 그녀의 말을 기다렸다. 안젤리크는 문장을 다듬는지 눈썹을 모은 채 한동안 입술을 달싹였다.

"내가 집으로 갈게요. 지금 금방 갈 테니까 조금만 기다려 주세요."

그리고 나직하게 덧붙였다.

"강은진. 그렇게 써 줘요. 그게 내 한국 이름이에요. 고마워요."

휴대폰을 다시 건네받은 그녀가 조금 웃어 보이고는 등을 돌렸다. 닫힌 현관문 너머로 계단을 달려 내려가는 소리가 울렸다.

얼떨한 표정으로 진우는 머리를 긁어 올렸다. 만날 수 있어 다행이라는 생각이 들었지만 한편으론 걱정도 뒤따랐다.

정원에 서서 얼마 기다리지 않아 안젤리크가 1층에서 나왔다.

"가죠."

어느새 바깥에는 보슬보슬 내리는 비가 축축이 주변을 적시고 있었다. 진우는 그녀에게 접이식 우산을 건네는 대신 어깨를 감싸 안으며 그의 우산을 나눠 쓰고서 집을 나섰다.

시동을 건 진우는 곧바로 속도를 냈다. 열대야의 기운이 남아 있는 대기를 부슬비가 가라앉히는 이른 아침, 길이 한적했다. 진우는 좀 더 속도를 올렸다.

차량 통행이 가능한 곳까지 올라간 진우가 시동을 끄자 달리는 동안 창밖을 보며 생각에 잠겨 있던 그녀는 문득 주위를 둘러보며 차에서 내렸다.

우산 하나가 언덕을 오르기 시작했다. 어쩌다 부지런한 관광객이 스쳐 갔지만 마을은 지난번 그녀가 왔을 때와는 달리 고요했다. 햇살 대신 연회색의 빗줄기가 소리 없이 흩뿌리는 오늘은 마을의 분위기마저 달라 보였다.

숨이 차도록 올라야 하는 협소한 골목길. 페인트칠로도 감춰지지 않은 녹슨 자국들. 알루미늄으로 된 작은 문을 열면 골목을 지나는 사람과 바로 눈이 마주치게 되는, 프라이버시를 갖기 힘든 협소한 집. 마음에 들고 나는 산란한 감정 때문인지 그런 모습들이 자꾸만 눈에 들어왔다. 여행객의 시선에선 낭만적이었던 비탈진 계단들이 일상에서는 힘겹게 올라야 하는 아득함이었다.

지붕도 낮고 담장도 낮은 집들이 줄지어 선 골목길을 올랐다. 이미 한 번 와 봤던 길이다. 이리저리 뻗어 있는 복잡한 길을 잠시 멈춰 서서 주소를 확인하거나 지도를 들여다보는 일 없이 꾸준히 오르며 그녀는 가끔 잡은 손을 쥐어 보았다. 거기 있냐고 확인하듯. 그러면 진우는 힘을 주어 맞잡아 주었다.

녹이 슨 주황색 슬레이트 지붕. 초록 대문. 골목길보다 한 뼘 정도 낮은 마당. 지난번과 같은 풍경이었다. 단지 눈부시게 내리던 햇살 대신 부슬비가 사각 시멘트 마당을 어두운 색으로 적시고 있는 것이 달랐다. 그리고 아무도 없던 마루에 왜소한 체구의 여자가 앉아 있다는 것도.

비에 젖은 골목길을 울리는 발소리 때문인지 아니면 우산을 토닥이는 빗소리 때문인지 문득 여자가 고개를 들었다. 가깝지 않은 거리에서도 한없이 흔들리는 눈동자가 보였다.

반갑다고 말하며 포옹을 할까. '안녕하세요.'라며 머리를 숙일까. 어떻게 처음을 시작하는 것이 좋을지 오는 내내 생각했다. 그런데 막상 눈이 마주치자 머리가 새하얗게 비어 버렸다.

미소를 지어야겠다는 생각은 했지만 입술이 말을 듣지 않았다. 앞으로 걸음을 내디뎌야 하는 걸 아는데 이러다 뒤로 물러설 것 같은 기분이 들었다. 그 순간 등에 와 닿는 온기가 느껴졌다. 진우의 손이었다. 등을 감싼 그의 커다랗고 따뜻한 손이 말해 주는 것 같았다. 곁에 있을 테니까 하고픈 대로 하라고. 앞으로 나아가라고 강요하지 않는 손이 용기를 주었다. 언제나 든든하게 받쳐 줄 것 같은 단단함에 그를 올려다보자 마음을 읽은 듯 진우가 함께 쓰고 왔던 우산을 건네주었다.

심호흡을 한 안젤리크가 한 뼘쯤 열려 있는 대문 안으로 발을 들여놓았다. 기다리겠다는 진우의 말이 등 뒤에서 들렸다.

"안녕하세요. 강은진이에요."

주뼛거리며 일어서는 여자의 눈에 벌써부터 눈물이 그렁그렁했다. 부드러운 미소를 띤 안젤리크가 그녀에게 인사를 건네는 걸 보며 진우는 뒤돌아섰다. 들고 있던 우산을 펼쳐 들고 몇 걸음을 걸어 나와 주변을 둘러보았다. 아마도 꽤 시간이 걸릴 텐데 어디쯤에서 기다릴까.

젖은 길을 울리는 그의 발소리에 잠깐 뒤를 돌아보았던 안젤리크가 시선을 맞추지 못하고 자꾸만 여기저기를 헤매는 생모의 눈동자를 붙들었다.

"반가워요. 만나 보고 싶었는데 만나 줘서 고맙습니다."

인사만으로도 거친 두 손에 얼굴을 감춘 채 어깨를 들썩이는 생모를 난감한 눈으로 쳐다보다 조심스레 다가가 안아 주었다. 그녀 역시 그다지 크지 않은 키인데도 생모는 품 안에 들어올 만큼 작았다.

「어쩌지.」

달래 주려고 안았는데 더 크게 울려 버렸다. 어쩐지 따라서 눈물이 솟는 것 같아 안젤리크는 입술을 꾹 물었다. 그러곤 그녀가 젖지 않도록 우산을 기울이며 어깨를 토닥였다.

딸의 어깨에 얼굴을 묻은 채 순임은 터져 나오는 울음을 틀어막았다. 23년 전에 말 한 마디 통하지 않는 남의 나라로 보내 버린 딸이었다. 커다란 사탕 하나 쥐여 주면 한나절이 즐겁던 다섯 살 꼬마가 어엿한 숙녀가 되어서 눈앞에 서 있었다.

원망을 토해 내는 대신 만나 줘서 고맙다고 웃어 주는 딸. 부모가 원망스러워 한국말은 다 잊었을 줄 알았는데 한국어로 다정하게 인사를 해 왔다. 그런 딸 앞에서 운다는 것은 그녀에게는 사치였다. 어금니를 깨물며 울음을 잘근잘근 삼키는 순간 또 다른 울음덩이가 튀어나와 목을 막아 왔다.

시멘트 바닥에서 튀어 오른 빗방울에 신발이 다 젖을 즈음에야 꾹꾹 눌러 담은 울음이 잦아들었다. 진한 한숨 소리 같은 것을 토해낸 그녀의 생모가 여전히 눈을 마주치지 못한 채 마루를 손짓했다.

"여기 잠깐 앉아서……."

성인이 된 낯선 딸에게 어떻게 말을 해야 할지 몰라서 순임은 말끝을 흐렸다.

처마가 길어 마루에는 비 한 방울 들이치지 않았다. 빗줄기가 얌전한 탓도 있었다.

마루 끝에 걸터앉은 순임은 딸을 똑바로 마주하지 못해 비스듬히 모로 앉았다. 귀 위로 보이는 희끗한 흰머리와 눈가의 자잘한 주름을 더듬어 내려온 안젤리크의 눈동자가 손에 가닿았다. 마디가 굵은 그녀의 손이 하릴없이 마루를 문지르고 있었다.

순임이 문득 고개를 들었다.

"커피라도 한 잔……."

"네, 주세요."

마루에서는 협소한 부엌 안이 들여다보였다. 안젤리크는 물을 끓이는 그녀의 등을 한동안 바라보다 시선을 돌렸다.

비를 머금어 눅눅한 담벼락에는 예쁜 페인트칠로도 감추지 못한 실금들이 가 있었다. 오래된 대문은 닫혀 있는데도 한쪽이 비스듬히 내려가 틈이 많이 보였다. 마루와 벽지를 지나 꼭 닫힌 방문 두 개에 잠깐 머물던 눈길이 다시금 부엌으로 옮겨 갔다. 어깨가 왜소한 그녀는 커피 봉지를 뜯어서 컵에 쏟아 넣고 뜨거운 물을 붓고

사랑 벗

있었다. 그러고도 한참을 수저로 휘저었다.

"입에 맞는지 모르겠는데."

생모가 연한 갈색의 밀크 커피를 안젤리크의 앞에 놓아 주었다. 작은 쟁반에 놓인 컵을 쥐고서 한 모금 마셨다. 더운 김이 조금 빠져나간 커피는 달았다.

"맛있어요."

잔을 내려놓으며 안젤리크는 웃어 보였다. 이상했다. 묻고 싶은 것들이 많았다. 하지만 그 많던 말들이 하나도 떠오르지 않았.

왜 나를 입양 보냈냐는 물음은 더 이상 궁금하지 않은 지 오래되었다. 내가 보고 싶었는지, 내 소식을 알고 있었는지도 묻고 싶지 않았다.

생각나지 않는 질문들 대신 그녀는 생모를 만나면 해 주고 싶었던 말들을 하나씩 꺼냈다.

"나는 지금 미술관에서 일해요. 에꼴 뒤 루브르라고 대학교 같은 곳인데 그곳에서 미술사를 공부했어요. 좋아하는 공부를 했고 좋아하는 일을 하고 있어서 행복해요. 얼마 전까지는 엄마 아빠랑 살다가 지금은 미술관 근처 아파트에서 혼자 살아요. 내 오빠도 가까운 곳에 있어요."

생각보다 긴장을 했는지 준비했던 것보다 말이 좀 두서없이 나왔지만 앞에 앉아서 귀를 활짝 열고 있는 그녀가 그간 궁금해했을 만한 이야기들을 들려주었다. 가족들에게 사랑받고 자랐고, 하고 싶은 공부를 할 수 있었고, 지금은 전공을 살려 미술관에 취업을 했고.

딸이 조곤조곤 말을 전하는 동안 순임의 시선이 마룻바닥에서 안젤리크의 무릎과 손을 거쳐 조금씩 위쪽으로 이동했다. 미소를 머금은 채 말을 하고 있는 입술을 한참 바라보다 겨우 용기를 내어 눈을 마주했다. 그 순간 심장이 쑥 내려갈 만큼 안심이 되었다.

참 희한한 것이, '나는 가난합니다.' 라고 쪽지를 붙이고 다니는 것도 아닌데 가난을 등에 업고 사는 사람은 어딘가 모르게 표가 났다. 다른 사람은 몰라도 가난 때문에 죽음보다 더한 지옥을 허우적거려 본 그녀는 다른 이에게서 나는 가난의 냄새를 맡을 수 있었다. 첫눈에 이 아이는 가난과는 거리가 먼 삶을 살고 있다는 걸 눈치챘다. 그래서 마음이 놓였다.

부모 품에서 배고픔을 배우고 꿈조차 꿀 수 없는 가난을 대물림하는 것보다는 먹고 싶은 거 먹으면서 하고 싶은 공부를 맘껏 할 수 있기를 바라며 부자 나라로 떠나보냈다. 귀에 익은 미국이 아닌 낯선 불란서라서 걱정이 되었지만, 부모가 신문사 기자와 의사라는 말에 불안하던 마음이 한시름 놓였다.

한동안 편지와 사진이 왔었다. 하지만 제대로 키우지도 못하고 보낸 딸의 소식을 받아 볼 염치가 없었다. 무엇보다 딸이 못난 부모, 나쁜 기억도 다 잊고 살아 주기를 원했다. 그러면서도 TV에서 입양된 아이들의 불행한 이야기를 우연히 보게 되면 심장이 철렁 내려앉았다. 내 딸은 저렇게 살지 않기를 매일매일 기도했다. 해 줄 수 있는 것이라고는 그것밖에 없었다. 설령 어디에도 닿지 않는 공허한 기도라고 해도.

그런데 눈앞에 앉아 있는 은진이는 가난의 무게에 어깨가 구부려져 버린 그녀와는 다른 세상에 살고 있다는 것이 느껴졌다. 전해 주고 있는 이야기 때문만이 아니었다. 전혀 기대하지 않았던 유창한 한국어가 세심하고 따뜻한 부모를 만났다는 사실을 짐작케 했다. 원망하는 마음이라고는 한 톨도 보이지 않는 말간 눈동자와 미소가 사랑을 먹고 자랐다는 걸 알려 주었다.

"물어보고 싶은 게 있어요."

어떻게 불러야 하나. 잠시 망설이다 안젤리크는 익숙하지 않은 단어를 꺼냈다.

"음, 오빠랑 언니는 내가 여기 왔다는 거 알아요?"

'여기'가 부산을 말하는지 이 집을 말하는 건지 얼핏 알 수가 없었지만 순임은 대답을 했다.

"오늘 만나는 거는 아직 모르고 부산에 왔다는 건 아는데, 영호는 잘 살고 있으니 됐다고 하고. 경진이는 만나고 싶기는 한데 미안해서 못 만나겠다고 하고……."

"두 사람도 부산에 살아요?"

"영호는 대구에서 일하고, 경진이도 창원 쪽으로 시집가서 거기서 살고 있고. 그리고……."

차마 꺼내지 못할 말을 해야 하는 사람처럼 그녀의 시선이 갑자기 방황했다. 처음 마주쳤을 때처럼.

"그리고 수진이는 내랑 같이 살고 있는데 지금은 방학이라서 매일 아르바이트하러 나가고."

"수진이?"

오빠 한 명, 언니 한 명. 그렇게 들었는데, 두 명이 아니라 세 명이었나? 그렇게 의문이 드는 찰나 수진이라는 이름의 동생의 존재를 알려 주고 있음을 깨달았다. 그리고 어쩌면 지금껏 그녀와의 만남을 거절한 이유였을 거라는 것도.

"방학이면 대학생이에요? 아니면 고등학생?"

첫 아이를 낳은 게 겨우 스물한 살 때였으니 막내로 고등학생인 딸이 있어도 놀랍지는 않은 나이였다. 그녀의 물음에 순임이 손사래를 쳤다. 키울 수 없어서 입양을 보내 버려 놓고는 또 아이를 낳았냐는 원망과 경멸이 쏟아지는 것은 아닐까 잔뜩 움츠려 있던 그녀가 담담한 딸의 태도에 몰래 안도의 숨을 내쉬었다. 그러자 생각보다 쉽게 막내에 대한 말이 나왔다.

"아니. 고등학생이 아니라 대학생. 대학교 1학년. 수진이가 대학 안 가고 그냥 취직한다고 했는데. 그래도 집에 대학 나온 사람 하나는 있어야 되지 않겠냐고, 저거 오빠랑 언니가 돈 보태 줄 테니까 대학 가라고 등 떠밀다시피 해서 보냈는데. 전액 장학금 받고, 지 용돈도 아르바이트해서 벌고."

그러니 혹시라도 우리 걱정은 하지 말라는 뜻으로 말을 늘어놓았는데 마음과는 달리 똑똑한 막내를 자랑하는 것처럼 들렸을 수도 있겠다 싶어 순임은 급히 변명처럼 덧붙였다.

"그러니까 내 말은, 이래 보여도 다들 먹고는 사니까 혹시나 걱정하거나 그러지 말라고······."

"다음에, 모두가 함께 만날 수 있으면 좋겠어요. 그러고 싶은 마음이 생겼을 때요."

그러다 안젤리크는 충동적으로 덧붙였다.

"내년에 또 부산에 올게요."

"내년에?"

순임의 목소리가 커다래진 눈만큼이나 높아졌다.

"네. 내년 여름에요."

예상치 못하게 내년 바캉스 일정이 잡혀 버렸다.

웃으며 고개를 끄덕이는 딸의 모습에 순임의 눈에 눈물이 핑 돌았다. 생각지 못한 말에 한 시간이 넘도록 마주 앉아 있으면서도 해 보지 못한 일을 했다. 처음으로 먼저 손을 내밀어 딸의 손을 잡았다.

한결 편해진 분위기 속에서 이런저런 얘기를 나누며 커피를 한 잔 더 마시고 다리가 저려서 도저히 더는 바닥에 앉아 버티기가 힘들 즈음에 안젤리크는 일어섰다.

마루에서 내려서며 생모의 손에 들린 종이를 가리켰다. 그녀의 페이스북과 메일, 프랑스 집 주소와 휴대폰, 그리고 영상 통화가 가능한 스카이프Skype 아이디까지 죽 적혀 있었다.

"어떻게 하는 건지 아마 수진이가 잘 알 거예요."

소중한 것을 받은 듯 종이에 구김이 갈세라 조심스레 쥐고 있는 그녀를 보며 안젤리크는 장난처럼 덧붙였다.

"부산이랑 파리는 일곱 시간이 차이가 나요. 파리가 점심 12시면 부산은 저녁 7시, 이렇게요. 겨울에는 여덟 시간이 차이 나고요. 새벽에 잠 깨우는 거 아니면 언제든지 전화해도 좋아요. 하고 싶을 때요."

"시간 헷갈리지 않게 조심해서 전화할게."

진지하게 대답하는 모습이 여전히 긴장을 다 풀지 못한 것처럼 보여 안젤리크는 다시금 그녀를 안아 주었다.

"건강하게 행복하게 잘 있어요."

마당에 서서 부둥켜안고 있던 두 사람은 같이 대문을 나왔다. 안젤리크는 우산을 받쳐 들고 골목길을 따라 나오는 그녀에게 말했다.

"이제 갈게요."

"조심해서 잘 가고."

"네."

"……염치없지만…… 부모님한테 감사하고 고맙다고 인사도 전해 주면……."

염치없다는 말을 알아듣지는 못했지만 뜻은 충분히 이해했다.

"그럴게요."

안젤리크는 골목 끝에 선 그녀에게 손을 흔들었다. 부어오른 눈두덩과 발개진 눈을 하고서 마주 손을 흔드는 그녀에게 웃어 주고는 뒤로 돌았다. 몇 걸음 걸어 내려오다 고개를 돌리자 그 자리에 붙박인 채 서 있는 검정 우산이 보였다. 안젤리크는 또다시 손을 들어 보였다.

모퉁이 길이 나왔다. 목을 길게 빼도 더 이상 그녀가 보이지 않는 곳에 이르자 안젤리크는 갑자기 걸음을 멈추었다. 그러고는 문득 기운이 훅 빠져 버린 사람처럼 벽에 기대섰다.

한국 가족들과의 만남을 여러 번 상상해 봤었다. 자식을 남에게 주어야 했던 생모를 만나면 연민과 안쓰러움이 들 것 같았다. 실제로도 그랬다. 하지만 현실에서의 만남은 상상 속에서는 존재하는 줄 몰랐던 감정도 불러일으켰다.

저도 모르게 닮은 점을 찾고 있었다. 말을 나눌 때에도, 물끄러미 서로를 바라볼 때에도 그녀의 눈은 생모의 얼굴선과 콧대와 입술 그리고 손을 관찰했고 닮은 구석을 발견할 때마다 이상하게도 마음이 조였다. 신기하기도 울컥하기도 했다.

눅눅한 벽면으로 인해 옷이 습기를 머금어 가는 것도 의식하지 못한 채 한동안 그러고 있다 잊었던 숨을 쉬듯 깊은 숨을 내쉬었다. 그저 궁금했었다. 그녀와 같은 상황이라면 누구나 궁금증을 품었을 친부모와 태어난 곳에 대해 알고 싶은 딱 그 정도의 마음. 만나지 못해도 할 수 없다고 생각했을 만큼의 그리 깊지 않았던 감정. 그런데 일회성으로 끝날 줄 알았던 만남은 뭔지 모를 이끌림으로 인해 저도 모르게 내년을 약속하게 만들었다.

벽면의 차가움에 등줄기가 부르르 떨리자 그제야 그녀는 몸을 곧추세우고 휴대폰을 꺼냈다.

"어디 있어요?"

— 어린 왕자와 여우 사이.

한결같은 진우의 목소리가 온갖 감정에 휘몰렸던 마음을 감싸며 다독였다. 안심이 되게도 만들었다.

╳╳╳╳

안젤리크와 그녀의 친모를 두고서 골목길을 걸어 나온 진우는 주위를 둘러보았다. 딱히 기다릴 만한 곳이 눈에 띄지 않았다. 아마도 기다림이 길어질 것 같아 그는 주변을 관찰하며 천천히 걸었다.

꾸준히 내리는 비에 지붕도 조형물들도 젖어 있었다. 이런저런 생각에 잠겨 기계적으로 걸음을 옮기다 문득 고개를 들자 마을이 한눈에 내려다보였다. 좀 더 가까이에서 보고자 등을 내보이고 마을을 바라보는 두 조형물 사이로 걸어 들어간 그는 그곳에 서서 색색깔의 집들을 바라보았다. 마을이 시작되는 저 아래. 바다가 보였다. 은회색의 비를 뿌리는 하늘을 따라 짙은 남빛 바다가 점점 회색으로 변해 가고 있었다.

진우는 생각에 잠긴 얼굴로 비탈진 마을을 응시했다.

23년 전의 이곳은 어떤 모습이었을까? 진우는 눈앞의 집들이 입고 있는 파스텔 톤의 고운 물감들을 지웠다. 감각적인 디자인의 조형물들도 치웠다. 세워진 지 몇 년 되지 않은 건물들도. 그러자 무채색에 가까워진 마을이 눈앞에 그려졌다. 그 속에 서 있는 다섯 살의 어린 안젤리크도.

가난에 자주 동반되는 알코올과 폭력, 그중에 그녀가 보고 겪은 것들이 얼마만큼인지 모르겠다. 일상이 모두 나쁜 일들로만 채워지지는 않았을 거다. 그럼에도 그녀가 과거를 기억하지 못한다는 사실이 다행이다 싶었다. 이기적인 마음일지는 모르지만 그녀가 덜 상처받을 수 있다면 이기적이고 싶었다.

휴대폰이 진동했다. 안젤리크에게서 온 전화였다. 기다림이 짧지 않아서 다행이라고 생각하며 그를 찾는 그녀에게 위치를 알려 주었다.

전화를 끊고서 생각에 잠겨 있다 툭툭 유독 크게 들리는 빗방울 소리에 고개를 돌렸다. 우산살에서 떨어진 방울들이 여우의 머리를 툭툭 때리고 있었다. 앞발을 가지런히 모으고 앉아 꼬리를 바짝 세운 모습이 아지를 떠올리게 했다. 얼굴보다 더 큰 귀를 뾰족 세우고 앉은 여우의 정수리를 바라보던 진우가 한 걸음 옆으로 옮겨 섰다. 여우가 우산 속으로 폭 들어왔다. 기다림이 행복하다고 말하던 여우의 곁에서 진우는 안젤리크를 기다렸다.

툭 다리를 건드려 오는 느낌에 고개를 내리자 강아지가 꼬리를 흔들며 코로 종아리를 쿡쿡 눌러 대고 있었다. 아까 좁은 골목길을 돌았을 때 본 녀석이었다. 먹을 걸 달라는 건지, 같이 놀아 달라는 건지. 비에 젖어 털이 찰싹 달라붙은 녀석이 연신 꼬리를 흔들며 발치를 맴돌았다.

무릎을 구부리고 앉은 진우가 녀석의 턱 밑을 긁어 주었다.

"배가 고픈 거야?"

녀석이 꼬리를 흔들었다.

"같이 놀자고?"

이번에도 꼬리가 요란스럽게 왔다 갔다 했다.

진우는 피식 웃었다.

"뭘 원하는 건데, 응? 말을 해야 알지 녀석아. 눈도 아니고 비가 오는데 왜 맞고 다녀. 친구 없어?"

손바닥을 핥다가, 머리를 비벼 오고, 그러다 눈앞에서 폴짝거리는 걸 보면 아무래도 먹을 것보다는 놀고 싶은가 보다. 비에 젖었지만 건강해 보이는 상태가 주인의 보살핌 속에 있는 녀석이라는 걸 짐작케 했다.

강아지와 장난을 치는 진우의 시야에 익숙한 신발이 불쑥 들어왔다. 고개를 들어 올렸다. 눈시울이 불그스름해진 안젤리크가 엷은 미소를 지으며 내려다보고 있었다. 언덕을 올라오기 전보다 한결 편안해 보이는 분위기에 진우는 안도했다.

"애기, 잘 나눴어요?"

강아지에게 손을 흔들며 알은체를 하던 그녀가 고개를 끄덕였다.

"많이 기다렸죠?"

"아니."

뭔가 말을 할 듯 입을 몇 번 달싹이던 안젤리크가 이내 입술을 꾹 다물었다. 대신 몇 걸음 옮겨 난간으로 다가갔다. 마치 불시착한 지구 별을 관망하듯, 혹은 두고 온 별을 그리워하듯 등을 보인 채 앉아 있는 어린 왕자와 여우 사이에 서서 햇살이 비처럼 내리던 날에는 미처 보지 못한 전경을 바라보았다.

그리고 그 모두를 가슴에 담고 휴대폰 속에 남겼다. 그러고도 한동안 마을을 내려다보던 그녀가 그에게로 고개를 돌렸다.

"갈까요?"

대답하듯 진우가 손을 내밀었다. 맞잡아 오는 그녀의 손을 꼭 쥐고서 왔던 길을 되짚어 내려가기 시작했다.

돌아오는 길은 가던 길보다 시간이 더 걸렸다. 계단을 다 올라 2층 현관으로 들어서는 순간 그녀는 갑자기 무릎이 풀려 버렸다. 진우는 휘청하는 그녀의 허리를 재빨리 감아 안았다. 현기증이 이는 것 같아 한참을 그의 가슴에 등을 기대고서 있었다. 그가 날렵하게 붙잡아 주지 않았다면 아마 바닥에 주저앉아 버렸을 거다.

"이제 괜찮아요."

"뭐라도 좀 먹을래요?"

"배가 안 고픈데."

말이 끝남과 동시에 배가 울렸다. 꼬르륵 소리가 들린 것 같아 그녀는 좀 민망한 표정을 지으며 배를 눌렀다.

"배가 고프기는 한데 먹고 싶지는 않아요."

진우가 그녀의 머리를 조심히 쓰다듬었다.

"나는 배가 고파서 뭐 좀 먹어야 할 것 같은데. 그래도 먹고 싶지 않으면 이따가 먹어요."

진우는 남방의 소매를 걷고서 식사를 준비했다. 안젤리크가 흰밥을 별로 안 좋아하던 기억에 냉장고를 열어 당근과 양파, 감자 같은 채소를 꺼낸 뒤 잘게 썰어 프라이팬에 볶았다. 햇반을 넣고 참기름을 두를 즈음 소파에 다리를 올리고 앉아 물끄러미 그를 바라보던 안젤리크가 다가왔다.

그녀는 그의 어깨 너머로 색색깔의 볶음밥을 보면서 콧등을 찡그렸다.

"냄새로 유혹하는 거죠?"

"넘어왔어요?"

씩 올라간 그의 입술이 좀 개구쟁이처럼 보여 가만히 바라보다 그녀는 발꿈치를 들고서 그의 입술을 꾹 눌렀다.

"고마워요."

마음을 전한 안젤리크가 들었던 발꿈치를 내려놓았다. 눈높이가 내려가는 그녀를 따라 그가 고개를 숙였다.

진우가 해 준 볶음밥과 할머니가 챙겨 준 나박김치로 내내 빈속이던 위를 달랜 안젤리크가 눈을 비볐다.

"이상해. 갑자기 너무 졸려요."

일찍 일어났고, 감정의 폭풍 속에 들어가 있었고, 그리고 텅 비어 있던 위가 갑자기 차 버린 바람에 미친 듯이 졸음이 쏟아졌다. 그녀는 얼굴을 비비며 일어났다.

"잠깐 낮잠 좀 자야겠어요."

그녀는 졸리다고 표현했지만 정확히는 지쳐 보였다. 안쓰러운 눈을 하고서 바라보던 그가 안젤리크의 볼을 감싸듯 쓰다듬었다.

"그래요, 좀 쉬어요."

현관까지 따라나선 그가 계단을 내려가는 그녀를 지켜보았다. 손을 흔든 그녀가 집 안으로 들어갔다.

그녀는 신을 벗고서 곧장 침실로 들어갔다. 양치를 하고 옷도 갈아입어야 한다고 생각을 하면서도 침대 위에 풀썩 쓰러졌다.

「다 귀찮아.」

팔을 접어 머리를 얹고서 종전에 있었던 생모와의 만남을 천천히 되짚었다. 그녀의 표정과 몸짓, 말투. 하나도 빠짐없이 모두 기억났다. 마치 비디오로 찍은 영상을 다시 돌려 보듯 생생하게. 몇 번을 되감아 보는 동안 눈꺼풀이 점점 내려앉았다.

갑자기 눈이 떠졌다. 눈을 깜빡이다 어리둥절한 표정으로 고개를 들어 창문을 보자 짙은 회색이었다. 비는 그쳐 있었다.

휴대폰을 켰다. 20:37. 잠깐 낮잠을 자려고 했던 건데 깊은 잠에 빠져 버렸나 보다. 안젤리크는 붙들고 늘어지는 잠의 기운에 천천히 몸을 일으켜 욕실로 들어갔다.

머리가 다 마르자 현관을 나섰다. 2층 거실 창에서 새어 나온 불빛이 계단을 비춰 주고 있었다. 진회색 구름에 달이 가려져 있었지만 정원의 불빛이 밤공기를 걷어 주었다.

계단을 다 오른 그녀가 문득 멈춰 서 버렸다. 그대로 뒤돌아서 바닥에 주저앉아 무릎을 끌어안고서 머리를 묻었다. 숙면을 취한 뒤 따끈한 물로 샤워를 하고 났더니 몸이 개운했다. 하지만 이상하게도 머릿속은 무거웠다.

있는 줄도 몰랐던 감정들로 머릿속이 복잡했다. 마음에 뾰족뾰족 가시가 생겨나 있었다. 지금 이대로 진우를 만난다면 정제되지 않은 말들이 쏟아져 나올지도 몰랐다. 그녀는 후회하지 않으려고 더 이상 계단을 오르지 않았다. 하지만 혼자 있고 싶지가 않아서 집 안으로 다시 돌아가지도 못했다.

진우는 내내 아래층의 기척에 신경을 쏟고 있던 탓에 현관문이 열리는 소리를 놓치지 않았다. 조금씩 가까워지는 그녀의 발소리에 소파에서 일어나 현관으로 다가갔다. 그러다 어느 순간 멈춰 버린 소리에 창가로 방향을 틀어 바깥을 내다봤다. 안젤리크가 노르스름한 빛을 받으며 옆모습을 보인 채 현관문 앞에 앉아 있었다. 침실로 들어갔다 다시 나오는 그의 손에 부드러운 블랭킷이 들려 있었다.

문을 열고 나가 블랭킷과 함께 그녀를 뒤에서 감싸 안았다. 그의 긴 다리가 마치 그녀를 보호하는 방어막처럼 둘러쌌다. 온몸을 다 기댈 수 있도록 바짝 다가앉아 두 팔로 꽉 끌어안았다.

덜어 줄 수 없는 무게인 줄 알면서도 같이 나누고 싶었다. 가능하다면 모두 가져오고 싶었다.

"나는 말이죠."

팔에 얼굴을 묻은 채 속삭이는 안젤리크의 말은 담장 너머의 파도 소리보다도 약해서 진우는 귀를 기울여야 했다. 그녀의 볼 가까이로 얼굴을 가져갔다.

"한국에 와서 솔직히 아주 놀랐어요. TV나 Youtube에서 보던 것보다 훨씬 더 모던하고 잘 사는 곳이더라고요. 해운대 마린시티, 센텀 신세계 보고 깜짝 놀랐고, 서울에 갔을 때는 더 놀랐어요. 빌딩 숲이 파리 신도시보다 더 크고, 지하철은 아주 깨끗하고 빠르고. 예쁜 카페나 레스토랑도 많고, 패션 피플들처럼 모두 다 멋지게 다니고."

감싸 안은 그녀의 팔을 가만가만 쓸어 주는 진우의 얼굴에 얼핏 의아한 기색이 스쳤다. 친어머니와의 만남과 관련된 말을 해 올 줄 알았는데. 무슨 말을 하고픈 건지 짐작이 가지 않는 얘기였으나 그는 말없이 들었다.

"한국은 생각보다 더 부자 나라인 것 같아요. 어떤 것들은 프랑스보다도 더. 그런데, 진우."

진우는 대답처럼 그녀의 머리에 입을 맞추었다.

"이렇게 잘 살면서 왜 아이들을 다른 나라에 버려요?"

그녀를 안은 진우의 팔이 순간적으로 움찔했다. 입양. 갑자기 단어가 떠오르지 않을 때는 어덥션Adoption, 언제나 그렇게 말하던 그녀가 버린다는 표현을 했다. 상처를 주는 단어를 일부러 써야 할 만큼 마음을 다쳐 버린 그녀를 더 감싸 안아 주는 것밖에 그는 할 수 있는 것이 없었다.

"내가 며칠 동안 본 한국은 부자 나라였어요. 돈이 없어서 아이와 함께 살 수 없는 부모들이 아이를 다른 나라에 보내야 할 만큼, 그런 부모를 도와주지 못할 만큼 가난한 나라가 아니라고 느꼈어요. 내가 본 한국은 그랬어요. 내가 잘못 알고 있는 거예요?"

한국보다 더 선진국이라는 프랑스에서도 배고픔으로 구걸을 하는 아이들이 있었고, 집이 없어 노숙을 하는 사람들도 어렵지 않게 볼 수 있었다. 그러니 그녀의 비난은 억지인지도 모른다. 하지만 친부모와 함께 사는 권리를 뺏겼던 그녀라서 할 수 있는 정당한 비난이기도 했다. 설령 친부모의 선택이 결과적으로는 틀리지 않았다고 하더라도.

진우는 침묵할 수밖에 없었다. 그녀는 사랑받고 자랐다고 했다. 그리고 생모를 만나지 못해도 괜찮다고도 했었다. 그래서 사연을 알게 된 뒤에도 그녀의 여행에 대해 깊이 생각하지 못했다. 그저 함께하는 시간이 줄어드는 것이 아쉬울 뿐.

하지만 이 순간 그녀가 그동안 한국의 곳곳을 여행하며 어떤 마음이 들었을까라는 데 생각이 미치자 안쓰럽고, 미안했다.

"이상해. 너무 이상해. 내가 '한국'이라고 했더니 사람들이 '우리나라'라고 말하라고 했어요. 우리나라. 우리 민족. 우리 가족. 우리 아이……. '내'가 아니라 다 '우리'야. 그런데 왜 '우리' 아이들을 외국에다 버려요? 우리 아이들은 우리나라에서 우리나라 사람들이 사랑하고 키워 주고 그래야 하는 거 아니에요? 그러지도 않을 거면서 무슨 우리나라야."

말끝에 나직하게 덧붙여진 단어, Hypocrisy. 위선이라는 말에 진우는 가슴이 베이는 기분이 들었다.

안젤리크는 그간 입양되었다는 얘기를 하면서도, 생모와 그녀가 살았던 곳을 말하면서도, 그리고 한국을 방문한 소감을 들려주면서도 단 한 번도 원망이나 미움을 말하지 않았었다. 그러한 감정을 감춘 것이 아니라 아예 존재하지 않는 것처럼.

그런 그녀가 가시가 가득한 선인장처럼 뾰족하게 찔러 왔다. 가시에 찔려 아파하는 게 그녀가 되지 않도록 진우는 그녀를 더욱 힘껏 감싸 안았다.

당신이 입양되었던 당시에는 지금과 달리 가난으로 허덕이는 사람들이 많았다는 말은 그녀에게 위로가 되지 않을 터였다. 그리고 어쩌면 그건 잘못하지 않았다는 변명에 불과했다. 그때보다 훨씬 줄어든 수치라고는 하지만 경제 수준 세계 11위를 자랑스레 내세우는 나라에서 가난에 휘둘린 채 방치된 아이들이 여전히 많다는 걸 알기 때문에.

차라리 울어 버리기라도 하지. 아무것도 해결되지 않아도 마음이라도 후련하게 울어 버리기라도 하면 좋을 텐데. 하지만 그의 품에 안긴 안젤리크는 입술을 꼭 다문 채 가늘게 몸을 떨 뿐이었다. 진우는 무력함과 미안함을 담아 그녀의 머리에 자잘한 키스를 멈추지 않았다.

떨리는 몸을 꽉 안아 주는 그의 팔과 등을 감싸는 온기와 끊임없이 위로를 해 오는 입맞춤을 느끼며 안젤리크는 미안했다. 차라리 집에 들어갈걸. 이렇게 될 줄 알면서도 그의 현관 앞에 주저앉아 버렸다.

생모에게선 가난이 읽혔다. 담장과 대문이 알록달록 예쁘게 칠해진 집 안으로 들어가자 밖에서는 보이지 않던 것들이 속속들이 보였다. 부지런히 쓸고 닦아 반들반들한 마루와 먼지 한 톨 없던 마당. 하지만 가난은 청소로 닦이는 것이 아니었다.

동생이 있다는 말에는 솔직히 충격을 받았다. 하지만 원망하는 마음은 들지 않았다. 오빠와 언니가 취직을 하고부터야 형편이 나아졌다는 말을 한 걸 보면 아마도 계획하지 않은 아이였을 거다.

덜컥 아이가 생겨 버렸을 때 생모는 어떤 마음이었을까. 키울 수 없어 아이를 입양 보내 놓고는 또 아이를 낳는다는 죄책감. 아이 하나를 버려 놓고서 또 한 생명을 지워야 한다는 두려움. 선택을 하기까지 죄의식과 두려움 속에서 헤매고 아팠을 그녀가 이해되었다.

가진 게 없어 자신의 아이조차 지킬 수 없었던 그녀의 삶에 조금 더 많은 선택권을 가질 수 있는 그런 여유가 있었으면. 이제는 죄책감을 털어 버렸으면. 그래서 다음 만남에서는 눈물 말고 웃음만 있었으면.

그녀의 팔이 흐르는 마음을 따라 그렇게 젖어 들었다.

11장

안아 줘요

거울 속의 눈이 퉁퉁 부어 있었다. 찬물로 세수를 하고 눈두덩도 꾹꾹 눌러 보았지만 효과가 없었다. 여전히 엉망인 얼굴이었지만 머릿속과 마음은 어제 내린 비의 흔적을 지운 투명한 하늘처럼 말갰다.

어젯밤, 울음이 잦아들고서도 한참을 진우에게 안겨 있었다. 우느라 진이 빠진 탓일까, 그의 팔을 풀고서 일어났을 때 다리가 조금 흔들렸다. 등에 와 닿는 그의 시선을 의식하면서도 뒤돌아 마주할 수 없어 그대로 계단을 내려와 집 안으로 들어왔다.

그리고 거실 소파에 앉아 다리를 끌어안은 채 턱을 괴고서 한참을 그렇게 있다가 엄마에게 전화를 걸었다.

「엄마, 사진 봤어?」
── 응. 예쁜 곳이더라. 비가 내려서인지, 사진 구도 때문인지

조금 쓸쓸해 보이기도 하고.

목소리만으로 울었다는 걸 알아챘을 텐데 모른 척해 주는 엄마 덕분에 안젤리크는 말을 잇기가 덜 힘들었다.

「예쁘고, 쓸쓸하고. 소란스럽고, 적막하고. 정감 가고, 소외되고. 상반된 모습들이 느껴지는 곳이었어. 다른 곳들에 비해서 시간이 멈춰 버린 것도 같고.」
— 기분은 어때?

안젤리크는 조금 생각하다 대답했다.

「좀 복잡해. 그래도 만나기를 잘했다 싶어.」
— 그래. 엄마도 그렇게 생각해. 잘했어.
「엄마.」
— 응?
「보고 나니까 마음이 안 좋았어. 많이 힘들었겠다 싶었는데 짐작하던 것보다 더 힘들었던 것 같아서. 나 입양 보낸 것뿐만 아니라 삶 자체가.」
— 아마도 그랬을 테지.

한동안 두 사람은 말없이 공감대를 형성했다.

— 거기는 늦은 시간이네. 오늘은 아무런 생각 말고 푹 잠들도

록 해 봐.

 교토에 머무는 중일 거라고 생각한 딸에게서 갑작스레 일정을 바꿔 부산으로 돌아왔다는 말을 들었을 때에도, 생모와 만났다는 얘기를 전해 주었을 때에도, 흔들림 없는 말투로 대응해 주는 엄마가 새삼 고마워서 속살거렸다.

「알지? 내가 엄마 엄청 사랑하는 거.」
― 알지, 그럼.
「엄마, 사랑해.」
― 엄마도, 사랑해.
「내일 또 전화할게.」
― 그래. 잘 자라, 내 딸.

 왜 눈물이 스며 나오는지 모르겠다. 촉촉해진 눈가를 손등으로 누른 안젤리크가 또 전화하겠다며 통화를 마쳤다. 그러고도 잠이 들기까지는 또 한참이 걸렸었다. 덕분에 늦잠을 자서 벌써 점심때가 지나가고 있었다.
 그녀가 부은 눈 밑을 꾹꾹 누르며 욕실에서 나오자 휴대폰에 문자 메시지가 떠 있었다.

 [커피 마시고 싶으면 말해요.]

 그의 문자는 성격만큼이나 간결하고 담담했다. 그의 곧은 시선처럼. 등을 받쳐 주던 단단한 손길처럼.

어제의 행동 때문에 미안해 2층으로 올라가는 대신 답장 버튼을 눌렀다. 안 그래도 맞춤법과 띄어쓰기는 자신이 없는데 펜으로 쓰는 것보다 휴대폰 메시지는 더 까다로웠다. ㅅ은 있는데 ㅆ은 보이지 않아서 한동안 헤매다가 겨우 간단한 문장 하나를 만들었다.

[맛있는 커피 마시고 시퍼요.]

답장은 금방 왔다.

[기다려요.]

올라갈 생각이었는데 내려올 건가 보다. 거울을 바라보며 찬물로 다시 한번 볼과 눈두덩을 마사지하듯 지그시 눌렀다.

계단을 내려오는 발소리에 현관문을 열자 커피 메이커의 유리 용기와 머그잔 두 개를 쥔 진우가 서 있었다.

"잘 잤어요?"

그의 인사에 좀 쑥스러워 그녀는 마주쳤던 시선을 슬쩍 비꼈다.

"진우는요?"

"나도 잘 잤어요."

진우가 유리 용기를 들어 보였다.

"안 들여보낼 거예요? 커피 식겠는데?"

그녀가 두어 걸음 뒷걸음을 치자 그가 들어왔다. 거실 테이블에 머그잔을 내려놓고 커피를 붓는 모습을 지켜보다 눈이 마주치자 진우가 웃어 보였다. 잔을 건네받고서 조심스레 소파에 앉자 진우는 테이블에 걸터앉아 그녀와 시선을 맞췄다.

쉽게 말이 나오지 않아 그녀는 먼저 커피로 목을 적신 후 그를 바라보며 말했다.

"어제 미안했어요. 진우 잘못이 아니고 그런 말 할……."

"누구보다 그런 말 할 자격 있으니까 미안해하지도, 사과하지도 말아요. 내가 사과받아야 할 말 하지 않았으니까."

안젤리크는 입술을 물었다. 이렇게 말해 주니까 더 미안해진다. 그리고 깊은 마음을 가진 이 남자가 더 좋아졌다. 코끝이 시큰해지는 느낌에 괜스레 콧등을 문지르고는 가벼운 말투를 내려고 애썼다.

"한국말 배우기 잘했다 싶어요. 안 그랬다면 어제 음……."

어떻게 불러야 하나, 잠시 망설였다.

"한국 엄마가 해 주는 말을 내가 알아듣지 못했을 거잖아요. 물론 인터프리터가 도와줬겠지만 실력이 좋아도 뉘앙스나 기분 같은 거는 내가 직접 느끼는 것만큼 전해 주기는 어려우니까. 이제 한국어 공부 더 열심히 해야겠어요."

"지금도 충분히 잘하는데. 그런데, 한국말은 어떻게 배웠어요?"

안젤리크는 마치 눈앞에 보이는 것처럼 지금도 또렷하게 기억하는 장면을 전해 주었다.

"프랑스에 공부하러 온 한국인 대학생한테요. 엄마 아빠는 한국

말을 '안녕하세요', '반갑습니다', '사랑해' 그런 간단한 것들만 알고 있고, 나는 프랑스 말은 하나도 모르고. 그래서 나를 입양하기로 결정하고 나서 한국 대사관에 부탁했대요. 나한테 프랑스 말을 가르쳐 주고 부모님한테는 한국말을 가르쳐 줄 사람을 구해 달라고요."

"좋은 분들이시네."

"맞아, 좋은 분들이에요. 내가 파리 샤를드골공항에 도착했을 때 엄마 아빠 옆에 그 언니가 있었어요. 에스코트해 준 가디언의 손을 잡고서 안 놓으려고 하니까 아빠가 다가와서 무릎을 굽히고 앉았어요. 그러곤 내 눈을 보면서 '안녕, 은진.' 그랬어요. 한국말로요."

그때를 떠올리는 그녀의 눈동자가 아련한 감정을 담았다.

"그런데 나는 파란색 눈동자가 너무 무서워서 눈을 감고서 막 울어 버렸어요. 그랬더니 그 한국인 언니가 나한테 와서 '괜찮아, 은진아.'라고 했거든요. 그때는 그게 아주 안심이 됐어요. 그래서 더 크게 울어 버렸어요."

그가 마음을 토닥이듯 그녀의 머리를 쓰다듬었다.

"아기가 된 기분이야. 진우가 쓰다듬어 주니까 안 슬픈데도 눈물 나려고 하잖아요."

눈가를 문지르며 그녀가 쑥스러운 듯 웃었다.

"그럼 부모님도 한국어를 잘하시겠네요?"

"아뇨. 바빠서 시간이 잘 없었고 또 나는 아이라서 말을 빨리 배웠고. 그러다가 내가 여덟 살 때에 그랬대요. 이제부터 프랑스 말만 배우겠다고. 그때부터 점점 안 하게 되고 그래서 조금씩 잊어버렸어요."

그녀가 어깨를 으쓱였다.

"나는 기억이 안 나는데, 그때 내가 그런 말도 했대요. 한국도 싫고 부산도 싫고 엄마도 아빠도 오빠도 언니도 다 싫다고. 그래서 한국말 하는 것도 싫다고요. 싫으면 안 해도 된다고 아빠가 꼭 안아 줬어요. 하지만 미워하는 마음은 사라지도록 함께 노력하자고. 그건 기억나."

그녀가 눈을 맞추며 싱긋 웃었다.

"고등학교 때부터 다시 한국어를 공부하고 싶은 마음이 들었어요. 미운 마음이 사라졌거든요. 내가 태어난 곳이 궁금하기도 했고요. 그래서 영화도 보고 노래도 듣고 그렇게 한국어를 배웠어요. 틴에이저 때는 다들 그러잖아요. 다 싫고, 다 화나고. 어른들은 다 밉고. 나는 여덟 살 때 엉망진창이었고, 틴에이저 때는 반대로 조용히 지냈어요. 그래서 엄마 아빠가 더 걱정했대요. 틴에이저 때 너무 착하면 부모는 불안한가 봐."

장난처럼 덧붙이던 그녀가 깊게 숨을 내쉬었다. 좀 전과는 달리 진지해진 목소리였다.

"어제 한국 엄마를 만나서."

말을 멈춘 그녀가 그에게 물었다.

"한국 엄마라고 하면 이상한가? 한국어로는 낳아 준 엄마를 친엄마라고 하죠? '친'이 무슨 뜻이에요? 친하다?"

안젤리크는 물어 놓고도 그건 좀 이상하다 싶었다.

"혈연관계, 그러니까 피가 이어진 관계를 말할 때 '친'을 붙여요."

"그렇구나. 그런데 나는 친엄마라는 말이 이상하게 진짜 엄마라는 말처럼 들려요. 그래서 어제 만난 엄마를 친엄마라고 부르는 게 좀 불편해요. 그럼 내 엄마한테 미안해지잖아. 그래서 한국 엄마를 어떻게 부를까 좀 고민 중이에요."

어제 울게 만들었던 일은 다 잊은 듯 평소처럼 행동하려는 그녀의 볼에 손을 가져가던 진우가 꾸르륵 소리에 웃음을 흘렸다.

"배고파요? 시간이 늦었으니까 간단하게 먹고 저녁에는 바비큐 할까요?"

발그스레해진 볼을 하고서 배를 누르며 좋다고 대답한 그녀가 반쯤 비운 머그잔을 만지작거리다 그와 눈을 맞췄다.

"어제 같이 가 줘서 고마웠어요."

"어려운 일 아니었는데."

"그래도요. 진우가 있어서 덜 힘들었던 것 알아요."

"다행이네."

속삭이듯 말하며 진우는 그녀의 뺨을 감쌌다. 그러곤 고개를 숙여 이마에 입술을 눌렀다.


진우는 오랜만에 그릴을 꺼내 숯불을 피웠다. 숯불을 피우는 그의 곁에서 함께 꼬치를 끼우고, 익숙하지 않은 솜씨로 고기와 새우를 굽는 그녀 덕분에 즐겁지 않은 과정이 없었다.

그에게서 집게를 건네받아 그릴 위의 재료들을 뒤집다 새우 두 마리가 까맣게 타 버리자 안젤리크가 변명을 했다.

"겉에만 검정색일 거예요. 아마도 먹을 수 있을 거야."

"날씨 좋을 때는 부모님 댁에서 바비큐 자주 해 먹는다면서요?"

"아빠랑 오빠가 주로 구워 줘요."

"잘하는 게 아니라 잘 먹는다는 얘기였네."

놀리는 그를 슬쩍 흘겨보다 안젤리크는 같이 웃음을 터트렸다. 별것도 아닌 이야기에도 자꾸만 웃음이 나왔다. 바비큐의 시작이 그랬던 것처럼 번거로운 뒷정리마저도 즐거웠다.

거실에 있자니 활짝 열린 창으로 밤바람이 들어왔다. 정원에 남아 있던 구수한 숯불 향이 바람에 묻어 있었다.

"이웃들이 우리 바비큐 한 거 다 알겠다, 그죠? 내일은 우리가 바비큐 냄새 맡는 거 아니에요?"

"그럴 것 같은데요."

눈웃음을 지으며 서로를 바라보다 진우가 아쉬운 얼굴로 일어났다. 따라 일어서는 그녀에게 잘 자라는 말과 함께 굿나잇 키스를 하기 위해 고개를 숙이던 진우가 의아한 얼굴을 했다. 평소와는 달리 그녀가 한 걸음 물러났다.

"나 물어보고 싶은 거 있어요."

심호흡을 한 그녀가 귀를 기울이는 그의 눈을 마주하며 물었다.

"나랑 왜 데이트해요? 내가 데이트하자고 했을 때 왜 오케이 했어요?"

진우는 질문의 의도를 이해하지 못했지만 솔직히 대답했다.

"그러고 싶었으니까."

"왜 그러고 싶었는데요? 내가…… 입양아라서 불쌍하고 미안해요? 안쓰러워요? 그래서 내가 원하는 건 다 들어주는 거예요?"

놀라 커다래진 진우의 눈을 보면서도 그녀는 그동안 몇 번이고 고개를 갸웃거리게 만들던 의문들을 던졌다.

"지금까지 내가 말한 것 중에 진우가 거절한 거 하나도 없는 거 알아요? 저번에 그랬잖아요. 바비큐는 여러 사람이 있을 때만 한다고. 준비하는 게 많고 치우는 데 시간 많이 걸려서 번거롭다고. 그런데 오늘 바비큐 해 줬잖아. 내가 지난번에 여기서 바비큐 하면 멋지겠다고 말했기 때문에 해 준 거죠? 나는 어차피 며칠만 있으면 가니까? 그때까지는 내가 하고 싶은 건 다 해 주는 거예요?"

충격을 감추지 못한 채 진우가 되물었다.

"내가, 그런 생각이 들게 만들었어요?"

눈썹을 잔뜩 찌푸린 그에게 안젤리크는 어깨를 으쓱였다.

"파리에서 우연히 한국 사람들과 얘기한 적 몇 번 있어요. 내가 한국 사람인 줄 알았다가 입양되었다는 걸 알면 다들 그랬어요. 미안해하고, 불편해하고, 불쌍해하고. 난 그게 많이 이상했어요. 내가 행복하다는데 나를 잘 알지도 못하면서 행복하다는 내 말을 왜 안 믿을까. 물론 입양된 사람들 중에는 나쁜 케이스도 많으니까 그랬겠죠. 어쨌든 나를 잘 알지 못하는 사람들이 어떻게 생각하는지는 별로 안 중요해요. 나는 진우 생각을 알고 싶어요."

"이미 말한 것 같은데? 처음에는 당황했지만, 사랑받고 자란 것 같아서 안심했고 다행이다 싶었다고. 그리고 무엇보다 미안하거나 안쓰러운 마음 때문에 데이트하지는 않아요. 나는 단순한 동정심으로 마음에도 없는 여자와 데이트를 할 만큼 정이 넘쳐나는 사람이 아니에요. 대체 내 행동 어디가 그런 생각이 들게 한 겁니까?"

"나 안 만지잖아요. 허그 해 주는 것 말고는요. 나 안고 싶은 마음 없죠?"

은은한 전등 빛 아래에서도 당황한 그의 눈동자가 흔들리는 게 보였다. 결국 이런 말까지 하게 만든다 싶어 그녀는 자존심이 상한 얼굴로 쏟아 냈다.

"키스도 내가 먼저 했잖아요. 손도 내가 먼저 잡았고. 데이트 신청도 내가 먼저 하고. 내가 원하니까 다 받아 준 거잖아. 진우는 나랑 데이트할 마음 같은 건 하나도 없었죠? 나 좋아하는 마음이, 그러니까 여자로 좋아하는 마음이 없으면 데이트 그만해도 돼요. 원나잇 하자는 것보다 억지로 데이트해 주는 게 더 속상하고 더 싫으……!"

일렁이는 눈을 하고서 바라보기만 하던 진우가 성큼 다가왔다. 갑자기 확 좁혀진 거리에도 할 말 있으면 하라는 듯 빤히 올려다보는 그녀의 머리를 그가 감싸 왔다.

그녀는 꼼짝도 하지 못하게 붙들린 채 입술을 빨렸다. 그의 억눌린 목소리가 입술에 쏟아졌다.

"억지로 한 거 아니야. 하고 싶다는, 그 이유밖에 없어요."

가볍게 시작한 마음이 아니었다. 그래서 그랬다. 신중을 기하려던 자신의 모습이 그녀에게 이런 오해를 가지게 할 줄은 전혀 몰랐다.

한껏 발꿈치를 든 그녀가 달콤한 입술을 눌러 왔다. 키스에 몰두한 채로도 등을 쓰다듬는 그녀의 손길이 의식되었다. 바짝 긴장한 등을 타고 내려간 부드러운 손이 티셔츠 속으로 들어가 그의 맨살을 만지자 진우는 저도 모르게 빨고 있던 입술을 깨물어 버렸다.

흥분이 조절되지 않았다.

"아야."

엄살만은 아닌지 여린 살이 조금 부풀은 것도 같았다. 깨물어 버린 곳을 혀로 문지르자 입술이 벌어졌다. 열린 입술 사이로 혀를 미끄러트렸다.

곧은 등줄기를 타고 내려온 작은 손이 탄탄한 배를 만졌다. 긴장으로 뻣뻣해진 그가 고개를 들자 젖은 입술이 떨어지는 소리가 끈적하게 났다. 이마를 맞대고 호흡을 고르려 애쓰던 진우가 미세하게 고개를 젓고는 그녀의 하얀 목덜미에 입술을 묻었다. 이렇게 안고 있다가는 그녀의 안으로 들어가고 싶다는 욕구를 참을 수 없을 것 같았다. 그런데도 떨어질 수가 없었다. 이대로 관계를 가져 버리기에는 이르다 싶은데도 몸이 말을 듣지 않았다.

그녀의 얇은 옷 위로 동그랗게 솟은 가슴을 쥐었다. 손바닥을 채우는 감촉은 상상하던 것보다 더 유혹적이었다. 남방의 단추를 풀어내고 브래지어 속으로 파고든 손이 몽글한 살에 닿는 순간 멈칫한 진우는 손등으로 가슴 끝을 쓸었다. 이렇게나 부드러울 줄은 몰랐다. 거친 손바닥이 여린 살결에 자국이라도 남길세라 가슴을 그러쥐는 손길이 조심스러웠다.

그의 목덜미에 자잘한 입맞춤을 하던 안젤리크가 더 바짝 다가서며 속삭였다.

"안아 줘요."

달콤한 유혹에 눈앞이 아찔했다. 흐릿해지는 머릿속으로 콘돔이 떠올랐다. 콘돔을 사러 가장 가까운 곳까지 달려가려면 품 안의 이 여자를 놓아야 하는데, 놓기 싫었다. 가는 허리에 두른 팔을 바짝 쥐며 진우가 나직이 중얼거렸다.

"콘돔을······."

평소보다 한껏 흐트러진 그의 목소리가 섹시해 안젤리크는 가슴 끝이 찌릿했다. 열기로 몽롱해진 머릿속이라 콘돔이 없다는 말은 뒤늦게 이해되었다.

생리통 때문에 처방받은 피임약을 먹고 있으니 괜찮다는 말을 하려다 문득 올리비에가 장난처럼 주고 간 콘돔이 기억나 조금씩 땀이 배어나는 그의 등줄기를 쓰다듬으며 속닥였다.

"베드룸에 있어요. 콘돔."

한순간 경직되었던 진우가 그녀를 안아 들었다.

그녀의 말에 진우는 그녀가 가진 연애관을 오해했다. 여행지에서의 짧은 데이트를 제안하고 콘돔을 준비하고 있을 만큼 섹스에 대한 그녀의 가치관은 그와 많이 다를지도 몰랐다. 지금껏 알고 있던 그녀의 이미지와 잘 매치되지 않았지만 이미 너무 좋아져 버린 그녀를 놓을 수 없었다.

다른 남자의 여자라고 착각했을 때도 욕심이 났고, 기한이 정해진 데이트가 될지도 모른다는 걸 알면서도 동의했다. 그녀에게는 바람처럼 가벼운 마음으로 시작한 연애일지도 모르지만 자신은 이미 이 연애에 전력을 다하려고 마음을······.

촉촉한 혀가 입술 안쪽 살을 간질이자 진우는 머릿속이 열기로 몽롱해져 더 이상은 생각이라는 걸 할 수가 없었다.

에어컨을 켜지 않은 침실은 창문마저 닫혀 있어 후덥지근했다. 살짝 부풀어 오른 입술에서 가쁜 숨이 뱉어졌다. 호흡을 고르느라 한참을 오르락내리락하던 여린 등이 조금씩 안정을 찾았다. 느릿하게 눈꺼풀을 올리자 엎드린 채 그녀를 뚫어져라 바라보고 있는 진우와 눈이 마주쳤다. 처음으로 보는 흐트러진 그의 모습이 낯설기도, 섹시해 보이기도 해 가라앉던 심장이 또다시 두근거렸다.

조심스레 허리를 쓰다듬고 있던 커다란 손이 가만히 볼을 만져 왔다. 발갛게 상기된 볼을 손등으로 쓸고는 다시금 손으로 감쌌다.

딱딱한 굳은살이 박인 손바닥의 감촉에 안젤리크는 어쩐지 뭉클한 기분이 들었다. 가슴을 감싸 줄 때도, 젖어 버린 속살을 만질 때에도 손가락이 아닌 손등이 먼저 쓸고 갔다. 마치 단단하고 거친 그의 손 때문에 여린 살에 상처라도 남길까 봐 걱정하는 것처럼.

안젤리크는 따뜻한 손바닥에 볼을 비볐다. 어쩐지 많이 사랑받고 있다는 기분이 들었다.

조금 부풀어 올라 평소보다 더 선명한 색을 띠는 그녀의 입술을 손끝으로 쓰다듬던 진우가 갑자기 콧등을 찡그리는 그녀에게 나직이 물었다.

"무슨 생각 해요?"

"사우나에 온 거 같다는 생각요."

부드러움이 감돌던 진우의 눈동자에 웃음이 담겼다. 녹아 버릴 것 같다는 말에 에어컨을 켜고 물수건이라도 가져오기 위해 몸을 일으키려던 진우는 가슴으로 파고드는 그녀를 안고서 도로 누웠다. 두 사람의 살갗이 밀착했다.

"끈적끈적해요."

이마를 스치는 입바람이 시원해 마주 웃다 그녀가 고개를 들고서는 "키스해 줘요."라고 속삭였다. 진우가 다가왔다. 헝클어진 그의 머리카락이 이마와 속눈썹을 간질이자 안젤리크는 질끈 눈을 감으며 웃었다. 진우는 예쁘게 올라간 입꼬리에 입을 맞췄다.

장난처럼 베이비키스를 교환하다 입술로 도장을 찍듯 안젤리크가 그의 가슴 위를 꾹꾹 누르며 돌아다녔다. 입술이 닿을 거라는 걸 예고라도 하듯이 머리카락이 살랑거리며 살갗을 쓸자 진우는 움직이지 못하도록 조심스레 그녀의 뒷머리를 잡았다.

그녀가 그의 가슴에 볼을 댄 채 눈을 들어 물었다.

"왜요?"

"간지러워서."

"간지러운 거 못 참는구나."

재미난 사실을 알았다는 듯 그녀가 장난기 가득한 눈을 하고서 옆구리로 손을 가져갔지만 금세 진우에게 붙잡혀 버렸다.

"하지 말아요."

"음, 있잖아요. 우리 계속 존댓말 해요?"

뜻밖의 말에 진우는 조금 웃었다.

"나한테 반말하고 싶어요?"

그런가? 안젤리크는 잠시 생각해 보고는 고개를 저었다.

"꼭 그런 건 아닌데 그냥 궁금해서요. 한국에는 서로 존댓말 하는 커플들 많아요?"

"관심 갖고 본 적 없어서 잘은 모르겠지만, 우리 부모님은 서로 존대하시고 사촌 형도 애인이랑 존대하는 걸 보면 드물지는 않은 것 같은데."

안젤리크는 "재밌다."라고 중얼거렸다. 한국어처럼 프랑스어에도 반말과 존댓말이 존재했다. 존대와 반말 모두 'You'를 사용하는 영어와는 달리 프랑스어는 '부Vous'와 '뛰Tu'로 단어 자체가 달랐다. '당신'은 부Vous. '너'는 뛰Tu.

부부나 연인들은 대부분 'Tu'를 쓴다. 직장에서 상사와도 'Tu'를 사용하는 경우가 꽤 있었다. 문장 형식은 모두 반말이지만, 내용은 편한 반말, 반존대, 존대로 서로의 친밀도나 관계에 따라 뉘앙스가 달랐다. 하지만 어쨌든 형식만 본다면 반말이었다.

그런데 데이트를 하는 사이에 여전히 존댓말을 하는 게 조금은 이상하고 조금은 재미있었다. 예의를 차리는 것 같기도 했고, 거기서 오는 설렘 같은 것도 있었다.

"그거 알아요? 옛날에는 프랑스에서도 부부끼리 서로 존댓말 썼어요. 그때는 서로 부르는 말도 재밌었어요. 아내가 남편한테 모나미Mon ami, 내 친구라고 불렀어요."

"그럼 남편은 아내를 어떻게 불렀어요?"

"모나미Mon amie."

"똑같네."

"친구라는 뜻도 같고 발음도 같지만 스펠링이 달라요. 아내한테는 e를 붙여요. 여자라서."

안젤리크는 허공에 손가락으로 e를 그리다 문득 떠오른 궁금증을 물었다.

"존댓말 하는 연인들은 서로를 어떻게 불러요? 우리처럼 이름 부르나?"

"그런 사람들도 있고, 애칭으로 부르는 사람들도 있고."

'애칭'이라고 입 속으로 되새긴 그녀가 물었다.

"한국에서는 어떤 애칭을 가장 많이 써요?"

"글쎄, 아마도 '자기'?"

자기. 달콤한 말일 텐데, 그녀에게는 외국어라서인지 별다른 감정이 일지 않았다.

"프랑스에서는 셰리chéri나 베베bébé라고 부르는 사람이 많아요. 영어로 허니랑 베이비라는 말이에요."

"그래요?"

담담히 맞장구를 치면서도 진우는 긴장했다. 혹시라도 간질거리는 애칭으로 불러 달라고 하면 어쩌나 슬며시 걱정이 되었다.

안젤리크는 진우의 아랫입술을 만지작거리며 그가 허니나 베이비라고 부르는 걸 떠올려 봤지만 어쩐지 상상이 잘 안 갔다. 성격상 그렇게 부르지도 않겠지만 또 별로 어울리지 않을 듯도 했다.

"내 이름 불러 봐요."

왜, 라는 눈으로 쳐다보던 그가 입술을 열었다.

"안젤리크."

애칭만큼이나 달콤했다.

그녀는 예쁘게 눈을 휘며 그에게로 입술을 가져갔다.

눈을 뜨자 제일 먼저 느껴지는 건 정원에서 불어오는 시원한 바람과 솔향기, 그리고 타인의 체온이었다. 닿은 곳이 없는데도 온기가 전해져 왔다. 옅은 숨소리와 함께.

진우에게 안겨 잠이 들었는데 눈을 떠 보니 평소 잠버릇처럼 똑바로 누워 있었다. 조심스레 고개를 돌리자 엎드린 채 잠에 빠져 있는 진우의 얼굴이 보였다. 언제나 일찍 일어나던 사람이 미동도 없는 걸 보면 어제 그녀가 잠들고도 한참 지난 뒤에 잠이 들었나 보다 짐작됐다.

창을 비집고 들어온 바람이 맨살을 훑고 지났다. 시원한 바람의 감촉을 즐기다 조용히 침실을 나왔다. 냉장고를 열어 차가운 물로 갈증을 삭이고는 싱크대에 기대서서 지난밤을 되짚었다.

어젯밤은 사고였다. 기분 좋은 사고. 자존심도 상하고, 마음도 상해서 울컥 내뱉었는데 진우에게서 그런 반응이 나올 줄은 몰랐다.

단순한 호감이나 배려가 아니라 자신을 진짜로 좋아한다는 걸, 안고 싶을 만큼 원한다는 걸 알게 되었다. 이제 우리 관계는 어떻게 되는 걸까.

안젤리크는 다시 침실로 조심스레 들어갔다. 잠버릇이 얌전한지 진우는 매끈하게 잘 뻗은 등줄기를 보이며 고른 숨소리를 내고 있었다.

바닥에 쪼그리고 앉아 턱을 괴고서 가만히 그를 관찰했다. 깊이 잠들어 있다는 걸 알려 주듯 속눈썹이 꽉 맞물린 그는 잠든 사람들이 대부분 그러하듯 조금 무방비해 보였다.

멋쩍으면 찌푸리던 미간은 헝클어진 머리카락에 덮여 있었다. 차분한 눈동자는 짙고 긴 속눈썹에 가려져 있었고, 선이 단정한 입술은 긴장이 풀어져 살짝 벌어진 채였다. 입술 선을 따라 그리던 그녀의 눈동자가 목선을 타고 아래로 흘렀다. 부드러운 곡선을 그리는 탄탄한 등이 느린 리듬으로 오르락내리락했다.

잘 빠진 남자의 등은 섹시했다. 얇은 시트로 가려진 엉덩이 위로 아폴로의 보조개가 살짝 보였다. 만져 보고 싶어 저도 모르게 가져가던 손을 오므렸다. 단잠을 자는데 깨우는 게 망설여졌다. 그래도.

「아침에 약속 있다고 했으니까 지금쯤 일어나야 하지 않나.」

등 근육과 엉덩이가 만나는 부분에 살짝 홈이 팬 아폴로의 보조개를 살며시 만졌다. 간지럼 많이 탄다더니 정말 그런가 보다. 그냥 살갗만 닿았는데도 그가 꿈틀했다. 안젤리크는 웃음이 터질 것 같아 아랫입술을 말아 물고서 다시금 손을 가져갔다. 손가락이 보조개처럼 들어간 곳에서부터 엉덩이가 시작하는 곡선을 타고 오르는 순간 진우가 돌아누웠다. 눈썹을 찌푸린 채였다. 이만큼 잠에 취한 걸 보면 아주 늦게 잠이 들었나 보다, 짐작하며 안젤리크는 깨우려 시도하는 대신 그를 그냥 바라봤다.

예의 있고 반듯하지만 그래서인지 어딘지 모르게 방어막 같은 게 느껴질 때가 있었는데 무방비한 상태의 그는 평소와는 조금 달라 보였다. 감정에 온전히 몸을 맡기던 어젯밤에도 진우는 많이 달랐다.

안젤리크는 입속말을 중얼거렸다.

「어떻게 할 생각이에요? 휴가가 끝나면 우리도 끝인 거예요?」

잠에 빠져든 그는 고른 숨소리를 낼 뿐 미동도 없었다. 마음이 복잡한 그녀와는 달리 단잠을 자는 모습이 얄미웠다. 드로어즈 위로 보이는 치골이 섹시해 보이기도 했고.

그래서 깨우지 않으려는 마음을 금세 잊고 따뜻한 살갗의 감촉을 따라 내려가던 손가락이 드로어즈의 밴드에 닿는 순간 손목이 꽉 잡혀 버렸다. 그녀는 깜짝 놀라 일어서려다 주저앉으며 비명을 질렀다. 아야!

새된 비명에 단숨에 잠이 확 깨 버린 진우가 얼른 손목을 놓아주고는 벌떡 상체를 일으켰다. 잠결에 무심코 잡았다지만 이런 반응을 보일 만큼 세게 쥔 줄은 몰랐다.

"내가 다치게 했어요?"

"그게 아니라 다리가……."

"다리가 왜?"

그녀가 얼굴을 찌푸린 채 종아리를 주무르며 크램프Cramp라고 중얼거렸다.

급히 침대에서 내려온 진우가 쥐가 난 그녀의 다리를 그의 무릎 위에 올리고서 종아리를 꾹꾹 눌렀다. 큼직한 손은 악력이 달랐다.

미간을 접은 채 진지한 표정으로 다리를 주무르는 그의 모습에 안젤리크는 가슴이 간질거려 왔다. 별거 아닌 건데도 온전히 자신에게 집중한 모습이 애정을 받고 있다는 기분이 들게 했다. 만난 지 겨우 이틀밖에 되지 않았을 때도 다정히 상처를 봐 주던 사람이었다. 그러니 그냥 그의 성향이 매사에 진중하고 진지한 것뿐일 테지만. 지금은 그것뿐만이 아니라는 게 느껴졌다.

"좀 괜찮아요?"

안젤리크는 통증에 찡그렸던 얼굴을 펴며 고개를 끄덕였다.

"괜찮아요."

"바닥에 앉는 게 익숙지도 않은 사람이 쪼그리고 있으니까 쥐가 나지."

"쥐? 찍찍 쥐? 한국에서는 쥐가 났다고 해요? 프랑스에서는 개미들이 돌아다닌다고 하는데."

표현의 차이가 재밌다고 말하는 그녀에게 진우는 사람 놀라게 하는 재주가 있다고 중얼거렸다.

"많이 놀랐어요?"

"내가 아프게 한 줄 알았으니까. 이제 일어나요."

그의 말대로 하는 대신 안젤리크는 무릎 위에 올라앉았다. 그러고는 얼떨결에 허리를 감싸 안아 오는 진우에게 입을 맞추었다.

"안녕."

그제야 평정을 되찾은 진우도 그녀의 볼을 매만지며 물었다.

"잘 잤어요?"

"아주 잘 잤어요. 그런데 아침에 약속 있다고 하더니, 늦게 잠이 들었어요?"

"조금."

생각이 얽혀서 새벽빛이 스며들던 때까지도 쉽사리 잠이 오지가 않았다.

"그런데 정말로 간지럼쟁이구나. 손만 닿았는데도 못 참겠어요?"

옆구리를 향해 다가오는 손목을 움켜잡은 진우가 허리를 안아 바닥으로 내려놓으려고 하자 안젤리크는 재빨리 그의 목에 팔을 감았다. 말캉한 가슴이 눌러 오는 선명한 감촉에 어색하게 미간을 접은 진우가 "지금 준비해야 해서."라고 중얼거렸다.

쥐가 났다는 말에 놀라 미처 의식하지 못했던 드로어즈만 걸친 상태가 신경 쓰였다. 장난을 치며 자꾸만 엉덩이를 들썩이는 그녀 때문에 조금씩 단단해지기 시작한 몸도. 알아채기 전에 일어나려는데 그녀가 그의 미간을 만져 왔다. 구겨진 옷을 다리미로 펴듯 꾹꾹.

"그거 알아요? 어색할 때면 여기에 주름이 생겨."

그녀의 손끝에 닿은 주름이 한층 짙어졌다.

"그것도 알아요? 진우는 여기가 정말 섹시해요."

어디가 섹시한지 가르쳐 주기라도 하려는 듯 목을 감았던 손이 밑으로 내려와 엉덩이 쪽을 더듬었다.

"여기요."

그녀의 손이 살짝 팬 곳을 만지고는 허리 앞쪽으로 돌아왔다. 그러고는 맞닿아 있는 두 사람의 몸을 파고들어 그의 치골을 쓰다듬었다.

"여기도."

사선으로 비스듬히 이어진 치골을 손가락 끝으로 더듬어 내려가자 안 그래도 잔뜩 긴장한 진우의 아랫배가 눈에 드러나게 굳어졌다.

살짝 홍조가 진 얼굴로 그녀는 미소를 머금으며 그의 입술을 물었다. 엉덩이에 와 닿는 진우의 몸은 확실히 흥분한 상태였다. 좋아하는 남자가 자신을 원하고 있었다. 스스로가 섹시하게 느껴지는 순간이었다.

한데 갑자기 몸이 휙 들리더니 털썩 침대 위에 앉혀지는 바람에 눈이 동그래졌던 안젤리크가 웃음을 터트렸다.

"놀랐잖아요."

바닥에 떨어진 청바지와 티셔츠를 주워 들고 욕실로 향하는 그를 쫓아가 허리를 감싸 안고서는 날개 뼈에 입을 맞추며 물었다.
"커피 만들어 줄까요?"
"샤워부터 하고."
그는 흥분한 걸 들켜 버린 게 어지간히 멋쩍은지 평소보다 한결 뚝뚝한 목소리였다.

# 12장

동생 성우

모닝커피를 준비하던 진우가 식탁에 올려 둔 휴대폰을 집었다. '이성우.' 예상치 못했던 동생의 전화에 반가움보다 걱정이 먼저 스쳤다.

"오랜만이다."

— 그러게. 잘 지내?

"잘 지내. 넌?"

— 나도 못 지낼 거 없지. 형 지금 어디야? 집?

"집."

— 나 지금 해운대 쪽 지났는데. 잠깐 만날 시간 되려나? 안 되면 곧장 할머니 댁으로 직진하고.

"와."

— 오케이.

전화를 끊으려는 성우에게 물었다.

"무슨 일 있는 건 아니지?"

— 무슨 일 있어야만 연락하나?

말해 놓고도 우스운지 말끝에 피식거리는 소리가 묻어 왔다.

"아침은?"

— 조식이 꽤 맛있어 보였는데 동행한 사람들이 불편해서 먹다 말았어. 빵이든 밥이든 배 채울 것 좀 줘.

"그래."

— 10분 후에 보자고.

휴대폰을 내려놓으며 진우는 생각에 잠겼다. 무슨 일 있냐는 물음이 자연스레 튀어나올 정도로 두 형제가 연락하거나 만나는 일은 1년에 몇 번인지 손꼽을 만큼이었다. 직업 특성상 진우가 부산으로 내려오기 전에도 성우는 바빴고, 그러다 보니 부산으로 내려온 뒤로는 만나는 횟수가 자연스레 더 줄어들었다.

그런데 아무런 날도 아닌데 동생이 느닷없는 방문을 통보해 왔다. 할머니 댁에 들를 거라는 걸 보면 집에 문제가 생긴 건 아닌 듯했다.

진우는 물소리가 들려오는 욕실 문을 노크했다.

"동생이 조금 이따 온다고 연락 왔어요."

문 너머로 개구진 목소리가 넘어왔다.

"그러니까 누드로 나오지 말라고요?"

눈꼬리를 잔뜩 접은 채 진우는 고개를 저었다. 대답하는 그의 목소리가 웃음기로 흠뻑 젖어 있었다.

"아니. 아침 식탁에 동생이 있어도 놀라지 말라고."

"알겠어요."

부엌으로 가 한 사람분의 식기를 추가하고 얼마 지나지 않아 초인종 소리가 울렸다. 2층 현관문을 열자 대문 앞에 선 성우가 손을 들어 보였다. 인터폰으로 문을 열어 주고서는 계단을 오르는 성우에게 눈짓으로 인사를 했다.

"번호 알면서 그냥 들어오지 그랬어."

"내 집도 아닌데 비밀번호 누르고 들어오는 거 이상하잖아."

신발을 벗고 거실로 들어서며 "커피 향 좋은데?"라고 중얼거리던 성우가 문득 뒤돌아섰다. 말도 안 되는 걸 발견했다는 표정으로 눈을 끔뻑이다 손가락으로 현관 바닥을 가리켰다.

"이 아침에 웬 여자 신발? 형 여친 있었어? 아니, 그래도 형은……."

"진우."라고 부르며 막 샤워를 마친 듯한 여자가 침실에서 나오자 휘둥그레진 눈을 한 성우가 말을 삼켰다. 미간을 문지르는 척하며 얼른 당황한 표정을 지우고는 진우에게 요구했다.

"소개 안 해 줘?"

"동생이에요. 이성우. 이쪽은 안젤리크."

"반가워요. 안젤리크예요."

살짝 목례를 하려던 성우는 반갑게 손을 내미는 그녀의 손을 맞잡았다.

"이성우입니다. 그런데 이름이 외국식이네요?"

"외국인이거든요."

"아."

교포인가 보다 지레짐작한 성우가 형에게로 시선을 옮겼다. 교환학생으로 온 건가. 설마 사제지간? 아니면 교포를 어디서 만난 거지? 짧은 시간 동안 궁금한 것들이 휙휙 지났지만 정확히 어떤 관계인지도 모르면서 대놓고 물을 수는 없었다.

"배고파서 일단은 아침부터 먹었으면 좋겠는데."

마치 제집처럼 식탁 의자를 빼내 먼저 자리를 잡은 성우의 맞은편에 안젤리크와 진우가 나란히 앉았다. 성우는 궁금증을 내보이지 않은 채 자신 몫의 접시를 깨끗이 비우고서는 커피를 한 잔 더 주문했다.

커피 메이커에 다시금 물을 채우는 진우의 곁으로 다가와 안젤리크가 속삭였다.

"두 사람 얘기하게 나는 아래층에 내려가 있을까요?"

"불편해요?"

"아니. 나는 괜찮은데. 혹시 중요한 얘기 하거나 그러면 신경 쓰일까 봐서요."

"그럴 거 없어요. 아니면 대화가 지루할지도 모르니까 하고 싶은 거 하고 있든지."

"그럼 진우 컴퓨터 쓰고 있을게요."

"그래요."

복층으로 향하는 안젤리크를 진우가 다정한 눈길로 지켜봤다. 그 모습을 호기심 어린 눈으로 보고 있던 성우가 보글거리며 끓어오르는 커피 메이커에서 직접 커피를 따른 뒤 거실 창 앞으로 걸어갔다. 바다가 거울처럼 아침 해를 반사하고 있었다.

"매일 보면 좀 질리지 않아?"

"아니. 좋은 건 매일 봐도 좋으니까."

바다를 바라보던 성우가 눈짓으로 복층을 가리키며 슬쩍 물어

왔다.

"형수 될 사람이야?"

대답이 들려오지 않아 고개를 틀자 초록과 파랑이 섞인 바다를 바라보며 진우가 신중한 표정으로 말했다.

"대답을 하기에는 아직 이른 것 같다. 그리고 나 혼자 원한다고 결혼을 할 수 있는 것도 아니고."

조금 놀란 표정을 하던 성우가 툭 던졌다.

"뭐 문제 있어? 형은 좋은데 저쪽은 미지근해? 점수 좀 따게 도와줘?"

시답잖은 농담에 진우가 피식했다.

"뭘 어떻게 해야 점수를 따는 건데?"

"한눈파는 성격 아니라서 형이랑 결혼하면 엄청 사랑받을 거라고 어필하든가. 아님 흔한 거 있잖아, 손에 물 안 묻히고 살게 해 준다는 뭐 그런 거. 아, 손에 물 안 묻힌다는 표현은 너무 진부한가? 요즘엔 뭐라고들 하지?"

"네가 모르면 어떡해?"

"그렇게 말하는 거 보니까 할머니가 나 여자들 많이 만나고 다닌다고 또 뭐라고 하셨나 보네. 둘째 손자를 더 예뻐해 주셔야 혈압이 잘 조절된다고 엄포를 놔야겠어."

자주 뵙지는 못하지만 할머니를 만날 때면 성우는 으레 청진기와 혈압기를 챙겼다. 혈압을 재 드리고 청진기로 심장 소리와 기침 소리를 검진해 드리면 할머니의 얼굴에 꽃이 폈다. 아버지를 따라 의사가 된 손자가 대견하고 자랑스러워서.

아들과 손자가 의사라는 이유로 동네 이웃들은 할머니에게 아픈 증상을 상담해 오기도 했다. 서당 개 3년이면 풍월을 읊는다는데 그래도 우리보다는 아는 게 더 있겠거니 하면서.

예전부터 큰 병이 난 동네 사람들이 어느 병원을 가야 믿을 만한 의사를 만나나 우왕좌왕하면 할머니는 아들에게 전화를 했다. 그러면 아버지는 자신의 환자처럼 신경을 써 주었다.

진로 때문에 아버지와 갈등을 겪었고 여전히 거리가 좁혀지지 않아 편안한 부자 사이라고 할 수는 없었지만 진우가 의사로서, 그리고 사회 선배로서 아버지를 존경하는 이유였다.

"무슨 일로 부산까지 내려온 거야?"

"어제 학회 있었거든. 같이 내려왔다가 아버지는 끝나고 곧장 가셨고, 나는 오프라 이왕 온 김에 형이랑 할머니 보고 가려고 남았어. 솔직히 올라갈 때 선배 새끼들 운전기사 노릇 하기도 싫었고."

할머니를 뵙지도 않고 곧장 가셨다면 그럴 만큼 바쁜 일이 있다는 걸 거다. 알면서도 전화 한 통 해 주지 않은 아버지가 조금 서운했다. 막상 통화를 한다면 간단한 안부 외에는 껄끄러운 침묵이 이어졌겠지만.

미묘하게 달라진 공기를 느낀 듯 성우가 물어 왔다.

"아버지한테서 전화 없었지?"

"없었어."

"서운하지?"

"이해는 가. 좀 미안한 마음도 있고."

"형이 미안할 게 뭐 있어. 미안하면 지금이라도 의대 가든가. 아버지는 두 손 들고 반길걸?"

아버지의 눈에 형은 좋은 의사가 될 자질을 타고난 사람이었다.

그렇기에 아까운 재능을 엉뚱한 것에 허비하고 있다 믿었고, 그 믿음은 시간이 지난 지금까지 굳건했다.

"미안한 마음은 너한테 더 크지."

"형이 나 등 떠민 것도 아닌데 뭘."

"결과적으로는 등을 떠민 거나 마찬가지잖아."

정원을 내려다보는 두 형제는 동일한 기억을 떠올렸다.

능력 있는 심장 전문의를 아버지로 둔 덕분에 윤택한 일상을 살았다. 남편을 존경하는 어머니와 아내를 존중하는 아버지는 자녀들에게 물질적 풍요로움만이 아니라 정신적인 안정도 갖춘 가정을 선물했다. 남들이 부러워하는 가정에서 자랐고, 자라는 동안 흔히들 겪는 사춘기도 흔한 감기처럼 조금 앓다 지나갔다.

진우가 처음으로 아버지의 뜻을 거부한 건 대학 입시를 앞두고서였다. 성적 좋고, 성격 진중하고, 이과적인 머리도 뛰어나고. 그래서 당연히 자신의 뒤를 이을 거라고 믿었던 아버지는 고1 겨울방학 때 진우에게 이제부터는 입시에 전념해야 하니 미술 학원은 그만두라고 조언했다. 취미 생활은 의사가 되고 난 뒤에 해도 늦지 않으니까.

그때 진우는 계속 그림을 그리고 싶다고 했다.

'미대로 목표를 변경했어요. 가구 디자인에 관심이 가요.'

잠시 생각하던 아버지가 답했다.

'정 그림이 그리고 싶으면 미술 학원은 계속 다니는 걸로 해.

단 성적이 떨어지지 않는다는 조건으로. 그리고 계획대로 의대에 가. 너는 의사가 되어야 할 녀석이야.'

'저한테는 의사를 하고 싶다는 열정이 없어요, 아버지.'

'그런 열정은 의대 간 뒤에 공부하면서 가져도 돼. 그리고 환자를 접하다 보면 열정은 저절로 생겨날 거다. 그건 선배로서 내가 장담하마.'

'아버지, 저는 그림을 그릴 때 신이 나요. 멋진 작품을 보면 머리에 열이 차올라요. 나도 저런 작품을 만들고 싶다는 욕심이 생겨요.'

아들의 흔들리지 않는 눈동자와 단정한 입매를 보며 그는 자신의 큰아들이 고집 있는 아이라는 걸 새삼 떠올렸다. 고집스러워서 끈기가 있고 악착같은 면이 있었다. 길고 힘든 의대 공부를 충분히 잘 버텨 낼 만큼. 그런데 예상치도 못한 걸로 아들이 고집을 부리고 있었다.

'그림을 그릴 줄 알면 의대 공부에도 조금 도움이 되지. 능력이 되면 그림도 그려. 둘 다 해. 하지만 의대를 가는 조건이다.'

그걸로 대화는 끝났다는 듯 아버지는 보고 있던 서적으로 눈을 내렸고, 진우는 조용히 서재의 문을 닫고 나왔다.

그 이후로도 아버지의 말을 따르는 듯 성적에는 변동이 없었다. 미술 학원을 다니는 것 역시.

그러다 사달이 터진 건 입시 원서를 쓸 때였다. 담임으로부터 진우가 미대를 가려고 고집을 피운다는 연락이 집으로 왔다. 오랜 설득에도 생각을 바꾸지 않는 모범생 제자의 반항이 당혹스럽다는 걸 담임은 감추지 못했다. 진우는 서울대 의대 합격은 기정사실이고 수석이냐 아니냐를 점치던 교장과 교감, 담임, 그리고 1, 2학년 때의 담임과도 면담을 해야 했다.

그리고 기어코 미대에 지원한 날. 아버지는 진우의 따귀를 때렸다. 아버지에게 맞은 건 그때가 처음이었다. 마지막은 아니었다.

'네가 부모에 대한 최소한의 예의가 있다면 이따위로 굴지는 못했을 거다. 부모 뜻 같은 건 안중에도 없이 네 마음대로 굴 거면 대학도 네가 알아서 가. 더 이상 너에 대한 원조는 없을 거니까.'

입 안이 터졌는지 피 맛이 느껴졌다. 귀가 멍했다. 고막이 터졌나. 아버지에게 따귀를 맞았다는 충격에 휩싸여서도 진우는 멍하니 생각했다. 그래도 뜻을 꺾지 않았고 결국 진우는 부모가 참석하지 않은 고등학교 졸업식을 맞아야 했다.

그리고 언제나 모범생의 표본처럼 보이던 형의 조용한 반항과 이성을 잃은 아버지의 모습은 두 살 어린 성우에게 잊을 수 없는 충격을 남겨 주었다.

그때와는 달리 눈높이가 비슷해진 성우를 쳐다보며 진우가 말했다.

"그때는 나도 어려서 내가 힘들고 내가 아픈 것만 보이더라. 다른 사람은 생각할 여유도 없었고 그럴 만큼 성숙하지도 못했어. 그래서 너도 힘들고 혼란스러웠을 거라는 데까지는 생각이 안 미쳤어. 나 때문이 아니었으면 네가 의대 갈 일도 없었겠지. 그래서 많이 미안했어."

동생 성우를 배려하기에는 열아홉은 아직 배려받아야 하는 어린 나이였다.

의대에 지원하려는 성우에게 조언했었다. 지금도 늦지 않았으니까 하고 싶은 걸 하라고. 부모를 만족시키기 위해 꿈을 희생할 필요는 없다고. 그때 성우는 딱히 지켜야 하는 꿈이 없으니까 괜찮다고 했었다.

"형이 모두의 바람대로 의대를 갔다면 물론 나는 지금 의사 가운 안 입고 있겠지. 형도 알잖아, 나 진득하게 공부하는 거 별로 적성에 안 맞는 거. 그래도 어쨌든 내 결정이야. 정 안 맞는다 싶었으면 중간에 포기했을 테지…… 아마도. 어쨌든 내 시작에 대한 형의 미안한 감정에는 간섭할 생각 없는데, 그 미안함을 두고두고 끌고 가지는 마. 그것도 나에 대한 예의는 아니니까. 내 선택에 대해 후회를 해도 내가 하는 거지 왜 형이 해."

"그런가?"

"그렇지."

"그래도 나 때문에 너한테서 선택권 자체가 사라진 건 사실이니까."

"그거 알아? 고지식하다고 해야 할지, 결벽증이라고 해야 할지. 돌아가는 방법이 있는데도 정면으로 부딪치는 형 보면서 왜 아버지가 형한테 미련을 못 버리는지, 왜 아버지가 나보다 형을 더 신뢰하고 좋아하는지 알겠더라. 또 그런 만큼 배신감을 느꼈을 거라는 것도 조금 이해가 가고."

진우는 그 말에 미간을 찌푸렸다. 되돌아보면 성우는 늘 자격지심 같은 게 있었다.

"아버지 뒤를 잇는 사람도 아버지를 더 잘 이해할 수 있는 사람도 너야. 그리고 아버지도 너를 믿고 계시고. 그러니까 괜한 생각으로 감정 소모하지 마."

"부모는 자기를 닮은 자식한테 더 마음이 간다던데. 아버지를 닮은 건 형이잖아. 내가 만약 형이었다면 어떻게 했을지 알아? 성적부터 조금씩 떨어트렸을 거야. 의대는 불가능하지만 미대는 충분히 갈 만큼. 그럼 아버지도 어쩔 수 없이 포기하셨겠지. 그림 포기 안 하고, 성적은 성적대로 유지하는 형 보면서 사실 아버지보다 형이 더 무섭더라. 좀 밉기도 했고."

"지금껏 여러 말 들었지만, 무섭다는 소리는 또 처음이다."

"뭘 또 처음이야. 형 독종인 건 다들 아는 팩트인데."

두 형제 사이에 웃음이 흘렀다.

시간이 흐른 탓일까. 터부시한 적은 없지만 그래도 터놓고 나누지도 않던 이야기를 아무렇지 않게 꺼냈다. 그리고 예전과는 달리 상처가 다시금 헤집어지지도 않았다.

나이 차이가 많이 나지 않는 형제들이 대부분 그렇듯이 툭탁툭탁 몸싸움도 하며 함께 자라던 때로 되돌아간 기분이 든 건 성우만이 아니었는지, 괜스레 시비라도 걸듯 진우가 어깨로 동생의 어깨를 툭 쳤다.

"병원 생활은 어때?"

"환자들 보는 거 말하는 거야, 아니면 윗대가리들한테 더러운 것만 배워서 꼰대질하는 선배 놈들 비위 맞추느라 성질 버리는 일상을 말하는 거야?"

"둘 다."

"아이러니한 게 뭔지 알아? 내가 이 세계에서 연차가 쌓일수록 아버지에 대한 존경심 수치도 쌓인다는 거야. 한심한 새끼들. 그렇게들 군기 잡고 싶으면 군대에서 말뚝이나 박을 것이지. 알코올 중독에 폭력 중독자들이 무슨 환자를 보겠다고. 까놓고 말해서 술 마시는 건 나도 이해해. 솔직히 생명 다루는 직업이고, 하루라도 스트레스 만땅이 아닌 날이 없고, 그래서 술도 늘게 되고. 거기까진 이해하겠는데, 그래도 술 냄새 풍기면서 수술실 들어가는 건 아니잖아?"

쌓인 게 많았는지 줄줄 늘어놓는 성우에게 진우가 공감을 표했다.

"아직도 그런 사람들이 있어?"

"작정하고 검사하면 알코올 중독자 판명 날 의사들 꽤 될걸? 그뿐인 줄 알아? 지 기분 뭐 같다고 툭하면 쌍욕을 하질 않나. 하여튼 웃기는 새끼들이야. 형이랑 할머니 보러 가야 한다는 핑계 안 댔으면 서울까지 기사 노릇 했을 거야. 술 냄새 풀풀 풍기는 것들 뒤에 태우고."

"어느 집단이든 일 자체보다 사람 때문에 힘든가 보다."

유리창에 희미하게 비친 형을 바라보며 성우가 비스듬히 입꼬리를 올렸다.

"나는 일도 힘들어. 그거 알아? 미대 잘 다니는 형한테 미련 못 버리고 입시 다시 보라는 아버지랑 아버지한테 연방 깨지면서도 고집부리는 형 보면서 답답하면서도 한편으로는 부러웠어. 내 고민이 뭔지 알아? 형처럼 죽어도 이걸 하겠다며 고집부릴 만큼 뭔가 하고 싶은 게 없다는 거야. 미칠 수 있는 뭔가가 있었다면 아마 나도 형처럼 그랬을지도 모르겠지만, 나는 뭐에 미칠 만큼 열정적인 인간은 아닌가 봐. 그런 성향도 타고나는 거겠지? 생긴 거나 성격처럼?"

진우는 어깨를 으쓱였다.

"글쎄다."

"의사 가운 벗는다고 가정을 해 봐도 내가 뭘 하고 싶은지 모르겠어. 그리고 사실……."

성우의 스스로를 비웃는 듯한 표정이 진우는 안타까웠다.

"정체성이 어쩌고 하지만 나라는 인간, 의사라는 타이틀이 주는 사회적 이득을 포기할 만큼 현실을 모르는 놈이 아니라서 말이지. 누가 그러더라고. 등 따시고 배부른 새끼가 투정까지 부린다고. 어차피 결론은 이 세계 뜰 일 없을 거면서 지랄한다고."

웃음기가 걷히자 서늘한 눈매가 진우와 닮았다.

무엇이 하고 싶은지조차 모르겠다는 성우의 깊은 눈. 의사라는 길이 맞지 않는 게 아니라 자신의 꿈을 알기도 전에 아버지와 상황 때문에 가게 된 길이라는 데서 오는 거부감을 여전히 풀지 못하고 있나 보다. 선택권을 뺏긴 사람은 응어리가 남을 수밖에 없었다.

자신을 닮은 눈을 한동안 응시하던 진우가 담담히 입을 열었다.

"고민의 끝이 반드시 다른 길이어야만 하는 건 아니잖아. 지금 서 있는 자리를 다시 보게 해 주는 것만으로도 고민할 가치가 충분하다고 생각해. 그리고 나는 네가 아버지처럼 좋은 의사가 될 거라고 믿어. 내가 아버지를 닮았다고 했지? 너랑 아버지가 닮은 점은 뭔지 알아?"

"닮은 점이 있어? 뭐, 목소리?"

"너는 환자를 환자로 대하잖아. 진심으로."

생각지도 못한 칭찬에 쑥스러운 것처럼 관자놀이를 긁적이던 성우가 형한테 일러바치듯 에피소드를 털어놓았다.

"병원 화장실 문에 광고를 붙여 놨더라고. '저희는 고객의 만족을 위해 최선을 다하겠습니다.' 씨바. 대학 병원이라는 곳이 환자를 돈벌이로 보는 걸 이제는 감추지도 않아. 쪽팔려서 매직으로 '고객' 박박 지우고 그 위에 '환자'라고 써 놓고 나왔어. 병원 개원했다고 '대박 나세요'라고 써 붙여서 화분을 보내지를 않나. 이런 말 해 봤자 너 혼자 고고한 척한다느니, 너야 어차피 아버지 병원으로 갈 테니까 선배들 눈치 볼 일 없는 거라느니, 나도 너처럼 아버지가 병원 원장이면 돈에 초연한 척할 수 있다느니……. 새끼들이 부끄러운 줄도 몰라."

따지고 보면 별것 아닐 수도 있는 이 몇 마디를 나눌 사람이 없어 꽤 오랜 시간 힘이 들었다. 능력 있는 아버지 밑에서 남들이 부러워하는 직업을 가진 주제에 배부른 투정 한다는 빈정거림이나 형식적인 위로의 말이 아닌, 자신의 답답함을 이해해 줄 수 있는 사람이 필요했었다. 자신을 판단하는 사람이 아니라 진심을 다해 들어 줄 사람. 귀를 기울여 그저 들어만 줘도 좋을 사람.

몇 마디 안 되는 말들이 오갔을 뿐이었지만, 성우는 진우와의 대화를 통해 답답하던 가슴 한구석에 숨구멍이 생긴 것 같았다. 오랜만에 형에게 마냥 의지하던 때로 돌아간 기분도 들었다. 힘든 얘기를 하면 형이 가진 미안함에 무게를 싣는 것 같아 자꾸 안으로만 눌렀는데, 진작 이럴 걸 그랬다.

갑자기 기지개를 쭉 편 성우가 시간을 확인하고는 진우의 어깨를 툭 쳤다.

"가 볼게."

"그래. 할머니 벌써부터 기다리실 텐데 가 봐."

"할머니한테는 연락 안 드렸어. 깜짝 놀라게 해 드려야지."

복층을 슬쩍 올려다본 성우가 놀리듯이 말했다.

"형은 여친이랑 놀아야 되니까 동행 안 할 거지?"

"할머니께는 아직 말씀드리지 마."

"형한테 여친 있다고 하면 우리 할머니 좋아서 기절하시지. 아니다. 할머니한테 큰손자가 집에 여자 데리고 와서 한 침대를 쓰더라고 하면 나만 등짝 맞겠다. 어디서 말도 안 되는 소리를 하냐고. 그런 짓은 니놈이나 하지, 그러시면서 말이야."

팔짱을 낀 채 한쪽 어깨를 유리창에 기댄 성우가 가느스름하게 눈을 뜨고서 추궁하듯 물었다.

"심경에 무슨 큰 변화가 생긴 거야, 아니면 내가 형을 잘 모르고 있었던 거야?"

"대답 못 해 주겠는데."

"왜?"

"나도 나한테 놀라는 중이라서."

"그게 무슨 소리야. 아냐, 됐어. 대답하지 마."

진우가 입을 열기도 전에 성우는 한 손을 들어 보였다.

"뭐 한두 살 먹은 것도 아니고. 형이 내 연애사에 간섭 안 하는데 나도 마찬가지로 굴어야지. 가 볼게."

진우가 안젤리크를 부르기도 전에 성우가 먼저 목소리를 높였다.

"거기 위에 계신 안젤리크 씨!"

안젤리크가 복층의 유리 난간 위로 얼굴을 쏙 내밀었다.

"저 갑니다."

"아, 그래요?"

안젤리크가 복층 계단을 달리듯 내려와 진우의 곁에 붙어 섰다. 두 사람을 번갈아 바라보던 성우가 먼저 현관을 나섰다. 대문 앞까지 배웅하며 손을 흔든 그녀가 진우와 둘만 남자 그의 동생을 본 소감을 말했다.

"눈썹이랑 눈만 닮고 나머지는 하나도 안 닮았어요."

"그런 얘기 많이 들었어요."

"나 아까 미안한 마음 생긴 거 알아요?"

"뭐 때문에?"

"두 사람이 하는 말이 다 들리지는 않았는데, 나랑 얘기할 때랑은 다르게 평소에는 진우가 저런 식으로 말하는구나 싶었어요. 말하는 속도도 말투도 좀 달랐거든요."

아버지와 그의 관계가 삐걱거린다는 걸 알게 되었다는 건 굳이 내색하지 않았다.

"나랑 얘기할 때 쉬운 표현 찾느라 신경 쓰이죠? 어린 사람이랑 얘기하는 것 같죠?"

"표현은 좀 심플해도 내용은 그렇지가 않아서 어린 사람과 대화하는 기분은 안 들어요. 귀엽다는 생각은 해도."

예상치 못했던 말에 커다래진 눈을 하고서 입을 열려는 그녀에게로 진우가 고개를 숙였다. 키스를 하려는 줄 알고 자연스레 입술을 여는 그녀에게 입술을 맞댄 진우는 갑자기 입 안으로 숨을 훅 불어 넣었다. 복어처럼 그녀의 볼이 부풀었다. 빵빵해진 볼을 손가락으로 꾹 누르자 피식 바람 새는 소리가 났다.

"가끔 마음에 안 들거나 하면 볼에 바람 빵빵하게 넣던데, 그럴 때면 이렇게 해 보고 싶었어요. 귀여워서."

감정 표현에 인색해 무뚝뚝해 보이는 남자가 연달아 두 번이나 귀엽다는 말을 했다. 동그래진 눈을 하고서 쳐다보던 그녀가 눈을 빛내며 재촉했다.

"귀엽고, 그리고 또요? 내가 또 어때요?"

못 들은 척하면서 잔디를 밟는 그의 손을 잡아당기며 대답을 졸랐지만 돌아오는 건 쑥스러운 표정과 키스였다.

# 13장

마지막 날의 데이트

새벽부터 부슬비가 내렸다. 안개 같은 빗방울들이 나무를 적시고서 잔디 위로 내려앉았다. 우산을 쓰고 나가고 싶게 만드는 비가 있는가 하면 지금처럼 축 처지는 기분이 들게 만드는 비도 있었다. 그렇게 비 탓을 하다 안젤리크는 고개를 저었다.

부슬비를 핑계로 오늘은 집에 있고 싶다고 했고, 진우는 언제나 그렇듯이 그러자고 했다. 아침을 먹고서는 소파에 앉아 영화를 보고 그러다 키스를 했다. 키스는 서로의 체온을 나누는 것으로 이어졌다.

비 때문인지, 한바탕 열기에 녹아내렸던 탓인지 나른했다. 서로의 손가락을 얽어 손가락 장난을 치며 그녀는 거실 창을 통해 비를 뿌리는 하늘을 바라봤다. 진우의 시선은 그의 무릎 위에 앉아 생각에 잠겨 있는 그녀의 얼굴에 고정되어 있었다.

하루 이틀, 넘어가던 날짜가 이제는 시간 단위로 돌아가고 있었다. 시간이 버려지는 아쉬움을 아직 알지 못하는 풋풋한 젊음인 그녀가 '지금'을 붙잡고 싶은 마음이 드는 건 처음이었다. 골똘히 생각에 잠긴 채 빗방울을 똑똑 떨구는 석류나무 잎사귀를 바라보다 진우의 목덜미에 머리를 기댔다.

톡톡 여리게 뛰는 그의 맥박이 뺨을 두드렸다. 이 남자도 나만큼 아쉬울까. 만약 아쉽다면 그 크기는 얼마만큼일까. 장거리 연애를 제안할 만큼일까.

'이대로 끝이 나는 건 너무 아쉽게 당신이 점점 더 좋아지는데, 우리 장거리 연애 해 볼까요?'

지금껏 그랬던 것처럼 이 질문에도 그는 동의를 해 올까? 어쩐지 그럴 것 같다. 아니, 어쩌면 아닐지도. 이성적인 남자라 감정보다는 장거리 연애가 지속 가능한지부터 가늠해 볼지도 몰랐다. 나무의 치수를 재고 재단을 하듯이. 그리고 결론을 내 버릴지도 몰랐다. 좋아하는 감정만으로 이어 가기에는 지나치게 먼 거리라고. 여행이 끝나면 자연스레 헤어지는 것이 맞는다고.

멀긴 했다. 일본이나 홍콩 정도만 돼도 이런 고민은 하지 않을 텐데. 내년 여름에 또 올 거니까 그때까지 다른 여자 좋아하지 말고 나를 기다려 달라고 해 볼까. 현실성 없는 상상을 해 보다 고개를 저었다.

눈앞에 보이는 단정한 그의 입술을 손끝으로 쓰다듬다가 툭툭 두드렸다. 생각을 말해 보라는 듯. 장난을 치는 줄 알았는지 그가 입술을 벌려 손가락을 슬며시 물어 왔다. 손끝에 뜨겁고 뭉근한 혀가 닿았다.

안젤리크는 맥박이 툭툭 뛰는 그의 목덜미로 입술을 가져갔다.

맥박이 빠르게 속도를 냈다. 남방의 단추를 하나 더 풀어 쇄골을 만지작거리다 몸을 틀어 그의 허벅지에 걸터앉았다.

장난처럼 시작되었는데 갑자기 열기가 두 사람을 휘감았다. 그의 어깨에서 남방을 미끄르트렸다. 가슴을 간질거리던 그녀의 손가락이 조금씩 짙어지는 체모를 타고 내려가자 단단하던 그의 아랫배가 더할 수 없이 경직되었다.

손끝으로 작은 유두를 만지작거리며 안젤리크가 속삭였다.

"여기 만지면 나처럼 간지럽고 기분이 좋아요? 진우가 나한테 해 주면 기분 좋듯이 나도 이렇게 해 줬으면 좋겠어요?"

안젤리크는 '이렇게'라며 엉덩이를 조금 빼더니 고개를 숙였다. 따뜻한 호흡이 예민해진 살갗 위로 흩어졌다. 바짝 수축한 작은 유두에 촉촉하고 보드라운 입술이 막 닿는 순간 그녀의 고개가 휙 뒤로 젖혀졌다.

그가 그녀의 얼굴을 잡아 입술을 삼켰다. 단추 두어 개만 풀었는데도 원피스에서 쉽게 팔을 빼낼 수 있었다. 진우는 눈앞에 드러난 탐스러운 가슴을 손아귀 가득 그러쥐었다. 빨기 좋게 모아진 가슴을 욕심껏 물었다.

그녀는 가슴을 탐하는 그의 머리를 꼭 끌어안은 채 바짝 붙어 앉았다. 조금 더 밀착되고 싶은 움직임에 다리 사이를 짓누르는 그의 욕망이 더욱 또렷해졌다.

"진우."

진우는 애달게 중얼거리는 입술을 눌렀다. 바짝 솟아올라 한껏 예민해진 유두가 그의 단단한 가슴에 쓸렸다.

키스를 멈추지 않은 채 서둘러 그의 허리로 손을 가져가 단추를 풀었다. 다급한 손놀림에 뻣뻣한 재질의 청바지는 쉽사리 열리지 않았다. 마음이 급해진 그녀가 성마른 표정으로 입술을 깨물었다.

그녀의 손을 잡은 그가 대신 청바지의 지퍼를 내렸다. 그러고는 그녀의 허리를 한 팔로 감아올려 치마 속 얇은 속옷을 벗겨 내렸다. 촉촉이 젖은 그녀의 속살을 달아오른 그의 분신이 뜨겁게 눌러왔다.

흥분으로 굳어진 그의 목덜미에 연신 자잘한 키스를 퍼부으며 안젤리크가 속삭였다.

"빨리요."

언제나 '천천히'를 말하던 그녀의 재촉에 더 이상 참을 수가 없었다. 그의 몸에서 떨어지지 않게 그녀의 등을 손바닥으로 꾹 누르며 진우는 상체를 숙여 소파 테이블에 놓인 콘돔을 집어 들었다. 급하고 초조한 손놀림에 콘돔이 손끝에서 미끄러질 뻔했다. 진우는 원하던 걸 손에 넣자 서둘러 그녀의 안으로 들어갔다.

두 사람의 입에서 동시에 신음이 흘러나왔다. 거친 호흡이 엉켜든 채 한동안 서로를 바라보았다.

"진우."

허벅지를 타고 치마 속으로 들어간 그의 커다란 손이 탐스러운 엉덩이를 움켜쥐고 끌어당겼다. 더 이상 들어가는 게 불가능할 만큼 끝까지 맞닿았다는 느낌이 왔다. 그의 어깨를 잡은 그녀의 손가락에 한껏 힘이 들어갔다.

조금씩 빨라지는 움직임에 흥분이 더해졌다. 그의 목덜미에 얼굴을 묻은 채 흔들리는 그녀에게서 가쁜 호흡이 쏟아졌다.

그녀의 안으로 치고 들어갈 때마다 단단한 그의 아랫배가 물결처럼 꿈틀거렸다. 그녀의 발끝에 걸린 쿠션이 소파에서 떨어졌다. 격렬하게 마찰하던 살갗이 젖어 들었다. 가느다란 비명에 억눌린 진우의 신음이 겹쳐졌다.

가쁜 숨을 내쉬느라 그의 가슴이 들썩였다. 기운이 빠져 버린 듯 그에게 온전히 기댄 그녀의 몸도 덩달아 움직였다.

해무처럼 뿌옇게 김이 차오른 거실 창은 바깥 풍경을 가린 채 빗소리만 들려주고 있었다.

눈을 감고 나른하게 늘어져 있던 그녀가 상체를 일으키다 흠칫 떨었다. 그의 따뜻한 가슴에 눌려 있던 유두에 와 닿는 공기가 서늘했다.

그녀의 작은 몸짓이 마치 마법 같았던 순간을 현실로 옮겨 놓았다.

이성을 무력하게 만들어 버렸던 열정이 가라앉자 그제야 정신을 차린 듯 진우는 그녀의 허리께에 뭉쳐 있는 원피스의 소매 부분을 찾아 입혀 주었다.

단추를 채워 주던 진우가 눈썹을 구겼다. 허리와 가슴, 쇄골과 목덜미. 군데군데 불그스름한 손자국이 얼룩처럼 번져 있었다. 못이 박여 울퉁불퉁한 자신의 거친 손을 의식하며 진우는 그녀의 몸을 쓰다듬었다. 만질 때면 언제나 조심했는데. 손에 지나치게 힘이 들어가지 않도록 노력했는데. 방금 전은 조절을 할 수가 없었다. 머리가 어떻게 되어 버렸던 건지 그런 생각조차 할 수 없었다.

상처도 아닌데. 안젤리크는 옅게 남겨진 자국이 신경 쓰이는 듯 인상을 찌푸린 그의 이마에 입을 맞추었다. 그러고는 손가락에 감겨 오는 풍성한 머리카락 속으로 손을 넣어 만지작거렸다.

"괜찮아요?"

그녀의 볼을 손등으로 쓸며 진우가 나직하게 물었다.

"응."

따뜻함을 담은 그의 눈동자를 마주 보며 그녀는 고개를 끄덕였다.

코끝을 문지르다 베이비 키스를 했다. 손끝으로 그의 입술을 만지작거리며 안젤리크가 달콤하게 속삭였다.

"알아요? 진우 굉장히 근사한 연인이에요."

진우의 귓불이 순식간에 달아오르자 안젤리크는 그의 목을 와락 안아 버렸다. 말 한마디에 붉어지는 조금 건조하고 얼핏 무뚝뚝해 보이는 이 남자가 좋았다. 현실 때문에 이 남자를 포기하기가 아쉬웠다. 진우가 말을 해 줬으면 좋겠다. 힘들겠지만 연애를 계속 이어 가자고.

밤새 끈적해진 몸을 씻고 나와 머리를 말리다 알람 소리에 무심코 스마트폰을 집던 안젤리크가 얼굴을 찡그렸다. 내일 떠난다는 사실을 잊고 주어진 지금을 만끽하고 싶었다. 그래서 애써 출국에 대한 생각을 떨쳐 버리려고 했는데 메일이 도착했다는 알람이 떠 있었다.

Information sur votre vol……. Changement de porte.

내일 그녀가 탈 비행기의 게이트가 변경되었다는 안내 메일이었다.

「안 도와주네.」

휴대폰을 내려놓았다. 이대로라면 내일 두 사람의 관계도 자연스레 끝나 버릴 터였다. 하지만 아무런 미련도 보이지 않는 남자에게 먼저 장거리 연애를 제안하기에는 자존심이 상했다. 자존심을 생각하는 걸 보면 그를 좋아하는 마음이 그렇게까지 큰 건 아닌가, 하는 생각도 들었다. 어쩌면 그에게서 처음으로 거절의 말을 들어야 하는 순간을 회피하고 싶은 것인지도 몰랐다.

「아쉬워하는 기색이라도 좀 보여야 자존심을 접든가 말든가 하지.」

그녀의 출국이 내일로 다가왔음에도 진우는 평소와 다른 점이 보이지 않았다. 무슨 생각을 하는지 짐작조차 가지 않았다. 습관이나 표정으로 몇 가지 감정은 알아챘지만 생각을 읽기에는 그를 안 시간이 지나치게 짧았다.

한숨을 내쉰 그녀는 헤어드라이어를 켰다. 기계가 요란한 바람 소리를 내며 그녀의 머리카락을 이리저리 날렸다. 헝클어지는 머리카락이 그녀의 머릿속과 닮아 있었다.

거실로 나오는 그녀를 보며 진우는 가스레인지에 프라이팬을 올리고 불을 켰다.

"어제처럼?"

"어제처럼요."

그가 잘 달구어진 팬에 달걀을 깨트려 넣고 소시지를 굽는 동안 그녀는 샐러드에 드레싱을 뿌렸다. 흰자 테두리가 바싹하게 익은 반숙 프라이를 접시에 올려놓는 그를 힐끔 곁눈질했다. 그러다 가만히 한숨을 삼켰다.

"왜 그래요?"

"뭐가요?"

"할 말 있어요?"

"아뇨."

고개를 젓고는 샐러드 접시를 식탁에 내려놓았다. 이미 식기가 차려져 있어 딱히 더 할 게 없었다. 식사를 마치고 나면 오늘을 어떻게 보내야 할까.

팝콘을 집어 먹으며 영화를 보고, 모래밭을 밟으며 바닷가를 산책하고, 풍경 좋은 곳에서 맛있는 식사를 하고, 훌쩍 여행을 떠나고. 연인들이 함께할 수 있는 일들이었다. 하지만 헤어짐을 하루 남겨 둔 연인들은 뭘 해야 하는 걸까.

이런 관계에도 '연인'이라는 말이 어울릴까?

"해운대 가고 싶은데 어때요? 수영 말고 산책하러요. 언제나 사람이 너무 많아서 제대로 즐기지를 못했어요. 오늘도 사람들이 가득하겠지만 보고 싶어요. 해가 사라지는 거랑 달이 뜨는 거랑, 바다 색깔이 변하는 모습도요. 여기서 보는 거랑은 좀 다를 것 같아요."

소시지를 자르던 진우가 고개를 끄덕였다.

"그러죠."

예상하던 답변이었다. 안젤리크는 포크로 달걀노른자를 툭툭 찔렀다. 물어볼까. 우리 장거리 연애 해 볼래요? 장거리치고는 정말 장거리지만 그래도 시도는 해 볼 수 있잖아요. 어때요?

"진우."

그가 접시에서 눈을 들었다.

"오늘 점심이랑 저녁은 뭐 먹을까요?"

마음과는 달리 엉뚱한 질문이 나왔다.

"이제 맛있는 한국 음식을 두 번밖에 더 못 먹는다고 생각하니까 뭘 먹어야 할지 모르겠어요."

"뭐가 제일 맛있었어요?"

"많아서 하나만 고르는 건 어려워요."

"그러면 먹어 보고 싶은 거는?"

그녀가 턱을 괴며 불퉁한 목소리로 말했다.

"갈비, 비빔밥, 불고기, 치킨, 김밥, 떡볶이, 보쌈, 빙수. 가이드북이나 인터넷 서치로 나오는 음식 리스트가 모두 비슷해요. 다 내가 먹어 본 것들이고. 다른 맛있는 음식이 뭐가 있는지 모르니까 뭘 먹어야 하는지 알 수가 없어요."

"서울에서는?"

"만두 먹었고, 칼국수도 먹었고."

"삼계탕은 먹어 본 적 없죠?"

"삼계탕? 어, 그거 들어 본 것 같은 이름인데. 그게 뭐죠?"

진우는 두 손으로 아담한 크기의 뚝배기를 만들어 보였다.

"요만한 그릇에 작은 닭을 하나 통째로 넣어서 오래 끓인 건데, 닭의 배 속에 이것저것 넣어서 맛이 꽤 좋아요."

"매운 거예요?"

"팔팔 끓는 거라 뜨겁기는 해도 전혀 맵지는 않아요."

"한국 사람들은 이렇게 더운 여름에 어떻게 뜨거운 걸 좋아하죠? 그냥 뜨거운 것도 아니고 막 보글보글 엄청 뜨겁잖아요. 저번에 돌솥비빔밥인가? 그거 먹는데 밥이 녹는 소리가 막 들렸어요.

지글지글."

'지글지글'을 표현하듯 손가락을 꼼지락거리는 그녀의 행동에 그의 두 눈 속에 미소가 찼다. 안젤리크는 식탁 위에 끓는 음식들을 내놓는 게 신기한지 그런 모습들을 표현한 의성어들을 재미있어 했다. 보글보글, 지글지글. 치이익.

이열치열을 설명해 주고 싶었지만, 말로 설명을 한다고 해도 잘 이해가 될 것 같지가 않았다. 지난번 경준이 '정'을 설명하느라 애를 썼던 것처럼.

그날 안젤리크는 진우에게 조그만 초코파이 상자를 불쑥 내밀며 퉁명스럽게 말했다.

'가르쳐 줘요.'
'뭘 말입니까?'
'하나 통째로 다 먹었는데도 난 정情이 뭔지 모르겠어요. 아무래도 경준 씨가 나 놀린 것 같아.'
'하하!'

그녀의 엉뚱한 행동에 진우는 웃음을 터트렸다. 정말로 즐거운 듯 경쾌한 웃음소리였다.

뿌연 안개처럼 보일 듯 말 듯, 늘 희미한 미소만 짓던 사람이 눈꼬리를 접은 채 소리 내어 웃고 있었다. 동그래진 눈으로 바라보던 그녀가 감탄을 터트렸.

'이렇게 웃을 줄도 아는구나. 웃음이 정말 잘 어울리는데 왜

잘 안 웃어요? 말도 없이 가만히 있으면 굉장히 차가워 보이는 거 알아요?'

떠오르는 그때의 기억에 빙긋이 웃는 그에게 안젤리크가 물었다.
"그럼 우리 삼계탕 먹을까요? 진우도."
안젤리크는 말을 하다 말고는 어깨를 으쓱였다.
"진우도 좋아하냐고 물어보려고 했는데 그럴 필요가 없겠어."
왜냐고 물어 오는 그의 시선에 그녀가 당연하지 않냐는 표정으로 말했다.
"어차피 내가 맛있다고 하는 건 진우도 다 맛있다고 대답할 거잖아요. 내가 말하는 건 다 들어주잖아요."
"아닌데."
그녀는 안 믿는다는 듯 콧방귀를 뀌었다.
"파스타는 한국 음식이 아니기는 하지만, 만약 파스타가 먹고 싶다고 했으면 나는 별로라고 대답했을 건데."
진우의 말에 그녀의 눈이 커졌다.
"하지만 내가 만들어 줬을 때 맛있다고 했잖아요."
진우의 눈에 장난기가 어렸다.
"애써 만들어 준 사람한테 맛없다고 할 만큼 예의 없지는 않아서."
안젤리크는 입을 벌렸다. 벌어진 입술 사이로 그가 먹기 좋게 썬 소시지가 들어왔다.

후식으로 커피를 마시고 난 뒤 두 사람은 해운대로 향했다. 기찻길을 따라 걷기 위해 언덕길을 놔두고 계단을 내려갔다. 바다를 친구 삼아 길게 기찻길이 뻗어 있었다. 손을 잡고서 기차 레일 위를 걸어가다 바다 색이 예쁜 곳에서 안젤리크가 멈춰 서자 진우도 따라 멈춰 섰다.

그녀가 스마트폰을 내밀었다.

"사진 찍어 줘요."

바다와 레일과 나무 모두 한 화면에 들어왔다. 그리고 그 속에 그녀가 서 있었다. 그녀는 두 팔을 활짝 벌리거나 장난스러운 표정을 지으며 브이를 만들었다.

"하나. 둘. 셋. 해 줘요. 그러면 내가 위로 뛸게요."

진우의 카운트에 맞춰 준비를 하고 있다 안젤리크가 셋에 폴짝 뛰어올랐다. 팔과 다리를 활짝 펴고서. 포토샵으로 날개를 달아 주면 어울리겠다 싶은 포즈였다. 한걸음에 달려온 안젤리크가 사진이 어떻게 나왔나 확인을 하고서는 그에게 제안했다.

"진우도 찍어 줄게요."

"나는 사진 찍는 거 좋아하지 않아서."

선택권이 없던 어릴 때 말고는 독사진을 찍은 기억이 거의 없었다. 여행을 가서도 그가 사진의 배경 속에 들어가는 일은 드물었다.

"한 장도 싫어요?"

자신이 말하는 건 다 들어주지 않냐고 하던 그녀의 말이 틀리지 않았다.

"그럼 한 장만."

"알겠어요."

그녀는 뒤로 몇 걸음 물러나 프레임에 그를 담았다. 화면 전체가 진우로 꽉 차도록.

습관처럼 미간을 슬쩍 접은 그를 보며 물었다.

"한국에서는 사진 찍을 때 뭐라고 해요? 웃으라고 할 때 말이에요."

그에게서 피식 웃음이 새어 나왔다. 멋쩍게 머리를 긁어 올리는 모습과 눈꼬리가 접힌 다정한 눈매. 그리고 부드럽게 곡선을 그리는 입술. 그의 모습이 저장되었다.

"가죠."

어떻게 찍혔나 관심조차 두지 않은 그가 손을 내밀었다.

모래사장을 걷다가 가끔 바다 위를 날아오르는 갈매기를 구경하다 계단에 앉아서 유람선이 지나는 모습을 바라보기도 했다. 그러다 배가 고파 올 즈음 삼계탕을 먹고서는 가까운 해운대시장을 구경했다.

쭉 뻗은 해운대 대로를 걸어 다시 바닷가에 도착하자 그녀가 아쿠아리움을 가리켰다.

"여기에 아쿠아리움이 있는 거 아주 로맨틱해요. 바로 앞이 모래사장이고 그 앞은 바다고. 어쩐지 이 아쿠아리움 속으로 들어가면 바다랑 연결되어 있을 것 같은 기분이지 않아요?"

"연결되지 않았던데."

슬쩍 흘겨보다 웃음을 터트린 그녀와 진우는 아쿠아리움으로 들어갔다. 사람들, 특히나 아이들과 동행한 가족들로 꽉 차 표를 사는 줄이 길었다. 처음 부산에 정착한 뒤 한 번 왔었던 그에게는 이번이 두 번째 방문이었다.

진우의 눈길은 뒤뚱뒤뚱 걷다 물속에 풍덩 뛰어드는 귀여운 펭귄보다는 그 모습을 구경하는 그녀에게 향해 있었다. 멀리 신비한 형체와 빛깔을 가진 해파리가 보이자 안젤리크는 진우의 손을 끌었다. 느릿느릿 허공을 부유하는 것 같은 해파리의 움직임을 지켜보다 그녀가 감탄 어린 목소리로 속삭였다.

"마치 스페이스를 떠다니는 것 같지 않아요? 바다 속에 이렇게 미스터리하게 생긴 물고기들이 있는 걸 보면 외계인도 꼭 있을 것 같아. 해파리는 정말 멋있게 생겼죠?"

"맛있기도 하고."

안젤리크는 새삼스러운 눈으로 그를 올려다봤다. 잘 몰랐는데 은근히 장난스럽다. 짧은 시간밖에 공유하지 못해 잘 모를 수밖에 없지만.

해파리. 해룡. 그녀의 휴대폰에 가장 많이 담긴 녀석들이었다. 어두워서, 그리고 플래시를 터트리면 색감이 안 예뻐서 실물보다 훨씬 못난이처럼 나와 아쉬웠지만.

파란 복도를 지나자 갑자기 노란색 공간이 나타났다. 벽면 전체를 샛노란 색으로 칠하고 그 위에 검정 동그라미를 그려 넣은, 얼핏 일본 설치 미술가 야요이 쿠사마의 작품을 연상케 하는 색감으로 꾸며져 있었다. 일본 작가와 어떤 관계가 있는 걸까. 의아한 표정을 하던 그녀가 엄지손가락 반만 한 크기의 복어를 발견하고는 이유를 알아챘다.

유리에 코끝이 닿을 듯 가까이 다가서며 안젤리크가 중얼거렸다.

"이 꼬마 엄청 귀엽죠?"

노랑 바탕에 까만 점박이 무늬의 초소형 복어가 네모난 얼굴 옆에 달린 지느러미를 부지런히 팔랑이고 있었다. 마치 투명한 부채처럼 보였다.

"너는 복어라고 부르는구나."

그녀가 혼잣말을 중얼거리고서는 사진이 선명하게 나올 수 있도록 초점을 맞췄다. 만족스러운 결과물을 얻지 못할 걸 알면서도.

사람도 많고 다리도 아프고. 이제 거의 다 봤는데 나갈까, 하던 길에 보인 건 '가든일Garden eel'이었다. 새끼손가락보다 얇고 길쭉한 아이들이 모래밭에 몸을 파묻은 채 꼿꼿하게 서 있었다. 물결에 가끔 흔들리면서.

"물고기가 똑바로 서 있는 건 처음 봐요. 재밌고 귀여워."

모래밭 밖으로 드러난 것보다 더 기다란 몸통이 모래 안에 들어있다는 걸 알면 귀엽다는 소리가 쏙 들어갈지는 몰라도 어쨌든 눈에 보이는 모습은 귀엽다는 소리가 나올 만했다.

아쿠아리움에서는 선물할 만한 기념품을 찾기 힘들 거라는 생각에 무심히 기념품 숍을 스쳐 가던 그녀가 눈을 반짝였다.

"이거 봐요!"

투명한 네모 큐브 속에서 둥둥 떠다니는 두 마리의 분홍색 문어의 얼굴을 본 순간 진우가 웃음을 터트렸다.

"귀엽죠?"

"귀엽다고 할 수도 있기는 한데, 선물하기에는 취향 많이 탈 것 같은데."

"이거 좋아할 사람들 알아요."

빈손으로 나올 줄 알았던 기념품 숍에서 작은 종이봉투를 가득 채워 나왔다.

사랑 벗

아쿠아리움 뒤로 보이는 바다 속 등대에 불이 들어왔다. 노을이 내리는 해운대 바다를 쳐다보는 그녀에게 진우가 장난을 섞어 물었다.

"저녁은 복어 먹을까요?"

복어에는 독이 있고 그래서 복어를 요리하려면 자격이 필요하다는 얘기를 들어 알고 있었다. 지금이 아니면 먹을 기회를 갖기 쉽지 않다는 것도. 그래도 그녀는 고개를 저었다.

"어…… 싫어요."

입술 꼬리를 올린 진우가 답을 알면서도 또 말했다.

"아까 본 그 귀여운 복어랑은 다른 녀석일 텐데."

"그래도 싫어요."

"그럼 바다에 노을 지는 거 보면서 저녁 먹는 건 어때요?"

"그건 좋아요."

눈웃음을 지으며 대답하는 그녀와 그는 모래사장을 빙 둘러 산책하며 목적지에 도착했다.

모래사장과 접한 호텔의 레스토랑에서는 그녀가 좋아하는 바다와 달맞이 언덕이 한눈에 들어왔다.


저녁 식사 후 해운대 바닷가에서 집을 향해 걸으며 안젤리크는 가끔씩 발치를 내려다봤다. 샌들 바닥에 묻은 모래 알갱이가 발걸음을 옮길 때마다 소리를 냈다. 자그락자그락. 있는 줄도 몰랐던 모래가 말없이 걷는 두 사람과 동행하고 있었다. 발걸음이 많아질수록 떨어져 나가는 알갱이도 늘어나는지 소리가 점점 작아졌다.

걷다 보니 종아리가 조금 뻐근해져 왔다. 마치 여행 온 사람들처럼 아침부터 지금까지 하루를 온통 밖에서 보냈다. 밤이 깊자 안젤리크는 여행이 끝났다는 사실을 새삼스레 자각했다.

진우는 맞잡은 손의 손등을 엄지로 가만히 쓸었다. 화답하듯 그녀가 손가락을 꼭 쥐어 왔다. 시선을 돌려 바라본 옆모습은 생각에 잠겨 있었다. 데이트를 시작한 이후로 지금처럼 두 사람 사이에 침묵이 어린 건 처음이었다. 평소와는 달리 안젤리크가 입을 다문 때문이었다.

요 며칠 함께하는 동안 그녀가 여행지에서의 불장난 같은 데이트를 즐기는 가벼운 사람이 아니라는 걸 알 수 있었다. 그를 좋아하는 마음도 분명하게 전해졌다. 그럼에도 그녀는 두 사람의 미래에 대해 어떠한 언급도 하지 않았다. 아마도 결정하기에는 쉽지 않은 물리적 거리 때문일 거라고 짐작했다.

가로등 빛에 비친 옆얼굴에 시선을 준 진우가 조용히 물었다.

"파리와 부산은 지나치게 멀죠?"

맞잡은 그녀의 손이 움찔했다. 역시나 그런 건가. 한동안 입술을 잘근거리던 안젤리크가 속상한 티를 내지 않으려 애쓰며 말했다.

"멀죠."

예상했던 대답에 진우가 고개를 주억거렸다.

안젤리크는 코끝이 시큰해졌다. 진우가 내린 결론은 그녀의 짐작대로였다. 어쩐지 눈물이 날 것 같아 눈을 깜빡였다. 마지막 밤인데 그런 모습을 보여 주고 싶지 않았다.

다시금 침묵이 찾아들었다. 두 사람은 달빛이 내리쬐는 달맞이 언덕을 속도를 맞춰 꾸준히 올랐다.

대문을 열고 들어가자 안젤리크는 1층 현관을 가리켰다.

"나 캐리어 정리해야 돼요."

"도와줄까요?"

"괜찮아요."

"다 정리하고 나면 올라와요."

"그럴게요."

집 안으로 들어간 안젤리크는 기운을 내려 심호흡했다. 캐리어를 눕혀서 지퍼를 열고 그 곁에 침실에서 꺼내 온 선물들과 이곳에 올 때 가져왔던 짐을 내려놓자 거실은 한순간에 난장판이 되었다. 예뻐서 이것저것 고를 때는 몰랐는데 생각보다 짐이 부쩍 늘어 있었다.

액체류처럼 기내로 가져갈 수 없는 것들을 골라서 화물로 부칠 커다란 캐리어 쪽으로 밀어 놓았다. 파손되기 쉽거나 중요한 것들은 기내용 캐리어에다 두었다.

눈앞의 일에 집중하자고 했는데도 초조함이 느껴지는 손놀림에 들고 있던 화장품을 떨어트렸다. 다행히 유리가 아니라서 깨지지는 않았다.

갑자기 현관을 노크한 진우가 안으로 들어왔다. 쌓여 있는 짐과 캐리어의 크기를 스캔한 그가 말했다.

"잊고 말 안 했는데, 혹시라도 짐이 다 들어가지 않으면 말해요. 내가 소포로 보내 주면 되니까."

"그럴게요. 고마워요."

고개를 까딱인 그가 용건은 끝났다는 듯 문을 닫고 나갔다.

여행 가방을 꾸리기 위해 꺼내 놓은 짐들이 뻔히 보이는데도 담담한 그의 표정에 안젤리크는 속이 상했다. 여행 기간 동안의 짧은 로맨스를 제안한 건 그녀였고, 진우는 그 제안을 받아들였을 뿐이었다. 그러니 서운한 기색을 보여 주지 않는다고 그를 원망할 수는 없는 일이었다. 그럼에도 마음 한구석이 시큰한 건 어쩔 수 없었다.

더 이상 정리할 것이 없는데도 한동안 캐리어 옆에 앉아 있던 안젤리크가 시간을 확인하고는 일어섰다. 10시가 넘어가고 있었다. 여기서 김해공항까지, 김해공항에서 인천공항까지 가려면 내일 아침 일찍부터 서둘러야 했다. 그러려면 지금쯤 침대에 들어가야 하고.

어떡할까. 그냥 내 침대에서 혼자 잘까. 아니면 올라갈까. 생각 끝에 현관을 나왔다.

거실 창에 서서 정원을 내려다보고 있던 진우가 1층을 나서는 그녀를 발견하고는 현관문을 열고 계단 끝에서 기다렸다.

"피곤해서 자야겠어요."

"그래요."

그녀는 침대에 모로 누워 얇은 시트를 어깨까지 끌어 올렸다. 집 안의 불을 모두 끈 뒤 조용한 걸음으로 다가와 그녀의 등 뒤에 누운 진우가 조심스레 그녀의 머리를 들어 올려 팔베개를 해 주었다. 꼭 끌어안고서 머리에 입을 맞추는 진우가 느껴졌다.

뒤돌아 마주 안고 싶은 마음을 눌렀다. 바보같이 서운함을 드러낼지도 몰라서. 장거리 연애를 해 보자며 그를 조를지도 몰라서. 그래서 그럴 마음이 없는 그를 곤란하게 만들어 버릴지도 몰라서.

머리에 가만가만 입을 맞추던 진우가 속삭였다.

"잘 자요."

평소와 같은 그의 평온한 인사말에 꼭 감았던 눈을 떴다. 어두운 방 안에 비스듬히 스며든 달빛을 바라보며 그녀는 눈을 깜빡였다. 바보같이 눈물이 핑 돌았다. 눈가에 주름이 지도록 눈을 꼭 감고 눈물을 지웠다. 밤이 깊어져 선명함을 더한 달빛이 눈꺼풀을 간질였다.

쉽게 잠이 오지 않는지 한동안 꼼지락거리던 그녀의 움직임이 잦아들자 팔을 누르는 머리의 무게감이 더해졌다. 이 밤이 지나면 기분 좋은 이 무게감이 많이 그리워질 거다.

달빛이 새벽 햇살에 스러질 때까지 진우는 잠이 들지 못했다.

미세 먼지로 하늘 덮이는 날이 없던 예전처럼 날이 맑았다. 여행하기 좋은 날씨였다. 이제 내년까지 보지 못할 부산의 여름을 바라보다 안젤리크는 슬며시 눈을 내려 핸들을 쥔 그의 손을 쳐다봤다. 강인한 손과 운전대 사이로 손가락을 미끄러트리고 싶었다. 그래서 그의 매끈한 손등 밑에 숨겨진 단단한 손바닥을 느끼고 손가락에 깍지를 끼고 싶었다.

진우는 좋아한다는 말을 단 한 번도 한 적이 없었다. 정신을 차릴 수 없을 만큼 그녀를 안아 올 때조차도. 단지 세심하게 배려하고, 뜨겁게 안아 줄 뿐이었다. 여행지에서의 기한제 연인이라는 역할에 충실하려는 듯. 그에게서 들었던 건 겨우 귀엽다는 말뿐이었다.

그녀 역시 감정을 말한 적이 없었다. 장애물이 많은 장거리 연애를 시도해 보고 싶을 만큼 그가 좋았다. 하지만 사랑일까? 묻는다면 쉽게 대답을 할 수가 없었다.

어쩌면 그가 장거리 연애를 제안하지 않을 만큼 이성적인 사람이라는 것이 다행인지도 몰랐다. 잠깐 일었던 열정 때문에 충동적인 결정을 내리고 힘겹게 노력을 하다 지치고, 좋았던 감정마저 사라지는 과정을 겪는 것보다는 이대로 끝내는 게 나을지도. 여행이 주는 특유의 흥분과 설렘이 지나고 일상으로 돌아가게 되면 어쩌면 지금의 이 감정도 조금 가라앉을지도. 아니. 잘 모르겠다.

하— 저도 모르게 한숨이 흘러나왔다. 진우가 돌아보는 게 느껴졌지만 안젤리크는 모른 체하며 앞을 주시했다.

주차를 한 뒤 캐리어를 끌고서 보딩 패스를 발권하기 위해 줄을 섰다. 수화물을 부친 뒤 출국장 줄에 선 그녀가 진우를 쳐다보았다.

'무슨 생각을 하고 있는 걸까?'

생각이 깊어질수록 쓸데없는 미련만 더하는 것 같아 줄어드는 줄을 바라보며 초조하게 입술을 잘근거리던 안젤리크가 애써 씩씩하게 미소를 지어 보였다.

"음, 그동안 즐거웠어요. 기대했던 것보다 더 좋은 시간들을 보낼 수 있게 해 줘서 고마워요. 진우, 정말 근사한 연인이었는데. 나도 진우한테 그런 사람이었는지 모르겠어요. 이제 들어가 봐야겠어요. 음, 혹시 파리에 오게 되면 꼭 연락해요. 약속한 것처럼 내가 멋지게 가이드 해 줄 테니까. 만약 파리에 올 스케줄 없으면⋯⋯ 내년 여름에 또 봐요, 우리."

"그러죠."

"갈게요."

진우의 고개가 서서히 숙여졌다. 다가오는 얼굴에 그녀의 눈이 점점 커졌다. 첫 만남에서처럼 고개를 숙이며 인사를 해 오는 건가 싶었다. 이렇게 사람이 많은 곳에서 키스를 할 사람이 아니었기에.

그러나 예상과 다르게 진우의 입술이 뭉근하게 입술을 눌러 왔다. 커다란 손으로 얼굴을 꼭 감싼 채, 사람들의 시선에서 두 사람의 입술을 온전히 가리고서 키스를 해 왔다.

"잘 가요."

정신을 차릴 수 없도록 뜨거운 키스를 남긴 그가 먼저 등을 돌렸다.

하늘을 바라보았다. 장난감 비행기보다 훨씬 더 작은 비행기가 구름 위로 뜨기 위해 머리를 치켜든 채 속도를 내고 있었다. 색깔만으로는 그녀가 탄 비행기인지 알 수가 없었다.

흰 꼬리를 남기며 사라진 비행기에 시선을 둔 채 한참을 운전석 등받이에 기대앉아 있던 진우가 시동을 걸었다.

기내용 캐리어를 끌고서 출국장으로 들어가는 그녀를 붙잡아 버리고 싶었다. 말도 안 되는 충동을 누르느라 그는 뼈마디가 하얗게 드러나도록 주먹을 쥐어야 했다. 그러고도 울컥하는 마음을 참지 못해 입술을 담아 버렸다.

그녀는 한국을 떠났고, 한여름 밤의 꿈 같던 시간도 끝났다. 이제 머리를 채운 열기를 식히고 일상으로 돌아가야 할 때였다. 심장박동이 정상으로 돌아오면 말개진 머리로 앞으로의 계획을 짜야 했다. 성급한 마음에 덤벼들었다가 상황 때문에 지쳐 떨어지지 않도록 차근히 계획을 세워야 했다. 안젤리크를 떠올리는 것만으로도 가슴이 뛰어 이성적인 사고를 할 수 있을지는 모르겠지만.

차가 빠른 속도로 공항을 빠져나왔다.

 　

안젤리크가 떠난 지 이틀째, 그사이에 목소리를 한 번 들었고, 수시로 휴대폰을 열어 사진을 보았다. 그녀를 떠올리지 않은 시간보다 생각을 하는 순간이 더 많았다.

— 네, 잘 도착했어요. 좀 피곤하지만 괜찮아요. 고마웠어요. 잘 지내요, 진우.

잘 도착했는지 묻는 그의 전화에 그녀가 들려준 음성이었다.
진우는 작업대 위에 다이어리를 펼쳤다. 날짜를 훑어가는 눈빛이 초조했다. 추석 연휴와 연이은 대학 축제. 덕분에 2주가량 파리로 날아갈 수 있겠다. 10월 12일에 오픈인 전시회를 마친 뒤라면 시간을 내는 게 가능하려나. 하지만 개인전이 끝난 뒤로도 출시될 가구 작업을 마무리해야만 했다. 그렇다고 책임감 없이 휴강을 할 수도 없고.
"어려우려나."
겨울 방학 때까지는 시간을 내기가 어려웠다. 성급히 굴다 실수하지 않도록 차분히 계획을 짜야하는데 자꾸만 조급해졌다. 무작정 떠나 버리고 싶은 마음을 누르며 진우는 가능한 것부터 실행하기 위해 항공권 티켓팅 창을 열었다.
겨울 방학 때까지의 세부 스케줄을 잡은 진우는 휴대폰을 앞에 두고서 한참을 고민에 빠졌다. 불쑥 전화해서 파리에 갈 거라고 통보를 할 수도 없고. 어떤 식으로, 어떤 말로 마음을 전해야 할지 알 수가 없었다.

도착 안부 전화를 하면서도 끝내 마음을 뱉어 내지 못했다. 좋아한다는 말의 무게는 생각보다 더 묵직한 것인지 마음에 갇혀서 쉽게 나오지 않았다. 그녀와의 스킨십에 익숙해졌듯 좋아한다는 말을 하는 것도 익숙해질까.

"계획 잡는 건 쉬운 거였네."

세상에서 가장 어려운 일이 마음을 언어로 표현하는 게 아닐까 싶었다. 고민에 잠긴 채 머리를 긁어 올리다 문득 떠오른 생각에 작업실 벽면 정리대에 놓여 있는 경대를 집어 들었다. 요 며칠 방치되어 먼지처럼 뿌연 나무 가루가 쌓여 가고 있던 미완성의 경대를 작업대 위에 올렸다.

경대의 포인트가 될 세모와 네모 형태의 나뭇조각들을 작업대 위에 늘어놓은 후 스케치북을 펼쳤다. 나뭇조각에 칠해질 색깔들이 적혀 있는 페이지였다.

*White. Yellow. Green. Pink. Bleu······.*

진우의 눈이 따뜻해졌다. 그녀가 왼손으로 쓱쓱 글자를 써 나가던 모습이 떠올랐다.

Bleu. 블루Blue를 무의식적으로 Bleu라고 적어 놓은 걸 보면 프랑스어로 블루는 Bleu인가 보다. 손가락이 블루를 쓸었다.

페인트 통과 붓을 가져왔다. 가장 먼저 붓 끝에 묻은 건 블루였다.

페인트가 건조되기를 기다리는 동안 진우는 끌을 집어 들었다. 그리고 나뭇조각들을 끼워 넣을 경대 상판 정사각형의 홈 옆에 글자를 새기기 시작했다. 사각사각. 한동안 집중하던 진우는 조각도가 만들어 낸 글자에 멈칫했다. 좋아한다는 글을 새기려던 마음과는 달리 엉뚱한 글자가 그려졌다.

 진우는 자신의 마음에서 흘러나온 글자를 응시했다. 스스로도 몰랐던 감정에 놀라 그의 눈이 한껏 커져 있었다. 덮어 가릴 멱⌐, 움켜잡을 조爪, 마음 심心, 천천히 걷는 쇠夊. 각각의 의미를 가진 글자들이 모여 애愛를 만들어 냈다.

 '나랑 데이트할래요?' 바람처럼 가볍게 들렸던 그녀의 제안으로 시작된 관계. 겨우내 봄을 기다렸던 새싹들이 움을 틔우듯 이제 시작하는 줄 알았던 감정은 이미 깊이 뿌리를 내린 터였다. 스스로도 몰랐던 마음의 깊이를 알게 되었다.

 진우의 손끝이 '사랑'을 쓸었다.

## 14장

천천히 걷는 쇠玄,
마음 심心, 사랑 애曖

여름휴가가 끝난 미술관은 시간이 세 배쯤 빠르게 돌아간다. 새로운 전시회의 오픈으로 새 시즌이 시작되었다. 한 주가 정신없이 흘러가고 금요일 오후가 되자 겨우 숨을 쉴 수 있었다. 저녁으로 샐러드를 포장해 온 안젤리크는 풀썩 소파에 주저앉았다. 드디어 주말이었다.

지난 토요일 오후에 샤를드골공항에 도착해 곧장 집으로 와 겨우 샤워만 하고서 침대에 쓰러지듯 누웠다. 타월을 가져와 미처 다 마르지 않은 머리카락의 물기를 닦아 준 오빠가 덧창과 커튼을 쳐 주는 걸 반쯤 감긴 눈으로 쳐다봤다. 내일 보자며 문을 닫고 나가는 그에게 손가락만 까딱였다. 그러고는 암전.

배가 고파서 일어났을 때는 이미 밤이었다. 간단히 먹을 것을 찾아 뒤적이다가 포장해 온 연어샐러드와 빵을 발견했다. 세심한 것과는 거리가 먼 오빠인데 이번 여행지가 특별한 곳이었던 데다 울어서 퉁퉁 부어 버린 눈을 보고서 많이 놀랐나 보다. 울어 버린 이유를 아마도 오해했을 테고. 왜 눈물이 났는지는 정확히 잘 모르겠다. 이상하게도 비행기가 이륙하는 순간부터 눈물이 차올랐다. 진우도 떠올랐고 한국 엄마도 떠올랐다.

식탁 의자에 다리를 끌어 올리고 앉아 무릎에 샐러드 용기를 놓고서 기계적으로 포크를 놀렸다. 배는 고픈데 입맛은 없고. 하지만 위를 채워 주지 않으면 밤새 잠을 방해받을 것 같고.

샐러드를 비운 뒤 빵을 잘라서 버터를 발라 먹고는 다시금 침대에 누웠다. 머릿속이 몽롱했다. 아무런 생각도 나지 않았고 하고 싶지도 않았다. 부족했던 수면과 롤러코스터를 탄 것처럼 오르내렸던 감정을 다독일 시간이 필요했다. 감정을 객관화하는 시간 역시.

다시금 침대 속으로 들어갔다가 완전히 잠에서 깬 건 다음 날 점심때가 다 되어서였다.

부모님과 함께 점심을 먹으며 한국 엄마와 만났던 이야기를 전해 주고, 한국의 첫인상과 여행에 대해서도 들려주었다. 엄마 아빠한테 오랜만에 응석도 부리다 저녁까지 먹고서 늦게 그녀의 아파트로 돌아왔다.

그리고 시작된 월요일. 정신 차리고 보니 어느새 주말을 앞둔 금요일 저녁이었다.

기계적으로 씻고 저녁을 먹은 뒤 잠에 빠져들었다. 그리고 다음 날 아침 알람이 한참 울리고 나서야 눈을 떴다. 시간을 확인한 그녀가 지각을 할세라 서둘러 나갈 준비를 했다. 진우의 작은아버지, 무슈 이Lee와의 약속이었다.

귀국한 이후로 정신없는 시간을 보내고 토요일인 오늘 오전에서야 겨우 시간을 내 진우의 작은아버지를 만날 수 있었다.

카페로 들어서자 창가 쪽에 앉아 신문을 읽고 있는 그가 보였다.

"요즘에는 종이 신문 읽는 모습 많지 않은데."

"나는 이걸로 읽는 게 편해서. 책도 그렇고."

신문을 접어 옆에 내려놓으며 그가 물었다.

"그래, 한국 여행은 어땠어요?"

"평생 기억에 남을 것 같아요."

"좋은 의미로?"

"아주 좋은 의미로요."

대답과 함께 가져온 선물을 내밀었다. 한국인에게 한국을 다녀온 선물로 뭘 골라야 할지 애매했다. 웬만한 건 파리에서도 구입이 가능하고. 그래서 선택한 게 그의 집과 정원을 찍은 사진이었다. 그리고 진우의 사진도.

"보고 싶으실 것 같아서요."

예상치 못했던 선물에 그가 웃음을 터트렸다.

"이 녀석이 웬일로 사진도 찍혀 주고. 부산에 있는 동안 진우 녀석이 잘 돌봐 주던가요?"

"네."

"다행이네. 싹싹한 성격은 아니지만 그래도 속이 깊어서 여러 가지로 신경 써 줄 줄 알았지. 다음에 또 부산 갈 일이 생기면 언제든 우리 집에서 머물러요."

"감사합니다. 덕분에 좋은 사람과 만날 수 있었어요."

"좋은 녀석이긴 하지. 조금만 사교성이 있으면 더 좋았겠지만. 빈말할 줄도 모르고, 남 비위 같은 건 맞출 줄도 모르고 맞추려는 성격도 아니라서 이번에 전임 강사 자리도 엉뚱한 인간한테 돌아갔나 보더라고요. 뭐 녀석은 딱히 신경 쓰는 것 같지 않았지만."

말을 다 알아듣지 못해 물어 오는 안젤리크에게 그가 다시금 설명을 해 줬다. 그리고 씁쓸하게 덧붙였다.

"어느 곳이든 정치질 안 하는 데가 없단 말이지. 대학이라고 다를 게 없어. 그래도 가르치는 일에 흥미가 있다니까 계속하기는 하겠지만. 미안해요. 불쑥 좋지도 않은 얘기를 꺼내서."

안젤리크가 놀랍지 않다는 표정을 지었다.

"아니에요. 미술관도 그런 일 있는데요. 저번 뉴스에도 나온 것처럼요."

미술관 관장 자리를 차지하기 위한 알력과 암투와 비리. 자리를 뺏긴 경쟁자의 보복성 폭로. 놀랍기는 했지만 어디든 어두운 구석이 없는 곳은 드물었다.

두 사람의 대화는 그 뒤로 한 시간가량 이어졌다.

카페를 나와 그녀의 아파트로 돌아온 안젤리크는 간단히 점심을 먹고 청소를 시작했다. 여행으로 3주가량 비어 있던 데다 이번 주 내내 시간이 없던 탓에 집이 어수선했다.

내일은 오랜만에 만나는 친구들이 그녀의 집으로 모이기로 했다. 2주 혹은 3주간 여름 바캉스를 떠났다가 돌아온 친구들은 각자 방문했던 나라의 맛있는 술을 한 병씩 들고 올 예정이었다.

대충 집 정리가 마무리되자 욕조에 물을 받아 물속 깊이 몸을 담갔다. 전화가 온 건 커피를 내려 거실 소파에 막 앉았을 때였다.

토요일 오후 1시. 이 시간에 울리는 거라면 아마도 여행 잘 다녀왔냐는 안부를 묻는 친척이나 친구들의 전화일 확률이 컸다.

무심히 휴대폰을 집던 그녀의 눈이 커졌다.

'지누'. '진우'라는 걸 알게 된 후로도 장난처럼 그대로 두었던 이름이었다. 지난 일요일 잘 도착했냐는 그의 덤덤한 안부 인사를 끝으로 더 이상은 그에게서 연락이 없을 줄 알았다.

테이블에 머그잔을 내려놓고 심호흡을 한 후 액정을 터치했다.

"여보세요."

― 이진우입니다.

소파 위로 다리를 끌어 올리며 안젤리크는 웃었다. 어쩌면 융통성 없어 보이는 그가 한결같아 보여서 오히려 더 좋았다.

"나는 안젤리크고요. 잘 지냈어요?"

― 잘 지내요.

안젤리크는 볼을 부풀렸다. 그냥 하는 인사말이겠지만 나는 너의 부재에 아무런 타격도 받지 않았다는 소리처럼 들렸다. 마음이 좀 꼬였나 보다.

― 할 말이 있어서 전화했어요.

기대와 긴장으로 등줄기를 꼿꼿하게 세운 그녀가 조심스레 물었다.

"……무슨, 말이요?"

― 어제 국제 우편으로 소포, 박스 하나 보냈어요. 경대 마무리했는데, 아마 다음 주 수요일쯤에는 받아 볼 수 있을 거라고 합니다.

"아, 경대."

실망스러운 기색을 보이기에는 왜인지 자존심이 상해 그녀는 애써 목소리를 끌어 올렸다.

"깜빡하고 있었어요. 다 못 만들어서 미안해요. 대신 해 줘서 고맙고요."

혹시라도 용건만 말하고 금방 끊어 버릴까 봐 안젤리크는 얼른 대화거리를 찾아 물었다.

"거긴 8시네요. 저녁 먹었어요?"

— 이제 먹으려고요.

"경준 씨랑?"

— 경준이랑.

"뭐 먹을 건데요? 혹시 짜장면이랑 탕수육?"

그가 웃는지 바람 소리 같은 게 들려와 안젤리크는 휴대폰을 조금 더 귀에 가까이 가져갔다. 그리고 볼륨도 더 키웠다.

— 비가 내리고 있어서 짜장면 대신 우동. 우동과 탕수육 주문했어요.

"아— 맛있겠다. 부러워."

이번엔 바람 소리 대신 선명한 웃음소리가 들렸다. 그녀의 입술꼬리도 슬쩍 올라갔다.

"나는 달콤한 맛이랑 매운맛만 중독이 되는 줄 알았는데. 우동은 달지도 맵지도 않은데 또 먹고 싶어요. 한국 음식은 다 중독되는 맛인 것 같아."

중독되는 건 음식뿐만이 아닌 것 같았다. 안젤리크는 한숨을 삼켰다.

— 파리에도 한국 음식 먹을 수 있는 곳 꽤 되지 않나?

"그래도 한국에서 먹는 거랑은 다르죠. 음, 진우."

— 그럼 잘······.

진우라고 부르는 그녀의 목소리가 그럼 잘 지내라고 하려던 진우의 목소리와 겹쳤다. 잠시 말이 없던 그가 물어 왔다.

— 할 말 있어요?

짐작했던 것보다 더 많이 보고 싶어요. 우리 장거리 연애 해 볼래요? 멀리 있다고 연애가 불가능한 건 아니잖아요? 하고픈 말을 삼키고 인사를 건넸다.

"아니. 진우도 잘 지내요."

— 그럼.

뚝 전화가 끊겼다. 안젤리크는 통화가 끊나 버린 액정을 바라보았다. 생각지도 못한 전화에 설레었던 마음이 바람 빠진 풍선처럼 꺼져 버렸다. 그깟 경대가 뭐라고.

경대가 들어 있는 소포 박스는 진우가 말한 대로 수요일에 도착했다. 소포가 도착했다는 메시지에 직장으로 가져와 달라고 부탁하자 오늘은 근무 시간이 끝나 버렸다며 우체부는 다음 날 미술관으로 박스를 들고 왔다.

그녀는 하루 종일 책상 밑에 놔두었던 박스를 들고 퇴근을 했다. 집으로 돌아와 씻고 저녁을 먹고 난 뒤에야 박스를 열었다.

경대는 흠집 하나 나지 않도록 에어 캡으로 꼼꼼하게 포장되어 있었다.

"예쁘다."

진우가 잘못한 것이 없다는 걸 알면서도 서운했다. 서운한 마음에 그의 선물조차 덜 반가웠다. 그래도 포장을 푸는 순간 감탄이 나왔다.

포인트가 되는 색색깔의 나뭇조각들은 색을 입히기 전에도 예쁘다 싶었지만, 색이 더해지니 또렷하게 모습을 드러낸 나뭇결로 인해 조각보보다 더 예뻤다.

경대의 디자인에 어울리는 작은 서랍도 열어 보고, 경대의 뚜껑을 열어 그 속에 달린 거울도 보고. 허리를 숙여 경대 가까이 얼굴을 가져가 깊이 숨도 들이켜 보았다. 옅게 맡아지는 페인트 냄새 너머로 나무 향이 났다. 진우의 작업실에 나던 소나무 향이.

안젤리크는 나뭇조각을 조립한 부분을 쓰다듬었다. 살결만큼이나 부드러웠다. 이렇게 부드럽게 만들기 위해서는 페인트칠을 한 뒤에도 고운 사포로 또 나무를 다듬어야 한다는 걸 들어 알고 있었다.

안젤리크는 휴대폰을 집었다. 손가락 끝으로 나무를 쓰다듬으며 '지누'를 찾았다. 초록색 전화기 모양을 터치하려던 손이 멈추었다. 손끝에 뭔가가 걸렸다. 마치 나무에 생채기가 난 것처럼.

「뭐지?」

이상했다. 배송 중 파손이 되었다면 모서리 부분이 벗겨졌을 텐데. 나무가 팬 위치는 상판 정중앙 나무 퍼즐이 있는 곳이었다. 나뭇조각을 삽입하다가 자국이 남은 건가. 그렇다면 진우가 그대로 놔두지 않았을 텐데. 조금 전 냄새를 맡을 때 그랬던 것처럼 허리를 숙여 손가락이 걸리는 부분을 확인했다.

장식으로 박아 넣은 조각 나무의 오른쪽 아랫부분에 한자가 새겨져 있었다. 마치 동양화에 화가의 낙인이 찍혀 있듯이. 동양화의 빨간색 낙인과는 달리 경대에 새겨진 한자는 나무에 새긴 거라 상판 색깔과 똑같아서 만지지 않았다면 미처 보지 못했을 거다.

愛

수수께끼 같은 한자를 앞에 두고 안젤리크는 얼굴을 찌푸렸다.
「이게 무슨 뜻이지?」
그의 성격상 아무런 의미 없이 이걸 새겨 놓지는 않았을 듯싶어 고개를 갸웃하다 중얼거렸다.

「진우 이름인가?」

한 글자인 걸 보면 그의 성이나 이름 중 하나. 그도 아니면 그의 디자인 낙관인가? 진우에게 전화를 걸어 소포가 도착했다는 것을 알리고 새겨 놓은 글자의 의미를 물어보면 궁금증은 금방 해결될 일이었다. 그런데도 그에게 전화를 하는 대신 뚫어져라 한자를 보고 있는 건 어쩐지 이 글자가 아주 생소해 보이지는 않아서였다.

문득 떠오른 생각에 그림처럼 보이는 한자를 사진으로 찍은 뒤 구글로 들어가 이미지를 첨부하고서 클릭했다.

참 진. 벗 우. 그의 이름 중 어떤 걸 뜻하는 걸까. 궁금증을 안고서 액정을 바라보던 그녀의 눈이 휘둥그레졌다.

愛. Amour. Love.

「거짓말.」

심장이 두근거렸다. 혹시라도 착각을 하는 건 아닐까. 어쩌면 그의 성인 '이'는 사랑이라는 뜻을 품은 게 아닐까.

그녀는 google.fr가 아닌 한국 포털 사이트로 들어갔다.

愛를 붙여 넣기 하자 사전이 떴다.

사랑 애.

사랑이라는 의미를 가진 이 글자를 '애'라고 읽는다고 했다. 사랑해와 닮은 사랑 애.

「이 남자 대체 뭐야.」

사람 속 끓이게 해 놓고는. 자존심 상하게 잠도 못 자게 만들어 놓고는. 겨우 글자 하나로 사람을 녹아내리게 만들어 버린다. 좋아하는 줄 알았는데, 그는 사랑을 말하고 있었다.

쭉 나열된 사랑 애의 뜻을 읽어 내려가던 눈동자가 7번째 설명에서 멈춰 버렸다.

7. 그리워하다.

「나도 그립다고요.」

얼른 전화를 걸려다가 문득 떠오른 생각에 안젤리크는 그의 목소리를 듣고 싶은 유혹을 꾹 누르고서 다이어리를 펼쳤다. 일정을 확인하는 그녀의 상기된 눈동자가 개구지게 빛났다.

───

안젤리크는 박물관 카페에서 판매하는 바게트샌드위치로 간단히 점심을 해결하고는 관장님을 기다렸다. 오전부터 약속이 있어 내내 외부에 있다 이제야 들어온 관장님에게 얼른 다가섰다.

「스테파니. 할 얘기 있는데 시간 좀 내 주실래요?」

「따라와.」

관장실로 들어간 그녀가 트렌치코트를 걸고 스카프를 풀어 내리며 용건을 꺼내도 좋다는 뜻을 표했다.

「말해 봐.」

「다음 주 월요일부터 금요일까지 휴가 주셨으면 해서요. 만약 안 되면 그 대신 뚜쌩(Toussaint, 만성절) 때는 샌드위치 데이 쓰지 않을게요.」

책상에 비스듬히 걸쳐 앉은 관장이 팔짱을 끼고서 물어 왔다.

「사유는?」

「좋아하는 사람이 있는데 꼭 만나야 해서요.」

좋아서 어쩔 줄 모르겠다는 표정을 감추지도 않는 안젤리크를 가늘게 눈을 접고 쳐다보던 그녀가 심문을 하듯 물었다.

「언제 애인이 생긴 거야? 자비에가 데이트 신청했을 때만 해도 없었잖아?」

스테파니의 생일 파티에 초대받았던 한 갤러리의 큐레이터가 안젤리크를 가리키며 혹시 남자 친구가 있는지 물어 왔었다. 내가 알기로는 없다는 그녀의 대답에 그는 곧바로 안젤리크에게로 다가가 데이트 신청을 했었다. 그녀의 타입이 아니었는지 그 자리에서 부드럽게 거절당하기는 했지만. 그게 올해 7월이었다.

「한국에서 만났어요.」

「한국? 그럼 한국 사람?」

「네.」

생각만으로도 좋은지 잔뜩 올라간 입꼬리를 보며 스테파니가 이제야 알겠다는 표정으로 고개를 주억거렸다.

「그래서 내내 마음이 딴 데 가 있는 사람처럼 굴었던 거였어? 난 또 여름휴가가 끝나고 돌아오면 으레 그러듯이 휴가의 여파가 남은 건가 했지.」

안젤리크의 눈이 커다래졌다.

「제가 마음 못 잡았던 거 어떻게 아셨어요? 아무도 눈치 못 챘는데.」

자꾸만 흐트러지려는 마음을 잡으려고 평소보다 더 일에 집중했었다. 동료들 중 누구도 알아채지 못했을 만큼.

「다른 사람들이야 널 안 지 겨우 1년밖에 안 된 거고.」

1학년 때 수업을 통해 외부 강사인 스테파니를 처음 만났다. 그리고 3학년 때 루브르 미술관 정원에서 우연히 마주쳤던 날 같이 일할 수 있으면 좋겠다며 열심히 해서 그녀의 미술관으로 오라는 말을 했었다. 그게 인연이 되어 지금까지 이어져 온 거고.

「그래서 한국에 갔다 오려고? 장거리 연애 쉬운 거 아니야. 단지 자주 못 만난다는 이유로 점점 감정이 옅어지고. 그래서만 힘든 줄 알지? 마음이 딴 곳에 가 있어서 자기 생활 제대로 유지 못 하는 거, 그게 더 힘든 거야. 일 시작한 지 이제 겨우 2주밖에 안 됐어. 그런데 그새를 못 참고 벌써 일보다 연애야?」

교환 학생이었던 퀘벡 남자와 파리와 몬트리올을 오가며 3년간 장거리 연애를 하다가 결국에는 헤어진 경험이 있는 스테파니의 냉정한 말투에는 현실을 알려 주려는 마음과 함께 애정 섞인 걱정이 어려 있었다.

「전 둘 다 똑같이 중요해요. 그리고 단지 보고 싶다는 이유로만 가는 건 아니에요. 실은 휴가 때의 추억으로 끝나는 줄 알았거든요. 그런데 그 사람이 절 사랑한대요. 고백받았어요. 직접 말로 해 주지 나무에 새겨 주는 바람에 못 볼 뻔했어요. 진중하고 신뢰를 주는 사람다운 고백이긴 한데, 그래도 여자 마음을 너무 몰라.」

속상한 것처럼 덧붙인 말이 어쩐지 독특한 방법으로 고백을 받았다는 자랑처럼 들렸다. 막 사랑에 빠졌을 때야 그게 뭐든 좋아 보이는 법이다. 사랑의 열병도, 결혼이라는 합법적인 절차도, 그리고 헤어짐까지도 모두 맛본 스테파니는 이제 막 시작하는 사랑으로 빛이 나는 그녀가 조금 부러웠다.

「같은 구역에 살면서 매일 만나도 헤어질 사람은 헤어지게 되는 법이지. 힘든 거 알고서 시작하는 거니 알아서 잘해 봐. 그리고 휴가 건은 알겠으니까 이만 가 봐.」

「감사합니다.」

안젤리크가 웃으면서 덧붙였다.

「기념품 사 올게요.」

관장이 코웃음을 쳤다.

「문어라고 우겼던 그 외계인 같은 거? 사양해.」

부산 아쿠아리움 기념품 숍에서 발견한 투명 플라스틱 큐브에 들어 있는 문어. 마치 바다 위를 유영하는 것처럼 큐브를 반쯤 채운 파란 액체 위에 둥둥 떠 있는 분홍색 문어 두 마리. 새끼손가락 반만 한 크기의 문어의 얼굴을 본 순간 그녀는 웃음을 터트렸었다. 그리고 제일 먼저 스테파니가 떠올랐다. 관장인 스테파니가 키치한 걸 재밌어라 하는 건 다들 알고 있는 사실이었다.

「진짜 문어라니까요.」

솔직히 화성을 탈출한 외계인을 닮기는 했다.

「그래도 귀엽잖아요. 그리고 그런 거 좋아하시면서.」

「취향 바뀌었어. 나 그거 마음에 들더라. 한글 알파벳 수놓여 있는 명함집. 아이디어 좋더라고. 두 개만 부탁해.」

그러곤 선물하고픈 사람이 있다며 가격을 물어 왔다.

「그때 여러 가지 구입하느라 생각은 잘 안 나는데요. 예쁘고 수공이 많이 든 거에 비해 저렴해서 놀랐던 기억이 나요. 50유로 안 넘는 건 확실해요.」

스테파니의 눈이 살짝 커졌다.

「그런 퀄리티의 기념품을 그 가격에 판매하는 게 가능하다는 말이야? 그럼 다섯 개.」

「알겠습니다.」

「가 봐.」

「휴가 때까지 열심히 일할게요.」

「당연하지.」

바쁜 시기라 안 된다고 하면 크리스마스 휴가까지 모두 반납하겠다고 딜을 해 볼 생각이었는데. 의외로 쉽게 휴가 신청이 받아들여졌다. 관장실을 나오는 그녀의 표정이 행복감을 감추지 못하고 있었다.

───

한동안 비어 있을 작업실을 정리하는 진우의 손길이 분주했다. 한동안이라고 해 봤자 겨우 2주 정도라 정작 분주한 건 머릿속인지도 몰랐다. 추석과 대학 축제가 이번만큼 기다려진 적은 없었다.

마지막으로 디자인북을 챙겨 들고 나와 작업실 문을 단속했다. 공방 문턱에 앉아 담배를 피우고 있던 경준이 불을 끄며 일어나자 진우는 눈짓으로 작업실을 가리켰다.

"부탁한다."

"걱정하지 말고 잘 다녀와요. 2주 뒤 목요일에 온다고 했죠?"

"응. 다음 날 오전 강의라."

"안부 전해 줘요."

"그럴게."

경준이 조금 망설이다 주먹을 쥐어 보였다.

"파이팅이에요, 형."

정확하게 사정을 물어 오지도, 말하지도 않았는데 보이는 것만으로 다 짐작이 됐나 보다. 진우가 멋쩍은 표정을 짓다 고개를 끄덕였다. 연애라는 게 혼자서 파이팅 한다고 될 일은 아니지만 그래도 할 수 있는 건 다 해 볼 생각이었다.

잘 다녀오라는 말을 하는 경준에게 손을 들어 보이고는 골목을 빠져나왔다. 집 안 정원을 가로지르며 습관적으로 1층 거실 창에 시선을 던지던 그가 입꼬리를 올렸다. 계속 머릿속을 맴도는 사람이라서 그런가. 어쩐지 불어오는 바람에 치자 향이 맡아지는 것 같았다.

빙긋이 웃으며 2층 계단으로 향하려던 그가 그 자리에서 굳어 버렸다. 야외 테이블에 안젤리크가 앉아 있었다. 보고 있으면서도 현실감이 없었다.

마치 오늘 아침에도 만났던 사람처럼 그녀가 눈웃음을 지으며 손가락을 팔랑였다.

"안녕."

"어떻게."

말이 목에 걸려 버렸다.

"어떻게 여기 있어요?"

"일주일 동안 있다가 가는데 그동안 여기서 지내도 된다고 허락받았어요. 아저씨한테요."

그걸 물은 게 아닌데. 그리고 작은아버지에게서는 아무런 연락을 받지 못했다. 일주일간의 짧은 시간 동안 부산에 들를 일이라면 그녀의 친어머니밖에 떠오르지 않았다. 그녀가 부산을 떠났던 게 불과 3주 전이었다. 그사이에 무슨 일이 생긴 건가.

걱정이 담긴 얼굴로 그가 다가섰다.

"어머니 만나 뵈러 온 겁니까? 무슨 일이 생겼어요?"

그의 표정과 말투에 안젤리크는 가슴이 뭉클했다. 무슨 상황인지도 모르면서 힘이 되어 주려는 사람이었다.

"만날 거예요. 동생도 같이."

파리로 돌아간 뒤 동생에게서 조심스러운 첫 번째 메일이 도착했고, 그 후로도 몇 번의 메일이 오가고 얼마 전 첫 통화를 가졌다고 그녀가 알려 주었다.

"같이 만나서 점심 먹기로 했어요. 그때는 커피 한 잔밖에 못 줘서 마음에 계속 남았대요. 한국 엄마가요."

"잘됐네요."

"잘됐어요."

진우는 심호흡을 했다. 그가 그녀를 만나려던 목적과 그녀가 다시 한국에 온 이유는 달랐지만 보고 있는 것만으로도 가슴이 뛰었다.

"할 말이 있는데."

그가 긴장한 표정으로 운을 띄우자 그에게로 달려가 와락 안기고 싶은 마음을 애써 참으며 안젤리크는 딴청을 피웠다.

"음, 중요한 거예요? 나 배고픈데 저녁 먼저 먹으면 안 돼요? 진우는 저녁 먹었어요? 우리 그때 먹었던 소양념갈비 먹으러 갈래요?"

한없이 느긋한 그녀를 보며 진우는 초조한 기색으로 한 걸음 다가섰다. 아직 저녁 전이었지만 지금 상태로는 밥이 넘어가지 않을 것 같았다.

"우선 내 얘기부터 들어 줘요."

"음, 해 봐요."

"나하고 연애하죠."

안젤리크는 입술을 꾹 물었다. 그런데도 설레는 표정을 감출 수가 없어 고개를 숙이고서 시선을 내려 버렸다. 허리께까지 자란 수국의 잎사귀를 만지작거리며 물었다. 무심을 가장한 목소리였다.

"나 일주일만 있다가 다시 프랑스로 가는데요?"

"그렇게 얘기했잖아요."

"그럼 지난번처럼 내가 있는 동안만 데이트하자는 말이에요?"

"아니."

무언의 고백 말고 이번엔 직접 듣는 건가 싶어 되묻는 그녀의 목소리가 들떠 있었다.

"그럼요?"

"진짜 연애를 하자는 말입니다."

대답이 마음에 들지 않는지 그녀의 볼이 복어처럼 변했다.

"진짜 연애? 그러면 지난번에 한 건 진짜가 아니었어요? 가짜로 연애한 거였어요?"

"아니, 내 말은 그런 의미가."

마음이 급하니 말이 꼬인다.

"장거리 연애가 되겠지만 그래도 시작해 보자는 말이었어요."

"장거리?"

다급한 마음에 쉬운 단어를 쓴다는 것조차 잊어버렸다. 그는 장거리의 뜻을 설명한 뒤 재빨리 덧붙였다.

"거리 때문에 물론 쉽지는 않겠지만, 그래도 우선은 가능한 한 시간을 자주 내서 내가 파리로 갈 거고. 가구 디자인은 파리에서 거주하면서도 할 수 있고, 또 작업실도 마련할 거고……."

말을 끝맺기도 전에 갑작스레 달려와 온몸으로 안겨 드는 그녀를 진우는 얼떨결에 안았다. 조금 휘청였지만 그녀를 꽉 껴안은 팔을 풀지 않았다.

그의 목을 껴안고서 그녀가 환히 웃었다.

"좋아요, 좋아!"

파리와 부산은 너무 멀지 않냐며 가슴이 쿵 내려앉는 소릴 하고. 아무런 내색도 않다가 경대만 툭 보내오고. 알지도 못하는 한자로 고백하고. 자칫하면 못 보고 지나쳤을 그의 고백에, 어쩌면 이진우와 가장 잘 어울리는 고백에 도무지 참지 못하고 달려와 버렸다. 글자가 아닌 말로 사랑 고백을 듣고 싶어서. 애가 탔던 만큼 속을 긁고 안달도 나게 만들어 주고 싶었는데. 겨우 연애하자는 말에 그런 마음은 다 치워 버렸다.

얼떨떨한 표정을 짓던 진우가 그녀의 얼굴을 꼭 붙들고는 달콤한 입술을 물었다. 아까부터 가장 먼저 하고 싶었던 일이었다.

꽉 껴안은 채 고개를 틀어 좀 더 깊이 입술을 머금었다.

입술이 떨어지는 순간 바람이 타액에 젖은 입술을 스쳐 갔다.

그녀는 이미 알고 있음에도 그의 입으로, 목소리로 직접 듣고 싶었다.

"나 좋아해요?"

진우가 고개를 끄덕였다.

"나 사랑해요? 고개 끄덕이지 말고 말로 해 줘요."

"그 단어가 흘러나온 걸 보면 아마도 그런 것 같아요."

"이상하죠? 나는 사랑한다는 말을 직접 듣고 싶기도 하지만, 진우가 쉽게 사랑한다는 말을 하지 않아서 좋기도 해요. 알아요? 나

엄청 보고 싶었다고요."

대답처럼 그의 팔이 죄어 왔다.

"나도 보고 싶었어요."

"진우."

그녀가 친구처럼 불러 왔다. 귓가를 맴돌던 그리운 말이었다. 그녀가 그의 허리에 팔을 감아 오며 핀잔을 주듯 속삭였다.

"나 한자는 하나도 모른다고요. 내가 그 글자를 알 거라고 생각한 거예요?"

슬쩍 눈을 흘기는 그녀 때문에 진우의 입꼬리가 올라갔다.

"그런 생각 할 여유 없었어요. 나도 모르게 나왔던 거고, 그래서 내가 더 놀랐으니까."

"그런데 나한테 언제 사랑한다고 말해 줄 거예요? 직접 말로 하는 건 쑥스러워요? 응?"

미간에 주름을 잡은 그가 개구쟁이 같은 미소를 짓는 그녀에게로 고개를 숙였다. 진우에게서 흘러나온 은밀한 고백이 두 사람의 입술 사이를 맴돌았다.

쌓여 가는 나무의 시간들은 나이테로 알 수 있지만, 쌓여 가는 감정의 무게는 어떻게 알 수 있는지 진우는 몰랐다. 감정의 깊이를 측량하는 방법은 모르지만 그녀에게로 향한 자신의 감정이 어떤 것에도 흔들리지 않을 만큼 단단하게 뿌리를 내렸다는 걸 느낄 수 있었다.

욕심나는 사람과의 진짜 연애가 시작되었다.

## 15장

### 서툴고 무뚝뚝한 남자의 프러포즈

연말 특유의 술렁이는 기운은 거리만이 아니었다. 평소보다 들뜨고 적당히 소란스러운 분위기의 사무실에서 안젤리크는 분주히 자리를 정리했다.

「약속 있어?」

옆자리의 2년 차 선임 클로에였다.

「아까부터 계속 시계 본다 싶어서.」

「남자 친구랑 영상 통화 하기로 했거든요.」

생각만으로도 좋은지 눈꼬리를 접으며 안젤리크가 덧붙였다.

「그리고 내일 공항으로 마중 나가요.」

「오— 크리스마스 같이 보내는 거야? 좋겠다.」

「네, 엄청 좋아요.」

클로에가 크리스마스 선물로 직원들에게 돌리고 남은 초콜릿 박스를 꺼내 "먹을래?"라며 건넸다. 안젤리크는 다크초콜릿 한 알을 집었다.

「장거리 연애 한 지 얼마나 됐다고 했더라?」

「9월부터니까 3개월 넘었죠.」

「어때? 많이 힘들지는 않아?」

안젤리크는 콧등에 주름을 잡았다.

「솔직히 생각하던 것보다 훨씬 힘들어요.」

진우의 부재는 혼자 있을 때도 쓸쓸함을 주었지만, 사람들과 함께할 때면 외로움의 크기가 더했다. 생일파티에 초대되어 남자 친구의 축하 키스를 받는 친구를 볼 때, 저녁 데이트 약속이 있다며 한껏 들뜬 동료를 바라볼 때. 그럴 때면 두 사람 사이의 만만치 않은 거리가 현실로 훅 다가왔다.

「이번에 오면 가지 말라고 떼쓰는 거 아냐?」

「어쩌면 그럴지도 모르겠어요.」

농담처럼 말을 받았지만 그런 내색은 하지 않을 거였다. 지금도 서로에게 최선을 다하고 있는데 무리를 하다 보면 지쳐 버릴지도 몰랐다.

관장실에서 나온 스테파니의 휴가 잘 보내라는 인사말을 시작으로 연말 인사들이 이어졌다.

「올해는 화이트 크리스마스를 기대하기는 글렀지?」

클로에가 창문을 쳐다보며 실망스러운 말투로 중얼거렸다.

비가 오고 있었다. 오늘 하루만이 아니라 크리스마스 때까지 눈 소식은 없었다.

「예보가 언제나 맞는 건 아니잖아요.」

잠시 비를 바라보던 안젤리크가 손을 흔들고서는 우산을 챙겨 들고 나왔다.

 비가 온다. 귀가 먹먹하리만큼 세찬 장대비였다. 좁은 골목길이라 더욱 요란하게 들리는 빗소리를 뚫고 택시 한 대가 멈춰 섰다. 트렁크에서 꺼낸 캐리어를 아파트 현관 처마 밑으로 옮긴 기사가 뿌연 연기를 뿜으며 사라지자 한낮의 골목길에는 진우와 여행 가방만이 덩그러니 남았다.
 "도착한 건가."
 진우는 피곤한 얼굴로 목덜미를 쓸었다.
 멀다. 부산에서 인천으로. 인천공항에서 샤를드골공항으로. 그리고 공항에서 파리 한복판에 위치한 안젤리크의 아파트까지. 집에서 출발한 지 열다섯 시간 만에 겨우 도착할 수 있었다.
 진회색 코트의 어깨 자락에 겨울을 머금은 차가운 빗방울이 스며들었다. 건물 현관에 달린 불투명 유리 재질의 처마는 꽃잎을 본뜬 사랑스러운 디자인이었지만 폭우를 막아 주기에는 역부족이었다.
 우산을 든 진우는 손목시계를 확인했다. 12시. 오전에 잠깐 미술관에 들러야 한다는 그녀는 12시쯤에는 집에 올 거니까 그때 영상 통화를 하자고 했다. 현관 벽면에 기대선 진우의 얼굴에서는 피곤함과 긴장, 그리고 여린 흥분이 묻어났다.
 처마를 타고 내린 겨울비가 우산 위로 후드득 떨어졌다. 초조한 기색으로 머리를 쓸어 올리던 진우의 손짓이 멈추었다. 쏴아아, 시끄러운 빗줄기 사이로 찰박찰박 장화가 물을 밟는 소리가 들려왔다. 진우의 시선이 골목 입구를 향했다.

안젤리크가 거센 빗줄기를 뚫고 골목 초입으로 들어서고 있었다. 안개 장막처럼 뿌연 빗줄기에 보이는 거라곤 거무스레한 실루엣뿐이지만 자신의 여자라는 걸 한눈에 알아볼 수 있었다.

11월 초에 만난 이후로 영상으로만 봐야 했던 연인에게로 달려가는 대신 진우는 들고 있던 우산을 슬그머니 앞으로 기울였다. 미소를 머금은 그의 얼굴이 청색 우산에 가려졌.

찬바람에 굽어진 빗줄기가 얼굴에 튕기자 실눈을 뜬 안젤리크는 우산을 바짝 끌어당겼다. 종종걸음을 치는 그녀의 머리끝이 간혹 우산대에 부딪쳤다.

재빨리 걸음을 놀려 아파트 현관 앞에 도착한 그녀는 코트 주머니를 뒤적거렸다. 키를 꺼내 센서에 가져가며 옆에 선 남자에게로 힐긋 눈길을 던졌다. 인터폰을 누른 뒤 응답을 기다리는지 남자는 우산을 푹 내려쓴 채 현관문 귀퉁이에 서 있었다.

물이 예쁘게 빠진 청바지에 감싸인 긴 다리가 문득 진우를 떠올리게 해 안젤리크는 아련한 눈빛으로 중얼거렸다.

「보고 싶다.」

내일이면 만날 수 있는데 벌써부터 보고 싶었다.

틱. 현관문의 잠금이 풀리는 소리가 났다. 우산을 접고서 현관문을 밀고 들어가며 그녀는 남자에게 무심히 인사를 했다.

「봉주르.」

「봉주르.」

습관적으로 던진 인사에 똑같이 대답을 해 오는 남자의 목소리가 그녀의 걸음을 붙들었다. 설마. 천천히 고개를 돌려 남자를 바라보았다.

설마.

남자에게로 한 걸음 다가섰지만 둥그런 우산이 남자의 턱선까지 가리고 있었다. 안젤리크는 고개를 숙여 조심스레 우산 속을 들여다보았다. 우산 속, 웃음을 잔뜩 머금은 눈동자와 마주친 순간 그녀는 호흡을 멈췄다.

멍하니 눈만 깜빡이는 그녀의 반응에 진우는 빙그레 미소를 지으며 천천히 허리를 숙였다. 코끝이 마주칠 만큼 다가간 그가 놀라 벌어진 그녀의 입술에 쪽 베이비 키스를 했다.

"언제 왔어요?"

"20분 전에."

"내일 온다고 했잖아요."

뒷덜미를 감싸 쥐며 달콤한 입술에 다시금 입을 맞춘 그가 한숨처럼 내뱉었다.

"보고 싶어서."

겨우 하루 차이인데도 더 빨리 보고 싶어 일정을 변경해 버린 진우. 크리스마스 선물을 주듯 깜짝 놀라게 하려고 일부러 말을 하지 않은 진우. 두 눈 가득 감정을 담아 그를 바라보던 그녀가 발꿈치를 들어 올리며 그의 목에 팔을 감았다. 베이비 키스가 진짜 키스로 바뀌었다. 젖은 입술이 가쁜 호흡을 내뿜으며 서로를 머금다 떨어지기를 반복했다.

진우는 장난스레 코끝으로 그녀의 콧등을 간질였다.

"비행기 티켓 또 바꿀 만큼 나 그렇게 보고 싶었던 거예요?"

"그렇게 보고 싶었어요."

안젤리크가 눈웃음을 지었다. 쑥스러운 표정을 하고서도 마음을

사랑 벗

여과 없이 얘기하는 이 남자가 자꾸만 더 좋아졌다.

"잠깐만요."

꼭 잡은 손을 놓은 그녀가 끼고 있던 가죽 장갑을 벗었다. 그의 손가락 사이로 손가락을 미끄러뜨려 깍지를 꼈다.

손이 차. 비밀번호도 알면서 뭐 하러 밖에서 기다려요. 현관 안쪽에 있지. 아님 한 블록만 가도 카페가 있는데 거기서 기다리지. 많이 피곤하죠. 기내에서 잠 좀 잤어요? 배는 안 고파요?

건물 현관에서부터 4층에 위치한 그녀의 아파트에 들어갈 때까지 흥분이 가시지 않은 얼굴로 물어 오던 그녀가 문득 그의 가슴에 얼굴을 묻었다.

"진우 보니까 너무 좋아."

그의 허리에 팔을 두른 채 안젤리크는 깊이 숨을 들이켰다. 청량한 비 냄새에 섞인 진우의 냄새가 코끝이 찡해지도록 반가웠다. 소중한 시간이 흐를수록 감정이 깊어 가고, 깊어지는 감정은 둘 사이에 놓인 먼 거리를 더욱 실감 나게 했다.

진우의 커다란 손이 그녀의 머리를 쓰다듬었다.

"나도."

그녀의 아파트에는 이틀 전 영상 통화를 할 때까지만 해도 없던 크리스마스트리가 놓여 있었다.

"예쁘네."

"그렇죠? 진우 온다고 어제 열심히 만들었어요. 따뜻한 거부터 마실래요? 아니면 뭐 좀 먹을래요?"

상기된 얼굴로 눈을 반짝이며 물어 오는 그녀를 사랑스러운 눈으로 바라보던 진우가 바짓단을 가리켰다.

"간단히 씻고 옷부터 갈아입었으면 좋겠는데."

빗방울이 스며들어 짙어진 그의 청바지를 보며 그녀가 수선을 피웠다. 욕조에 물을 받다가 찻물을 올리고 그러다가 그에게로 다가와 입을 맞췄다. 진우는 병아리를 돌보는 어미 닭처럼 이것저것 챙기려는 그녀를 부드럽게 잡아 안았다.

시선이 만났다. 만지면 묻어날 것처럼 또렷한 감정을 담은 그의 눈동자에 그녀의 마음이 달아올랐다.

눈에서 멀어지면 마음마저 멀어진다는 냉혹한 표현은 한국어로도 프랑스어로도 영어로도 존재했다. 어쩌면 세상 모든 언어로 존재할지도 몰랐다. 특정 문화권 특정 언어권에서만 통용되는 표현이 아니라는 건, 즉 일반적인 사실을 말하는 거라고 해도 좋을 거다.

하지만 오랜만에 만난 둘은 이제 막 연애를 시작하려는 사람들처럼 설레었다. 만남이 기다려지고. 만나면 두근거리고. 나이테가 더해질수록 더 단단해지고 여물어 가는 나무처럼 두 사람의 감정은 점점 더 깊이를 더해 가고 있었다.

한동안 물끄러미 바라보던 진우가 손등으로 그녀의 볼을 쓸었다. 그녀를 만질 때면 언제나 그랬듯. 조심히.

그녀는 그의 눈에서 시선을 돌리지 않은 채 볼을 쓰다듬는 그의 손을 그러쥐었다. 손가락으로 굳은살이 박인 그의 엄지를 만지작거렸다.

조금 거친 손가락으로 그녀의 눈매를 쓰다듬는 그가 말하는 것 같았다.

그리웠어.

도톰한 아랫입술을 슬쩍 누르면서도 말하고 있었다.

보고 싶어서 죽는 줄 알았어.

진우는 영상으로 얼굴을 볼 때면 언제나 이렇게 그녀를 만지고 싶었다.

장거리 연애는 막연히 짐작하던 것보다 더 힘이 들었다. 하루가 마무리 지어질 무렵 어깨를 맞대고 기대앉아 별것 아닌 얘기라도 나누고 싶을 때. 창을 두드리는 새벽의 빗소리에 문득 깨어나 빈 옆자리를 새삼 확인할 때. 달그락 젓가락 부딪치는 소리가 유난히 크게 들리는 조용한 식탁에서 혼자라는 걸 곱씹게 될 때.

진우는 그녀의 부재가 힘겨웠다. 좋아하는 사람의 부재는 일상의 순간순간에서 불청객처럼 찾아들었고, 그럴 때면 모든 걸 팽개치고 무작정 연인이 있는 이곳으로 달려오고 싶었다. 지난 11월, 만성절 휴가를 받아 일주일간의 짧은 시간 동안 그녀가 다녀가지 않았다면 아마 더 힘겨웠을 시간이었다.

심연 같은 그의 시선을 고스란히 받아 내느라 상기된 그녀의 얼굴을 향해 그는 천천히 고개를 숙였다. 열기를 품은 수증기보다 더 뜨거운 입술이 밀착했다.


비가 내렸던 어제와는 다르게 연회색의 하늘엔 구름이 드리워져 있었다. 기상 예보와는 달리 어쩌면 내일은 눈이 내릴 것 같은 날씨였다. 바깥의 하늘이 어떤 모양으로 변해 가든 관심 없다는 듯 오랜만에 만난 두 연인은 따뜻한 거실에서 한껏 게으름을 피우고 있었다.

소파에 등을 기대고 바닥에 앉아 가구 회사로부터 받은 가계약서를 훑어보며 깍지 낀 손을 만지작거리는 진우와 진우의 품에 등을 기댄 채 그와 손장난을 하며 8시 저녁 뉴스를 보는 안젤리크. 계약서에 시선을 둔 채 그는 가끔 그녀의 관자놀이에 입술을 눌렀고 그럴 때면 그녀의 입술이 곡선을 그렸다.

"봐요. 지금 나오는 저 뮤지엄이 내가 일하는 곳이에요."

전시가 끝나기 전에 꼭 가 보기를 추천한다는 기자의 멘트를 끝으로 TV가 꺼졌다.

몸을 일으켜 탁자 위에 놓인 스마트폰을 가져온 그녀가 다시금 안락한 그의 품에 등을 기대며 물었다.

"엄마가 점심 같이 먹자고 토요일, 일요일 중에 언제가 좋은지 물었는데. 일요일 괜찮아요? 오빠가 시간 내려면 일요일이 더 낫거든요."

지난 9월 선물처럼 그녀가 그의 집 정원에 있었을 때, 그녀와 함께 파리로 오기 위해 그의 항공권을 변경해야 했다. 부산에서 일주일을 함께 보내는 동안 그녀의 친어머니와 동생을 만나는 자리에 동행했다. 그 후 파리로 함께 와서 보낸 일주일 남짓한 짧은 시간을 두 사람은 온전히 서로에게 집중했다. 그리고 그의 두 번째 방문인 지금, 겨울 방학을 이용해 온 거라 시간적 여유가 있기도 하지만, 그녀의 부모님을 만나고 싶기도 했다.

"그러죠."

"엄마한테 그렇게 답장해야지."

재빨리 메시지를 보내는 그녀의 머리에 입을 맞추며 진우가 조심스레 말을 꺼냈다.

"묻고 싶은 게 있는데."

"부모님 집에 갈 때 어떤 선물 가져가야 하는지 물어보려고 그러죠? 엄마 아빠가 좋아하는 포도주나 초콜릿 가져가면 돼요. 내가 준비할 테니까 걱정하지 말아요."

"부모님 선물은 준비해 온 게 있어서. 물어보고 싶은 건 그게 아니라."

그녀가 휙 고개를 돌려 눈을 흘겼다.

"내 선물은 없었잖아요."

진우가 그녀의 허리를 바짝 당겨 안았다. 그 바람에 그를 바라보는 게 조금 불편해져 안젤리크는 다시 앞을 보며 불평했다. 푹신한 러그 위에 쭉 뻗은 그의 다리를 시비라도 걸듯 툭툭 건드리며.

"왜 내 선물은 없는 건데요?"

"나는."

겨우 한마디를 내뱉고 진우는 침을 삼켰다. 생각보다 긴장됐다. 심장이 조금씩 속도를 내며 달렸다. 가슴에 딱 달라붙은 그녀의 등으로 뛰는 가슴이 고스란히 전해질 것 같았다.

어쩐지 말라 오는 입술을 적신 뒤, 진우는 다시 입을 열었다.

"나는 동거는 마음에 들지 않아. 싫어."

"동거? 그게 뭔데요?"

안젤리크가 발가락으로 그의 발목을 간지럽히며 물었다.

「꽁뀌비나쥐Concubinage.」

"동거가 그 뜻이구나. 그런데 진우 발음이 정말 좋은데요?"

칭찬을 하듯 그의 허벅지를 토닥이던 안젤리크의 손짓이 느려졌다. 뒤늦게 그가 하려는 말의 의미가 다가와 안젤리크는 저도 모르게 긴장했다. 뒤돌아보고 싶었지만, 진우가 꽉 안고 있어 앞을 볼 수밖에 없었다.

"재미없는 모범생에, 쿨하지 못하고, 마초고. 그렇게 얘기해도 어쩔 수 없어요. 나는 동거는 싫어."

재미없는 모범생. 안 쿨해. 마초. 별것 아닌 일로 투닥거렸을 때 그녀가 했던 말이었다. 진심보다는 농담이 더 많이 섞인 투정이었다.

진우는 그녀의 머리에 입술을 꾹 누르며 속삭였다.

"결혼하자. 결혼해 줘요."

등을 두드리는 그의 심장 박동만큼이나 그녀의 심장이 빠르게 뛰었다. 시간이 지날수록 떨어져 있는 시간들의 무게가 커져 갔다. 부피를 더해 가는 쓸쓸함과 외로움을 영상으로 얼굴을 보고 목소리를 듣는 것으로 채우기에는 불가능했다. 만났을 때의 설렘보다 떠나보낼 때의 아쉬움이 커져 갔고 아쉬움은 늘 힘겨웠다. 만약 그가 먼저 하지 않았다면 어쩌면 그녀가 프러포즈를 해 버렸을지도 몰랐다.

안젤리크는 허리를 꽉 감싸 안은 그의 팔을 풀고서 눈을 보고 싶었지만 진우는 놓아주지 않았다.

"대답부터. 답부터 줘요."

등을 두드리는 심장이, 딱딱한 팔뚝이, 그리고 머리카락을 간질이는 호흡이 그의 긴장을 알려 주고 있었다. 안젤리크는 혀끝까지 튀어나온 '위Oui'를 간신히 삼켰다. 웃음이 가득한 얼굴과는 달리 툴툴거리는 말투를 내려고 애썼다. 그에게 얼굴을 보이지 않아 가능했다.

"이런 프러포즈에는 답을 할 수가 없어요."

심장이 철렁했다. 진우가 조심스레 되물었다.

"왜?"

"근사한 레스토랑에서 무릎 꿇고 반지를 끼워 주거나, 내가 좋아하는 꽃을 선물하거나, 아니면 키스라도 해야 하는 거 아니에요? 뒤통수에다 대고 프러포즈하는 남자가 어딨어? 너무 안 로맨틱하잖아. 이런 이상한 프러포즈 받은 사람은 나밖에 없을 거야."

뻣뻣하게 굳어 있던 그가 한순간에 긴장을 푸는 게 전해졌다. 웃는지 머리카락도 조금 살랑였다.

"반지는 가져왔는데. 내일 저녁에 레스토랑 예약할까?"

그녀의 눈이 동그래졌다.

"반지 샀어요? 내가 동거부터 하자거나 아님 결혼은 너무 빠른 것 같다고 하면 어쩌려고요?"

"설득을 하려고 했지. 그리고 반지가 어디 가는 건 아니니까."

"음…… 아니야. 진우가 프러포즈하는 장면을 생각해 보니까 레스토랑은 안 어울려."

"그럼, 어떻게 할까?"

"음."

글쎄다. 막연히 프러포즈라는 건 좀 흔해도 낭만적인 분위기에서 반지를 주며 청혼하는 게 가장 로맨틱하지 않나, 라고 생각을 했었다. 친척들의 프러포즈 에피소드를 들을 때면 그랬었다. 그런데 어쩐지 진우와는 어울리지 않을 것 같았다. 그리고 다른 프러포즈를 요구하기에는 뒤통수에다 던지는 이 뚝뚝한 프러포즈를 받고서도 가슴이 설레어 버렸다.

그다지 길지 않은 침묵에도 초조해진 진우가 유혹하듯 속삭였다.

"천사 의자도 만들어 줄 건데. 진짜 날개를 달아서."

안젤리크는 더 이상 웃음을 감출 수가 없었다. 이 남자가 이런 식으로 꼬셔 올 줄은 몰랐다. 서툴고 뻣뻣한 이 남자의 프러포즈가 가슴을 간질였다.

그녀의 머리 위에서 속삭임이 끊이지 않았다. 그가 주는 약속들이었다. 그녀는 단단하게 안고 있는 그의 팔을 풀고서 뒤돌아 앉았다. 그리고 그의 볼을 잡고서 입술을 꾹 눌렀다.

─────✳✳✳✳─────

이불 속에서 뻗어 나온 긴 팔이 자명종을 눌러 요란한 소음을 잠재웠다. 그 바람에 이불 안으로 겨울 아침의 서늘한 기운이 스며들자 안젤리크는 불평 어린 신음을 흘리며 진우의 품으로 파고들었다. 어젯밤 늦게 잠든 바람에 더 자고 싶었다.

진우가 이불 밖으로 드러난 어깨를 쓰다듬었다. 따뜻한 손바닥이 살갗을 간질이는 느낌이 좋아 안젤리크는 콧소리를 냈다.

이마와 꼭 감긴 눈꺼풀에 입을 맞추던 진우가 속삭였다.

"안젤리크."

"음?"

"일어날 시간."

단잠에 빠져든 고양이처럼 한껏 몸을 웅크린 그녀는 진우의 품속으로 파고드는 걸로 대답을 대신했다.

"늦는다고."

재촉하는 말과는 달리 진우는 강아지처럼 가슴에 달라붙은 그녀를 조금 더 당겨 안았다. 두 사람의 팔다리가 엉켰다.

싸늘한 겨울 아침, 밤새 체온으로 달구어진 이불 속에서 부대끼는 연인의 감촉은 나른한 유혹이었다. 포근한 이불을 들추고 일어나는 대신 그녀는 두더지처럼 그의 품으로 파고들었다.

"안젤리크."

안젤리크는 안 듣겠다는 듯 한 손으로 귀를 막는 시늉을 했다. 그리고 그의 가슴에 대고 웅얼거렸다.

"미술관에 전화 걸어 줘요."

잠깐 어리둥절해하던 진우가 미소 띤 표정으로 고개를 저었다. 늦는다는 그의 말에 순간적으로 요일이 헷갈렸나 보다. 진우는 모른 척 말을 걸었다.

"걸어서는?"

"관장님한테 나 아파서 누워 있다고, 너무 아파서 오늘 못 간다고 말해 줘요."

"어디가 아프다고 설명하지?"

"열도 나고, 기운도 없고, 막 떨리고……."

평소보다 체온이 높고, 몸이 나른해 기운도 없고, 또 보고만 있어도 가슴이 떨리는 증상은 그도 마찬가지였다.

"병원 갈까?"

"그 정도는 아니지만……. 아무튼 오늘은 일할…… 아, 크리스마스 바캉스구나."

바람이 머리카락을 간질이는 걸 보니 진우가 웃나 보다. 안젤리크는 응석을 부리듯 그의 허리를 감은 팔에 힘을 주었다. 보들보들한 그녀의 다리가 진우의 다리 사이로 파고들었다.

유혹하는 것처럼 안겨 오는 그녀를 끌어안던 진우가 시간을 확인하고서는 이불을 젖혔다. 서늘한 아침 공기에 오스스 소름이 돋았다. 탐스러운 그녀의 가슴 끝이 추위에 뾰족 솟아올랐다. 얇은 잠옷을 밀고서 또렷하게 모습을 드러낸 유두에서 진우는 힘겹게 눈을 뗐다.

"아, 싫어."

"부모님 기다리셔."

"좀 늦을 거라고 전화하면 돼요."

"첫 만남부터 지각하고 싶지는 않아."

애벌레처럼 한껏 몸을 웅크린 안젤리크가 이불을 찾아 손을 뻗었지만 곧바로 그에게 안겨 욕실까지 운반되었다.

"아, 차거!"

진우는 발바닥에 와 닿는 차가운 타일의 감촉에 발을 번갈아 가며 종아리에 비비적거리는 그녀의 허리를 감싸 안아 그의 발등 위에 발을 올리도록 했다. 거울 속 두 사람은 서로에게 시선을 맞춘 채 칫솔질을 했다.

익숙하지 않은 사람에게는 복잡해 보이는 파리 골목길을 능숙하게 빠져나가던 그녀가 진우에게 물었다.

"왜 그런 눈으로 봐요? 마치 처음 보는 사람처럼."

"프랑스에서 만날 때와 한국에서 만날 때의 느낌이 좀 달라서."

"어떻게요?"

사랑 빚 47

"이곳에서는 나이만큼의 성숙한 사람으로 보여서. 그리고 그 갭이 꽤 신선한 느낌이고."

"그래요?"

무슨 말인지 알 것 같았다.

"그런데 지금 기분은 어때요? 긴장돼요?"

"조금."

진우는 어지간해서는 긴장하는 성격이 아닌데도 불구하고 좀 긴장이 되었다.

생각보다 더 긴장했나 보다. 초인종을 누르는 그녀의 곁에서 진우는 옷차림을 가다듬었다.

현관문을 활짝 열어 두 사람을 반겨 준 건 그녀의 오빠, 프랑수아였다. 여동생을 따뜻하게 껴안고 인사를 나누면서도 눈길은 진우에게 향해 있던 그가 악수를 청했다.

『프랑수아. 드디어 만나게 되네요.』

『이진우입니다. 반갑습니다.』

프랑수아의 뒤쪽에서 발소리 두 개가 가까워졌다. 그녀의 부모님이었다. 진우는 정중하게 고개를 숙인 뒤 내민 손을 맞잡았다.

진우는 조심스레 심호흡을 했다. 포도주와 짭짤한 안주류로 시작된 식사 시간 내내 여러 번 그의 잔이 채워졌다. 식사실 안에는 영어와 프랑스어, 그리고 가끔은 한국어가 섞인 대화들이 오고 갔다.

그녀의 부모님은 막연히 상상했던 것보다 훨씬 더 좋은 분들처럼 보였다. 그리고 네 살 더 많다는 오빠는 그녀의 장난기가 어디서 나왔는지 짐작케 하는 성격이었다.

두 시간 가까운 식사가 끝난 뒤 모두 거실로 자리를 옮겼다. 1인용 소파에는 프랑수아가, 그리고 나란히 앉은 부모님과 마주하고서 진우가 앉았다. 거실 벽난로의 온도를 조금 낮추고 돌아온 안젤리크가 자연스레 진우의 한쪽 허벅지에 엉덩이를 걸치고 앉았다. 그의 어깨에 팔을 올리고서.

순간 당황한 진우의 눈동자가 맞은편의 부모님에게로 향했다. 아무런 내색 없이 대화를 이어 가는 그들의 모습에 진우는 새삼 프랑스인 가정에 와 있다는 걸 실감했다.

그의 작업에 대해 관심을 보이는 그녀의 부모님께 예의 바르게 대답을 하면서도 진우의 온 신경은 허벅지를 누르고 있는 그녀에게로 쏠려 있었다. 결국 조심스레 그녀의 허리를 감싸서 옆에 앉혔다. 그녀의 엉덩이가 미끄러지듯 그의 허벅지를 타고서 소파에 안착했다.

풋! 프랑수아에게서 꾹 누른 웃음이 비어져 나온 바람에 진우의 귓등이 슬쩍 물들었다.

재밌다는 표정을 짓는 아버지와는 달리 처음 진우가 온 순간부터 유심히 두 사람을 관찰하듯 지켜보던 어머니가 소파에서 일어나며 그녀를 불렀다.

「안젤, 커피 가져오는 거 좀 도와줄래?」

부탁을 하는 듯한 말투와는 달리 엄마는 눈을 크게 떠 보였다. 어릴 때 손님들 앞에서 말을 안 들으면 눈을 크게 떠 보이며 말없이 경고를 하던 것처럼. '얼른 일어나서 따라와.'

안젤리크는 진우의 뺨에 뽀뽀를 남기고는 엄마를 뒤따라 부엌으로 들어갔다. 혹시나 말소리가 새어 나갈까 부엌문을 꼭 닫은 엄마가 싱크대에 기대서서는 심각한 표정으로 팔짱을 꼈다.

「나 몰래 불러내서 해야 될 비밀 얘기가 뭐예요?」

「솔직히 말해 봐. 네가 더 좋아하는 거지?」

예상했던 반응이라 안젤리크는 장난을 쳐 볼까 했지만 웃음이 먼저 새 버렸다.

「웃지 마. 엄마 심각해. 사람 잠깐 본 걸로 단정할 수는 없지만, 그래도 첫 인상은 차분하고 신중한 성격으로 보이더니.」

「엄마는 사람 금방 잘 파악하더라. 맞아, 진우 성격 그래.」

「그런데 방금 전 행동 보니까 차분한 게 아니라 아주 차가운 거였네.」

안젤리크가 말도 안 되는 소리라는 듯 눈을 굴렸다.

「전혀 안 차가워. 방금 진우가 그런 건 쑥스러워서 그렇게 행동한 거야.」

「쑥스러울 게 뭐가 있다고? 나무에 사랑을 새겨서 고백할 만큼 로맨틱한 남자라면서? 대체 어디가?」

고백받았을 때가 생각나 안젤리크는 엄마의 추궁에도 배시시 웃어 버렸다. 웃는 모습이 예뻤지만 속도 모르고 저런다 싶어 엄마는 곱게 흘겨보았다.

「웃지 마. 엄마 심각해. 아주 다정하다더니 듣던 거랑 달라서 걱정하는데 넌 웃음이 나와? 안 그래도 멀리 떨어져 있어서 자주 보지도 못하는데.」

그녀가 엄마에게 다가가 허리를 끌어안았다.

「가끔 보면 엄마는 아직도 내가 여섯 살인 줄 알아. 벌써 스물여섯이라고요.」

「자식은 나이를 먹어도 여전히 자식이야. 언제까지나 돌봐 줘야 할 거 같은.」

「음, 오빠를 보면 그렇긴 하지.」

「저 녀석보다 네가 더 안심이 되기는 해. 그렇기는 한데.」

한숨을 폭 내쉰 엄마가 확인하듯 물어 왔다.

「어쨌든 너랑 둘만 있을 때는 지금보다 더 다정하다는 거지?」

정말이지 엄마 눈에는 늘 아이처럼 느껴지나 보다. 대답을 하는 대신 물끄러미 바라보던 그녀가 엄마의 볼에 입을 맞췄다.

「우리 둘만 있을 때는 엄청엄청 달콤해. 말로 막 표현하는 사람은 아닌데 그런데도 매순간 사랑받고 있다는 거 확실하게 느끼게 해 줘.」

그녀는 엄마가 충분히 안심이 될 만큼 똑 부러지게 말해 주었다. 그리고 아직은 이른가 싶어 잠시 망설이다 참지 못하고 말해 버렸다.

「그리고 나 프러포즈받았어, 엄마.」

「어머!」

커다래진 눈을 하다 와락 그녀를 껴안은 엄마가 축하한다며 볼에 키스를 퍼부었다. 소식을 전하려고 당장 거실로 달려 나가려는 기세에 안젤리크는 얼른 검지로 입술을 막아 보였다.

「쉿! 아직 아빠랑 오빠한테는 비밀. 그리고 엄마도 알고 있다는 티 내지 말아 줘. 내일 저녁에 반지 주면서 정식으로 프러포즈한다고 했으니까.」

프러포즈를 받았다면서 또 정식으로 프러포즈할 거라는 얘기는

사랑 벗

뭔가 싶었지만 재차 당부하는 딸에게 알겠다고 말하고서는 조심스레 덧붙였다.

「결혼하면 한국에 가서 살 계획이니? 아직 그런 얘기는 구체적으로 한 거 없어?」

그러고는 딸에게 부담을 줄까 봐 얼른 덧붙였다.

「어디서 살든 엄마 아빠는 괜찮아. 네가 행복한 게 가장 중요한 거니까.」

「나중에는 어떨지 모르겠지만, 우선은 여기서 살 계획이야. 직업상 나보다는 진우가 움직이는 게 좀 더 쉬우니까. 물론 학교에서 강의를 하는 건 그만두어야 하지만, 디자인하고 가구 제작하는 일이 더 좋고 또 강의는 다른 기회가 오면 그때 해도 된다고 했어. 아직 구체적으로 정하지는 않았는데 결혼 날짜 같은 것도 조금씩 얘기 나누고 있고.」

엄마의 얼굴이 숨길 수 없는 기쁨을 고스란히 표현하고 있었다. 말은 그렇게 했지만 솔직히 가능하면 너무 멀지 않은 곳에서 자주 자식을 볼 수 있었으면 했다. 대부분의 부모들이 그러하듯.

반가운 소식에 벅찬 표정으로 가슴께에 손을 올린 엄마에게서 나온 진우의 이름이 다정했다.

「네가 한국으로 가는 것보다 진우가 이쪽으로 오는 게 덜 어렵다고는 해도 자기 나라를 떠난다는 결정이 쉽지 않았을 텐데. 너를 많이 배려해 줬구나.」

안젤리크는 갑자기 진우에 대한 호감도가 확 올라가 버린 엄마를 웃음기 어린 얼굴로 바라보다 쟁반을 챙겼다.

「이제 궁금한 거 다 풀렸어? 그럼 얼른 커피 가지고 가요. 진우

기다린단 말이야.」
 그새를 못 참고 애인을 챙기는 그녀의 모습에 엄마가 어이없다는 듯 눈을 굴렸다.

Arrivée, 착륙

와이퍼가 뽀드득 소리를 내며 지나간 자리에 또다시 비송이들이 달라붙었다. 무사히 착륙하려나. 이런 날씨는 비행에 큰 영향을 미치지 않는다는 걸 알면서도 내리는 빗줄기에 진우는 걱정이 앞섰다.
　안젤리크가 온다.
　지난겨울을 파리에서 보내고 혼자 집으로 돌아오는 길은 무거웠다. 사랑하는 사람을 두고 떠나오는 것은 떠나보내는 일만큼이나 힘겨웠다.
　3월은 스카이프Skype에 매일 접속했다. 4월에는 부활절 공휴일과 주말을 이용해 안젤리크가 다녀갔다. 지나치게 짧아 꿈 같은 시간이었다. 5월은 공휴일과 대학 축제 기간이 이어져 파리로 날아갈 수 있었다. 어린이날이 반가웠던 건 초등학교 후로 처음이었다. 누구나 사랑에 빠진다는 파리에서 사랑에 젖어 있다 돌아왔다.
　그리고 늦은 장마가 끝나려는 오늘 그녀가 온다. 3주간의 여름휴가에다 무급 휴가 2개월 더해 그동안 한국에서 함께 지내기 위해.

그리고 휴가가 끝나는 9월의 마지막. 그녀와 함께 프랑스로 떠난다. 긴 장거리 연애가 드디어 끝이 난다. 더불어 먹먹한 쓸쓸함과 그리움도.

연차가 쌓여 자격이 되는 해에 안젤리크는 1년간의 안식년 휴가를 신청할 예정이었다. 안식년 휴가 동안 한국에서 지내면서 진우의 가족과 한국 엄마와 형제들에 대해 알아 갈 계획이었다. 더불어 한국 문화에 대해서도. 삶이 계획대로만 진행되는 것이 아니라 예상치 못한 변수가 생길지도 모르지만 두 사람이 함께 머리를 맞대고 의논한 가능성들이었다.

방금 와이퍼가 지나간 매끈한 자리에 굵은 빗방울이 퍽 부딪쳤다. 또다시 와이퍼가 지나가며 다시금 말개진 유리창으로 인천공항 청사가 보였다. 운전에 집중하던 진우의 입술 끝이 스르르 올라갔다. 처음 안젤리크를 마중하러 나가던 길이 떠올랐다. 김해공항에서의 첫 만남. 당황스러웠던 그녀와의 첫 만남이 이런 형태로 이어지게 될 줄은 짐작조차 못했다.

게이트 B. 그녀가 탑승한 비행기의 여행객들이 입국할 게이트였다. 얼핏 담담해 보이는 표정이었지만 그의 눈동자는 설렘을 감추지 못하고 있었다.

입국장의 자동문이 열리고 장신의 남자가 카트를 밀고 들어왔다. 농구 선수인가 싶게 덩치 좋은 남자의 등 뒤에서 그리운 사람이 톡 튀어나왔다.

시선이 마주친 순간 그녀의 얼굴이 환해졌다. 어지러운 듯 잠시 눈을 감았다 뜬 진우의 눈에도 미소가 떠올랐다. 달려오는 그녀를 향해 진우는 두 팔을 벌렸다.

장난스럽게 볼 인사를 하려는 그녀의 얼굴을 붙잡고 고개를 숙였다. 둘의 입술이 맞닿는 장면이 그의 커다란 손에 담겨졌다.

"보고 싶었어요."

그녀의 속삭임에 대한 답변으로 진우는 또다시 입술을 눌렀다.

"나도. 가죠."

캐리어를 끌며 그녀의 손을 꼭 쥔 채 서둘러 출구로 향하는 진우의 걸음이 눅진한 공기를 날려 버릴 듯 가벼웠다.

차량이 들어올 때마다 작은손자에게 "진우 차가?"라고 물어 오던 할머니가 차종이 같은 승용차가 아파트 정문을 통과하자 성급한 어조로 또 재촉했다.

"잘 봐라. 저거 진우 차 아이가?"

"아니에요, 할머니. 한 20분은 더 기다려야 할 것 같다니까요."

형이 도착할 때까지 아마 여러 번 대답을 반복할 것 같았다.

초조한 마음에 할머니는 괜한 날씨 탓을 했다.

"우째 서울이 부산보다 더 덥노? 비가 왔으면 좀 시원해야 될 낀데 후덥지근하네."

오늘 비행기를 타고서 안젤리크가 오는데 아침부터 사람 심란하게 추적추적 비가 내렸다. 할머니는 빗길을 운전해 공항까지 나가는 큰손자도, 비를 뚫고 날아오는 예비 손자며느리도 걱정이 되었다. 다행히 비가 그쳐 걱정을 덜었지만 지금쯤이면 도착했어야 할 시간인데 아무래도 젖어 버린 도로 때문에 도착이 늦어지고 있었다.

진회색 구름이 점점 엷어져 흔적도 없이 스러진 하늘에 햇살이 조금씩 드리워지기 시작했다. 비가 왔었던 걸 알려 주듯 나뭇잎에 매달려 있던 빗방울이 할머니와 손자가 나란히 앉아 있는 벤치 옆으로 툭툭 떨어졌.

"몇 시나 됐노?"

오랜만에 맛보는 여유를 즐기던 성우가 눈을 감은 채 대답했다.

"시간 물어보신 지 5분도 안 됐어요. 스트레스받으면 혈압 올라요, 할머니. 느긋하게 기다리세요."

"와 이리 시간이 안 가노."

조급증이 묻어나는 말투에 성우가 눈꺼풀을 들어 올리고는 정문에서 눈을 떼지 못하는 할머니를 쳐다봤다. 오랜만에 만나는 할머니에게 슬그머니 장난기가 치밀었다.

"할머니는 형이 좋죠?"

"좋지. 우리 집 장손인데."

"하긴 어릴 때부터 할머니는 형을 더 예뻐라 하셨지."

할머니가 말도 안 되는 소리라며 손을 내저었다.

"니도 좋다. 누구 손잔데 안 좋겠노. 느그 둘 다 똑같이 좋다."

"에이, 어떻게 똑같이 좋을 수가 있어요. 형이 더 좋다고 하셔도 저 서운하지 않으니까 솔직히 말씀해 보세요."

"깨물어 안 아픈 손가락이 없는 기라."

"그래도 어떤 손가락은 덜 아프고 어떤 손가락은 더 아프죠."

"내리사랑이라고. 성우 니가 더 예쁘다."

성우가 키득거렸다.

"우리 할머니, 입술에 침도 안 바르시고 거짓말하시네."

할머니에게서도 웃음이 나왔다.

"형이 결혼한다니까 좋으시죠?"

"좋다 뿐이가. 내 죽기 전에 진우 결혼하는 거 보고 싶었는데. 이제 마음 편하게 눈 감을 수 있겠다."

"이거 봐. 역시나 형을 더 좋아하신다니까. 저 결혼하는 건 안 보고 싶으세요?"

대답으로 등짝을 한 대 맞았다. 하나도 아프지가 않아서 오히려 서운했다.

"니는 사람 좀 진중하니 만나라. 그래야 결혼을 하든가 말든가 하지. 먼젓번에는 같은 병원에서 일하는 후배라 카더니, 저번에는 초등학교 교사라 카고. 또 이번에는 뭐 하는 사람이라꼬?"

"디자이너……였죠."

타박하는 말투와는 달리 애정 어린 눈으로 쳐다보던 할머니가 입을 벌렸다.

"또 헤어졌나?"

"사귀다 보니 안 맞는 점이 많은데 어떡해요. 여러 사람을 만나 봐야 나하고 맞는 사람을 찾죠. 결혼한 뒤에 이혼하는 것보다는 낫잖아요."

"아직 니 짝을 못 만나서 이래 방황을 하는 갑다."

"형은 제짝 만난 것 같아요?"

손자의 물음에 할머니는 어찌 보면 흐뭇하고 어찌 보면 비밀스러운 미소를 지었다.

"둘이 연분인 줄 내 진작 알아봤다."

"언제요?"

"전에 진우가 우리 안젤이 데불고 우리 집에 왔다 아이가. 불란서에 사는데 한국 여행은 처음이고 한옥을 좋아한다 캐서 데불고 왔다는데, 아무리 봐도 서로 쳐다보는 눈길이 예사롭지가 않은 기라. 둘이 뭔가 있다 싶더니 결국에는 결혼한다 아이가."

성우는 안젤리크와의 첫 마주침을 떠올리고는 입꼬리를 씩 올렸다.

"와 웃노?"

"아무것도 아니에요."

"불란서에서 오래 살았는데도 김치도 맛있다고 잘 묵고. 생글생글 인사성도 좋고 살갑고. 우리 진우한테 딱 어울리는 짝꿍이더라. 하도 맑아서 마음고생한 사연이 있는 줄은 꿈에도 몰랐다. 어린 나이에 말도 안 통하는 남의 나라에서 얼마나 힘들었겠노."

할머니의 주름진 눈가가 촉촉해졌다.

안젤리크가 입양되었다는 사실을 처음 알았을 때 할머니는 상반된 감정을 동시에 가졌다. 손주가 이왕이면 화목한 가정에서 사랑받고 자라 마음에 원망이 고여 있지 않은 아가씨와 결혼했으면 하는 마음. 또 하나는 아픈 상처에도 불구하고 반듯하고 똑똑하게 자란 아이에게 그런 생각이 든 미안함.

의사로서는 존경할 만한 가치관을 가졌지만 자식을 가진 부모로서는 적당히 현실적이고 적당히 이기적인 진우의 아버지는 대부분의 부모가 보일 법한 반응을 보였다. 하지만 전공 때문에 아들과 부딪치고 그 후유증으로 인해 꽤 긴 시간 틈이 생긴 경험을 한 아버지는 미래의 며느리 앞에서까지 불만족스러운 마음을 드러내지는 않았다. 어머니는 언제나 남편의 뜻을 따르는 아내 역할에 충실했고. 그리고 성우는 좀 놀라긴 했지만 그뿐이었다. 문제 삼을 일이 전혀 아니었으니까.

다른 가족들보다 가장 먼저 안젤리크를 만났던 할머니는 가장 먼저 애정을 가지고 그녀를 품었다.

"사람이 이름값을 한다더니 느그 형수가 딱 그렇다."

할머니는 은진이라는 이름보다 천사라는 뜻을 가진 안젤리크라는 이름을 더 마음에 들어 했다. 그러나 칭찬 끝에 폭 한숨을 내쉬었다.

"진우는 아예 불란서에서 자리 잡고 안 돌아오는 기는 아닌지 모르겠다. 느그 형도 한 인물 하고 너그 형수도 예뻐서 딸이든 아들이든 인물이 훤할 낀데. 내 죽기 전에 몇 번이나 증손주를 볼 수 있을지 모르겠다."

"할머니, 조금 전에는 형 결혼식 하는 것만 보고 나면 여한이 없으시다더니, 이제는 아직 생기지도 않은 증손주가 보고 싶으세요?"

멋쩍은 웃음이 할머니의 주름진 얼굴 가득 번졌다.

"아이고, 사람이 이렇다. 손자며느리 얻는 거 보고 죽으면 여한이 없겠다 싶었는데, 이제는 증손자 욕심이 나네. 사람이 이레 염치없이 욕심이 많다."

"할머니."

"응? 와?"

"저기 형 오는데요."

"아이고, 우리 장손이랑 손부 오는구나."

성우는 허둥지둥 무릎을 짚고 일어서려는 할머니의 팔을 잡고서 부축했다. 정문을 통과하는 차를 향해 성급한 걸음으로 다가가는 할머니의 얼굴에 웃음이 만개했다. 서행을 하며 다가오는 자동차의 창문이 열리더니 작은 머리통이 쑥 튀어나왔다.

"할머니!"

"그래, 그래. 먼 길 오느라 수고했다."

할머니의 가는 목소리가 닿지도 않았을 텐데 안젤리크가 환히 웃으며 손을 흔들었다. 그러고는.

"성우!"

이름을 불러 왔다. 딱 두 번 봤을 뿐이다. 오늘이 겨우 세 번째 만남이었다. 더구나 조금 있으면 시동생이 될 사람이고. 그런데도

사랑 벗 433

마치 반가운 친구처럼 이름을 불러 오는 그녀에게 성우는 픽 웃으며 마주 손을 들어 보였다.

말갛게 갠 하늘처럼 그림자 하나 없는 그녀를 보며 성우는 희미하게 남아 있던 걱정을 떨쳤다. 며느리 사랑은 시아버지라는 표현이 어울리는 관계가 되려면 시간이 좀 걸릴 거다. 하지만 저렇게 밝은 사람이니 그다지 걱정할 필요는 없겠다 싶었다. 할머니가 늘 부르는 것처럼 천산데, 누가 감히 천사한테 대적할 수 있겠어.

점심을 먹고 서울을 출발한 승용차가 부산에 도착한 건 오후 7시가 넘어서였다. 할머니를 모시고 움직이는 길이라 가능한 한 자주 휴게소에서 쉬었다. 한국의 고속 도로 휴게소가 처음인 안젤리크는 처음 보는 간식거리마다 눈을 반짝이며 맛을 봤다.

할머니가 집 안으로 들어가 옷을 갈아입고 잠시 쉬는 동안 두 사람은 옆집에 맡겨 놓은 아지를 데리러 갔다.

"아지. 나 왔어!"

몇 달 만에 듣는데도 목소리의 주인을 알아차린 건지 똘똘한 아지가 왈왈 반겨 주었다. 눈이 마주치자 꼬리를 흔들다 폴짝이다 난리 법석이었다.

선물을 전하고 인사를 건네는 진우에게 이웃 할머니가 은근한 목소리로 물어 왔다.

"요즘에는 얼라가 혼수라는데 소식 없나? 느그 할매 증손주 기다리느라 눈이 빠지는데."

쑥스러운 웃음을 지으며 진우가 대답했다.

"아직 계획이 없어서요. 그럼 쉬세요, 할머님."

언젠가는 가족을 만들겠지만 지금이 너무 좋아서 아직은 생각이 없었다.

아지를 데리고 돌아오는 그 짧은 길에 동네 어르신을 여럿 만났다. 마치 작정하고 집 앞에서 기다린 듯 두 사람을 반겼다. 남의 집 혼사도 동네잔치가 되어 버리는 시골다운 풍경이었다.

시골의 여름밤은 도시보다 일찍 찾아들었다. 전등이 켜진 대청마루가 훤했다. 마루를 끼고 마주한 안방과 건넌방에도 불이 켜져 있었다.

"먼 길 오느라 두 사람 다 피곤할 낀데 얼른 드가서 쉬라."

"벌써 주무시게요?"

"늙으면 초저녁잠이 많아진다 아이가."

이미 잘 준비를 마친 할머니가 안방 문을 닫으며 두 사람의 등을 떠밀었다. 건넌방으로 들어온 안젤리크가 나란히 놓인 베개를 보며 재밌다는 표정을 지었다.

"부모님 댁에서는 다른 방에서 잤는데 여기는 같이 자는 거예요?"

진우의 본가에서 머무는 이틀 동안 그의 부모님은 안방에서, 할머니는 성우와 함께, 안젤리크는 진우가 쓰던 방에서, 그리고 서재의 소파 베드가 진우의 잠자리였다.

"모던한 할머니야. 나 할머니가 아주 좋아요."

안젤리크가 입을 맞추기 전 달콤하게 속삭였다.

"진우랑 같이 자서 더 좋아."

사랑 벗

느린 우체통에서
쉬엄쉬엄 날아온 엽서

익숙한 언덕길이 보이자 조수석에 늘어져 있던 안젤리크의 낯빛에 생기가 돌았다. 긴 비행으로 인한 피로와 진우의 부모님 댁에서 머문 이틀간의 긴장이 단번에 풀리는 기분이었다. 할머니 댁에서는 마음이 편했지만 몸은 그렇질 못했다.

"진짜 집에 온 거 같아요."

"바닥에서 자느라 불편했죠?"

"잘 때는 괜찮았는데 지금은 어깨랑 등이 조금 아파요."

안쓰러운 눈빛으로 쳐다본 진우가 팔을 뻗어 어깨를 마사지하듯 쓰다듬었다.

"그렇지 않아도 할머니가 건넌방에 침대 들여놓을까 물어보시던데."

"아니, 아니. 매일 자는 것도 아니고 매트리스는 한옥의 멋이 없잖아요. 할머니는 연세 때문에 필요하지만요."

"그럼 따뜻한 물 받아 줄 테니까 피로 좀 풀어요."
"좋아요."
다정한 눈을 하고서 그녀의 볼을 감싸던 진우가 집 앞에 차를 세웠다.

욕조에 몸을 좀 담갔더니 한층 개운했다. 욕실을 나온 안젤리크는 나른한 걸음으로 거실을 가로질렀다. 거실 창으로 보이는 하늘과 바다가 여전히 매혹적이었다.

진우가 비자 문제로 대사관에서 걸려 온 전화를 받는 동안 안젤리크는 지난번에 왔을 때와 별반 달라진 것이 없는 거실을 둘러보다 복층으로 올라갔다. 그의 통화가 조금 길어지나 보다.

소파 베드에 그녀가 선물로 보내 준 강아지 쿠션이 놓여 있었다. 안젤리크는 마치 아지에게 하듯이 쿠션을 토닥이고는 어슬렁거리다 책꽂이 앞에 서서 새로운 책들이 있나 찾아보고 작업 책상도 둘러보았다. 그러다 발견했다. 메모판에 꽂혀 있는 엽서를.

안녕 진우.
안깰리크에요.
…….

"어? 정말로 도착했네."
반가운 얼굴로 탄성을 내뱉던 그녀의 얼굴이 순식간에 빨개졌다. 작년 8월에 보낸 엽서는 목덜미까지 빨갛게 물들어 버릴 만큼 맞춤법이 틀려 있었다.

"이렇게나 엉망진창이었단 말이야?"

통화가 끝났나 보다. 진우가 복층 계단을 밟아 오르는 소리가 들렸다. 안젤리크는 서둘러 수정 테이프를 찾았지만 보이지가 않아 눈앞의 펜을 집었다. 당황해서 의자를 빼고 차분히 앉을 생각도 못하고 등을 구부린 채 서서는 '안잴리크'의 '잴'에 줄을 죽 그으려는 찰나 엽서가 손에서 스윽 빠져나갔다.

"주인 허락도 없이 내 카드에 무슨 짓을 하려는 거예요."

얼른 낚아채려 했지만 손이 닿지 않았다

"이리 줘요. 틀린 글자만 고치고 다시 꽂아 놓을게요."

"그렇게는 안 되겠는데."

"그래요?"

어쩔 수 없다는 듯 안젤리크는 어깨를 으쓱였다. 그러다가 그가 방심한 틈을 타서 재빨리 팔을 뻗었지만 실패.

대신 손을 내밀며 당당하게 요구했다.

"그거 나한테 권리가 있단 말이에요. 얼른 줘요."

적반하장에 진우가 근엄한 표정을 지었다.

"말 안 되는 소리로 우긴다고 주진 않을 건데."

그녀는 눈을 크게 떠 보였다.

"정말이에요. 편지는 그걸 쓴 사람한테 권리가 있다고요. 프랑스에서는 그래요. 그리고 나는 프랑스 사람이니까 프랑스법에 맞춰야죠. 그러니까 내놔요."

아무래도 의심스럽다는 표정으로 진우가 한쪽 눈썹을 추켜올렸다.

"정말로?"

"응."

안젤리크는 진지한 얼굴로 고개를 주억거렸다.

"편지는 진우 거지만 편지에 있는 글자는 내가 주인이라고요. 그러니까 고쳐도 돼."

좀 더 정확히 말하자면 편지의 소유주는 수신자인 진우지만, 편지의 내용은 글을 쓴 발신자인 그녀에게 있었다. 프랑스법으로 그렇다. 그래서 시몬 드 보부아르와 넬슨 올그런이 주고받은 연애편지가 미국에서는 출판될 수 있었지만, 프랑스에서는 시몬 드 보부아르 측 유족의 반대로 출판할 수가 없었다. 편지의 내용은 그걸 작성한 그녀에게 권리가 있기 때문에.

몰랐던 사실에 진우는 재밌다는 표정을 지었다. 내 마음에서 흘러나온 것이니까 누구에게 주었든 여전히 나한테 속한 내 감정, 내 마음이라는 뜻인가. 꽤 논리적이다 싶었다. 어쩌면 낭만적이다라는 표현이 더 어울리는 것도 같았다.

한국법은 어떻더라. 한 번도 생각해 본 적이 없었다. 당연히 수신자에게 소유권이 있을 거라고 생각했기 때문에. 아니, 그런 생각을 할 만한 마음을 주고받은 적도 없었다.

입술을 삐죽 내밀며 애처로이 올려다보는 안젤리크의 눈망울에 진우는 마음이 약해졌다. 웬만하면 들어주고 싶었다. 하지만.

"하지만 이런 편지는 다시 받을 수가 없는데. 처음이자 마지막이잖아."

"그럼, 이름만이라도 고치게…… 아니, 됐어요."

고개를 저은 안젤리크가 검지를 들어 보이며 진지한 표정으로 요구했다.

"대신 다른 사람들한테는 절대 보여 주면 안 돼요. 절대로요."

"절대로."

원본 그대로 살아남은 엽서가 다시금 책상 위 자기 자리를 되찾았다.

안녕 진우.
안젤리크에요.
음, 엽서가 아주 예뻐서 그리고 진우가 생각나서 샀어요.
그런데 한글로 쓰려니까 조금 쑥쓰럽다. ☺

공항에 나와줘서 그리고 친절하게 대해줘서 정말고마워요.
프랑스에 여행오면 나한태 꼭 꼭 연락해요. 멋진 *guide*가 되줄깨요.

음, 나는 진우랑 친구가 되고시픈대 아직도 나랑 친구 안하고 시퍼요? ☺
*Macho!* ☺

느린 우체통이라서 내년에 엽서를 받을 수도 있데요.
머든지 빠른 나라에서 느린 우체통을 보니까 신기하고 귀여워.
그런데…… 1년 뒤에는 내 얼굴 기억 안나는건 아니죠?
그러고보니까 우리 아직 사진을 한장도 같이 안찍었구나.

설마 사진 찍는 것도 실타고 하는 거 아니겠죠?
어쩐지 진우는 *selfie* 같은 거 안찍을 꺼 같아.

사랑 벗 443

잊잖아요, 진우.

음……이곳에서 내가 태어나고 났앞데요.

여기서 한글로 카드를 쓰는 날이 올 줄은 몰랐어요.

기분이 조금……이상해…….

다음에 부산에 다시 놀러올때까지 잘지네요.

먼진 가구도 마니 만들어요.

*Merci beaucoup*

*Ton amie* 안갤리크.

*— fin*

## 작가 후기

저는 부산을 좋아합니다. 어떤 것을 좋아할 때 꼭 이유가 있어서만은 아니듯 부산이 그냥 처음부터 좋았는데요. 그래도 이유를 찾자면 바다가 있어서, 산이 가깝고 울창해서, 선호하는 교통수단인 기차와 비행기로도 갈 수 있어서, 오뎅이 맛있어서, 그리고 안젤리크와 진우가 있어서. ^^

Angélique는 '앙젤리끄'라고 하는 게 원어에 좀 더 가까운 발음이지만, 저는 '안젤리크', '안젤'이라고 부르는 게 더 예쁘게 들렸어요.

안젤리크처럼 한국에서 태어나 프랑스인 가정, 그리고 미국인 가정에 입양된 대학생들을 만난 적이 있습니다. 다행히도 좋은 부모님에게서 사랑받으며 행복하게 자란 친구들이었고, 한국을 방문한 경험은 없다고 했는데요.

한국에 대한 기억도, 생물학적 부모에 대한 기억도, 원망도, 만나고 싶은 마음도 없지만 한 번쯤 한국을 방문하고 싶은 마음은 있다는 한 친구의 말이 유독 기억에 남아 있습니다.

유럽에서 한국 아이들을 가장 많이 입양한 나라는 프랑스라고 하는데, 입양되었던 만 명 이상의 아이들 모두가 사랑을 받고 자란 건 아니라서 행복하게 살고 있는 입양아를 보면 고맙고 안심되고는 합니다.

간혹 안젤리크를 떠오르게 만드는 일들이 있었고, 그럴 때면 예전 원고를 다듬어서 안젤리크와 진우의 사랑스러움을 좀 더 잘 그려 내고 싶다는 생각이 들었습니다. 유독 두 사람에게 빚진 마음이 있었거든요.

어떤 형태로 두 사람을 다시 만나야 하나, 고민하면서 시간이 흘렀고, 그러다 지난번 한국에 갔을 때 짬을 내서 부산에 들렀어요. 해운대 바다와 달맞이 언덕, 기찻길, 구간에서는 직접적인 언급을 하지 않았지만 안젤리크의 어린 시절 배경이 되었던 감천마을.

두 사람이 함께했던 공간들을 다시 돌아보았고, 자연스레 이야기가 떠올랐습니다.

소설을 정의하는 여러 말들이 있겠지만, 저는 여행이라는 단어가 잘 어울린다고 생각합니다. 안젤리크와 진우가 서로에게 가장 좋은 친구가 되어 가는 여정을 그리는 동안 즐겁고 행복했습니다. 독자분들께도 즐거움과 행복을 드리는 글이었으면 합니다.

개인적으로 이번 글을 쓰면서 지금까지의 글쓰기를 마무리한다는 기분이 들었습니다.
잘 마무리할 수 있도록 도와주신 편집부 분들께 감사드립니다.

새로운 이야기들로 인사드리겠습니다.
행복하세요 :-)

미요나 드림.

# 사랑 벗.

초판 1쇄 찍음 2018년 8월 31일
초판 1쇄 펴냄 2018년 9월 7일

지은이 | 미요나
펴낸이 | 정 필
**펴낸곳 | (주)뿔미디어**

기획·편집 | 심은지, 권지영, 이영은, 박지희
표지 디자인 | 우 물

출판등록 | 2002년 9월 11일 (제1081-1-132호)
주소 | 경기도 부천시 원미구 소향로 17, 303(두성프라자)
전화 | 032)651-6513 / 팩스 | 032)651-6094
E-mail | dahyangs@naver.com
블로그 | http://blog.naver.com/dahyangs
비북스 | http://b-books.co.kr

**값 9,000원**
ISBN 979-11-315-9177-2 03810

※파본은 구입하신 서점에서 교환하여 드립니다.
**※이 책은 (주)뿔미디어를 통해 독점 계약되었습니다.**
저작권법에 의해 보호를 받는 저작물이므로 무단 전재와 무단 복제를 엄금합니다.

www.b-books.co.kr

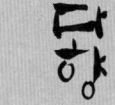
www.b-books.co.kr